Dedicado aos dois homens que diariamente me lembram os verdadeiros significados das palavras amor, lealdade e amizade: meu marido, Karl, e meu filho, Jaiden. Não existem palavras em nenhuma língua para descrever por completo o que vocês dois significam para mim.

**SHANNON DELANY**

# O SEGREDO DAS SOMBRAS

São Paulo
2012

UNIVERSO DOS LIVROS

Diretor editorial
**Luis Matos**

Editora-chefe
**Marcia Batista**

Assistentes editoriais
**Bóris Fatigati**
**Raíça Augusto**
**Raquel Nakasone**

Tradução
**Maurício Tamboni**

Preparação
**Juliana Mendes**

Revisão
**Alice Nakasone**
**Leonardo Ortiz**

Arte
**Camila Kodaira**
**Noele Vavalle**
**Stephanie Lin**

Capa
**Zuleika Iamashita**

Dados Internacionais de Catalogação na Publicação (CIP)
(Câmara Brasileira do Livro, SP, Brasil)

D337s Delany, Shannon.
O segredo das sombras / Shannon Delany ; [tradução de Maurício Tamboni]. – São Paulo : Universo dos Livros, 2012.
432 p. – (Coleção 13 to life)

Tradução de: Secrets and Shadows

ISBN 978-85-7930-305-0

1. Ficção. 2. Literatura infantojuvenil. 3. Lobisomens. I. Título. II. Série.

CDD 813.6

**Universo dos Livros Editora Ltda.**
Rua do Bosque, 1589 – Bloco 2 – Conj. 603/606
CEP 01136-001 – Barra Funda – São Paulo/SP
Telefone/Fax: (11) 3392-3336
www.universodoslivros.com.br
e-mail: editor@universodoslivros.com.br
Siga-nos no Twitter: @univdoslivros

# Agradecimentos

Achei que escrever os agradecimentos de um segundo livro de uma série seria fácil. Certo? Porém, aprendi, em meio ao desenrolar do processo, que as coisas não se tornam necessariamente mais fáceis. Na segunda vez, elas são apenas diferentes.

Tenho algumas pessoas diferentes para agradecer dessa vez. Por favor, saibam que eu inevitavelmente acabarei me esquecendo de alguém e que há pessoas a quem ainda não posso agradecer por conta do tempo. Mas isso só torna mais instigante o fato de haver outro livro dessa série!

Obrigada à generosidade de Karen Alderman e de seu marido, Kevin, que colocaram três alarmes para fazer a aposta vencedora. Eles ganharam a primeira versão e o kit promocional de 13 to Life que eu doei para o Do the Write Thing for Nashville. Isso sim é compreensão, trabalho em equipe e caridade. Gostaria também de agradecer a Myra McEntire, Victoria Schwab e Amanda Morgan, que organizaram o evento para levantar fundos. Por meio de seus esforços (e pela generosidade dos autores, apostadores e demais envolvidos), foram levantados mais de 70 mil dólares em dez dias para uma cidade carente. Jess ficaria extremamente orgulhosa ao ver esses esforços. E posso afirmar que eu definitivamente estou orgulhosa!

Meus agradecimentos também à generosidade de Scott e Debbie, do Texas, que apoiaram o BeInANovel.com em 2009 e a instituição Operation Joy de Valley Forge, Pensilvânia. Por conta dessa oferta, Jess "montou de novo no cavalo", por assim dizer.

Aos meus guias de ARC Tour que me ajudaram a divulgar a primeira versão do livro! Carla Black, que imediatamente expressou interesse em *A maldição do lobisomem*, deu início a uma ótima turnê com a primeira versão pelo Reino Unido e tornou-se uma das maiores torcedoras depois de ler o livro. Ela também já leu este volume e, portanto, ele traz o selo de aprovação de uma *wolf girl*. Obrigada a Katie Bartow, do Texas, que organizou uma turnê da primeira versão do texto pelos Estados Unidos e espalhou o amor aos lobos. A Alyson Beecher, que leu e adorou *A maldição do lobisomem* a ponto de passar a obra para outras pessoas lerem e considerarem levar essa história para as lojas e bibliotecas. É por meio de esforços assim que livros são descobertos. Eu e diversos outros escritores agradecemos muito a todos os que nos dão esse tipo de apoio.

Meus agradecimentos a Lynsey Newton, que sabia que eu estava tendo dificuldades para encontrar um título para esta obra e me enviou várias listas com ideias maravilhosas. A Jennzah Morris, que por algum motivo ficou para trás nos agradecimentos de *A maldição do lobisomem* e que vem sendo uma forte apoiadora do meu trabalho desde o Textnovel 2008. Querida, você detona! Agradeço ao Class of 2k10, um grupo maravilhoso de escritores talentosos voltados ao público jovem e aos jovens adultos que fez meu primeiro ano nesse meio maravilhoso e extremamente ocupado. Recomendo que vocês leiam os livros desse grupo... Há algumas vozes poderosas surgindo, e eu tive o prazer de ler as obras de antemão! Vocês podem conhecer melhor todos nós em Classof2k10.com. Agradeço a Katy Hershberger, da equipe de publicidade da St. Martin's Press, e a Eileen Rothschild, da equipe de marketing, que me alegram e ficam felizes ao permitirem a existência daquilo que eu acho que vale a pena. Essas garotas são maravilhosas, e fico muito feliz de tê-las trabalhando na minha série. Meus sinceros agradecimentos a Antonio Avanzato, do programa semanal de rádio *The Voice of the New Italy*, que inspirou momentos curtos, porém bastante importantes, entre Jessie e seu pai. Obrigada por permitir que eu usasse uma ótima frase! A Matt Cooper e Celina Simms, donos do Capresso – um dos meus lugares favoritos do mundo para fazer copidescagem. Eles entendem quando é hora de falar e quando é a minha hora de espalhar papéis por todas aquelas lindas mesas. Agradeço a todos os que ficaram ao meu lado durante toda a produção deste livro: meu marido, Karl, e minha grande amiga, Robin Wright. Às mulheres importantes para este segundo livro: Carla Black, Rachelle Reese e Alyson Beecher. Sou muito grata pelo tempo e pela atenção que vocês ofereceram para essa série. À minha agente, Stan Soper, que lê meus manuscritos, oferece sugestões ótimas e traz melhoras quando elas são necessárias. Meus sinceros agradecimentos ao meu editor, Michael Homler, que faz as perguntas certas e age de modo que o "ser um novo romancista" não seja tão aterrorizante quanto parece. E por último, mas não menos importante, aos meus leitores e fãs! Espero que vocês gostem de *O segredo das sombras*!

# Prólogo

## Pouco mais de um ano atrás

Em um subúrbio aparentemente comum nos arredores da cidade de Farthington, algo está errado. Calçadas bem-construídas e gramados cuidadosamente aparados contornam as casas e os loteamentos que esperam por novas construções. É uma vizinhança quieta, onde todos parecem se conhecer. Porém, as coisas nem sempre são o que parecem, e as pessoas raramente são apenas o que parecem ser para seus vizinhos.

Em um desses quintais inofensivos, um homem com traços naturalmente animalescos cambaleia graciosamente. Alto e com ombros largos como os de Max, seu filho mais velho, e corpo definido como o de Pietr, seu filho mais novo, ele é tão obscuro quando qualquer Rusakova. Em seus cabelos, apenas uma mecha grisalha.

Mesmo sendo um pai tão jovem, sua vida está prestes a chegar ao fim. Não por causa das escolhas infelizes que fez quando jovem (escolhas que fizeram seus filhos terem o sobrenome de sua esposa, e não o seu), mas porque, independentemente de quão normais as coisas pareçam, Andrei está muito longe de seguir os padrões.

Ele cambaleia ao lado da cerca de madeira, o tradicional símbolo americano de felicidade e sucesso... O ilusório sonho americano. Porém, para ele, até mesmo as mais belas cercas compõem uma jaula. Ele olha para a casa do vizinho – uma construção azul em estilo colonial – e sua esposa sai de casa, cruzando o jardim com passos rápidos e silenciosos.

Magra e ágil como sua filha Catherine, mas com pesadas mechas vermelhas brilhando como uma luz cobre em seus belos cabelos castanhos, Tatiana inclina a cabeça. Suas narinas estão dilatadas, como se ela se perguntasse alguma coisa. Suas sobrancelhas, apertadas. Ela caminha em volta do marido.

– Entre – implora Tatiana, apoiando suas mãos sobre os ombros de Andrei.

Ele se sacode como um cachorro na chuva. Com o rosto vermelho por conta da raiva, seu olhar furioso permanece fixo na casa do vizinho.

– A forma como ele olha para você...

Tatiana enrubesce, temendo que a vergonha seja compartilhada, embora ela, inconscientemente, provoque aquele homem. Com nada além de sua própria existência, o animal que se sacode e arranha sob sua pele humana atrai alguns homens, seduz e provoca seus sentidos mais fracos.

A porta da casa colonial azul se abre e o homem sai, acenando fortemente para ela. O sorriso que brota nos lábios dele não consegue disfarçar sua tensão indesejada.

O sol se esconde, deixando uma mancha de sangue no topo das montanhas ao sul. Essa é a hora perigosa. É quando a pele parece mais solta para o lobo. A besta no peito aparentemente humano torna-se mais ansiosa para se libertar.

– Eu vou rrrasgar o corrração dele...

Quando seu marido pula sobre a cerca em meio a rosnados, Tatiana teme que, embora não seja a primeira vez que um homem age de forma indecente com ela, talvez essa ocasião seja mais relevante.

Andrei corre até a larga varanda do vizinho, o qual sequer tem bom-senso suficiente para entrar em casa, trancar a porta, se fechar dentro do guarda-roupa... e esperar pela aurora e rezar para que a razão supere a raiva.

Em vez disso, ele fica ali. E abre suas pernas em posição de guerra.

– Saia da minha varanda, Rusakova – grita o homem.

O som não é nada comparado ao barulho emitido por Andrei. Correndo por seu peito, o rosnado intenso emerge enquanto ele sobe os três últimos degraus da escada para a varanda com apenas um salto.

Quando Andrei coloca as mãos no homem que encara abertamente sua esposa, suas palavras tornam-se demasiadamente pesadas com toda aquela raiva para poderem ser entendidas. Um rosnado, uma pronúncia indistinta... As palavras pouco importam quando as ações falam mais alto do que elas. E as ações de Andrei falam em tons de raiva, vingança... Ódio. Tão fluentemente.

O homem cai em suas mãos. Sua posição de guerra foi esquecida quando ele gritou e desferiu socos desajeitados e cheios de pânico contra o rosto de Andrei. O rosto do pai dos Rusakova vira, pulsa e estala. E *se transforma*...

Uma mulher aparece na janela, empurra as cortinas para o lado e fica boquiaberta em meio ao terror. A esposa... A rata que ele ignora, exceto quando a repreende em público. Ela empurra o filho para o lado e a cortina cobre novamente a janela.

Atrás do homem, a porta se fecha; a fechadura emite um som ao deslizar. Não há como fugir.

Tatiana se lança entre os homens, grunhindo.

– Parem! – grita, desesperada, com olhos arregalados.

As luzes piscaram, colorindo a vizinhança onde o crepúsculo caía em vermelho, branco e azul enquanto uma sirene gritava naquela rua normalmente silenciosa.

– Não terminei com você – grita Andrei, virando o rosto. Ele joga o homem sobre seus ombros e dá a volta na casa, seguindo em direção ao quintal cheio de árvores, onde a escuridão ameaça solidificar-se.

Após lançar um olhar para a rua, Tatiana range os dentes e segue seu marido, desaparecendo na escuridão cada vez mais intensa.

Um enxame de oficiais uniformizados sobe a escada que os leva até a varanda enquanto uma SUV sem placa passa silenciosamente pela casa, ameaçando a escuridão com a luz perfurante dos faróis dianteiros.

Na casa dos Rusakova, Catherine aperta o rosto contra a janela. Pietr está ao seu lado. Agora a um ano de sua primeira transformação completa, os gêmeos são incapazes de ajudar.

Andando de um lado para o outro, Alexi se recusa a se transformar e seguir até a outra casa. Seus dedos trêmulos se arrastam por seus cabelos, mas ele rejeita os pedidos de Catherine e ignora as ameaças de Pietr. Implorando até que sua voz não passe de um fraco lamento, Catherine chora. Suas lágrimas mancham o vidro e o mundo lá fora parece formar ondas. Pietr puxa a irmã, silenciosamente envolvendo-a em seus braços.

E, por mais veementes que sejam as recusas de Alexi, o que ele mais quer é estar ao lado dos pais que o adotaram e que mantiveram seu segredo... Que ele não é como seus irmãos, que ele não é nada além de um simples humano.

O único Rusakova – o único *lobo* – que pode ajudá-los não está em casa. Aproveitando mais uma noite nos braços de garotas anônimas, Max está vivendo sua vida curta o mais intensamente que pode.

Em meio às árvores, não distantes do quintal do fundo, estão os três envolvidos no conflito. Tatiana, trêmula por conta da frustração e em sua pele de lobo, anda em círculo em volta dos rivais que querem sua atenção, rosnando. Andrei solta o homem e fala com a loba preocupada, em sua mais gutural língua russa. Enquanto emite suas palavras, distorcidas por dentes longos e afiados, ele busca uma explicação, alguma justificativa. Perturbado, Andrei oscila enquanto seu metabolismo – seu lado canino – queima por conta da droga ou da bebida que exercia um efeito tão forte sobre ele.

O vizinho dos Rusakova olha em volta, pensa em como fugir. Com as calças jeans sujas por algo mais asqueroso do que as lágrimas que corriam em seu rosto assustado, ele observa atentamente os lobisomens.

De repente, todos os olhos se focam em algo – em *alguém* – escondido em meio às sombras. A loba Tatiana uiva enquanto outro sorriso brota nos lábios daquele homem vil.

Um raio de luz brilha no cano de uma arma balançando diante de seus olhos, dando instruções. Tatiana obedece, seguindo para o lado. No entanto, obediência é algo forte demais para Andrei. Ele, então, avança, completando sua transformação ainda no ar.

... um momento de graça fluindo pelo ar...

... e é morto, vítima de um cano de revólver tão brilhante que chega a cegar.

Andrei cai com um gemido e uma mancha de sangue. E nunca mais se levanta.

A loba de pelos acobreados fareja o corpo morto de seu parceiro. Um choramingar passa por sua garganta. A raiva a fortalece e ela avança, disposta a cair morta ao lado dele. Morta ao lado do marido...

Seu *coração*.

Novamente, naquela noite escura, a arma brilha. E ela cai, mole, contra o chão.

Em silêncio.

Paralisada.

# Capítulo 1

## Agora

– Então, depois que perdeu sua mãe em um acidente de carro, você começou a se esforçar para redimir a assassina, que agora está com amnésia, e conheceu um novo garoto no colégio, de quem esconde sua atração para proteger os sentimentos de uma amiga. Depois descobriu que o garoto estava sendo caçado pela CIA e uma das agentes dessa instituição estava, por acaso, tentando namorar seu pai... E amedrontada porque o garoto é um lobisomem.

Uma longa pausa se instalou. Atentei-me ao resumo que ela havia apresentado, verificando os itens daquela lista repleta de acontecimentos bizarros aos quais minha vida havia recentemente sido reduzida.

– Você se esqueceu do envolvimento com a Máfia Russa e do tiroteio de que participamos.

Olhando para sua prancheta, a Dra. Jones respondeu:

– Sim. Eu esqueci – em seguida, ela anotou algo e, então, brincou com a caneta, colocando-a de forma definitiva sobre a mesa larga e negra. – Bem, parece que nosso tempo chegou ao fim. Seu relato certamente é fascinante – comentou, confirmando o que eu já sabia muito bem. – Mas...

Eu me sentei, o sofá de couro rangeu logo atrás de mim. Lancei para ela um olhar que claramente dizia: *Mas o quê?* Eu tinha falado muito.

Embora eu detestasse admitir, os orientadores do colégio estavam certos. Era bom expressar tudo aquilo para um profissional objetivo.

Portanto, esperei, olhando com expectativa para aquela médica diante de mim. Não me restava dúvida de que ela poderia dizer mais do que "mas", depois de tudo o que eu havia confessado.

– ... se você quer superar o trauma causado pela morte da sua mãe, o que é, na verdade, o ponto central da sua situação, terá de dizer a verdade aqui.

Ela se levantou, repuxando os lábios.

*Dizer a verdade?* Eu tinha dito tudo. Eu tinha arriscado os Rusakova para salvar minha sanidade. Sanidade que, por sinal, estava desmoronando.

Não consegui me conter e comecei a rir. Ri tanto que cheguei a ficar sem ar.

Eu poderia contar em uma das mãos as vezes em que disse a verdade durante os dois meses desde que tinha conhecido Pietr Rusakova. Mentiras? A expressão "já tinha perdido as contas" adquiriu um significado especial.

Mas... Tentar finalmente dar um jeito na situação e ser repudiada? Isso não era exatamente o que eu esperava.

Ela piscou para mim.

– Estou falando sério, Jéssica. Máfia Russa? Agentes do governo? *Lobisomens*? – disse ela, rindo. – Acho que eu devia agir como os outros psiquiatras e prescrever cegamente algum remédio com um nome novo e interessante. Mas quero ajudá-la a melhorar, e não simplesmente medicá-la. Quero que você volte à realidade.

– Você não acredita no que eu digo?

– Minha opinião profissional é que você está brincando comigo. A maioria dos jovens se fecha na primeira visita ou evita o centro dos problemas. Mas você... – ela lançou um olhar sobre a prancheta. – Você é editora do jornal da escola. Certamente é inventiva. Por conta disso, escolheu o outro caminho: exibir um traço admirável de sua criatividade. Não tem problema, eu sei muito bem tolerar esse tipo de porcaria.

A voz da médica ficou mais baixa e ela amassou o canto do papel com notas recém-tomadas.

– Temos que ser assim quando trabalhamos com jovens – ela murmurou. – Você não é mais cheia de ilusões do que um adolescente comum.

– Eu matei um homem.

Meu Deus! Com todas as notas que aquela mulher parecia tomar, ela não estava me ouvindo?

– Sim, Jéssica, você já me disse isso. Mas onde está o corpo, querida? Eu esperaria que alguma evidência do "banho de sangue", como você descreveu a situação, fosse vista por alguém. Por que não apareceu nada nos jornais?

– Eu já disse. Os agentes chamaram um... – mordi meu lábio inferior. Por que as palavras certas não apareciam quando eu precisava delas? – Uma equipe de limpeza.

– Sim, os *agentes* – ironizou a médica, usando os dedos para fazer gestos de aspas no ar. – Inclusive... – ela olhou as páginas na prancheta até encontrar. – Inclusive Wanda, a bibliotecária.

– Ninguém dá às bibliotecárias os créditos que elas merecem – comentei, nervosa. – Sim, ela trabalha no departamento de referência e é uma agente armada do governo.

– É claro – disse a Dra. Jones, ainda sorrindo. – Tão... Inventiva! E provavelmente com um número enorme de livros atrasados, o que a faz ser muito criativa a respeito de bibliotecárias. Interessante...

Eu não tinha ideia do que mais podia dizer. Realmente já tinha dito tudo.

– De qualquer forma, é o seu plano de saúde que cobre as sessões. Você decide se quer desperdiçá-las com fantasias.

Ela se virou para olhar pela janela, um sinal claro de que estava me dispensando. Eu me levantei, pendurei minha bolsa sobre o ombro e caminhei em direção à porta, tão confusa quanto quando cheguei.

Eu tinha decidido voltar ao meu normal. Terapia regular. Uma vida sem mãe. Nada de voltar a me envolver com tiroteios contra a Máfia Russa. Praticamente nenhuma presença da CIA. E um lobisomem mais-ou-menos-namorado que ainda estava saindo com Sarah, minha amiga-não-muito-estável, em uma tentativa de evitar que aquela situação desencadeasse seu retorno à psicose absoluta.

Certo. Então meu normal não estava nem próximo do que era considerado normal de acordo com padrões de outras pessoas. Mas era o melhor que eu podia fazer.

Voltei a andar a cavalo e a realizar minhas tarefas na fazenda, além de tentar me manter em dia com as aulas e trabalhar para o jornal do colégio.

Eu ainda tinha meus amigos. Amy me apoiava, e Sophia, bem... Sophia estava sempre por perto, a ponto de me fazer reconhecer que ou ela se importava, ou estava fascinada com a tragédia que parecia continuamente cair sobre mim. E havia Sarah, lindamente angelical e que tinha consigo tão pouco de sua memória original que era quase seguro estar em volta dela.

Ou pelo menos isso era o que eu esperava.

Derek, o astro do nosso time de futebol, também estava por perto nos últimos tempos, frequentemente aparecendo e sorrindo para mim de formas que faziam meu coração acelerar. Eu já tinha sentido uma paixão do tamanho do *Titanic* por ele (sim, estou falando do navio que bateu contra o iceberg). Durante anos.

Bem, até Pietr aparecer e tudo mudar.

De qualquer forma, meu novo "normal" devia ser algo bom. Não digo perfeito, mas aceitável. Quase sã.

Na sala de espera bege e nada ameaçadora, as pessoas se escondiam atrás de jornais e revistas tão velhos que eu arriscaria dizer que estavam aprendendo História, e não se atualizando com as notícias.

Todos, exceto uma.

Catherine Rusakova abanou a mão para mim e se levantou, seguindo-me até sairmos pela porta. Normalmente tão imperceptível como uma sombra no escuro, ela também *sabia* fazer-se percebida quando queria.

Como agora.

A porta do consultório fechou. Eu não estava acostumada a ser perseguida pela irmã gêmea de Pietr. Lobisomem número dois.

Seus olhos brilharam, impressionantemente azuis e levemente repuxados, com uma franja de cílios grossos. Os traços fortes de Cat e as salientes maçãs do rosto a faziam parecer mais uma deusa da Antiguidade do que um lobisomem.

É claro que deve haver algum lugar em que uma deusa da Antiguidade *foi* um lobisomem.

Os Rusakova eram ao mesmo tempo fortes e belos: elegância e brutalidade se misturavam em seus traços. Depois que vi em que eles se transformavam, o que eles realmente eram, tornou-se impossível não ver algum traço da fera escapar por seus olhos, algum sinal do lobo no brilho de seus sorrisos.

– *Privyet* – Cat me cumprimentou. – Não imaginei que você estava visitando um psiquiatra antes de sua irmã me contar – ela admitiu. O ritmo suave de sua primeira língua coloria suavemente suas palavras.

*Que bom!* Eu precisaria ter uma conversinha com Annabelle Lee mais tarde. Às vezes, ela ajudava demais. E não só a mim.

– Pietr sabe?

Neguei com a cabeça. Eu ainda precisava encontrar uma forma de contar isso a ele. Era muito mais fácil conversar sobre a escola e sobre livros do que admitir que você anda frequentando sessões com uma psiquiatra para discutir assuntos bastante sérios.

– Considerando as circunstâncias, concordo que isso seja uma escolha inteligente – disse Cat, sorrindo para mim enquanto eu reprimia um arrepio. Aquele belo sorriso se transformava em um enxame infernal de presas, quando ela queria. – Você viu uma série de coisas terríveis ultimamente.

Parei do lado de um vaso com uma planta que parecia precisar de água. Ou de um enterro adequado.

– Mas?

– Mas o quê?

– Adoro conversar com você, Cat, mas por que você está aqui?

Ela inclinou a cabeça e me espiou com o canto do olho.

– Não é comum pessoas que não fazem parte da nossa família saberem a verdade, Jessie. E às vezes ficamos nervosos quando sabemos que aqueles que sabem de algo estão compartilhando informações.

– Não quero deixar ninguém nervoso.

As palmas das minhas mãos começaram a ficar úmidas. *Nervoso* não era um adjetivo que eu queria aplicar a qualquer membro da família dos lobisomens.

– Por isso escolhi vir – explicou Cat. – Para entender melhor antes de os garotos descobrirem. Você é muito importante para nossa família, Jessie. Estou convencida disso.

– Por que eu abri a *matryoshka* e encontrei o pingente?

– *Da*.

Eu a observei, esperando que ela continuasse a resposta.

– E daí?

Cat suspirou.

– E por causa daquilo que as suas folhas de chá disseram – o sorriso desaparecia do rosto de Catherine conforme ela sacudia a cabeça. – Preciso perguntar o que...

– Tudo, Catherine. Eu contei absolutamente tudo para ela.

Cat deu um passo para trás, séria.

– Sobre a CIA?

– Sim.

– Sobre a Máfia Russa?

– Sim.

Lágrimas brotavam em meus olhos, ameaçando cair.

– E lobisomens, Jessie, você disse que viu lobisomens?

– Sim.

Estremeci ao fechar os olhos e me lembrar daquele momento horrível que tinha visto tantas vezes recentemente em filmes de terror. O momento em que o lobisomem se transformava e rasgava a garganta de sua vítima.

Segurei a respiração.

Nada aconteceu.

Abri os olhos e me deparei com Catherine me observando com curiosidade. De qualquer forma, os predadores faziam aquilo. Estudavam suas presas.

– Sinto muito, Catherine. Eu precisava dizer algo... Precisava dizer a alguém...

Os dedos de Cat estremeceram ao lado de seu quadril.

Fechei meus olhos novamente, o mais pronta que podia para ser desovada. Eu havia covardemente traído a família dos lobos em uma tentativa de salvar minha sanidade. E, por ter agido assim, não merecia nada melhor do que aquilo.

– O que você está fazendo?

As palavras se apressavam para fora da boca de Cat. Agora ela estava tão próxima de mim que sua respiração era uma brisa amena passando por meu rosto.

– Esperando.

– Esperando o quê? – ela perguntou.

– *A morte?* – grunhi, abrindo ligeiramente um olho para observá-la. Exatamente como eu via na maioria dos filmes de lobisomens.

Ela riu.

Meu coração bateu contra minhas costelas.

Cat me agarrou de forma tão rápida que quase molhei as calças. Em meio a um abraço bem apertado, ela cochichou:

– Você é uma garota muito, muito estranha, Jessie Gillmansen.

*Olha só quem diz! Um lobisomem.*

– E devia parar de ver esses filmes de terror – continuou.

– Como você...? É claro! Annabelle Lee.

– Ela está preocupada com você.

– Ah.

– Nós não somos criações de Hollywood. E você sabe muito bem disso.

– Racionalmente, sim.

Não, os lobisomens não eram uma criação de Hollywood, mas frutos de uma das experiências científicas surpreendentemente bem-sucedidas da União Soviética durante os primeiros anos da Guerra Fria.

Cat assentiu.

– E a médica acreditou no que você disse?

– Em nem uma palavra sequer.

– Excelente! – Cat lançou um sorriso malvado. – Agora você pode contar a verdade a ela sem causar repercussões – disse, dando um passo para trás e brincando com seus cabelos ondulados, escuros e curtos. Seus olhos brilhavam, vidrados em mim. – Ela medicou você?

– Não. Ela insiste que eu devo alcançar a sanidade sem a ajuda de compostos químicos.

– Você é uma garota tão inteligente! – Cat jogou as mãos para o ar. – Estranha em seus métodos, mas inteligente. Ah... – ela beliscou a própria orelha. – Seu pai está vindo. Ele não pode me ver aqui.

– Cat! – gritei enquanto ela corria para outra entrada. – Preciso conversar com você sobre Pietr.

Ela assentiu com a cabeça.

– A gente se vê. Esta noite. Ouça com atenção e você vai me encontrar.

# Capítulo 2

Como era de se esperar, meu pai caminhava pelo corredor em minha direção. Eu não devia me surpreender com o fato de Cat saber daquilo, mas tudo ainda era estranho; especialmente quando me dei conta de *por que* e de *como* ela sabia.

Quando os filhos da família Rusakova atingiam os treze anos de idade, coisas estranhas aconteciam com eles. Coisas muito mais estranhas do que os pelos que nascem em lugares estranhos, frutos da puberdade. Aos treze, a capacidade auditiva dos Rusakova se intensificava. Aos quatorze, o olfato se aguçava exponencialmente. Quando atingiam quinze anos, força e agilidade aumentavam. Dezesseis anos era a idade em que seus organismos tentavam se adequar às mutações que causavam desordem em todo o corpo.

Há aproximadamente uma semana, os gêmeos, Pietr e Cat, completaram dezessete anos. Dizer que atingir essa idade os havia mudado seria, no mínimo, um eufemismo forçado demais.

Nenhuma de nossas vidas foi a mesma desde o ocorrido.

– Ah, Jessie! – exclamou meu pai, fechando o celular. Vendo meus olhos rosados por conta das lágrimas derramadas, ele me envolveu em um abraço, levantando-me e empurrando o ar para fora de meus pulmões, em uma expiração única e demorada. – As primeiras vezes serão as mais difíceis – disse ele, colocando-me de volta no chão.

Meu pai delicadamente empurrou meus cabelos para fora de meu rosto.

– Agora vamos. Você parece cansada.

Apoiando as mãos sobre minhas costas, ele me levou pelo corredor até sairmos do prédio.

Então, abriu a porta do passageiro da caminhonete. Um verde incompatível com o resto do corpo azul e salpicado por ferrugem. Em seguida, ele tomou seu lugar atrás do volante. O veículo rugiu ao dar partida, e meu pai girou o botão do velho rádio, abaixando o volume.

– Por que estamos ouvindo essa estação? – questionei.

– Não há nada de errado com essa estação – ele insistiu.

– Ela só toca anos oitenta.

– E eu repito... – Mas não repetiu. Em vez disso, piscou com um olho. – "Livin' on a Prayer"[1] – disse ele, mexendo a cabeça na direção do rádio.

Parecia mesmo que na maior parte dos dias eu vivia em meio a preces. Minha mãe e meu pai tinham sido grandes fãs das bandas de *hair metal* dos anos 1980. Sem minha mãe por perto, ele se prendia aos detalhes da vida que eles haviam compartilhado. Exceto quando resolveu estender a mão para Wanda.

Eca.

Tentei não pensar muito sobre isso enquanto me afundava no assento e olhava pela janela, mal percebendo a rua principal de Junction desaparecendo, suas pequenas árvores quase nuas enquanto algumas folhas ressecadas, alaranjadas e amareladas ainda se mantinham presas aos galhos, mexendo-se com a brisa cortante do outono. Um frio fora de época pairava sobre Junction, mesmo enquanto pensávamos

---

[1] Referência à música "Vivendo em oração" (em tradução livre para o português), de Jon Bon Jovi.

ser cedo demais para enfeites de Halloween. No entanto, a queda das folhas e da temperatura, de alguma forma, parecia adequada.

O trem das três horas apitou, o barulho dos vagões sacudindo era abafado por alguns dos quarteirões mais movimentados da cidade.

Meu pai estacionou no McMillan's.

– Só preciso de pão e de leite – comentou, enquanto fechava a porta da caminhonete.

– Os preços são melhores no Skipper's – eu o lembrei.

Ele lançou um olhar que me fez ficar calada. Ele jamais retornaria ao Skipper's. O mercado dividia o estacionamento com uma locadora de vídeos. A locadora onde eu estava quando minha mãe veio me buscar na noite de 17 de junho.

A mesma noite em que Sarah, bêbada, jogou seu carro contra o de minha mãe e a matou. Meu pai perdoou a burrice da garota e rapidamente aceitou seu arrependimento (é incrível notar o que um trauma severo na cabeça pode fazer para melhorar uma personalidade), seguindo meu exemplo.

Todavia, a imagem do acidente não o mudaria suficientemente a ponto de fazê-lo seguir em frente. O asfalto e os prédios nos arredores guardavam memórias demais. Eu sabia. Eles frequentemente serviam de pano de fundo para meus pesadelos.

Até a noite em que o aniversário dos gêmeos Rusakova me trouxe novas imagens para substituir as antigas.

Minha família tinha percorrido um longo caminho desde o acidente. Porém, na maior parte dos dias, eu achava que jamais conseguiríamos nos distanciar demais do ocorrido.

No caminho para casa, tentei ignorar a decoração nas janelas das lojas de Junction: esqueletos e aranhas brilhantes e redes de poliéster que lembravam toda a cidade de que o Halloween estava cada vez mais próximo.

Assim como meu aniversário. Mais uma celebração em que minha mãe não estaria presente.

Talvez eu parecesse cansada para meu pai (o que de certa forma era um elogio), mas minha mente funcionava com tanta agilidade que eu não teria paz nem mesmo se tentasse dormir. Assim que cheguei em casa, passei a limpo as notas que tomei durante as aulas de sexta-feira. Quase legíveis. Destaquei alguns conceitos-chave e guardei meus cadernos antes de ir para o celeiro.

Eu conseguia pensar melhor montada nas costas de um cavalo.

Rio, minha égua de pelagem acastanhada, relinchou uma saudação e investiu sobre a cerca, desafiando-me a ficar parada.

A confiar nela.

Rio se apressou em minha direção. Seus cascos cortavam pedaços do solo enquanto ela avançava com suas narinas dilatadas, com seus olhos selvagens.

De cabeça erguida e postura ereta, eu a observei com um senso de humor velado. Ela parou, jogando terra com suas ferraduras de aço. Diretamente na minha calça jeans.

– Rio! – repreendi.

Ela jogou a crina, empurrando o focinho contra meu peito para que eu não tivesse outra escolha que não fosse acariciar sua cabeça elegante e seu focinho não marcado e me impressionar com o brilho de seus olhos.

Se havia alguém na vida em quem eu podia confiar, esse alguém era Rio. Cavalos não mentem. Brincar? Sim, eles brincam.

– Vamos – disse eu, deslizando a rédea por sua cabeça. Subi na cerca e ela veio ao meu lado, ficando parada como pedra quando gritei "eia!" e montei.

Sem sela, pude sentir cada movimento de Rio, cada contração de seus músculos, cada pensamento sendo telegrafado de volta para mim. Ela não precisava verbalizar para ser compreendida. O movimento de uma orelha, uma bufada ou o arrastar de uma pata e eu sabia o que se passava na mente e no coração de minha amiga.

Quando a vida se tornava extremamente confusa, Rio era a melhor forma de definir bênção e compreensão. Meus cachorros, Hunter e Maggie, raramente eram compreendidos, mas sempre presentes.

Rio e eu nos movimentamos um pouco pelo pasto – nada de mais, nada estressante, apenas andamos a passos largos. O movimento de um galopar suave era tudo de que minha mente precisava para viajar.

– Nossa! – Puxei as rédeas. – Foi mal, minha querida.

Andamos por alguns minutos enquanto eu tentava limpar minha mente. O que, dessa vez, não estava acontecendo. Nem mesmo o ritmo monótono do galope era capaz de empurrar o comportamento de Pietr para longe de meus pensamentos.

Desde seu aniversário de dezessete anos, Pietr tinha se tornado um pouco distante. Havíamos concordado que ele precisava continuar saindo com Sarah, afastá-la lentamente enquanto se aproximava de mim. Não deixar Sarah louca ou ferir seus sentimentos por conta de Pietr abandoná-la de uma hora para a outra era um movimento inteligente. E também mais gentil.

Porém, adotar esse tipo de estratégia me transformava mais e mais em uma mentirosa. Pietr costumava me dar beijos ocasionais em cantos escuros, segurar minha mão e elogiar meus dedos ou simplesmente olhar em meus olhos durante momentos mais longos e que me deixavam sem fôlego.

Isso *antes* de ele sofrer sua primeira mudança.

Desde então, ele passara pouquíssimos momentos a sós comigo. E também não estava se tornando mais próximo de Sarah.

Pietr e eu ainda conversávamos ao telefone e, aparentemente, ele gostava de inserir palavras em russo em nossas conversas. Eu sabia que *horashow* significava "bom", que *puzhalsta* significava "por favor" e podia pedir café e encontrar um banheiro, se necessário. Se eu conseguia ler alguma coisa no alfabeto cirílico? Absolutamente nada. Para mim, cirílico não era nada além de um rabisco elegante.

A única frase que Pietr não me ensinava era a que eu mais queria saber – e não porque eu a lançaria por todos os cantos como se não significasse nada. Todavia, Pietr se recusava a me ensinar como dizer "eu te amo" em russo. Sim, eu poderia descobrir na internet, mas as palavras soavam melhor saindo da boca de Pietr. E talvez se ele não pudesse dizer essas palavras, eu não devia querer saber como dizê-las. Tudo era tão confuso.

Puxei Rio até ela parar e desci de suas costas, levando-a ao celeiro antes de tirar lentamente a rédea e acariciá-la com uma toalha. O estábulo estava aberto; ela teria opções naquela noite, que ameaçava ser fria.

– Boa garota – eu a elogiei. – Acredite, o problema não está em você. O problema está em mim – disse de forma distorcida, preocupada se essas seriam as palavras que eu ouviria de Pietr se eu deixasse a distância entre nós crescer.

Lavei as louças restantes e deixei-as no escorredor para secarem, enquanto os últimos raios de luz do sol estampavam o céu e atravessavam as nuvens apressadas. Embora o vento sacudisse a copa seminua das árvores em nosso quintal, deixei aberta a janela sobre a pia; mantive meus ouvidos atentos aos sinais de Catherine.

Um uivo invadiu nossa fazenda e eu sacudi meus dedos para, em seguida, secá-los em uma toalha.

É só o vento.

Outro uivo. Comecei a caminhar na direção da porta. Dessa vez, o barulho terminou com folhas deslizando por nossa pequena varanda. Suspirei e tirei minha jaqueta do cabide.

– Aonde você está indo?

Dei um pulo, assustada. Virei-me para trás e vi Annabelle Lee. Ela estava sentada bem quieta enquanto lia seu mais novo livro. Eu tinha esquecido completamente que ela ainda estava à mesa.

– Dar uma volta aí fora. A noite está bonita.

O vento sacudiu nossa casa e Annabelle Lee tirou os olhos das páginas de *A revolta de Atlas*, lançando em minha direção um olhar que era tão fácil de interpretar quanto os gestos de Rio.

Ela não acreditou em mim. Nem um pouco.

– Pietr está aí fora? Ele está esperando por você?

– O quê? Quem?

Droga! Onde estava meu pai? E qual era a chance de ele ter nos ouvido?

Ela abaixou o livro.

– Papai voltou para a fábrica. Uma máquina quebrou e derrubou chocolate em toda a linha de produção. Por sorte ninguém se feriu. Ele disse que não rolou sangue, foi só um susto.

– Hummm. *Blood and Chocolate*. Ótimo livro. Ainda assim, não é um sabor que a fábrica teria interesse em lançar.

Encolhi os ombros, já dentro da jaqueta.

– Papai beijou sua bochecha antes de sair. Não acredito que você não percebeu!

Agora que ela comentou, lembrei-me vagamente de ter sentido sua barba roçar em meu rosto.

As sobrancelhas de Annabelle Lee se aproximaram. Aos doze anos de idade, ela era muito esperta, mas frequentemente parecia sentir-se perturbada pelas pessoas. Várias vezes a vi (quando não estava lendo ou bisbilhotando) me observando como se eu fosse algo sobre uma lâmina de microscópio.

Estudando-me. Eu simplesmente esperava que sua fascinação significasse que ela estava aprendendo algo com meus erros para não repeti-los.

– Você quer mesmo sair para andar?

– Sim.

– Sozinha?

– Sim.

A porta rangeu com a força da rajada seguinte.

– É revigorante – insisti, passando o cachecol em volta do pescoço antes de completar meu conjunto com um gorro de crochê.

– Está bem. Vou para a cama.

Ao pisar na varanda, ouvi o uivo característico de Catherine e me perguntei como eu pude duvidar que reconheceria a diferença entre o vento e o som ondulado e entrelaçado de Catherine enfeitiçando o mundo em sua pele de lobo.

Segui o som até a pequena colina atrás de nossa casa, em direção à floresta, onde a escuridão se aprofundava e se estendia como uma nova e enorme copa sobre as árvores nuas do outono.

– Catherine?

A floresta ficou em silêncio.

O vento parou.

Algumas folhas que persistiam pararam de girar em seus galhos, e um arrepio passou por minha espinha, ignorando minhas roupas pesadas.

– Catherine? – murmurei, envolta na escuridão. Com as costas rígidas, percebi que isso certamente poderia ser qualificado como um comportamento anti-intuitivo que, se Darwin estivesse certo, rapidamente teria me retirado do pool genético dos humanos.

Eu precisaria aumentar minhas chances de sobrevivência se quisesse andar com os lobisomens. Levei minha mão até o bolso, acariciando a suave e familiar superfície da pietersita, minha pedra da preocupação. Atordoados pelo silêncio irritante, meus olhos procuravam por evidências de onde Cat estaria.

– Cat? – tentei novamente. Meus olhos, abertos e atentos.

Em uma escuridão que tornava a floresta desconhecida, confusa e convidativa para os predadores, sim, eu *definitivamente* perderia a batalha da seleção natural.

# Capítulo 3

– Catherine!

Fui arremessada contra o chão. Não havia ar em meus pulmões para que eu pudesse gritar. O lobo estava sobre mim, babando, olhos estreitos e queimando em um vermelho-sangue. Suas pesadas patas dianteiras, cobertas por uma pelagem grossa e sépia, pressionavam meu estômago como se garras do tamanho do meu polegar atravessassem minha jaqueta e minha blusa.

– Caaat – murmurei.

Ela abriu a boca, expondo um impressionante conjunto de presas. A morte descansava naquele maxilar úmido, e o terror rasgava meu coração conforme ela se abaixava. O hálito era tão quente que mais parecia uma ferroada. Fechei meus olhos.

Ela era um lobisomem. Um cérbero. Um mutante. Um pesadelo capaz de arrancar minha cabeça com uma mordida.

Nos filmes, encontros como esse nunca terminavam bem.

Cat rosnou. Aquele som perfurava meu corpo.

Em seguida, ela me lambeu.

Um enorme e baboso beijo de proporções caninas besuntou minha bochecha com saliva. Ela se levantou, latiu como um cachorrinho querendo diversão e se apoiou em suas patas traseiras para se transformar.

Sentada, cruzei os braços e disse:

– Isso não teve graça, Cat.

– O quê? – perguntou ela, com olhos arregalados que demonstravam inocência.

– Você não deve pular nas pessoas.

Cat inclinou a cabeça.

– Não quando você está como...

– Uma loba?

Concordei com a cabeça. Vigorosamente.

– Mas eu sempre sou uma loba – insistiu Cat. – Sou *oborot*.

– Obor... O quê?

– *Oborot*. Alguém que se transforma – sorriu pesarosamente. – Não posso me divertir com o que estou fadada a ser?

Eu gemi.

– Pelo menos podemos concordar em você não pular em cima de mim? Ou me matar? Ou...

A gargalhada de Cat vibrou em meio às árvores.

– Jessie! Você precisa confiar em mim. Nunca vou machucar você. Nenhum de nós faria isso.

Ela ajoelhou, reclinando-se sobre as folhas caídas, sentindo-se em casa, ali, no meio da floresta.

Meus ombros cederam e soltei minhas mãos sobre meu colo. Olhei para elas.

– Pietr está me ferindo... Ele está me deixando confusa.

– Pietr é só um garoto.

– Certo. E me parece claro que você não é só uma garota. E por falar nisso, você não está com frio? Onde estão suas roupas?

Tentei não olhar para Cat enquanto ela estava nua e tranquila, próxima a mim.

– Ah. *Eezveneetcheh.* Sinto muito, Jessie. Minha temperatura aumenta com a mudança. Alexi pensa que isso acontece porque passamos da respiração celular aeróbia para a anaeróbia de forma muito mais eficiente. Algo relacionado com vazamentos em membranas mitocondriais... A nossa versus a sua...

Ela simulou um bocejo, levando a mão na direção da boca aberta.

– Ah.

– Minha nudez ofende?

Como eu poderia explicar que a nudez de Cat não ofenderia *ninguém*? Ela se parecia tanto com uma estátua grega clássica. A única *coisa* que a nudez de Cat ofendia era minha autoestima.

– Na Europa, ninguém se importa muito com a nudez – ela esclareceu. – Se você visse o que eu vi por lá... – Cat sorriu, seus olhos brilhavam. – Mas somos muito diferentes aqui, *pravda*?

Eu realmente só podia acreditar que os lobisomens russo-americanos eram diferentes, independentemente de onde estivessem. Mas concordei com ela.

– *Da. Pravda.* É verdade.

Ela deu uma risadinha.

– Os garotos levam suas roupas na boca, mas eu prefiro sair como vim ao mundo. Além disso, ainda não aprendi a gostar de brim. – Sacudindo os ombros, Cat continuou: – Eu quase sempre volto pra casa antes de adotar novamente minha forma humana.

Fechei o zíper da minha jaqueta e trouxe os joelhos até o peito. Ver a perfeição esparramada bem diante de mim me forçava a reavaliar meus atributos femininos.

– Então vocês nunca... Explodem para fora de suas roupas, certo?

Cat riu.

– Isso seria espetacular, não seria? Especialmente em um traje caro ou em um traje criado por alguém com bom gosto – ela torceu o nariz e o corpo para frente, colocando a mão sobre a boca para que as corujas e os coelhos não a ouvissem. – Uma vez, ouvi Max explodir para fora da roupa, mas as circunstâncias eram bem diferentes disso que você me perguntou – ela brincou, lançando uma piscada de olho para demonstrar bons modos. Banhando-se intensamente com a luz da lua, Cat esperou para observar minha reação.

Eu pisquei.

– Não quero atrapalhá-la, Jessie – esclareceu Cat, lançando um suspiro melodramático. – Posso me transformar outra vez, mas isso diminuiria consideravelmente a probabilidade de metade de nossa conversa ser compreendida. – disse, sorrindo. – E que Deus me impeça de sentir o cheiro de um esquilo enquanto eu estiver em minha pele de lobo. Meu nível de atenção se torna... uma porcaria.

– Tudo bem, Cat. Eu aguento.

– Olhe aqui em cima, Jessie – ela provocou, apontando para o rosto.

– Engraçadinha – resmunguei. – Então...

– *Da.* Então... O que meu irmãozinho está fazendo para você se sentir confusa e ferida?

– Ah, droga! Ele já não me beija com a mesma frequência que me beijava. Ele não segura minha mão... É como se estivéssemos nos separando aos poucos.

– Separando aos poucos? – o sorriso em seu rosto se desfez quando ela inclinou a cabeça, pensativa. – Mudanças tornam as coisas difíceis para os rapazes. O cérebro deles, a comunicação já não se torna clara. Veja Max, por exemplo. Já tem quase dezoito anos e continua sendo idiota.

Eu ri e ela sorriu novamente.

– O cérebro do lobo e o cérebro do garoto não cooperam um com o outro. As garotas amadurecem mais rapidamente. Nossos cérebros... Nossas emoções estão em um estágio mais avançado quando chega a hora da mudança. Os garotos são meio selvagens aos dezessete anos, independentemente de serem ou de não serem lobos. – ela torceu o nariz novamente. – Pietr está se esforçando para se ajustar. Tentando se sentir à vontade com a ideia de você vê-lo como ele é. Tentando se sentir à vontade com quem ele é.

– Ele parece bastante à vontade perto da Sarah.

Cat riu.

– É fácil *parecer* à vontade quando você não se importa.

– Você está falando sério? É simples assim? Ele não se importa com a Sarah, então, pode ser... – tomei um fôlego para manter minha voz uniforme – *carinhoso* com ela?

– Em primeiro lugar, as coisas nunca são simples, Jessie. Somos russo-americanos. Por definição, somos complexos.

Eu não poderia discordar.

Ela estendeu o braço e segurou minha mão.

– Em segundo lugar, carinhoso significa amoroso, *pravda*?

Assenti.

– Você está interpretando os sentimentos do meu irmão da forma errada. Ele não *ama* Sarah. Ele está preso a ela por enquanto. Você colocou Pietr nessa situação quando mentiu para ele sobre seus sentimentos. Seja paciente enquanto ele se livra de tudo isso.

Envergonhada, considerei as palavras de Cat.

– E provavelmente esteja enfrentando o que aconteceu naquela noite – admiti. – Não é fácil enfrentar... *aquilo*.

Ela concordou, soltando minha mão. Naquela noite, tínhamos nos tornado assassinos. Autodefesa ou não, sujamos nossas mãos de sangue.

– Talvez ele se sinta culpado por ter colocado você em meio a tanto perigo.

– Ele não sabia que tudo aquilo aconteceria.

– A culpa não funciona exatamente assim. Sentimos culpa por coisas que estão fora do nosso controle. Religiões inteiras são criadas tomando a culpa como base.

Eu me calei.

– Pietr puxou nosso pai. Ele sabe disso. Nosso pai era intenso, ele pensava com o coração. Isso o fez morrer. E agora sabemos que isso fez nossa mãe ser capturada.

Cat olhou para o céu, observando as nuvens que se movimentavam rapidamente. Passando a língua sobre os lábios, ela se virou e passou a me estudar com um olhar sombrio.

– Sinto muito, Cat.

– Sei que você sente, Jessie – disse ela. Seus olhos brilhavam. – Mas aqueles que fizeram tudo isso não sentem. Eles estão com nossa mãe, e o tempo de vida dela está correndo. E correndo rapidamente. – Ela estremeceu, lutando para manter a compostura. – Os garotos... Talvez eles evitem se apegar. Eles não querem morrer como nosso pai morreu.

– Então Pietr e eu...

– As coisas vão dar certo. Sei que vão.

– Você também viu isso nas folhas de chá? – zombei.

– *Nyet* – disse ela em um tom melancólico. – Vi nos meus sonhos. Mas você precisa acreditar, Jessie. Pietr está confuso. Com medo.

Eu ri. A memória, recente demais, de Pietr em sua pele de lobo, matando mafiosos russos, não me deixava acreditar que ele poderia estar com medo. De nada.

– Acredite em mim, Jessie. Você já viu Pietr com medo antes. – O olhar flamejante de Cat se fixou no meu. – Fique ao lado dele. Meu irmão precisa mais do que nunca de você. Precisamos nos unir para libertar nossa mãe.

Droga. Ela estava certa em tantos aspectos. A noite do aniversário de Pietr... Sua primeira transformação verdadeira... Ele estava aterrorizado. Não por conta da própria mudança, mas por conta do que eu pensaria dele depois de tudo aquilo. E se nós não déssemos certo, como um grupo de adolescentes poderia desafiar a CIA e esperar libertar uma mãe lobisomem que envelhecia rapidamente?

Por um momento, desejei ter os problemas de adolescentes normais. Espinhas? Tudo bem. Cabelo oleoso, por favor! Cólicas fortes a ponto de me fazer cair de joelhos?

Ok, talvez não. Mas *isso*?

– Precisamos encontrá-la logo – disse Cat, distanciando-se de forma repentina e levantando um dedo em sinal de aviso. Seus olhos perderam o foco enquanto ela ouvia. – Preciso voltar logo para casa.

– Está tudo bem? – Antes que eu conseguisse terminar a pergunta, Cat já tinha novamente se transformado em lobo e já estava correndo em meio à floresta.

Deixei as árvores para trás e segui na direção de minha casa.

Um ruído em meio à floresta me fez arrastar o corpo para trás.

– Tem alguém aí?

Ruídos abafados. Sapatos amassando as folhas.

– Quem está aí? – perguntei enquanto continuava subindo a encosta.

Ouvi o chiado de um rádio. Talvez a dez metros de distância.

– Alpha para Bravo. Você está com ela?

Droga. Está com quem? Apertei o passo, distanciando-me do ruído.

– Negativo. O lobo se livrou da armadilha. – Respondeu o aparelho.

O ruído desapareceu, assim como aquele caminhar pesado.

Para caçar minha amiga.

Isso *não* era parte do acordo.

Finalmente em casa e sem fôlego de tanto correr, agarrei o telefone e liguei para os Rusakova.

– *Allo*? – era Max.

– Cat está em casa?

– *Da,* Jessie. Ela acabou de chegar.

– Passe o telefone para ela.

– Exigente – ele ironizou. – Estou entendendo por que você gosta tanto dela – disse ele, longe do fone.

– *Allo,* Jessie.

– Eles estão caçando você.

– *Da.*

– Por que você não me disse?

– De que adiantaria? Eles estão tentando achar uma desculpa para levar um de nós.

– Eles não conseguiriam fazer isso se você viesse até aqui como... *você* – insisti. – Max poderia ter trazido você de carro.

– Na verdade, eu fui como *eu mesma.*

O sotaque de Cat se tornou mais marcado. Pude ouvir um ruído... Ela trocou o telefone de mão.

Bleh!

– Por que dar a eles a oportunidade de pegar você?

– Nós somos assim, Jessie – resmungou Max na linha. – Se a CIA escolhe não seguir nosso acordo, deixe eles tentarem pegar a gente.

O telefone foi desligado antes que eu pudesse dizer as palavras que queria. O repentino nó em meu estômago deixava claro que eu sentia falta de Alexi como líder da família Rusakova. Embora estivesse em uma situação nada amigável desde que os Rusakova de sangue descobriram seu envolvimento com a Máfia Russa, Alexi teria sido muito mais sensato do que Max. Todavia, quando os lobos descobriram que aquele que Pietr, Cat e Max acreditavam ser um irmão de sangue não era o que afirmava ser...

Tudo mudou.

•

Naquela noite, lutei para dormir. Quando finalmente fechei os olhos, meu cérebro se recusou a parar de visualizar as imagens violentas que habitavam minha memória. Eu era jogada naquele campo, na noite em que Pietr completou dezessete anos.

Na noite em que Pietr se tornou um lobo.

A SUV sem identificação corria como um foguete pela mata, jogando folhas e balas para todos os lados.

Fugindo de meus agressores, joguei-me na lateral do veículo, observando com um horror apático a briga que se intensificava tão perto. O agente Kent caiu, ferido. Sua arma também caiu, fora de seu alcance, quando Wanda correu para debaixo do veículo e o arrastou até um lugar seguro.

A Máfia caiu ao nosso redor em câmera lenta e eu corri para baixo da SUV, tentando alcançar o revólver antes de Wanda. Ela também tentava alcançá-lo, após perceber que sua arma estava quase sem balas.

Grigori, o ajudante do líder, mirou em Wanda. Apertou o gatilho. Wanda cambaleou para trás, o sangue era como o desabrochar de uma flor vermelha sobre seu ombro. Gemendo, ela segurou a arma com firmeza e atirou contra Grigori.

Acertou-o de raspão.

Em meio às folhas, fechei minha mão na arma de Kent enquanto Grigori ajustava a mira para assassinar Wanda.

Atirei.

Os olhos de Grigori viraram e ele caiu. O sangue escorreu de sua boca, iluminado pela luz da lua cheia, que brilhava serenamente no céu. Ele tossiu. Um som molhado.

Em seguida, Grigori estava paralisado.

Meus dedos soltaram a arma. Eu tinha matado um homem. Impregnado em meu pesadelo, o som ao meu redor foi abafado, meus ouvidos pareciam cheios de algodão. O pop-pop-pop das armas de fogo diminuíram, sendo substituído pelo pá-pá-pá de um machado cortando lenha.

Tudo se tornou escuro e sombrio. Os urros dos lobos, sujos de sangue, tornavam-se abafados pelos batimentos do meu coração, que zumbiam em meus ouvidos.

Um homem gritava insultos em minha direção. Eu me virei e vi Nickolai apontando sua arma para mim.

Fechei os olhos esperando pelo fim. Meu mundo se tornou negro. Ouvi um urro... Um grito... Um murmúrio. Meus olhos se abriram e pude ver Nickolai cambalear, seu revólver caindo...

...enquanto sua cabeça caía contra o chão, emitindo o mesmo baque de sua arma, agora já silenciada. Caída a dois metros de distância de seu corpo.

Em sua pele de lobo, Pietr estava sobre Nickolai, garras pingando sangue, focinho e peito sujos de vermelho vivo.

Pouquíssimo daquele sangue era do próprio Pietr.

Pela primeira vez, vi a brutalidade no brilho daqueles olhos... Algo além do brilho predatório do reflexo vermelho... Um demônio que ultrapassava a definição que existia em minha mente. Lobisomem. Mais cedo, sob a lua, eu o tinha visto se transformar.

Porém, naquele momento me dei conta de que nós dois tínhamos mudado.

Para sempre.

# Capítulo 4

Sophia veio até mim após a aula de Literatura. Com sua vozinha anasalada, ela explicou:

– Você vai precisar encontrar um novo fotógrafo para o jornal. Não posso continuar fazendo esse trabalho.

Em seguida, ela me passou a câmera de uso coletivo.

– Mas Soph...

Ela apertou os lábios e sacudiu a cabeça, recusando-se. Seus cabelos loiros cintilavam sob a luz fraca do corredor.

– Vou continuar como coeditora, mas sem fotos. E aqui... – Ela tirou algumas fotos antigas de um bolso de sua mochila.

Corri os olhos por elas rapidamente.

– Espere. Essas fotos não estavam penduradas no seu armário?

– Estou fazendo uma limpeza – explicou Sophia.

Não acreditei.

– Está tudo bem? – Pensei sobre a recente onda de suicídios de adolescentes nas linhas de trem que cortavam Junction como se a cidade fosse uma enorme torta. Recentemente, havíamos perdido um atleta. Eu não o conhecia pessoalmente, mas ele fazia parte do grupo de amigos de Derek.

– Está bem – disse Sophia, enrugando a testa. – E... – ela inspirou profundamente, como se fosse me dar a pior notícia de todos os tempos. – Eles querem que façamos uma cobertura sobre o novo programa de almoço do colégio.

Eu instantaneamente soube quem eram "eles". A equipe diretiva. Na verdade, não éramos nós *contra* eles em Junction... Aliás, a situação era mais como se nós trabalhássemos *para* eles, e não *com* eles.

Tecnicamente, nós dirigíamos o jornal, mas eles nos lembravam de quem possibilitava a existência da publicação. Por conta disso, de tempos em tempos veiculávamos propagandas que transmitiam uma imagem positiva dos diretores. A maior parte dessas propagandas era boa, realmente útil para os alunos. Às vezes, todavia, as informações pareciam adulteradas. Completamente comerciais.

– O que há de interessante em um novo programa de almoço ser implantado no colégio?

Discretamente, esforcei-me para entender as palavras que Sophia ofereceu como explicação:

– Alguns patrocinadores corporativos ofereceram investimento *angel* à escola para baratear o almoço e incluir alimentos mais nutritivos.

– Putz! – Passei a mão sobre meus cabelos. – Isso está acima da minha capacidade de compreensão. Investimento *angel*? Tipo... É pegar ou largar? Asas de anjo?

– Não – Sophia me olhou por um momento e virou os olhos. – Tipo... Eles não querem receber o dinheiro de volta. Não querem. De forma alguma. Eles doam o capital para comprar toda a comida. Eles arrumaram um distribuidor. A escola fica com todo o dinheiro que nós gastamos com almoço.

– Ahh... Então por que o almoço não vai ser de graça?

– Pois é, amiga... – Ela concordou. – Por que a escola ainda quer lucrar se eles vão poder oferecer comida gratuita para todos os alunos?

– Certo, então...

Ela suspirou, tolerando meu deslize. Mais ou menos.

– Então é isso que você vai questionar.

De repente, as palavras de Sophia desapareceram. Um som como o do oceano invadiu meus ouvidos, arruinou meu foco.

Pietr e Sarah passaram por nós. De mãos dadas. Tão à vontade quanto qualquer casal.

Sarah sorriu para mim.

Sophia sacudiu a mão bem diante do meu rosto.

– Volte para a Terra. Alô?

– Ah, sim. Quem eu vou entrevistar?

Ela virou os olhos. Mais uma vez.

– Perlson. Você se lembra dele? Nosso vice-diretor.

– Sim, sim – respondi, pegando o papel que ela me ofereceu.

– Você precisa cobrir isso com muita agilidade – insistiu Sophia. – Esse novo programa vai começar logo.

– Ah! Sem problemas.

– Jessie – Sophia agarrou a manga da minha blusa, trazendo-me para perto dela sem um traço sequer daquela suavidade que trazia em sua voz. – Pare de encarar Pietr.

– O quê?!

Escandalizada, ela murmurou:

– Você anda encarando Pietr Rusakova. O namorado de Sarah? – Sophia deu um passo para trás, seus olhos estavam mais arregalados do que nunca. Aquilo dizia muito, uma vez que Sophia sempre tinha uma expressão atordoada. – Espere aí. Uau! Você e Pietr?

Aproximei meu rosto do rosto dela.

– Não seja ridícula, Soph. Ele é namorado da Sarah, como você mesma disse.

Uma luz brilhou no fundo dos olhos castanhos de Sophia.

– Jessie, não se prenda ao que Sarah quer.

– Oi, Jéssica! – Derek caminhava pelo corredor em nossa direção. O sorriso mostrava as covinhas em seu rosto. A personificação da beleza americana, um jogador de futebol popular e um cara que prestava atenção em mim.

A parte triste é que eu já não me importava.

– E também não se envolva com Derek – ordenou Sophia, adotando um volume levemente diferente de sua voz sussurrada. Ela brincou com seu colar e se esquivou antes que Derek nos alcançasse.

Sophia ainda fazia tudo o que podia para evitar estar perto de Derek. Ela saíra com ele uma vez e nunca mais. Por mais que Amy e eu tentássemos extrair detalhes de Sophia, ela nunca nos contou muito a respeito daquilo. Ficamos preocupadas, mas ela nos assegurou que ele não a tinha atacado fisicamente, nem nada do tipo.

Todavia, aquilo era tudo o que ela nos dissera. E somente uma vez.

– Oi – eu o cumprimentei, focando o papel que Sophia havia colocado em minhas mãos. Preços a serem reduzidos para um dólar. Uma redução bastante considerável. Quem poderia reduzir tanto os preços no atual cenário econômico? E quem ofereceria tanto apoio a uma escola pública tão distante daquilo que a maioria das pessoas considerava ser a civilização?

– O que você tem aí? – perguntou Derek, puxando a folha da minha mão.

– Pesquisa para um artigo.

– Ouvi falar disso. Parece bom negócio.

– É... Talvez bom demais.

Derek sorriu.

– Às vezes você caça coisas que não precisam ser caçadas, Senhorita Repórter Investigativa.

– Só quero saber a verdade por trás dos fatos. Você não quer?

– Nem. Nem sempre – admitiu. – Às vezes é difícil engolir a verdade. Por que se preocupar tanto, então?

– Você está me dizendo que a solução deve ser fazer perguntas fáceis? Ou talvez nem perguntar nada?

– É claro. Perlson é um cara legal. Não é necessário ver fantasmas onde só há escuridão, certo?

– E é por isso que você é um atleta e eu sou uma editora – satirizei, lançando um sorriso para ecoar o sorriso dele. – Na maioria das vezes, você aceita os esportes exatamente como eles são. Mas as pessoas? – Dei de ombros – Pode ser mais difícil entendê-las.

– Isso é interessante. Porém as pessoas inventam coisas e praticam esportes – respondeu Derek, abrindo ainda mais seu sorriso.

Eu poderia jurar que vi seus dentes brilharem.

– Ah.

Peguei o papel e o enfiei na mochila.

– Não sou só um rostinho bonito – disse ele, rindo. O sinal tocou. – Nossa! Melhor irmos para a classe.

Derek se apressou.

Concordei silenciosamente, segui pelo corredor, fazendo uma matemática mental. Até mesmo o almoço por um dólar por dia poderia não garantir dinheiro para o Natal. A fábrica em que meu pai trabalhava estava realizando demissões em massa e, embora duvidássemos de que ele seria demitido, restava pouquíssima esperança de que os funcionários recebessem qualquer bônus de final de ano.

Sarah ficou na ponta dos pés e beijou Pietr antes de ir ao banheiro realizar sua verificação regular dos cabelos entre as aulas.

Olhando para os dois lados do corredor, concluí que estava segura para me aproximar dele. Estávamos sozinhos. Estendi a mão para Pietr, mas ele se esquivou sem olhar para mim.

Abaixei minha mão.

– Amanhã à noite vamos sondar – disse. – Nem Wanda nem Kent entraram em contato para falar sobre nossa mãe.

– Eles *querem* que vocês saiam para sondar.

Pietr deu de ombros.

– Não me venha falar as mesmas porcarias que Max diz... Nem me venha com "deixe eles tentarem" dando uma de machão. Eles têm armas. Não seja imprudente, Pietr.

– Temos opções limitadas. Tempo limitado. E... – ele verificou se havia alguém pelos corredores – presas e garras.

Um sorriso lentamente tomou conta de seus lábios.

Meus joelhos ameaçaram ceder.

– Está bem. Até amanhã à noite.

Ele concordou duramente com a cabeça e empurrou para trás a mecha de cabelos escuros que descia na direção de seu olho direito.

– Cat quer que você vá junto. Eu... – olhando para o chão que nos separava, ele parecia observar atentamente a distância entre nós – eu não acho que sua presença seja necessária.

– Eu não sou... *necessária*?

Pietr esfregou a mão sobre o nariz e desviou o olhar.

– Você vai – constatei.

– *Da* – disse ele, lançando seu olhar novamente em minha direção, confuso.

– Então me considerem incluída – insisti.

Ele apertou o maxilar.

– Me. Considerem. Incluída.

Uma palavra tão simples, emitida de forma tão relutante:

– *Da.*

Sarah saiu do banheiro, caminhando diretamente em nossa direção. Seus cabelos loiros estavam perfeitos. Mas também já estavam perfeitos quando ela foi arrumá-los.

Eu sorri e acenei para ela como se eu e Pietr não fôssemos nada além de dois amigos conversando amenidades.

– Pietr – disse eu, com um largo sorriso em meu rosto enquanto Sarah ainda estava fora do alcance de nossas vozes. – Se você se importa comigo, mantenha suas mãos e seus lábios longe de Sarah.

– Certo. Nada de explodir para fora das roupas. Verificado.

Cat riu, sua voz estalou ao telefone. Eu precisava colocar o fone de volta na base depois que a ligação chegasse ao fim.

– O que vem em seguida?

– Balas de revólver.

– *Nyet.* Não é necessária uma bala para nos matar, se o golpe for perfeito. Assim como a transformação na lua cheia, isso também é invenção de Hollywood.

– Mas você e Pietr se transformaram sob a lua cheia – protestei.

– *Da*, porque nosso aniversário caiu na lua cheia. A transformação é ativada após a primeira lua cheia de nosso 17º aniversário. Sentimos um desejo cada vez maior de nos transformarmos sob a lua, mas Alexi acredita que isso acontece porque instintivamente sabemos que a luz é melhor e facilita nossas caças e nossas corridas. Somos resultado de adulteração científica, não de mágica.

– Olha só quem fala! Minha amiga lobisomem que lê folhas de chá. Como está Alexi?

– Vivo.

Eu tremi ao me dar conta de quão friamente Cat disse essa única palavra.

– Próximo?

– *Imprinting*.

Ouvi o sorriso desaparecer do rosto de Cat.

– Próximo?

Repeti o que tinha dito.

– Você está se referindo aos livros de Stephenie Meyer?

– Sim – confirmei. Um pouco relutante.

Cat riu.

– Não há problema algum em ler livros agradáveis. Mas é melhor discutirmos esse assunto em outro momento.

– Entendi.

Como havíamos descoberto que a CIA tinha grampeado o telefone dos Rusakova, tomávamos cuidado com aquilo sobre o que conversávamos. Cat prontamente respondia aquilo que acreditava que a CIA já tinha descoberto com a ajuda de documentos soviéticos. Ou dizia coisas que deixaria quem estivesse ouvindo louco, como promoções de roupas, quem precisava se depilar e ingestão calórica apropriada para garotas, lobisomens ou não.

Algumas noites, eu acreditava poder ouvir os agentes reclamando.

– Você quer conversar com Pietr?

Meu coração martelou ao ouvir o nome dele.

– É claro.

Ouvi um grito e o desligar de um telefone enquanto outro entrava na linha.

– *Allo* – disse ele. Sua voz era como um estrondo em meu ouvido. Um estrondo que fazia meu sangue correr mais rápido e minha visão embaçar.

– Precisamos conversar.

– Já estamos conversando.

– Obrigada, Capitão Óbvio.

Pietr riu, um barulho profundo que brotava de algum lugar inegavelmente próximo de onde aqueles rosnados eram produzidos.

Derrubei minha cabeça sobre a cama, apertando o travesseiro dobrado contra meu estômago e respirando fundo.

– *Va chem dayla*? Qual é o problema?

– Preciso que você pare de beijá-la – admiti.

– Ah.

– Sei que vamos afastá-la lentamente, mas cada beijo... Eles me machucam. Preciso que ela entenda o sinal mais rapidamente.

– Ela não vai forçar a barra? – perguntou Pietr. Sua voz se tornava mais suave a cada momento. Tão suave quanto o cair de um floco de neve.

– Droga – suspirei. – Talvez. Mas ela vai entender a dica. Logo. Assim que ela souber que você não a quer mais...

– Eu nunca a evitei.

O ar ficou preso em minha garganta.

– Ela vai seguir a vida – garanti a ele.

– Tem certeza?

– Quando uma garota sabe que um cara não a quer, ela encontra outro garoto que a queira.

Pietr ficou quieto por um momento.

– Isso soa... Lógico.

– Ótimo. Bem... *Horashow.*

Ele riu novamente. Aquele som atravessou meu corpo, aquecendo minha barriga.

– *Dobray nohch* – disse Pietr.

– Boa noite – respondi.

# Capítulo 5

No dia seguinte, Pietr não beijou Sarah. Nem uma vez sequer. Observando, percebi que evitar os lábios daquela garota era difícil. Enquanto ela se inclinava para pegar sua mochila, eles estavam bem diante de Pietr. Ao pegar algo no armário, ela quase caiu ao deslizar entre Pietr e os cadernos dele. Os lábios de Sarah pareciam tão previsivelmente presentes quanto uma espinha no dia de um baile.

Eu me perguntava com que frequência as pessoas se deixavam ser beijadas, pois era mais fácil se entregar do que se distanciar.

Pietr lançou um olhar exasperado após quase entrar no banheiro feminino em uma tentativa de evitar Sarah.

Permaneci firme, e ele voltara a olhar para o relógio sempre que Sarah estava por perto.

Cada minuto significava muito para Pietr Rusakova, uma vez que, para os lobisomens, o tempo corria de forma muito rápida. As vantagens de ser um lobisomem: força, agilidade, cura rápida. O lado negativo? Um período de vida curto e uma contagem regressiva como a de uma bomba-relógio com um tique-taque cada vez mais rápido depois da primeira transformação.

Pietr estava morrendo.

E eu sabia disso.

Certa vez, ele me confessara que o tempo não era importante quando ele estava comigo. A forma como ele me beijava... Eu acreditava nele. Cada pedaço de mim queria fazer o tempo parar para ele.

No refeitório, abri meu almoço empacotado e puxei para fora meu sanduíche e meus palitinhos de cenoura. Observando o iogurte, decidi por onde começar.

– Está quase chegando, sabia?

Puxei o lacre do iogurte e mexi o fundo com a colher para misturar a calda. A melhor parte sempre estava por baixo. Fiz uma pausa. De forma geral, o iogurte e a sociedade não tinham isso em comum?

– O quê? – especulou Pietr, inclinando a cabeça.

– Ah, o Halloween – respondi.

Amy caiu na risada, colocando o leite de volta na mesa.

– Você é *tão* transparente.

– O quê? – Pietr focou sua atenção ainda mais em mim.

Sarah ria.

Eu dei de ombros.

Esbravejando, Pietr declarou:

– Ela está certa! – em seguida, ele estendeu a mão pela mesa e segurou meu ombro. – Você está jogando verde... Com relação ao seu aniversário, *da*?

– Nããão – insisti.

– Parece-me que a dama faz protestos demais – satirizou Pietr, colocando mais comida em seu garfo. – Espere aí – ele abaixou o talher. – Você já me disse que sempre faz uma festa em seu aniversário – comentou, estreitando os olhos.

Eu olhei para baixo.

– Ah – disse ele, percebendo o que acontecia enquanto olhava para meu almoço.

– Droga! – o humor de Amy mudou instantaneamente.

A fábrica em que meu pai trabalhava tinha recentemente aparecido nos jornais da região mais uma vez. Sempre que uma empresa que estava há tanto tempo no mercado começava a realizar demissões em massa, ela se tornava motivo de pauta. Fazia sentido que cortássemos gastos desnecessários. Como os gastos com minha festa de aniversário.

– Já tive dezesseis festas nessa vida – comentei, tentando abaixar a poeira. Embora eu tivesse levantado o assunto.

Amy observou meu sanduíche. Vivendo em um trailer e com um pai desempregado, ela se sentia tão impotente com relação a isso quanto eu.

Pietr sorriu enquanto mastigava.

– Vou precisar manter Catherine fora da cozinha por respeito aos convidados, mas Max sugeriu uma festa de Halloween... Motivos a mais para comemorar sempre são bem-vindos.

Eu não perguntei, mas esperava que houvesse um significado escondido nas palavras de Pietr. Talvez "mais motivos para celebrar" tivesse algo a ver com encontrar sua mãe. Ou estar livre de Sarah. Eu aceitaria muito bem qualquer uma dessas notícias.

– Se você não se importar em comemorar seu aniversário mais cedo, posso convencer minha família a fazer uma festa conjunta...

– Que ideia *estupenda*! – exclamou Sarah, exibindo uma das palavras que recentemente havia incorporado ao seu vocabulário. Desde o acidente, ela havia desenvolvido uma fascinação pelas palavras, muitas vezes encontrando termos que eu mesma já havia perdido há muito tempo. Todavia, além da fascinação pelas palavras, ela também desenvolvera uma fascinação por Pietr. – Vou ajudar!

Para mim, a alegria existente naquela ideia começava a deixar de existir.

– Não quero atrapalhar.

Pietr me chutou por debaixo da mesa e riu.

– Atrapalhar? Você pode ajudar com a lista de convidados.

Olhei para a corrente brilhando em volta do pescoço de Pietr. Se ele a tirasse, haveria bandos de garotas desesperadas para acompanhá-lo até mesmo a uma reunião para fazer uma colcha de retalhos. Os Rusakova tinham um poder estranho que somente poderia ser descrito como o mais forte magnetismo entre os animais. Pietr não precisava de sugestões de convidados vindas de mim.

– Está bem – concordei. – Se não for uma imposição. Não é nada de mais... E não quero transformar a situação em nada de mais.

Amy virou os olhos para Pietr.

– Ei! É verdade! Não é nada de mais – repeti.

Dessa vez, ela virou os olhos para mim. E mostrou a língua. Que amiga!

Sacudi minha mão no ar.

– Está bem! Como quiserem.

Amy segurou meu braço.

– Até eu sei que não é assim que você vai terminar essa conversa – ela me olhou torto, empurrando-me para que eu olhasse para Pietr. – O que você deve dizer? – perguntou Amy com uma voz melodiosa, como a de uma mãe treinando sua filha.

– Obrigada, Pietr.

Meu rosto queimava enquanto ele ria. Aquele som grave e divertido fazia um arrepio correr por toda a minha espinha.

Ele olhou novamente para o relógio.

Mais algumas horas e estaríamos juntos, pelo menos por algum tempo.

– Você já assistiu? – perguntei, falando ao telefone.

– *Nyet* – ele admitiu. – *A princesa prometida*?

– Pois é. Eu pensei que... Bem, como meu aniversário vai ser comemorado na sua festa de Halloween e eu espero... Bem... – Deus! Por que eu tremia e gaguejava ao falar com ele? – Espero que toda essa coisa com a Sarah tenha chegado ao fim. Espero que...

– Teremos oficializado nosso relacionamento – ele terminou a frase para mim. – Não deve demorar muito. Muitas coisas devem ter melhorado até lá.

– Então poderemos ir como um casal?

– *Da*. É meu presente para você. – Pietr fez uma pausa e eu tive a impressão de que ele estava tomando notas. – Esse... Homem de Preto. Eu me pareço com ele?

Eu caí na risada.

– Não exatamente. – Apontei a parte mais importante. – Mas ele é o herói do filme. A diferença é que é loiro.

– Como Derek – as palavras saíram de forma afiada.

– Não. Não é como o Derek. Não, mesmo! – discordei. – Você ainda não entendeu, Pietr? Eu gosto de você. É sério!

Achei melhor não abordar nada, nem mesmo remotamente, relacionado a *amor*.

– Derek é coisa do passado – continuei. Não houve nada entre nós nem nunca haverá.

Minhas palavras se depararam com um silêncio pesado.

– Não consigo imaginar o que seria necessário para me distanciar de você e aproximar Derek de mim. Não *quero* imaginar – deixei claro.

Pietr suspirou.

– Então devo me vestir de Homem de Preto. E você vai ser... Princesa Buttercup?

– Sim. *Da* – logo me corrigi.

– Diga outra vez.

– O quê?

A voz de Pietr se tornava rouca conforme ele repetia o pedido:

– Diga outra vez... Em russo.

Enrubesci.

– *Da* – sussurrei. – Você vai me ensinar mais palavras em russo, Pietr?

– Hum... Só as palavras importantes – prometeu.

Contive minha vontade de perguntar como dizer as três palavras que eram mais importantes para mim.

– Quais palavras você me ensinaria?

– *Pocelujte menyah.*

– O que isso significa?

Pietr suspirou.

– Repita isso hoje à noite e eu mostro o que é para você. Agora preciso sair para alugar um filme.

– Para fazer o quê?

– Isso mesmo. Eu sou um lobisomem, não sou um idiota. Temos cadastro na Blockbuster.

Aquilo era demais para mim. Os lobisomens alugavam DVDs. Na Blockbuster da minha cidade.

– A gente se vê hoje à noite – assegurou Pietr.

– *Da* – concordei.

Corri com Rio pelo pasto naquela noite, praticando minha mais nova frase em russo, perguntando a mim mesma o que estaria acontecendo entre Pietr e Sarah, preocupando-me com o fato de que eu sairia em uma patrulha na qual eu seria a única integrante sem habilidades extremamente eficazes de me autocurar.

Aprontei-me para ir para a cama, ou para fingir que dormiria, sabendo que os Rusakova me protegeriam. Isso também me preocupava. Eu não queria que ninguém se ferisse por *minha* causa. Na verdade, o que Cat pensava que eu poderia fazer para ajudar?

Eu era, afinal de contas, apenas uma humana.

Algo bateu contra minha janela. Pulei, correndo para abri-la.

Ele estava lá fora. A escuridão envolvia seus braços e ombros como um enorme casaco negro. Ele usava calças jeans pretas e nada mais. A luz da lua banhava sua barriga e seu peito nus. Meu coração acelerou.

*Pietr*. Envolvido na escuridão. Ele inclinou a cabeça, sem dizer nada. Mas eu sabia o que aquele movimento significava.

Fechei a janela, que rangeu. Peguei meu suéter que estava pendurado no canto da gaveta da cômoda e enfiei meu corpo dentro dele. Apaguei a luz do quarto e tranquei a porta logo atrás de mim. Meu pai sabia que eu fazia isso para evitar que Annabelle Lee me bisbilhotasse. Ele não suspeitaria de nada se chegasse tarde em casa e encontrasse a porta do meu quarto trancada.

Rastejei pelas escadas e para fora de casa, ignorando a necessidade de usar uma jaqueta. Se meu pai retornasse enquanto eu estivesse fora, a ausência de minha jaqueta em algum ponto da casa seria a primeira coisa que ele perceberia. Além do mais, a forma como meu coração batia, tão acelerado, e a forma como meu sangue era bombeado, tão quente, jamais me fariam pensar que eu precisaria de uma jaqueta.

Caminhei para a escuridão, preocupada com a luz suave que se derramava do quarto de Annabelle Lee. Ela provavelmente ainda estava acordada, lendo.

– Pietr – sussurrei.

Meus olhos lutavam para encontrá-lo em meio aos troncos de árvores e aos arbustos que se debatiam com a brisa.

# Capítulo 6

– Ai! – tropecei, assustada por encontrá-lo tão perto. Pietr me segurou com aquelas mãos quentes e ferozes e então me levantou e esperou que eu me equilibrasse. Ele estudou meu rosto.

– *Pocelujte menyah* – disse eu. Em voz alta. E muito hesitante.

Algo brilhante como um relâmpago acendeu nos olhos de Pietr. Ele me segurou, cobriu minha boca com a sua. Suspirei e ele moveu seus lábios contra os meus, usando seus braços fortes para juntar nossos corpos. Cada terminação nervosa do meu corpo acendia como se eletricidade corresse por sob minha pele enquanto respirávamos o mesmo ar. Compartilhávamos os mesmos sabores.

Ele se afastou, piscando aqueles olhos que brilhavam como a lanterna vermelha que havia nos olhos do lobo. Pietr expirou, envolvendo-se com seus próprios braços.

Eu me joguei contra ele, estendendo meu braço para envolver seu pescoço e cobrir seu rosto com beijos ardentes.

– Espere! – disse ele. A voz de Pietr parecia estrangulada em meio a um rosnado enquanto ele me segurou pela cintura e me levantou. Seus olhos estavam espantosamente brilhantes. Brilhando tão fortemente quanto o farol no limite da cidade. Suas narinas, dilatadas, agora estavam preenchidas com meu cheiro. O contorno do corpo de Pietr tremia na escuridão. Ele se sacudiu, lançou o ar para fora dos pulmões e esfregou a cabeça. – Precisamos nos apressar – disse, abrindo um sorriso.

– Onde está o carro?

– No fim da estrada, perto da entrada da rua.

– Vamos – comecei a caminhar pela estrada.

Atrás de mim, Pietr gritou:

– Assim vai ser mais rápido.

Ouvi um barulho de zíper. Meus olhos ficaram arregalados quando me dei conta de que Pietr só usava uma peça de roupa com zíper. Olhei para trás e vi uma calça jeans.

Ouvi quando ele disse para que eu subisse em suas costas. O lobo, estava ao meu lado, fazendo com seu focinho a forma de um arco para me lembrar de subir.

– Ah... – Aturdida, peguei a calça e a coloquei sob meu braço antes de subir nas costas do lobo. Segurando o espesso tufo de pelos que cobria seus ombros largos, tentei não pensar no fato de eu estar cavalgando em Pietr.

É. Não é fácil esquecer que eu estava apoiada nas costas fortes de Pietr, meu rosto apoiado naquela pelagem que tinha um forte cheiro de pinheiro. Ele correu pela longa estrada até chegar ao carro. Seu corpo estava tão aquecido por conta da transformação que eu queria ter tirado meu suéter e o levado na mão, junto com a calça jeans.

O eco do coração de Pietr batia por suas costelas e por sua coluna, contra meu peito, preenchendo-me com nossas pulsações compartilhadas. Minha cabeça girou. Meu estômago sacudia como se eu estivesse andando em uma montanha-russa, não sobre as costas de um lobisomem. Eu me derreti junto ao corpo de Pietr. Todas as minhas confusões e preocupações borbulhavam em meu estômago, que agora se contorcia.

Por que as coisas não podiam ser simples em minha vida? Por que Pietr e eu não podíamos simplesmente sermos *nós*? Juntos. Em público. *Droga!* Por que Pietr tinha de ser tão incrível e tão complicado... Tão frustrante?

Paramos do lado do carro e eu pulei para fora daquelas costas, jogando a calça para ele.

– Bleh! – Gritei enquanto Pietr se transformava e se vestia. – Você poderia ter simplesmente me carregado. Como humano. Mas, não... Você precisava ficar nu e se transformar em lobo... *Autoritário*. Enchendo minha cabeça de... – levei minhas mãos até minha boca.

Ele teve a boa educação de parecer envergonhado. Como se ele nunca tivesse considerado outra possibilidade.

– O lobo...

Mas Pietr ficou em silêncio e olhou para baixo enquanto arrastou os dedos pela testa.

– O lobo deixa Pietr idiota – Cat completou a frase para ele, abrindo a porta e puxando-me para o seu lado no assento enquanto faróis apareciam no fim da estrada.

Senti meu corpo amolecer. Aquilo era como se tivesse treinado intensamente com Rio e descobrisse que a competição havia sido cancelada. Como se ainda houvesse algo a ser feito. Ouvindo um bravejar que eu mesma emitia, fechei o sinto de segurança.

Cat encarou Pietr enquanto ele tomava o assento da frente.

Do assento do motorista, Max olhou para trás, para mim, olhos brilhando logo abaixo de seus cabelos escuros, ondulados e despenteados. Ele tinha uma aparência charmosamente tímida sempre que não lançava um olhar de lobo sobre as garotas que se jogavam aos seus pés. Max era o lobisomem de número três. Alguns centímetros mais alto do que Pietr e com peito e ombros mais largos, Maximilian Rusakova era uma imagem assustadora quando atravessava os corredores escuros de Junction High ou quando dirigia o conversível vermelho-cereja da família. Se tivesse algum interesse em futebol, certamente poderia ser um jogador feroz do Junction's Jackrabbits.

Porém, Max só tinha um interesse.

*Garotas.*

E as garotas respondiam ao interesse. Ansiosamente. Pelo menos quando ele não usava seu colar especial. E devo dizer que, independentemente de quantas vezes Cat me lembrasse de que os lobisomens eram produtos da ciência, para mim aquele colar ainda precisava de uma explicação mais plausível, mais... *má*gica.

Loucura. Eu estava nervosa. Minha mente balbuciava.

Com quase dezoito anos, Max era um dos alunos mais desejados do terceiro colegial de Junction High; mas, para mim, ele era bom demais... Um pouco dominador, de várias formas.

Quando nos viu, ele quase rolou de rir.

– Vocês dois estão tão zoados – disse Max, em meio a gargalhadas, enxugando os olhos com as costas da mão. – Simplesmente façam as coisas e acabem logo com isso.

– O quê?! – exclamei enquanto o calor invadia meu rosto. Fazer as coisas? Está bem, talvez Max fosse *muito* dominador em alguns momentos.

– Observar vocês frustrando um ao outro me faz morrer de rir – bufou, colocando o carro em movimento. – Não façam as coisas e eu tenho certeza de que vou morrer de rir! Que loucura, não é mesmo? Um lobisomem ligadão e a humana que o quer vendo-o sair com a amiga dela!

O assento do motorista tremia com a risada escandalosa.

De repente, o rosto de Pietr estava ao lado da orelha de Max, lábios repuxados, dentes se alongando enquanto ele bravejava:

– Dirrija.

Cruzando os braços, lancei uma carranca na direção do retrovisor de Max.

*Normal. Normal. Normal!* Por que tudo não poderia simplesmente ser normal? Porém, conforme o carro se afastava, passei a me dar conta de que, embora estivesse muito nervosa com Max e muito frustrada com Pietr, eu ainda não queria estar com outros que não fossem os Rusakova.

*Droga!*

No caminho, recuperei a compostura.

– Então... Digam por que eu sou necessária. Quer dizer, vou ajudá-los, vocês sabem disso. Mas por que vocês precisam de *mim*?

Max riu. Ele parecia mais uma hiena do que um lobo.

– Você está perguntando para Cat ou para Pietr?

Cat deu um tapa na parte de trás do banco de Max.

– Idiota!

Meus olhos se estreitaram e dobrei a intensidade do olhar que lançava fixamente para Max.

– Cat.

Ela se virou no banco para olhar para mim.

– Você vai cuidar do carro enquanto patrulhamos – continuou Cat. – Não quero que ele tenha desaparecido quando voltarmos. Não há nenhum lugar decente para escondê-lo. Fique na frente, no banco do passageiro, e se alguém perguntar alguma coisa, diga...

– Que o carro parou de funcionar e que meu acompanhante idiota, *que estava dirigindo*, me deixou e foi buscar ajudar. Esquecemos nossos celulares em casa.

Orgulhosa, Cat sorriu para mim:

– *Horashow*!

– *Spahseebuh*, eu a agradeci na mesma língua.

Max estacionou o carro no final de uma rodovia que contornava um dos vários bairros de Junction. Eu já tinha passado por aqui, anos atrás. Havia uma piscina comunitária não muito longe de uma igreja onde minha mãe nos levava antes de ela e meu pai deixarem de acreditar em religiões institucionalizadas. Ganhei meu primeiro (e último) certificado por ter comparecido em todos os domingos dos dois últimos anos em que frequentamos essa igreja.

Na época, esse era um bairro pequeno e amigável. Agora, sob as poucas e fracas luzes que os postes escassos lançavam por ali, percebi que as calçadas sobre as quais no passado caminhei usando o que minha mãe chamava de "vestido de domingo" tinham se tornado rachadas e desiguais.

– Acabamos de passar por uma velha igreja. Um cheiro que reconhecemos – explicou Cat.

– É uma igreja de tijolinhos à vista com algumas partes pintadas com cal?

Os olhos de Max brilharam.

– *Da*, Jessie. Você conhece essa igreja?

– Eu costumava frequentá-la. Anos atrás.

– É provável que muitas pessoas digam o mesmo. Ela está abandonada – comentou Cat.

– Vocês poderiam pelo menos... – Não consegui completar meu pensamento.

Cat riu.

– Criaturas da ciência, Jessie. Não nos importamos com igrejas. Com água benta. Com crucifixos – reafirmou.

– Crucifixos deixam você louca – corrigiu Max, encarando sua irmã.

– Só acho estranho pendurar um instrumento de tortura na parede – explicou Cat, dando de ombros. – Seria impossível ter acesso à planta da igreja por meio dos registros na prefeitura – disse, hesitando. – Teríamos de fazer perguntas demais.

– E temos tempo de menos – acrescentou Pietr.

– Isso é fácil. – Mordi meu lábio inferior, relembrando os detalhes. – As portas principais devem estar iluminadas. Mas há uma porta do lado direito, perto de uma pequena subida, que leva à nave, e outra nos fundos, que dá na sala dos coroinhas. Existe um andar inferior com uma cozinha e uma sala enorme que se transformou na sala de aula do catecismo. Essa sala tem uma porta dobrável assustadora. Encontrar esse lugar não deve tomar muito tempo.

Eles assentiram. Cat lançou um olhar presunçoso para Pietr.

– Está vendo? Foi bom trazer Jessie.

Eu sabia que Pietr havia pensado que eu não seria *necessária*, mas agora parecia que ele simplesmente não queria que eu fosse.

– Espere. Também há um porão. Na área da sala de aula, há uma porta de madeira no chão, e uma escada pequena. Mas essa escada não estava boa, nem mesmo naquela época. As senhoras que frequentavam a igreja reclamavam quando tinham de ir até o andar de baixo para levar alimentos antes da feira.

– Alimentos?

– É. Coisas como feijão, couve-flor, vinagre...

– Que gente estranha – murmurou Max.

– Você acha, mesmo? – forcei meu corpo contra o cinto de segurança.

Ele balançou a cabeça, assentindo.

Cutuquei seu ombro.

– Então um lobisomem que consome borche[1] chama de estranho os humanos que se alimentam de feijão e couve-flor?

Ele sorriu, mostrando aqueles dentes longos e afiados.

– Já entendi.

Max bateu em um de seus caninos com um dedo e riu enquanto sua voz se tornava tão profunda quanto a de um lobo.

Em alguns momentos, eu acreditava que Max poderia facilmente ter sido o lobo da Chapeuzinho Vermelho. O problema é que Chapeuzinho provavelmente teria gostado disso.

– Voltaremos em dez minutos – assegurou Cat, jogando as chaves em minha direção. – Queremos encontrá-la, não libertá-la.

– Ainda não – concordou Pietr. Seus olhos brilhavam.

Fora do carro, eles rapidamente se transformaram em lobos, pulando a cerca viva que marcava os limites do bairro e desaparecendo na escuridão.

Sentei-me no banco do passageiro e liguei o carro para poder acompanhar o tempo no relógio do painel. Dez minutos. Reclinada no banco, prometi a mim mesma que só começaria a me preocupar depois de transcorridos quinze minutos. Peguei minha pedra da preocupação e passei a esfregar meu polegar sobre aquela superfície bri-

[1] N. T.: Sopa que tem como base a beterraba, muito comum em países como Rússia e Ucrânia.

lhante e irregular. Como os olhos de Pietr, a pedra era linda e azul. Como o que brilhava atrás daqueles olhos, *complicada*.

Quando quinze minutos se passaram e não houve sinal algum dos Rusakova, decidi não entrar em pânico.

Ainda.

Quando dezessete minutos correram, já tinha verificado o interior do carro procurando por uma arma: um canivete, uma tesoura, qualquer coisa. Logo estava óbvio que os lobisomens não se importavam em carregar armas comuns. Dentes e garras eram mais do que suficientes.

Quando vinte minutos se passaram, eu tinha encontrado uma lanterna Maglite pesada enfiada sob o banco do motorista. Eu teria de me virar com aquilo.

Tirei a chave do contato, enfiei-a no bolso do lado oposto de onde ficava minha pedra da preocupação e escondi as outras chaves sob o banco.

Vinte e dois minutos após os Rusakova terem desaparecido em meio à noite, eu caminhava na direção da igreja.

E eu definitivamente estava preocupada.

# Capítulo 7

Caminhei pela lateral da igreja, desejando que um lobisomem me ouvisse. Os vitrais altos e parcialmente quebrados se estendiam sobre mim. Um raio fraco de luz me avisou que algo estava errado. Eu duvidava que os Rusakova precisassem de luz artificial para realizar sua busca.

Havia outra pessoa por ali. Correção: esperando por ali.

Dentro da construção, pessoas conversavam enquanto algo batia contra... batia contra... uma parede? Uma parede? A porta do porão.

Mais uma vez. E mais uma vez.

Meu coração bateu contra minhas costelas, destruindo-me. Apoiei minhas costas contra a parede e tentei pensar. Havia claramente duas vozes humanas. Talvez mais.

Eu não tinha sido treinada para lidar nem mesmo com uma.

Quais opções eu tinha, se é que eu tinha alguma opção? Pensei em quando frequentava o catecismo e aquela igreja. De que mais as senhoras que estavam sempre por ali reclamavam?

Em um verão particularmente úmido, a água entrou na construção e destruiu as etiquetas dos alimentos pouco antes da feira... Onde...? Desci o pequeno declive me arrastando, procurando o caminho que a água tinha tomado.

– Ah!

Agachei-me ao lado de uma janela pequena, realmente pequena, praticamente nivelada com o chão. Do lado de dentro, os lobos rosnavam e mordiam, arremessando-se pela escada frágil, na direção do chão.

Com um dedo hesitante, bati no vidro fixado na base de tijolos que se desfaziam.

No interior, as coisas se tornavam cada vez mais assustadoras. Então, alguém voltou a bater na porta e a janela se abriu. O rosto de Cat fantasmagoricamente apareceu em meio à escuridão.

– Jessie! *Horashow.* Era uma arrrmadilha!

Ela praticamente rosnou a última palavra. Seus dentes, que normalmente formavam aquele sorriso aquecido, agora eram lâminas afiadas.

Não comentei que mencionar o óbvio era trabalho de Pietr.

– Eles tinham... – As palavras fugiram de Cat por um momento. Ela sacudiu a cabeça, dentes entorpecidos, olhos passando do azul da noite para carmesim enquanto ela tentava se focar. – Tinham uma pele que nos fez acreditar que estávamos no caminho certo.

– Uma *pele*?

– A pele de nosso pai.

Meu estômago se revirou e nos homens que estavam lá dentro.

– Quantos estão aí dentro?

– Dois.

– Mantenha-os distraídos. Mantenha esses caras perto da porta enquanto eu entro.

– Traga Alexi – ela sugeriu.

– Não temos tempo para isso. Eles não vão querer que vocês fiquem por aqui. Eles querem que vocês estejam a caminho de sabe-lá-o-que antes do amanhecer.

– O que você vai fazer?

– Vou tentar não deixar as coisas piores. Vou entrar por cima.

– Vamos distraí-los – ela garantiu.

Um silêncio se instalou conforme a janela era fechada. Dei a volta até chegar do lado de fora da porta da sala dos coroinhas.

Testei aquela velha maçaneta decorativa, girando minha mão. Devagar e discretamente. Esperei encontrar uma enorme bagunça enquanto me lembrava de como era a sala. A porta costumava ficar destrancada até o dia em que um coroinha descobriu um diácono caído próxima da parede e todas as taças de vinho vazias.

Minha mãe disse que aquilo não era surpresa, considerando o número de pessoas que iam à igreja somente para a comunhão e no Natal, e não todos os domingos. Ela afirmava que essas pessoas não estavam frequentando *de verdade* a igreja, mas apenas "tentando garantir um lugarzinho no céu". Portanto, para mostrar nosso comprometimento, íamos todos os domingos. Se quiséssemos a salvação, precisávamos dedicar nosso tempo. Ela vivia de acordo com a filosofia de que "nada vale a pena quando você não trabalhou para ter". E isso também se aplicava à salvação divina.

Um ruído vindo do porão fez o santuário estremecer e me sacudiu para fora das memórias. Abri a porta. O cheiro de bolor tornava-se mais forte conforme eu caminhava pela pequena sala e pelo corredor com carpete e com bancos esculpidos e desconfortáveis encostados nas paredes.

Na nave, caminhei discretamente na ponta dos pés até a escada em espiral. Com uma mão no corrimão de madeira lisa, olhei para baixo, procurando pelos problemas e esperando que eles não estivessem já procurando por mim.

Agachada, mantive-me abaixo da barreira visual que o corrimão traçava em meio ao ar e pisei com um pé de cada vez em cada degrau, como um esgrimista praticando golpes em um terreno irregular. Pouco a pouco, eu me aproximava, empurrando minhas costas contra a parede conforme a escada formava ângulos com o chão.

Insultos se espalhavam, vindos da área da sala de aula. Os tremores aleatórios da porta do porão eram tão ferozes que ameaçavam sacudir a fundação da igreja. E certamente abalavam os nervos dos captores dos lobisomens.

Dei uma olhadela de canto.

– Eles são mais fortes do que nos disseram – reclamou o mais alto dos dois homens.

Encolhi meus ombros, reconhecendo que aquela era a voz que saía do rádio na noite em que caçavam Cat em minha fazenda.

– Nossa! Aí. Traga essa mesa para cá também. Então ela disse para mim... Traga isso... Ela disse para mim que...

Correndo para a porta dupla que separava o corredor da sala de aula, encostei meu corpo contra o lado da porta que permanecia fechado. Lancei um olhar para dentro do cômodo e pude observar os homens quando a porta do porão e o chão em volta dela tremiam por conta do ataque brutal de um dos lobos.

– Dá para acreditar? – perguntou o mais baixo. – Ela se recusava a me dizer o que queria ganhar de aniversário, mas, cara, ela ficou frustrada quando recebeu algo que *não* queria.

Eles moveram o máximo da mobília que podiam para cobrir a enorme porta. E continuavam colocando mais coisas na pilha. Armários de arquivo, mesas, cadeiras, uma escrivaninha, uma televisão velha... Tudo isso amontoado para segurar os Rusakova debaixo da pilha.

– Eles devem chegar logo – concluiu o mais baixo após olhar para onde eu estava e, em seguida, para a porta da frente da igreja. – A não ser que Martinez esteja dirigindo. Ele dirige tão mal quanto uma mulher.

Recuei uma distância considerável, respirando pesadamente. Mantive minhas costas apoiadas na parede. Meus dedos apertados em volta da Maglite. O peso da lanterna era reconfortante. A melhor e única arma que eu tinha.

– Eles devem aparecer a qualquer momento – concordou o homem mais alto.

O mais baixo começou a caminhar na minha direção, olhando para trás e dizendo:

– Coloque algo aqui também... Qualquer coisa que você encontrar. Vou ver se eles não estão esperando lá fora como verdadeiros idiotas.

O mais alto voltou a empilhar móveis enquanto lutava para manter-se firme sobre o chão velho, que estremecia sob seus pés.

Levantei a lanterna acima da minha cabeça, observando o espaço entre a porta e o batente enquanto o homem mais baixo se aproximava. Segurei minha respiração até meus pulmões queimarem. Ele apareceu do meu lado da porta. Com toda a velocidade possível, joguei a lanterna na cabeça dele.

Aquele homem olhou para mim, surpreso, antes de cair de joelhos e depois de cara no chão.

Inconsciente. E despercebido, graças ao chão barulhento.

– Sinto muito.

Apoiando minhas mãos sob os braços dele, tentei arrastá-lo para fora da possível linha de visão de seu comparsa. Ele era como um saco de pedras: pesado demais para ser carregado.

Droga. Droga. *Droga!*

Em vez de continuar ali, passei pela porta e caminhei na direção do outro homem enquanto ele examinava um piano vertical bastante desgastado. Quase perdi o equilíbrio quando o chão tremeu outra vez. Então, o cara virou na minha direção. O choque acendia seu rosto. Fui em direção à cabeça dele, mas ele se abaixou e deu um soco em meu pé. Quando fiz outra investida, ele me atingiu com uma rasteira.

Caí pesadamente de costas e perdi todo o meu ar. Ouvi a lanterna cair, já longe de mim.

– Sua vadia-mirim! – gritou enquanto tentava pegar sua arma. – Você se meteu em uma brincadeira perigosa.

Sob as tábuas do piso, todo o inferno se libertou. Um uivo selvagem fez o local sacudir. Os pelos do meu braço se enriçaram ao reconhecer aquele som.

*Pietr*.

O olhar do homem se direcionou ao corredor, onde seu companheiro falante ainda estava deitado. Agora, todavia, calado por conta da Maglite.

Com a cabeça contra o chão, ouvi algo moer, raspar e se deslocar no porão. Cada vez mais forte. Vidros eram quebrados. Um som distante e tilintante.

– Droga – esbravejou o homem, mantendo seus olhos em mim. – Não esperava que fosse necessário algo tão extremo para fazer esse cara calar a boca. Talvez eu devesse agradecer – disse, apontando a arma para mim. – Mas tenho ordens de atirar para matar. – As sobrancelhas grossas abaixavam-se para formar sombras sobre seus olhos. – Posso matar qualquer um, menos aqueles idiotas no porão. Vamos lá, então. Me dê um motivo...

Segurei minha respiração e me mantive absolutamente parada. Cooperando.

– Ah, que pena! – exclamou ele, movendo seus dedos na direção do gatilho. – Eu não *preciso* de um motivo. E a burocracia de uma testemunha faz...

Gritei quando a janela na minha lateral explodiu. Cacos coloridos e pedaços de ferro se espalharam pela sala. O lobo pousou sobre o homem tão rápido que quase não consegui ver.

Ouvi um tiro. Em um instante, Pietr tinha a arma do homem em sua boca, sacudindo-a como um trapo velho. O revólver caiu contra o chão. Eu o peguei e rapidamente o apontei para meu quase-assassino.

– Pietr – gritei. – Solte ele!

Mas o demônio que havia em Pietr sacudiu o homem ainda mais forte. Articulações estalaram, ossos foram triturados. O corpo caiu, mole, enquanto um braço arrebentado permanecia no maxilar canino de Pietr.

– Pietr! – gritei. Apertei o gatilho e disparei contra o teto.

Gesso e poeira foram salpicados sobre o rosto e os ombros do lobo, deixando-o como se tivesse sardas brancas. Por um instante, imaginei--o quieto em meio a uma nevasca.

Aquele devorador ficou petrificado, observando enquanto eu me esforçava para conseguir ficar de pé.

– Solte-o – ordenei.

Ele obedeceu. Hesitante.

– Precisamos ir.

O lobo estremeceu por um momento e se transformou em Pietr, humano e trêmulo em meio a seus esforços, suado e sujo de gesso. Bem diante de mim. Nu.

Desviando o olhar, esfreguei meus olhos. Ver meu mais-ou-menos-namorado nu com tanta frequência só podia significar que eu precisava reaprender o caminho até a igreja para me confessar.

– Precisamos ir – repeti.

Antes de me dar conta do que estava acontecendo, Pietr me passou pela janela, colocando-me sobre as costas excessivamente peludas de

Max. Em seguida, Pietr correu, juntando-se a nós, mais uma vez aquecido em sua pele de lobo.

Olhei para o buraco onde certa vez estava a pequena janela do porão. Os tijolos estavam destruídos, cada um deles arrancado como se fosse um dente mole saindo de uma boca empoeirada.

– Por que você não pensou nisso antes?

Fugimos de volta para o carro enquanto uma SUV sem nenhuma identificação estacionava do lado da igreja. Dois homens bem-vestidos, carregando pastas de documentos, desceram e caminharam até a porta da frente. Em seguida, bateram na porta.

Os Rusakova, novamente humanos, entraram em suas roupas com a mesma facilidade que puxei a chave para fora do bolso e a coloquei na porta do carro. Joguei meu corpo no banco traseiro, passei a chave para Max e fechei meu cinto de segurança antes de me contorcer.

As mãos de Cat acariciaram meu cabelo como línguas ardentes lambendo minha cabeça. Fechei os olhos, lutando para não pensar sobre as origens da pelagem negra que nascia em seus braços. Apoiando minha testa contra a janela enquanto acelerávamos, tentei perder meu foco na mancha formada pelas luzes da rua e dos faróis.

Cochilei por um momento. Talvez por mais do que um momento. Meu sono era interrompido por palavras desconexas e pela sensação de olhos me observando. Os olhos de Pietr. Vermelhos e brilhantes em um momento. Assustados no momento seguinte.

– Nunca mais. *Vwee pohnehmytyuh menya*?

– *Da* – sussurrou Cat. – Já entendi, Pietr.

– Eu a peguei.

Um resmungo de protesto surgiu em resposta.

– *Nyet*, Cat. Já foi demais você ter colocado ela no meio disso tudo.

Tive a estranha sensação de ser balançada e levantada, colocada diante de um aquecedor em que o tique-taque de um relógio corria. O vento passava por mim, embaraçando meu cabelo e resfriando meu rosto.

Abri meus olhos brevemente e pude vislumbrar o rosto que tanto queria ver em meus sonhos e ao acordar. Aquele maxilar forte, aquela força bruta em seu pescoço e em seus ombros...

Pietr. Segurando meu corpo.

Apertando ainda mais meu corpo contra o corpo dele, ignorei o vento cortante, concentrando-me no tique-taque do relógio da vida. O tempo era curto. A vida, incerta. Cada momento precisava valer a pena.

Minha janela se fechou e eu me sacudi, sentada na cama, olhando. Perplexa.

Tremi em meu pijama. Que sonho estranho. Ajeitando-me melhor em minhas cobertas, percebi que minhas roupas estavam cuidadosamente colocadas em uma pilha do lado do cesto, esperando para que eu decidisse se poderia vesti-las para realizar minhas tarefas na fazenda durante a manhã seguinte.

Sentei-me novamente. Porque eu *nunca* fazia aquilo, nem mesmo quando planejava. Roupas no lugar errado... Ou, melhor dizendo, no lugar certo. Segurei meu travesseiro e fiquei petrificada. Uma arma brilhava ali, banhada pela delicada luz da lua que passava por minha janela.

Não era sonho. Passei a mão sobre a manga suave do meu pijama e me encolhi debaixo das cobertas, incerta do que fazer, além de tentar expurgar tudo aquilo com a ajuda de um sonho.

# Capítulo 8

Infelizmente meus pesadelos se entrelaçaram durante o sono. Eles começaram com os relatos que ouvi sobre o assassinato do pai dos Rusakova. A voz de Pietr, lenta e suave, com apenas um leve sotaque russo colorindo suas modulações, narrava a noite na qual seu mundo mudou para sempre. Suas palavras, combinadas com o relato publicamente aceito dos Lobos Fantasmas de Farthington, arrastavam-se por meu cérebro dormente. E minha imaginação e meu dom da criatividade preenchiam quaisquer lacunas que Pietr deixava.

Vi o que escapou aos olhos de Pietr, Cat e Alexi naquela noite, tudo em meio ao disfarce confuso de um sonho. De um lugar escuro, vi o vizinho tentando escapar, vi a forma como seu rosto se acendeu quando a arma disparou. E quando Andrei caiu, um rosnado brotou em *minha* garganta, protetor e indignado como o de Tatiana devia ter sido.

A loba de pelagem vermelha deu um pulo somente para cair de volta no chão, alvejada. E conforme ela caía no chão, uma SUV surgiu e os corpos dos lobos foram lançados na traseira.

– Não – gemi. Aquilo ia contra os relatos nos jornais. A SUV virou e minha visão tremeu e mudou, levando-me para debaixo da árvore perto do Skipper's. O sedã da minha mãe se aproximava, e Sarah, agora atrás do volante da SUV, derrapou no acostamento, batendo contra o carro de minha mãe, incendiando-o. Eu corri na direção do acidente, chorando, incapaz de tirá-la dali. O pesadelo mudou novamente. Agora eu estava do lado da SUV da CIA, com mafiosos atirando por toda a volta e Wanda segurando meu braço e me puxando para baixo enquanto eu gritava minhas frustrações.

Ouvi o barulho de uma batida. Insultos. Gritos. E eu me sentei, arfando e sentindo meu corpo frio por conta de meu próprio suor. As batidas começaram novamente.

– Jessie! Jessie!

*Onde...?* Pulei. Reconhecendo meu quarto, esforcei-me para achar a porta, caindo enquanto lutava para desenredar meu pé dos lençóis.

– Pai! Pai! O que está acontecendo?

Os gritos pararam, mas ainda pude ouvir uma pancada em minha porta. Eu a abri e meu pai entrou. Seus olhos, arregalados. Ele agarrou meus ombros, encarando-me.

– Jessie, você está bem?

No corredor estava Annabelle Lee, esfregando os olhos.

– Sim, pai...

– Você estava gritando – ele murmurou. – Você nunca...

– Eu nunca gritei enquanto dormia.

Meus olhos se fecharam enquanto meu pai estendeu a mão e acendeu a luz.

Annabelle Lee suspirou. Com a mão diante da boca e os olhos arregalados, ela olhava para mim.

– Que diabos? – O volume da voz de meu pai aumentou, fazendo meus olhos se abrirem rapidamente. Ele estendeu a mão, descrente. Seus dedos tremiam quando ele empurrou meu cabelo para trás.

– O quê? – suspirei. Levantei a mão e toquei o ponto do meu rosto que meu pai encarava. Estremeci ao sentir o ferimento. Engoli em seco, lembrando-me de quando o homem alto me acertara, na igreja.

– Como isso aconteceu?

Minha mente hesitou.

– Eu...

– Você saiu com aquele garoto, não saiu? O Rusakova? – questionou meu pai, praticamente cuspindo o sobrenome, como se me desafiasse a defender Pietr ou a discordar. Com a mente ainda confusa por ter passado tão rapidamente da severidade de um pesadelo para a dureza de um lugar aceso, procurei por uma palavra, por uma explicação...

E aquilo era todo o necessário... Um momento de hesitação.

– Ele bateu em você – declarou meu pai. Sacudindo a cabeça, gaguejei que aquilo não era verdade, mas ele já tinha se convencido. Pietr era russo. A Máfia e ele tinham uma herança em comum. Portanto, Pietr era uma ameaça brutal. Os dedos na mão de meu pai se enrolaram, formando um punho fechado. – Eu vou...

– Não. Pai... Não! – Eu agarrei seu pulso e abri aqueles dedos de modo que ele segurasse minha mão. Meu pai tremia, enfurecido. – Não – insisti, encarando-o fixamente.

No entanto, seus olhos continuavam voltados para meu ferimento, e eu sabia que ele havia concluído aquilo que Pietr temia sobre si próprio: que, de alguma forma, Pietr era um monstro. Porém, aquilo não tinha nada a ver com ser um lobisomem, mas tudo a ver com ser russo.

– Você está de castigo – declarou.

– O quê?! – pisquei duramente meus olhos. Minhas bochechas queimavam.

– Nada de telefone, computador ou visitas. Nada de visitar ninguém. – Ele soltou minha mão para acariciar meu rosto com aquelas mãos largas e calejadas. – É meu dever proteger você, Jessie. O que sua mãe diria se eu não fizesse isso? Que tipo de pai eu seria?

Não percebi que eu estava chorando até as lágrimas respingarem no meu queixo, molhando meu pijama. Olhei para Annabelle Lee, buscando apoio. E tive uma enorme surpresa: ela sacudiu a cabeça e se distanciou.

Meu pai beijou minha testa.

– Agora vá dormir. Você está segura.

Ele apagou a luz e fechou a porta, deixando-me de pé no escuro.

Em choque.

# Capítulo 9

Nunca pensei muito em usar maquiagem. No colégio, várias garotas usavam muita maquiagem em uma tentativa de mostrar que estavam crescendo.

Em vez de parecerem maduras, aquilo as fazia parecer velhas.

Mas eu *me sentia* velha. E, olhando para o ferimento em minha bochecha sob a luz no espelho do banheiro naquela manhã, cheguei à conclusão de que medidas drásticas eram necessárias. Corretivo líquido, pó e *blush* e eu estava... *bem*...

Examinei-me no espelho.

Não parecia uma cafetina *por completo*.

Teria de me virar com aquilo.

Comer cereal era doloroso, então considerei, naquele dia, fazer uma dieta radical, composta exclusivamente de líquidos. Para começar, café e suco de laranja.

– Está doendo, não está? – perguntou meu pai.

Eu o ignorei.

– Fique longe daquele garoto – ordenou.

– Pai, não é nada disso que você está pensando.

– Então me diga o que é.

No final de nosso caminho longo e coberto por cascalho, o ônibus estacionou. Mais cedo do que normalmente.

– Vou dizer.

O ônibus buzinou. Corri na direção da porta com a mochila e o saco com meu almoço nas mãos, jaqueta e cachecol se arrastando enquanto eu corria.

Subi os degraus para me juntar a Pietr.

– Maquiagem? – perguntou, levantando uma sobrancelha enquanto eu me sentava.

Dei de ombros, rezando para que ele não resolvesse insistir para que eu confessasse o motivo.

Em vez disso, ele se inclinou na minha direção, empurrando algumas mechas de cabelo para fora do meu rosto.

– Você está ferida – sussurrou. Seus olhos escureciam. Trovões estouravam em sua alma.

– Não é nada de mais. – Segurei a mão dele e suavemente empurrei seus dedos para fora do meu rosto. Contente com o toque hesitante de Pietr, suspirei, mantendo meu olhar preso a ele.

A respiração de Pietr se tornou difícil.

– Ontem à noite? – Ele se deu conta, enquanto uma linha suave marcava sua sobrancelha.

– É, mas... – abaixei meu olhar. Onde estavam as palavras para explicar que aquilo não era nada... Um arranhão, um inchaço, algo tão insignificante que poderia ter surgido enquanto eu fazia minhas tarefas na fazenda...?

As mãos de Pietr aqueciam meu queixo enquanto ele o erguia para que nossos olhares se encontrassem novamente. Tentei ignorar o fato de que do outro lado do corredor estavam Stella Martin, a rainha da fofoca, e Billy, um aluno mais novo que cultivava um bigode prematuro, ambos me fuzilando com os olhos, observando uma troca tão íntima.

– Eu não estava... Eu não podia... – As sobrancelhas de Pietr caíram, escurecendo seus olhos já sombrios. Ele expirou pesadamente.

– Pietr – eu disse seu nome como se fosse um protesto. – Em geral, sou eu quem não encontro as palavras.

Sorri.

A expressão dele continuava amargurada.

– Isso não teria acontecido se...

Talvez fosse a estrada esburacada, talvez fosse algo mais, mas a mão de Pietr tremia. Coloquei meus dedos em sua cintura para apoiá-lo.

– Se o que, Pietr? – minha voz falhava.

Ele gentilmente afastou meus dedos, soltando meu queixo. Seus olhos tinham o azul do mais distante dos céus. Com a boca fechada, seus lábios ficavam finos; seu maxilar, definido. Pude vislumbrar seu reflexo quando ele se virou para a janela e brigou com algo que havia em sua cabeça.

Colocando minha mão sobre seu ombro, eu lhe assegurei:

– Não é nada de mais. Você está pensando *demaaais* nisso.

Ele virou-se tão rapidamente que Stella ficou ofegante.

– *Nyet* – disse ele, buscando meu rosto. – Esse tipo de preocupação nunca é demais. Esse é o problema. Esse... – Ele tocou suavemente em meu ferimento... Mas eu estremeci. A expressão de Pietr se fechou; raiva cozinhando em fogo brando. – Poderia ter sido muito pior. – Suas mãos tatearam meus ombros e ele me trouxe para bem perto, de modo que eu era a única capaz de ouvi-lo. – Ele apontou uma arma para você.

Aquelas foram suas últimas palavras no ônibus naquela manhã. Eu queria lembrá-lo de que eu tinha passado por uma situação pior na noite de seu aniversário, mas ele manipularia as coisas para sustentar o que ele agora tinha acabado de se dar conta: que eu era simplesmente humana.

Pietr manteve-se distante de mim durante o resto do dia. Sempre que eu sentia seu olhar cair sobre meu rosto, ele parecia muito triste. E muito determinado.

Sarah continuava se jogando na direção dele e, como bônus para minhas frustrações, os reflexos de Pietr tinham se tornado debilitados. Sarah deu dois beijos frenéticos nos lábios dele, envolvendo-o em seus braços em uma espécie de estrangulamento da vitória.

Incapaz de assistir, percebi que Derek se aproximava.

– Oi.

– Oi – respondi.

– Você está ótima hoje – Derek me cumprimentou. – Maquiagem...

Por que Pietr não podia simplesmente dizer aquilo em vez de ficar se fazendo perguntas?

– É.

– Você não precisa disso – acrescentou. – A maioria das garotas gasta muita grana para tentar ter essa beleza natural que você tem.

– Ah!

Ele franziu a testa, percebendo que não estava chegando a lugar nenhum.

– Você parece meio triste – disse, apoiando uma das mãos em meu ombro.

O calor exalava em seu toque; eu suspirei. Enquanto o toque de Pietr era fogo e chamas, o de Derek tinha um calor que lentamente se acumulava... luz do sol e verão.

– Posso fazer alguma coisa?

Forcei um sorriso.

– Não. Vai dar tudo certo.

– Claro – concordou Derek, lançando um daqueles seus sorrisos deslumbrantes. – Sarah e eu estávamos falando de você.

– Ah, é? – Não consegui esconder meu ceticismo.

– Falando bem de você – ele me assegurou. – De qualquer forma... Ela teve uma ideia...

Derek apontou para Sarah, que examinava nossa linguagem corporal do outro lado do corredor. De repente, ela tirou os braços de Pietr, que nos olhou, estudando a parede e evitando as perguntas que se acumulavam em meu olhar.

Sarah parou na minha frente, quase que violentamente. Segurando suas próprias mãos, ela explodiu em um enorme sorriso.

– Quando foi a última vez que você cavalgou?

A dor de vê-la beijar Pietr ainda era tão recente que me tornei imune ao charme daquela garota.

– Cavalgo Rio quase todas as noites.

– Quero dizer, quando foi a última vez que você competiu?

Pisquei, confusa.

– Dia 16 de junho.

A mão de Derek deslizou por meu braço.

Os olhos de Pietr estavam focados em mim... até o momento em que Derek segurou minha mão.

Sarah esfregou a testa, logo abaixo de sua franja loira perfeitamente hidratada, onde uma cicatriz ainda denunciava seu envolvimento no acidente com minha mãe. O sorriso flutuou para fora de seus lábios.

Derek colocou sua outra mão no ombro de Sarah. O sorriso dela tomou forma novamente, como se fosse algum experimento científico sendo reanimado.

– Em minha opinião, ou melhor, em nossa opinião, faz tempo demais – declarou Sarah, inclinando a cabeça na direção de Derek.

– A ideia é sua. Eu só concordei – ele esclareceu.

– Enfim... O que você acha de voltar a montar a cavalo... Por assim dizer? Iniciar um treinamento completo para competir novamente?

Olhei para trás deles, para Pietr. Ele estudava os ladrilhos no chão como se não estivesse ouvindo nossa conversa. Ou como se estivesse considerando a carreira de azulejista.

– Isso tiraria minha mente dos problemas, eu acho.

– Você gostava muito de competir, não gostava? – cutucou Sarah.

– Sim.

Voar sobre cercas e arbustos com Rio era a mais forte das adrenalinas. Exceto se comparada com a de beijar Pietr.

– Pense nisso – sugeriu Derek, tirando a mão de Sarah para envolver minha mão, que ele já segurava.

– Está bem, vou pensar – prometi, tirando minha mão das mãos dele.

E eu realmente pensei sobre aquilo. O dia todo. Quase com a mesma frequência com que eu pensava no fato de Pietr estar me evitando.

Naquela tarde, enquanto terminava de revisar a lista de afazeres da próxima edição do jornal do colégio, telefonei para os Rusakova. Castigo não era algo que funcionava muito bem quando eu estava em Junction High.

Cat atendeu.

– *Nyet*, sinto muito, Jessie. Pietr se trancou no quarto para estudar. Ele disse que não vai atender telefonemas. E parecia preocupado. *Kak dayla*? O que está acontecendo?

– Nada. Espero que nada.

Na manhã seguinte, no ônibus, Pietr me cumprimentou de longe, mas não retirou a mochila do assento ao seu lado. Mesmo assim, sentei-me ali, olhando para a barreira irregular.

– Veja – disse eu, afastando meu cabelo para mostrar o sinal amarelado fraquíssimo da ferida que já desaparecia. – Quase passado.

Ele assentiu com a cabeça, fazendo um movimento seco. Seus olhos continuavam escuros. Turbulentos. Conturbados.

– Estou bem.

Estendi a mão para ele.

Pietr recuou e forçou seus lábios a formarem um sorriso.

– Você vai ficar – ele concordou, logo se virando novamente para encarar a janela.

Naquele dia, Sarah deu três beijos em Pietr. Em um beijo particularmente longo, ela entrelaçou os dedos naqueles cabelos escuros para melhor capturá-lo. Ele não parecia demonstrar muita resistência.

Provavelmente estava distraído.

Eu tinha esperanças de que fosse porque as coisas estavam indo bem na busca por sua mãe. Mas, caso fosse isso, ele não tinha me contado.

De volta à minha casa, eu alternadamente fazia Rio galopar ou trotar com velocidade mais lenta, ocasionalmente deixando-a andar livre pelo pasto enquanto Hunter e Maggie observavam em silêncio. Durante todo o tempo, eu pensava em Pietr. E em sua família. Eu não podia imaginar o que era ter a mãe viva e não conseguir chegar até ela... Não conseguir vê-la, abraçá-la, beijá-la... Até mesmo brigar com ela.

Eu não me sentiria bem no lugar deles, esperando até que outra pessoa decidisse quando ou se eu poderia ver minha mãe. Não era de se surpreender que eles fizessem buscas durante a noite, procurando-a enquanto esperavam a permissão para finalmente poder visitá-la.

Movimentei a rédea, encorajando Rio a andar.

Obviamente, se eu tivesse a opção de ver minha mãe uma última vez ao invés de saber que ela partiu para sempre, eu esperaria o tempo necessário para estar com ela novamente.

Voltando para o celeiro, ajustei-me na sela e pude ver alguém apoiado na cerca que delimitava a fazenda. Fiz Rio ir mais devagar, em uma caminhada lenta, enquanto me perguntava por que *ele* estava ali.

Derek acenou para mim e se endireitou, a brisa brincava com seus cabelos suaves e louros.

Rio trotou na direção dele e eu fiz um sinal com a cabeça. Meu rosto deve ter demonstrado minha confusão.

– Oi – Olhei para a estrada. Mercedes. Nada de caminhonete. Não faria sentido dizer para ele que eu não podia receber visitas.

Ele deu a volta na cerca e parou do lado de Rio.

– Estive pensando que você realmente devia voltar a competir.

– É mesmo? E é por isso que você está aqui?

– Não só por isso. Mas o Golden Jumper está chegando.

O Golden Jumper. O maior torneio da nossa região.

– Está tão perto que não consegui me inscrever.

– E daí? Chuck e Lucy são velhos amigos da minha família.

– Charles Overton e Lucinda Walsingham?

– Os próprios – Derek sorriu ao perceber que eu estava boquiaberta. – Enfim, se você quiser competir, posso telefonar e pedir um favor... – ele passou a mão pela cabeça. Seus cabelos curtos brilhavam.

– Sério?

– Sério!

– Bem... Hum... Sim. *Por favor.* – acrescentei. O tempo até a Golden Jumper me forçaria a manter minhas atenções em treinar. – Legal. E para que mais você veio?

– Quero aprender a cavalgar – ele confessou, cabisbaixo, repentinamente tímido.

Por mais que minha "fase Derek" tivesse passado, eu não podia deixar de admitir que ele tinha algo especial.

– Se existe alguém suficientemente paciente para me ensinar, esse alguém só pode ser você.

Aquele sorriso me deixava deslumbrada. Senti minhas bochechas esquentarem.

– Na verdade, eu não costumo dar aulas – aleguei. – Bem, ensinei uma vez em um acampamento... Mas era uma aluna de nove anos. Francamente, eu me sinto mais à vontade ensinando coisas para os cavalos do que para os humanos.

Eu ainda estava sobre Rio quando Derek estendeu a mão para tocar em minha perna.

– Então pense em mim como um potro precisando de uma mão firme.

Enrubesci. As imagens de Derek passavam por minha cabeça como excertos de um filme antigo. Derek jogando futebol americano no parque. Com o uniforme da equipe. Derek na piscina municipal com sua sunga azul-marinho, a água respingando de seu cabelo. Derek sorrindo para mim. Derek me beijando no jogo do Homecoming.

– Em que você está pensando? Seu sorriso está indo de uma orelha à outra.

Constrangida, percebi que pensava em Derek como um pão, e não um potro. Suas mãos se distanciaram e eu limpei minha garganta, fazendo o pensamento desaparecer. – Acho que ensinar seria bom para o meu currículo quando eu quisesse ir para a faculdade, mas aprender requer tempo.

– Qualquer aprendizado leva tempo.

– E, por mais que eu quisesse...

– Posso pagar.

– Eu não... – Porém, a ideia de receber dinheiro adicional quando a fábrica de meu pai estava passando por problemas... Sem um bônus de Natal, o dinheiro realmente funcionava como uma isca.

– E posso pagar bem – acrescentou Derek, piscando com um olho.

Em qualquer outro momento, meu orgulho teria entrado em cena e eu teria me dado conta do que estava acontecendo. Além disso, independentemente da receita adicional, o que Pietr diria?

Mordi meu lábio inferior. Pietr não tinha falado muito sobre nada nos últimos dias. E Derek tinha me dado aquele olhar... E oferecido uma pilha de notas como se nada fossem.

– Está bem.

Eu poderia convencer meu pai disso. Era trabalho, e não diversão. E eu poderia ser uma profissional. Seria a instrutora de Derek. Não era como se estivéssemos começando um relacionamento. E daí que ele era minha antiga paixão?

– Está bem. Duas vezes por semana. Você escolhe os dias.

– Terças e quintas – disse Derek sem hesitar.

– Ele vai... – Derek fez uma pausa, olhando para meus olhos enquanto oferecia a mão para me ajudar a descer de Rio.

– O quê?

– Pietr vai criar problemas? – perguntou. – Sei que há algo entre vocês. Embora Sarah não tenha se dado conta.

– Não – segurei a mão de Derek, mas não me sentia segura com relação àquilo que tinha acabado de dizer. Passei minha perna sobre a sela. As imagens invadiam meu cérebro novamente, ofuscando minha visão e confundindo minha percepção. Eu só via uma coisa claramente.

Pietr beijando Sarah.

Meu corpo caiu para frente.

E Derek me segurou.

E me abraçou, deslizando meu corpo lentamente para sua frente até que o ar ficasse preso em minha garganta e meus sapatos tocassem o chão. Nariz contra nariz, ele sorriu para mim.

– Não quero lhe causar problemas – confessou. – Mesmo achando que você merece muito mais do que Pietr Rusakova. – Derek me soltou. – Terça-feira – disse, caminhando de volta ao seu carro.

*Sim.*

Certamente não haveria problema algum.

# Capítulo 10

– Sinto muito por você ainda estar de castigo – disse Sarah, *sans* Pietr, no corredor, em uma manhã.

Será que havia alguém que *não* soubesse que eu estava de castigo?

– Então, como foi seu *rendez-vous* com Max, garotinha sem pudor? – ela me provocou.

Sério? *Essa* era a fofoca que explicava o motivo de eu estar de castigo? Minhas noções de aplicar maquiagem certamente não eram tão boas, ou então a CIA poderia entrar em contato comigo a qualquer momento para trabalhar com disfarces. Eu mantinha meus ouvidos fechados ao que as outras pessoas cochichavam, mas os rumores voavam por Junction com a mesma velocidade que o capim crescia no verão.

Recusei-me a demonstrar que estava assustada.

– Foi tão surpreendente para mim quanto foi para você.

– Vocês estão saindo?

Pietr apareceu, carregando a mochila de Sarah junto com a sua. Ele me observou por um momento e, em seguida, procurou pelo relógio mais próximo.

Eu me foquei em Sarah. Ela estava sorrindo. Sendo solidária.

*Inferno!*

A mão dela deslizou pela dele e então ela as balançou suavemente. Casualmente. Como se eles estivessem *mesmo* juntos.

*Inferno!*

Minhas mentiras e minhas escolhas tinham trazido todos nós até ali, então eu não podia... Bem, eu não podia... culpá-la. Mas, mesmo assim, eu a culpei. Por tudo.

– Max e eu não daríamos certo juntos. – Meu olhar se desviou para Pietr e fixei meus olhos nele enquanto completei a frase: – Embora ele seja *extremamente* sexy.

Pietr não deu sinal algum de que estava ouvindo. Ele já não olhava mais para mim, mas observava o relógio.

Outra vez.

– Desculpe, mas Max é um pedaço de mau caminho – Sarah passou seu braço por dentro do meu e suspirou, apoiando-se no meu corpo. – Tem alguém esperando por você por aí, Jéssica. Mais perto do que você imagina.

Segui o olhar de Sarah pelo corredor.

Derek estava de pé, iluminado pelo sol forte do outono. Seus cabelos loiros brilhavam, seus olhos brilhantes sorriam, combinando perfeitamente com aquela bela boca, enquanto ele brincava com seus colegas do time de futebol. Derek deve ter percebido nossos olhares, porque parou o que estava fazendo e olhou para mim, seu sorriso cada vez mais largo.

– Ele é lindo – disse Sarah, acenando levemente enquanto se apoiava em mim.

Mordi a parte interna de minha bochecha antes de cochichar:

– Mas eu acho que o mais importante é a coragem.

– O quê?

– Só uma música que não sai da minha cabeça – balbuciei, pensando em *All Over You*, da banda The Spill Canvas[1]. E era verdade.

---

[1] Referência aos versos "Yeah he's a looker / But I really thing it's guts that matter most" ("Sim ele é bonito / Mas eu realmente acho que coragem importa mais", em tradução livre).

Ela suspirou novamente.

– Você parece cansada.

– Estou com aparência de cansada? – perguntou Sarah enquanto passara seus dedos no rosto para verificar. Ela brincou com as ondas loiras sedosas que emolduravam seu semblante de forma tão perfeita, escondendo a cicatriz na linha do cabelo, um lembrete de que ela quase morrera no acidente.

No acidente que *ela* havia causado.

– Não, não. Sua aparência está ótima. Você só...

– Não ando dormindo bem – ela admitiu, esfregando a marca escondida sob sua franja.

– Pesadelos?

Os olhos de Sarah se estreitaram.

– Sou a rainha dos pesadelos – lembrei-a. – Eu os tenho e provavelmente os transmito para outras pessoas. – Sarah continuou sem sorrir enquanto eu falava. – Se quiser conversar sobre eles...

– Não.

A negação foi dita de forma penetrante, enquanto Sarah soltava meu braço.

– Ah. Tudo bem.

– *Não* – repetiu Sarah, suavizando sua voz e dando tapinhas em meu braço. Ela passou o dedo sobre a cicatriz novamente. – É uma questão complicada. Não quero chateá-la com isso. Tenho certeza de que vou resolver isso sozinha.

*Claro*, pensei. Porque resolver problemas sozinha estava dando *tão certo* para *mim*.

Amy estava cansada de todo aquele drama e, independentemente do que eu fizesse ou dissesse, ela não deixaria a situação passar em branco.

– Veja, ele não pode ser grosso com você em particular e depois sair por aí em público desfilando com a louca da Sarah.

Eu quase a corrigi, apontando que as grosserias já não aconteciam e que, na verdade, eu sentia falta delas. Mas Amy logo acrescentou:

– Mesmo ele sendo superatraente.

Minhas sobrancelhas se levantaram até o couro cabeludo.

– É. Enfim. Às vezes o que eu penso simplesmente sai pela minha boca. Bela camisa.

– É dia de lavar roupa.

– Eu *não* estava sendo sarcástica. Eu gostei.

Olhei para baixo e vi as palavras estampadas: "APRECIE COM MODERAÇÃO".

– Sim. Annabelle Lee começou a fazer camisetas.

– Que legal!

– Ela mandou uma para você.

Amy parou no corredor.

– Sério?

– Sério. – Enfiei a mão na mochila. – Ela achou que você ficaria bem de verde.

– E fica – o namorado de idas e vindas de Amy, Marvin Broderick, entrou na conversa. – Com verde, *sem* verde...

– Cale a boca – respondeu Amy, colocando a camiseta na frente do corpo e ajustando-a.

Amy era um ano mais velha do que eu e alguns centímetros mais alta. No colégio, tinha repetido um ano no meio do caminho, mas ser uma das mais velhas de nossa sala também significava que ela era uma das que tinham as melhores formas. Para ela, repetir um ano trouxe-lhe mais atenção do que se ela tivesse tirado dez em todas as disciplinas.

Marvin era parte dessa atenção extra. Aluno do terceiro ano, ele era o elo entre Amy e o lugar onde ela deveria estar.

O verde da camiseta era perfeito para combinar com os cabelos ruivos deslumbrantes de Amy. E bem na frente de seu peito estava escrito: "DESAFIANDO A GRAVIDADE". Ela riu.

– Adorei! Que isso seja verdade para sempre!– disse Amy, ainda rindo. – Agradeça a Annabelle Lee por mim. Sua irmã é demais!

– E você acha que eu não sei?

Porém, o sorriso desapareceu do rosto de Amy quando ela viu Sarah envolvendo Pietr nos braços.

– Precisamos dar um jeito nisso.

– Amy... Não. – Eu a agarrei pelo braço. – Se ele não me quer...

– Ele *quer*.

– Querida, odeio dizer isso... – Marvin entrou novamente na conversa, direcionando-se a Amy – Mas talvez Jéssica esteja certa. Sarah tem uma reputação. Todo muito sabe que ela é fa...

– ...cilmente manipulada – terminei a frase para ele. Não queria pensar naquilo. Sim, eu sabia que os homens pensavam em muitas coisas que iam além de passar de ano em Trigonometria ou em Cálculo. *Flertar* era algo mais importante para eles. Eu até mesmo apostaria que Pietr passou a pensar nisso antes dos outros rapazes da Junction High, por causa de sua biologia estranha.

E eu conhecia suficientemente Max, o irmão de Pietr, para saber que ele não apoiava um estilo de vida casto (especialmente considerando as fofocas que corriam pelo colégio). Casto, não. Caçado. Max combinava mais com esta última palavra. Caçado por muitas garotas. De qualquer forma, as palavras continuavam deslizando para fora de minha boca:

– Pietr ficaria com ela por...

Amy suspirou.

– Algum garoto não ficaria? – Ao ver minha expressão, ela prontamente acrescentou: – A não ser que ele possa fazer um *upgrade* e escolher algo melhor.

Esperando que o pessimismo de Amy não fosse uma visão correta dos garotos, murmurei:

– Não estou interessada em fazer o papel de Sarah 2.0. Ou ele me quer, ou não me quer.

Olhei pelo corredor, observando-os por um momento. Sarah ficou na ponta dos pés para beijá-lo. E Pietr não olhou para ninguém além de Sarah. Quarto beijo do dia.

Senti meu estômago embrulhar. Amargo como a expressão no rosto de Amy.

Eu tinha me perguntado o que Pietr queria.

Parece que eu tinha recebido a resposta.

– O vice-diretor Perlson vai recebê-la agora.

Sorri para a secretária e me levantei, olhando para um pôster que desencorajava os alunos a cometerem suicídio. Eu não sabia por que tantos adolescentes na nossa região estavam se suicidando (e certamente não estava autorizada a falar sobre isso no jornal da escola), mas duvidava que pôsteres pudessem colocar um fim nisso.

Entrei no escritório de Perlson, que já era um território que eu conhecia bem. Eu estive ali quando esfreguei meu punho na cara de Jenny e de Macie. E estive ali depois que aquele cachorro farejador de drogas tentou me matar simplesmente por eu ter feito uma escolha *fashion* não muito sábia. Não era uma blusa feia... Talvez um pouco grande demais. Mas tinha cheiro de lobisomem...

Agora, de qualquer forma, eu estava ali por decisão própria. Para entrevistar o vice-diretor sobre o programa de almoço que estava por vir. Um plano que parecia bom demais para ser verdade... No qual a escola lucraria o dinheiro dos alunos.

Perlson me convidou para sentar.

– Boa tarde, Senhorita Gillmansen. É um prazer tê-la em meu escritório em uma situação diferente – disse ele, rapidamente abrindo aquele sorriso largo. – Não se meter em problemas é a melhor forma de encarar a escola, você não acha? – Sua voz cadenciada combinava perfeitamente com a palmeira que eu associava à sua terra natal.

Parte de um programa especial de intercâmbio, Perlson tinha chegado ao nosso bairro no final do verão para trabalhar. Ele era cativante; sua pele, como açúcar mascavo e melaço. Havia poucos descendentes de africanos em Junction, e, embora as empresas alegassem que eles tinham oportunidades iguais de emprego, eu duvidava de algumas delas. Portanto, fiquei feliz quando a escola anunciou a chegada de Perlson.

Porém, meu fascínio em ter alguém tão fabulosamente estrangeiro, tão diferente, desapareceu quando ele começou a suspeitar de mim. Além do mais, nada poderia ser mais estrangeiro ou mais fascinante do que lobisomens russos.

Ele juntou suas mãos negras, entrelaçando os dedos e levando-os atrás da cabeça.

– Então você tem perguntas sobre o programa de almoço do colégio – afirmou Perlson, relaxando na cadeira.

– Sim, senhor. O programa vai receber investimentos *angel*?

– Sim. E não vamos precisar pagá-los de volta.

– Ótimo – tomei algumas notas em meu caderno.

– Também teremos alimentos de melhor qualidade, tendo em mente os padrões nacionais. Melhores alimentos, melhor processamento, melhor distribuição.

– Não vou reclamar disso – assegurei. Os padrões nacionais estavam cada vez mais altos, mas eu já li *The Jungle*, de Upton Sinclair, e, por conta disso, não queria pensar demais sobre o que acontecia com os alimentos entre a fazenda e a mesa. O que havia se tornado inaceitável ainda era aceito em alguns lugares.

Ele sorriu novamente, radiante.

– Isso vai nos tirar do programa federal, não vai? – perguntei.

– Sim.

– E se a organização cancelar os investimentos, poderemos voltar para o programa federal?

– Não precisaremos disso. – O brilho em seu sorriso diminuiu como o brilho de uma lâmpada ligada a um interruptor com regulação da intensidade.

– Muitos de nossos alunos recebem almoço gratuitamente. E quanto a eles?

– Eles terão direito a almoço grátis no novo programa – Perlson me assegurou. – Só será necessária uma burocracia adicional.

– Se o programa permite a migração dos almoços gratuitos e vai ser totalmente financiado por uma empresa que não vai interromper os investimentos, por que cobrar?

O sorriso de Perlson transformou-se em lábios fechados.

– Isso pode ser um pouco complicado para uma aluna entender, Senhorita Gillmansen...

– Vamos tentar, então.

Alongando-se na cadeira, ele passou a língua pelos lábios, deslizando as mãos na direção da nuca para nelas descansar o pescoço.

– Para onde irá esse dinheiro adicional? – insisti.

– Para um fundo especializado.

– Especializado em quê?

– Fins discricionários. – Seus olhos escuros cintilavam.

– Como o quê?

– O que a administração decidir que a escola precisa.

– Computadores novos?

– Talvez.

– Bebedouros que não vazem?

– Pode ser que sim.

– Bônus para professores e funcionários de cargos inferiores?

– Não.

– Eu diria sim para *isso*.

Ele piscou. Lentamente.

– Senhorita Gillmansen, por favor, lembre-se de que, apesar de encorajarmos os alunos a terem oportunidade de fazer coberturas midiáticas por meio do jornal e de transmissões diárias, essas coberturas e transmissões não devem causar tumulto entre os estudantes. Esse programa é bom. Queremos que todos participem. Ele fará os alunos de Junction serem melhores do que nunca. A qualidade do combustível que será colocado em nossos corpos vai melhorar muito. – Ele bateu os dedos contra a mesa. – Assegure-se de deixar isso claro.

Perlson pegou o telefone, apertou um número e disse para mim:

– Estou ansioso para ler seu rascunho.

– O quê?!

Ele sorriu, falando ao telefone:

– Sim, por favor, diga para ele que pode ser agora. – Perlson olhou novamente para mim. – Amanhã cedo.

– Isso é censura?

– Não. É prudência.

Olhei para o chão, sem saber o que dizer.

No corredor, passei por Derek.

– Você está bem? – perguntou ele, segurando meu braço.

Minha fúria e minha frustração fluíam na forma de suor saindo de meus dedos.

– Estou – respondi, esboçando o que certamente era um sorriso patético. – Melhor agora.

– Que bom – sussurrou Derek. – É por isso que estou aqui.

# Capítulo 11

Durante nosso trabalho voluntário, Pietr me evitou. Jaikin, Hascal e Smith me deram as boas-vindas de volta ao nosso grupinho socialmente estranho, flertando comigo enquanto Pietr permanecia sentado na frente da van, com as costas retas e duras.

Eles se impressionaram com o que a maquiagem podia fazer no rosto de uma garota enquanto eu mal podia esperar pelo dia em que eu já não precisaria daquilo e poderia retirar aquela porcaria que tinha penetrado em meus poros.

Pietr nos ignorou. Eu especialmente. Determinada a fazê-lo reagir, flertei mais descaradamente.

Se meu teatrinho o deixou chateado, ele não demonstrou.

Eu havia levado um camaleão ao asilo Golden Oaks duas vezes, com Hascal e Smith. Por questões de alergia, Hascal levava um peixe dourado em um saquinho plástico. Tudo para nossa missão de animar Golden Oaks.

Smith tinha uma atração enorme por mim.

A situação era complicada. Na melhor das hipóteses.

O ponto alto daquelas viagens era visitar a Sra. Feldman no quarto andar. Ela provocava Smith com a mesma forma misteriosa como puxava cartas de seu baralho estranho e colorido, contando-lhe coisas que ninguém jamais sabia.

Hascal também deixou-a tirar as cartas, estupefato a cada vez que ela dizia algo que estava certo. Ele passou muito tempo especulando os resultados das cartas da Sra. Feldman. Eu adorava ver aquelas duas mentes brilharem ao mesmo tempo.

Eu estava tentada a pedir para ela tirar as cartas para mim, mas não queria saber o que meu futuro reservaria se ele seguisse sem Pietr. E eu não poderia permitir que ela viesse a descobrir a estranha verdade de meu passado recente. Por isso, eu sorria e dava de ombros, passando a oportunidade sempre que ela oferecia.

Deixar passar até mesmo as coisas mais triviais, como essa, fazia meus dias se arrastarem. Pelo menos Smith parecia interessado em mim... Está bem, talvez um pouco obcecado. Com Pietr, os assuntos de todas as conversas (quando eu conseguia tirar alguma palavra dele) se limitavam ao tempo e à lição de casa.

Eu não sabia o que fazer.

Parei Cat no corredor da escola certa manhã para perguntar sobre as coisas. Em meio à minha frustração, joguei minha mão ao ar.

– Não sei nada sobre isso, Jessie. Ele anda me ignorando quase tanto quanto ignora você.

Ela me abraçou rapidamente e correu para a aula, deixando-me tão confusa quanto eu já estava.

Pietr assegurou-se de evitar estar em qualquer lugar sozinho comigo... Qualquer lugar onde eu poderia perguntar o que de errado estava acontecendo entre nós. Eu imaginava como seria estranho meu aniversário se as coisas continuassem assim. E temia esse fato.

Quando a tarde de sábado chegou, eu já estava louca. Pietr estava em meus pensamentos com tanta frequência que eu tinha dado grãos para os cachorros e quase dei ração para Rio. No caminho de volta para a casa, encontrei todo mundo do lado de fora. A bandeira laranja de segurança do nosso campo de tiros havia se soltado com a brisa, e o som das armas provava que meu pai e Wanda estavam praticando tiro ao alvo.

Algumas pessoas iam ao cinema. Outras saíam para jantar. Meu pai e Wanda? Eles preferiam perfurar papéis com balas.

– Annabelle Lee? – chamei várias vezes, encostando a cabeça em cada porta de casa. Nem sinal. Provavelmente estivesse lendo no celeiro. Agora era minha chance.

Roubei o telefone e digitei o número de Pietr. Meu pai não permitia que o número ficasse em discagem rápida, mas eu conhecia os dígitos de cor.

Cat atendeu.

– Cat, sou eu.

– Você está de castigo.

– Sim. Preciso ser rápida. Pietr está aí?

Um momento de hesitação se instalou e eu logo ouvi:

– Pietr – Cat o chamava com uma voz exigente. – É Jessie. *Da.* No telefone agora. *Da.* Ela ainda está de castigo. Ela precisa conversar com você. – Então, em um volume um pouco mais baixo, como se ela tivesse colocado a mão sobre o fone, ouvi o apelo: – *Puzhalsta*, Pietr. Ela não entende. *Eu* não entendo.

Outra pausa.

No andar de baixo, nossa porta da frente abriu e fechou. Meu coração acelerou, mas eu simplesmente não conseguia desligar.

Ainda não.

Pelo fone, ouvi claramente o som de batidas em uma porta.

– Atenda. O. Telefone. Pietrrr – bravejava Cat.

Silêncio.

– Jessie – ela sussurrou. – *Eezvehneetyeh*. Sinto muito. Ele disse que... Ele disse que não quer falar com você. Sinto muito, *mesmo*...

Desliguei.

O que tinha acontecido com a gente?

Terminei minhas tarefas bem cedo na manhã de domingo e decidi verificar se meu pai tinha deixado café no balcão. Os efeitos de não dormir bem e de estar estressada se acumulavam. A cafeína me mantinha acordada quando mais nada me empurrava para continuar.

Parei à porta da cozinha.

Meu pai estava sentado no canto da mesa do café da manhã (que ele chamava de "assento barato" sempre que queria provocar minha mãe), ouvindo rádio. Não sua estação de sempre, mas um programa semanal especial. Reconheci-o imediatamente.

Em vários pontos de Junction, as empresas pequenas costumavam dividir seu espaço com outras. A academia de caratê tinha um restaurante chinês. Lojas de alimentos integrais tinham livrarias. E em um restaurante havia um programa de rádio.

Esse programa era apresentado pelo dono do restaurante italiano onde aconteceu o primeiro encontro entra minha mãe e meu pai. Todos os domingos, o dono do local transmitia músicas italianas e salpicava algumas frases italianas e notícias sobre a Itália durante a programação, afirmando que "você não precisa ser italiano para amar minha música, só precisa ter amor por boa música".

Para meu pai, aquilo era mais do que uma forma de entrar em contato com uma cultura diferente da nossa. Era uma forma de entrar em contato com a memória de minha mãe.

Ele estava sentado com os ombros curvados, balançando algo em sua mão. Uma fotografia.

*Mamãe.*

Vacilei, e o chão coberto com linóleo crepitou atrás de mim.

– Ah! – meu pai olhou para mim, assustado, e passou a mão sobre os olhos. – Oi, Jessie.

Ele colocou a fotografia no bolso de sua camisa de flanela, girando o botão de sintonia de seu aparelho de som antigo.

– Ninguém toca "anos oitenta" no domingo.

Caminhei até meu pai e coloquei minha mão em seus ombros.

Ele suspirou.

– Sinto saudade dela, Jessie.

– Eu sei.

Mas eu não sabia. Não, eu não sabia. Eu presumia que ele tivesse esquecido minha mãe, afastando suas memórias para abrir espaço para Wanda. As palavras se estrangulavam em minha garganta, mas consegui dizer "eu também sinto saudade" enquanto os braços de meu pai me envolviam.

Ficamos assim por alguns minutos, com uma respiração trêmula e balbuciando, numa situação lamentável. Algo que minha mãe certamente não apoiaria. Fato que logo foi apontado por meu pai:

– Ela não permitiria isso – disse, abrindo um sorriso. – Ela diria para levantarmos e continuarmos caminhando.

– Ela teria me dito para parar com isso, colocar minha calcinha de gente grande e crescer.

– Ela me disse isso uma vez – comentou meu pai.

Olhamos um para o outro por um momento antes de cairmos na risada. Ele logo esclareceu:

– Minha *cueca* de gente grande. É claro – ele morria de rir. As lágrimas que rolavam naquele rosto abatido agora eram de alegria.

– Estou tentando seguir a vida – ele admitiu. – Para ajudar vocês, minhas filhas, a seguirem em frente também. Mas é uma mer... Um saco... Tentar deixar para trás uma das melhores coisas da sua vida. Sua mãe era a melhor mulher do mundo, Jessie. E quando você crescer, será como ela. Meu Deus! Inclusive, você se parece mais com ela a cada dia. – Ele inspirou. – Cacete... Err... Quer dizer, saco.

Eu ri.

– Pai, você não pode me proteger de tudo. De palavras como merda e cacete... Já ouvi outras muito piores.

– Aaah. Bem, contanto que você não as use, garota perigosa – ele continuou. – É disso que eu estou cercado. Inteligência, beleza e perigo.

Bem, eu concordaria com duas das três. Beleza? Pais são criaturas destinadas a achar que seus filhos são lindos. Se não fosse assim, o que eles poderiam dizer da parte deles que compõe a mistura?

– E você não trocaria isso por nada.

– É verdade – ele admitiu. – O que está passando em sua cabeça?

– Tenho de necessariamente ter algo em mente o tempo todo?

– Sempre há – garantiu. – Todas vocês... Você, sua mãe, Annabelle Lee... Sempre pensando. Então, o que é?

Peguei uma cadeira e me sentei.

– Eu estava pensando em voltar a montar. Em participar de eventos.

– É mesmo?

Olhei para ele por sob meus cílios. Nossa! Rímel realmente os deixava mais longos.

– Sim.

– Eu não sabia o que você faria, não depois que ela morreu. Foi...

– Éé... – Arrastei a palavra. – Era uma atividade que nós duas praticávamos juntas.

– Vá em frente.

Senti minha cabeça pular.

– O quê?

– Vá em frente. Às vezes, voltar a fazer essas coisas... Que nunca mais serão as mesmas... Às vezes isso é bom, de alguma forma. Ajuda a superar a situação. Ela ficaria feliz com isso, Jessie. Tenho certeza de que ela ficaria feliz.

– O Golden Jumper está chegando.

– Você perdeu a data de inscrição – disse ele. – Quer dizer, não que eu tenha ido atrás para saber.

Bufei.

– Mas em breve acontecerá outro evento de saltos – completou.

– Tenho um contato forte dentro do Golden Jumper.

Meu pai arqueou as sobrancelhas.

– O garoto para quem dou aulas de montaria. Ele pode me colocar no evento.

Uma das sobrancelhas desceu para o seu lugar.

– E o que ele espera receber em troca?

– Nada, pai.

Foi difícil ignorar a expressão cética de meu pai.

– Jessie.

– Eu juro, nem todos os garotos...

Ele piscou para mim.

– Está bem – continuei. Mesmo que ele *espere* receber algo, o que não acontece, isso não quer dizer que eu ofereço alguma coisa. Por Deus, pai. Eu não sou idiota!

– Muitas garotas que não são nada idiotas oferecem todo tipo de coisas para os garotos.

– Eu *não sou* muitas garotas.

– Está bem – ele levantou as mãos. – Mas se ele *pensa* que...

Meu pai sacudiu a cabeça, resmungando. Eu emendei:

– Devo informá-lo de que o senhor vai arrebentar a cara dele, certo? E, em seguida, perguntar se ele sabe o que é ter a cara arrebentada pelo senhor – disse eu, lentamente.

Ele riu, mas seu olhar ainda se lançava em minha bochecha. Onde o ferimento desaparecia.

– Assim está ótimo.

Sarah me telefonou para fazer o relatório da semana de Pietr. Parecia uma forma de intensificar o castigo, mas, segundo meu pai, a única pessoa de quem eu poderia atender os telefonemas era Sarah. Ele disse que, como eu estava destinada a ajudá-la, talvez eu também me ajudasse no processo. Porém, eu sabia que o que ele realmente esperava era que eu mudasse de atitude ao ouvir Sarah falar e falar e falar sobre Pietr.

O namorado *dela*.

Consegui evitar algumas das ligações de Sarah, mas não ligações suficientes.

– Ele olha para o relógio o tempo todo – ela reclamou. – A cada cinco minutos. Independentemente do que estamos fazendo. É como se ele tivesse alguma existência clandestina para a qual não vê a hora de voltar. Isso é frustrante – choramingou. – Pietr simplesmente não consegue manter o foco em mim.

– Sarah – comecei, buscando as palavras certas. – Talvez ele tenha outra coisa em mente... Quero dizer, algo além de dar uns amassos.

– Você não fica com ninguém há algum tempo, não é, Jéssica? – disse Sarah, em meio a gargalhadas. – Dar uns amassos é *tudo* o que os caras querem fazer.

Leeegal.

– Você já pensou na hipótese de Pietr conseguir pensar em mais do que apenas nisso?

Meu. Deus. Eu estava realmente disposta a dar conselhos para ajudá-la? Para ajudá-la a ficar com Pietr? Coloquei minha mão na testa, lutando para evitar que meu cérebro explodisse para fora do crânio.

Que situação péssima.

Mas, ajudar Sarah poderia ajudar Pietr também. Estremeci.

– Talvez você devesse tentar conversar mais. – Meu estômago se rebelava só de pensar na possibilidade de eles construírem uma ligação verdadeira. Atração física era reversível, mas emoções verdadeiras eram difíceis de serem desfeitas.

Eu sabia muito bem disso, afinal, não conseguia desfazer a emoção verdadeira que sentia por Pietr. Em vez disso, era a emoção que ameaçava me desfazer.

Caí de costas na cama, dando um suspiro.

– Você está bem?

– Sim. Veja, Sarah. Se você quer Pietr, se quer Pietr de verdade... Então converse com ele. Sobre qualquer coisa. Ele é muito inteligente.

Por mais que eu quisesse ser a garota a conversar com Pietr, as coisas não andavam funcionando desse jeito.

– Jéssica, algumas de nós não nos preocupamos tanto com quão inteligente um cara é – ela resmungou.

– Sarah, converse com ele. É disso que ele realmente precisa.

Silêncio do outro lado da linha.

– Estive pensando em outras coisas de que ele poderia precisar – admitiu Sarah timidamente.

Lutei para conseguir respirar. Meus olhos se fecharam contra a imagem de Sarah usando sua astúcia em Pietr.

– Sarah, você é mais inteligente do que isso! – resmunguei.

Ela suspirou.

– Talvez.

Eu não aguentava mais.

– Eu... Eu preciso desligar.

Desliguei o telefone e acabei de me ajeitar na cama, tremendo, contorcida em meu travesseiro enquanto minhas lágrimas escureciam a fronha.

Cavalguei com Rio pelo pasto e pela colina naquela noite. Juntas, corremos pela fazenda, buscando qualquer coisa para pular. Qualquer coisa que nos desafiasse.

Só voltamos quando estávamos suadas e salpicadas de espuma.

Durante aquele passeio, tomei algumas decisões. Eu me prepararia para o Golden Jumper. Continuaria amiga de Cat, ajudando os Rusakova como eu pudesse. E consideraria a ideia de ficar com Derek e deixar Pietr no passado.

Meu coração partido seria curado.

As coisas voltariam ao normal.

Eu me envolveria com minha vida nova e normal. Cavalgar, cumprir minhas tarefas na fazenda, ir para a escola, cuidar do jornal e ter um namorado lindo e não lobisomem, que possivelmente ganharia uma bolsa na faculdade por ser um ótimo jogador de futebol.

A normalidade. A vida voltaria a ser boa.

Porque a vida tinha de se tornar melhor do que isso.

# Capítulo 12

– Que diabos...

– Nossa! – reverberou Amy quando Pietr tomou seu lugar em nossa mesa do almoço.

– Eu sei... Está horrível, não está? – cochichou Sarah com uma voz etérea. Ela estendeu um dedo insolente para tocar o curativo que se estendia da sobrancelha à maçã do rosto de Pietr.

Todos na mesa ficaram paralisados, boquiabertos.

Todos exceto Pietr e nossa mais nova agregada, Cat, que tinha mudado seu horário de aulas para poder almoçar com a gente. Pietr garfou a comida e começou a comer.

Cat sacudiu a cabeça e franziu os lábios enquanto brincava com um canudo, fazendo barulho.

A maioria de nós estava lá uma vez que Pietr quase estourou a cabeça durante um passeio arriscado de quadriciclo. Passamos dez minutos extremamente assustadores enquanto ele permanecia deitado na lama, sangrando...

...morrendo.

Cat e Max o reavivaram e ele se recuperou extraordinariamente rápido. Quando vi aquilo, achei que só poderia ser mágica. Mas não era. Era ciência nua e crua que mantinha Pietr vivo. Graças à sua capacidade de cura extraordinária, ele só precisou usar um simples curativo durante alguns dias.

Mas dessa vez o curativo era muito, *muito* maior. O que significava que ele tinha sido muito, *muito* mais burro.

– O que você fez aí? – perguntei.

Pietr não respondeu. Ele me encarou e lançou um olhar para trás de mim. Para o relógio.

Cat respondeu:

– Ele caiu de uma árvore. Sobre algumas pedras. De cabeça.

Cat apertou o maxilar e olhou para Pietr.

Amy lançou um olhar torto em minha direção.

– Por que você estava em uma árvore? – questionei.

Cat respondeu novamente.

– Curiosidade.

Amy sorriu:

– Mas a curiosidade matou...

– O gato? *Da* – respondeu Catherine, sem nunca perder o ritmo. – Irônico, não é mesmo? A diferença é que a curiosidade só faz Pietr começar as coisas. Um dia, a burrice certamente vai terminar o trabalho.

Pietr olhou para ela e virou os olhos. Em seguida, voltou a atentar-se ao relógio.

– Quem deu os pontos, Cat? – perguntei a ela depois que percebi que Pietr era um caso perdido.

– Max. Recentemente, eles andam passando muito mais tempo juntos, envolvidos em atividades *para homens* – Cat deu de ombros.

Nada reconfortante. Se eu fosse até o dicionário e procurasse o significado de "hedonista", tenho quase certeza de que encontraria uma foto de Max lançando aquele sorriso malvado para mim. A teoria dele era simples: Faça o que lhe faz bem, viva o momento. Simplesmente divirta-se.

E por que não? Como o mais velho dos Rusakova, Max estava mais próximo da morte do que os outros. Seu relógio interno começaria a correr tão rápido como se alguém tivesse dado corda.

Quando Pietr se levantou para levar a bandeja, eu o segui.

– Escute aqui, seu idiota – bravejei. – Eu não estou nem aí se você não quer mais me ver. Você é passado, entendeu? Divirta-se o quanto quiser com Sarah. Você tem minha aprovação. Mas pelo amor de Deus, Pietr – minha voz vacilava – Lembre-se de que sou sua amiga.

Eu o agarrei pelo braço. Pietr puxou seu braço de volta, irritado. Continuei:

– Pare de tentar se matar. Por mais que eu esteja louca, não quero ver você ferido – as últimas palavras saíram suaves, um murmúrio triste e sincero. – Ainda sou sua amiga. E me importo com o que acontece com você.

De repente, Derek estava ao meu lado. Envolvendo meus ombros com um de seus braços, ele encarou Pietr.

– Ele está causando algum problema para você?

– Mais do que você imagina – admiti, livrando-me do abraço de Derek e correndo para longe.

Naquela tarde, enquanto trocava os livros para a próxima aula, vi algo fora de lugar em meu armário. Mais do que algo fora de lugar (o que descreveria quase tudo o que havia em meu armário), algo novo. Uma nota. De Pietr.

*Jess,*

*Não posso ser seu amigo.*

*Sinto muito.*

Então, escrevi uma nota para ele. Uma nota simples que resumia o que eu sentia naquele momento.

*Idiota. Você é um burro, um idiota.*

Passei o bilhete pela pequena grade que havia sobre a porta do armário de Pietr e pude ouvi-la cair sobre o que quer que houvesse lá dentro. Respirei fundo.

E me lembrei das palavras de minha mãe: "Nunca escreva algo de que você possa se arrepender depois".

Segurei o puxador do armário, sacudindo a porta. Estava fechada. Em Junction High, os computadores viviam em tela azul e os bebedouros viviam vazando. O armário de Pietr, todavia, era a única coisa que funcionava perfeitamente bem naquela escola. É claro.

– Você está bem?

*Derek.*

Dei meia-volta. Ele se apoiou contra os armários do outro lado do corredor, braços cruzados, cabeça inclinada e me observando. A diversão parecia aumentar em seus olhos azuis conforme eu brigava contra o armário.

– Sim – resmunguei, tentando abrir aquela porta uma última vez. E dando um chute.

Derek atravessou o corredor e pegou minha mochila, roçando contra meu ombro.

Como resposta, meu corpo formigou.

– Eu posso levar.

– Eu sei. Mas deixe um cara fazer algo gentil para variar, está bem? – ele piscou para mim. – Nem todos nós somos babacas.

Pisquei e deixei Derek me levar até a sala de aula.

Continuei tomando o ônibus normalmente todos os dias. Em muitos deles, Pietr chegava atrasado; outros dias, adiantado. Eu tentava não atentar àquilo.

Sarah se tornava mais cansada a cada dia. Os resultados da exaustão se acumulavam e se tornavam evidentes quando ela gritava, nervosa, antes de se recompor. Ela rapidamente se desculpava pelas coisas que dizia, exceto quando o problema era com Amy.

Eu não sabia qual lado dela reagia mais rápido: a garota boa procurando um caminho melhor ou a garota cruel que ela fora no passado. Ela não se abria sobre seu problema, mas eu poderia apostar que era algo que a perseguia durante o sono.

Derek me levava até a sala de aula regularmente. Fiquei tentada a lançar perguntas sobre Jenny, sua ex-namorada, quando a vi nos observando uma vez. Ele simplesmente se aproximou dela, disse algumas palavras suaves e a tocou no ombro. Ela sorriu lentamente, mas até aquilo era uma grande melhora, considerando quão triste ela andava.

Derek sentou-se ao meu lado assim que surgiu uma oportunidade. Entretanto, não ficou com a gente durante o almoço. Aparentemente, esse terreno ainda pertencia a Pietr. Mas Derek fez sua presença ser percebida. Assim como seu desgosto por Pietr.

Derek se aproximava de mim sempre que podia, segurando minha mão, acariciando meu braço, tocando em minha bochecha. Ele tentou me beijar uma vez, mas eu me esquivei tão rápido que ele quase enterrou seus lábios no armário. Não que beijá-lo não fosse interessante... Mas parecia uma traição a Pietr.

Embora Pietr estivesse longe de me beijar.

As coisas se tornavam confusas em minha vida conforme eu me focava em sobreviver. Eu era um robô, todos os movimentos eram mecânicos; nenhum deles parecia orgânico. Eu cumpria as tarefas na fazenda, fazia as lições da escola, cavalgava com Rio e evitava Wanda.

Todos iam para frente, menos eu. Eu estava presa ao passado e ao que poderia ter sido. Talvez isso também fosse normal.

Meus lobos favoritos (e Pietr, meu lobo *não* tão favorito atualmente) não se interessaram pelo almoço do primeiro dia do novo programa. E isso não parecia ser bom sinal. Eu nunca tinha visto Pietr cutucar a "comida" que esfriava em sua bandeja. Ele nunca sequer dava tempo suficiente para os alimentos esfriarem; sempre os devorava. O que me deixava claro por que algumas pessoas chamavam os lobos de "devoradores".

Porém, em vez de comer a carne misteriosa, ele olhava para Cat e, em seguida, de volta para a bandeja, aparentemente decidido a deixar a comida se solidificar como se fosse qualquer gelatina com formato estranho. Olhei prudentemente para Cat enquanto abria meu saco com o almoço. Suas narinas delicadas se dilataram e seus lábios se contraíram. Quando parecia que ninguém estava ouvindo, ela sacudiu a cabeça para Pietr.

Mordi minha maçã.

Os gêmeos trocaram um olhar depois de observarem o almoço do colégio nas bandejas de Amy, Sarah, Sophia e Marvin.

Os demais comiam sem reclamar.

Cat suspirou, um ruído tão suave que eu me perguntei se alguém além de Pietr deveria ouvi-lo. Então ela praticamente rosnou:

– Você me dá nojo, Pietr Andreiovich Rusakova!

Cat jogou sua bandeja na direção da bandeja de Pietr, fazendo comida voar.

– *Da*? – respondeu Pietr, apoiando o punho na mesa para que as bandejas não se espatifassem contra o chão. – Você é que é uma *insuportável*!

Cat arregalou os olhos, mas, no fundo deles, eu vi humor.

– Ei! – resmungou Amy – A comida dos irmãos respingava da bandeja.

– Pietr – disse Sarah em tom de aviso. – Peça desculpas à sua irmã.

– Não quero desculpas vindas desse cachorro pulguento! – exclamou Cat, jogando o leite para baixo com tanta força que saiu da caixa como um Vesúvio espumoso.

Sarah ficou encharcada.

Cat quase não conseguia esconder a alegria.

Do outro lado do refeitório, vi Max querendo se meter. Ele só precisava de um motivo para se livrar daquele rebanho feminino.

Por que não?

– Vocês são todos péssimos – declarei. – Especialmente aquele seu irmão, Max. Ele não passa de um vira-lata.

Nada mal. Em que outra situação, essa frase teria tanto impacto contra alguém? Peguei algo da bandeja de Cat (eu não estava disposta a desperdiçar *minha* comida) e joguei em Pietr.

Não sei o que era, mas molhou sua camiseta. Marrom. Bem, amarronzado. *Eca.*

Mas meu Deus! A sensação era ótima! Ver aquela cara que ele fez.

Sophia se distanciou da mesa, observando a guerra de comida crescer (e por pouco não sofrendo danos colaterais).

– Vira-lata? – rosnou Max, repentinamente passando entre os bancos. Ele tirou algo da bandeja de Pietr e atirou; seus olhos, azuis; em sua boca, um sorriso tão perverso que um canto de seus lábios quase tocava seu olho.

Senti um pedaço da carne misteriosa acertar meu rosto.

Cat se contorceu, segurando um guardanapo com uma das mãos e minha nuca com a outra.

– Limpe seu rosto – ela rosnou, tirando a gosma ofensiva de minha boca e de meu nariz com uma mão pesada enquanto, com o olhar, dizia para Max tomar cuidado.

Uma guerra de comida *e* uma esfoliação. Não era exatamente o que eu planejava para um dia comum.

Puxei Cat pelos cabelos e a forcei a entrar embaixo da mesa. Ela me deixou tomar conta daquilo.

– Que diabos... – perguntei, enquanto via ervilhas voando por sobre minha cabeça.

– Tem alguma coisa nessa comida. Um cheiro estranho.

– Coentro? – perguntei. – Coentro me tira o apetite.

Ela sorriu.

– *Nyet*. Algo... Não sei, mas parece... Estranho. Como se um composto estranho tivesse sido acrescentado.

– Algo como uma droga?

– Não sei. Mas eu não comeria a comida daqui.

– Que assim seja.

Alguém apitou. Um som ensurdecedor.

O treinador Mac entrava em cena. Mais alguns punhados de comida voaram e o apito soou novamente.

– Parem! – a voz de Perlson reverberou pelo megafone. – Não vamos tolerar esse tipo de comportamento aqui em Junction High!

Algumas risadas se instalaram.

Ele redobrou seus esforços.

– Nossos Jackrabbits não se comportam dessa forma! Vamos encontrar quem começou isso e ele ou ela receberá a punição adequada.

Cat se sentou, virando os olhos.

Max se sentou ao meu lado, passando seu braço por meus ombros, sorrindo possessivamente para Pietr. Tão astuto quanto o próprio demônio.

– Oi, ruiva – Max cumprimentou Amy. – Essa camiseta detona!

– Meu nome é Amy, seu vira-lata – disse ela. Algo mais do que desafiador iluminava seus olhos.

Marvin deu risada com o tapa verbal que Amy havia dado. Max bufou.

Enquanto Sarah fazia seus esforços para limpá-lo, Pietr voltou a olhar para o relógio.

Derek se apressou, perfeitamente limpo. Onde ele estava que não participou do bombardeio?

– Jéssica – disse ele, claramente ignorando o fato de Max se espalhar sobre mim. – Posso, por favor, conversar com você?

– Huuum...

Max bocejou e me soltou, deixando claro que Derek não era ameaça. Cat observou meu rosto e, embora Pietr mantivesse seus olhos no relógio, ele começou a bater os dedos sobre a mesa.

– Claro!

Comecei a andar pelos corredores entre as mesas.

Derek passou seu braço em volta da minha cintura.

– Ande comigo.

E fiz isso.

– Veja bem, Jéssica... Eu gosto muito de você. Você sabe disso. Mas estou começando a achar que os Rusakova são má influência para você. Eles dão início a muitos problemas. Você é uma boa garota, e não quero vê-la com as pessoas erradas.

Bufei.

– Derek, você não me conhece tão bem quanto pensa que conhece. – *Eu havia escrito um artigo ofensivo contra os atletas para o jornal do colégio. Estava louca por um adolescente lobisomem que provavelmente acabará indo para a cama com minha melhor amiga, que, por sinal, é louca. Eu havia invadido uma igreja e matado um agressor em autodefesa. E minha média acadêmica caiu e já devia estar por volta de C.*

– Não sou tão boa quanto você acha que eu sou. A vida à minha volta... A vida à minha volta não é normal. É *sério*.

Ele sorriu. Aquelas covinhas eram tão profundas que deviam ter sido talhadas em seu rosto.

– Você não é nada que eu não aguente. – O desafio brilhou nos olhos de Derek. – Você não é tão ruim quanto pensa ser – murmurou, empurrando-me contra uma parede. Seus braços seguravam fortemente meu corpo. – E se você quiser ser ruim, pode ser ruim comigo.

Encolhi meus ombros, observando as pupilas de Derek dilatarem e seus olhos escurecerem pouco antes de ele fechá-los e colocar sua boca contra a minha, silenciando meus protestos.

Alguém pigarreou e Derek se afastou de mim, mantendo os dedos em meus braços enquanto dava meia-volta para ver quem se atrevia a interromper. Meus olhos se abriram e vi Amy e Pietr do outro lado do corredor, além de alunos correndo entre nós, liberados da cantina.

Amy olhou para Derek com toda a peçonha que ela possuía. Punhos fechados na altura do quadril. Ela não tinha nenhum problema com o fato de eu gostar de Derek até Pietr aparecer.

Pietr encarava... Eu pisquei. Ele estava olhando para o pingente.

– O que você está olhando? – enfureceu-se Derek, com um olhar que que enfrentava os olhos desafiadores de Pietr para meu decote. – Espere aí – ordenou enquanto eu me mexia para guardar o coração de âmbar sob a blusa. Meus dedos se contraíram e pararam. Olhei para Pietr.

O olhar de Pietr cruzou o de Derek – frio e indiferente.

– Isso é seu? – rosnou Derek, deslizando a mão entre o pingente e meu decote, jogando as palavras contra Pietr.

Pietr o observou, ainda feito pedra.

Derek sacudiu meu braço. Olhei para ele.

– Essa é a coleira dele... O enforcador dele. Você é melhor do que isso. Não merece usar um colar que esse cara deu para você enquanto está namorando Sarah.

Olhei para baixo.

– Não é? Caramba! – exclamou Derek.

Ouvi um estalo e arfei, sentindo a corrente fina sair na mão de Derek. Ele arremessou o pingente para Pietr.

Num movimento fluido, Pietr estava com o pingente, com meu coração em suas mãos. Seus olhos não se desviaram do rosto de Derek.

– Enfie isso nessa sua cabeça enorme, Rusakova. Ela não é sua. Não mais.

Senti nós se formando em meu estômago. Meu peito estava tão apertado que era difícil respirar.

Resmungando, Derek me guiou para longe.

Pietr finalmente me observava de verdade.

*Saindo.* Derek me levou até a sala. Durante toda a aula, lutei para me concentrar em qualquer coisa além do fato de que ele tinha conquistado o que Pietr queria.

Derek tinha deixado minha separação de Pietr inegavelmente clara.

# Capítulo 13

Na aula de Estudos Sociais do dia seguinte, Pietr sentou-se no fundo da sala em vez de escolher o lugar ao meu lado, na primeira fila. Derek tomou o lugar vazio, dizendo achar que suas notas melhorariam se ele se sentasse mais perto do professor e de alguém tão inteligente quanto eu.

Eu me perguntei o que isso sugeriria a respeito da inteligência dos integrantes de nossa equipe de futebol, já que eu, na melhor das hipóteses, tirava B e C... E ele costumava assistir à aula com *eles*.

Derek tomou várias notas durante toda a aula e chegou a circular uma frase que o Sr. Miles repetiu duas vezes e que eu, de alguma forma, ignorei. Em geral, eu me saía bem nas aulas do Sr. Miles, mas sentar-me ao lado de Derek era como sentar-me ao lado do Sol. Eu não podia evitar perceber como ele brilhava.

Quando o sinal nos avisou do fim da aula, Pietr passou rapidamente entre a carteira de Derek e a minha, caminhando direto para o Sr. Miles. Tentei não escutar a conversa, mas a tentação era forte demais. Lentamente, guardei minha caneta. Meu lápis. Meu caderno. Meu livro. Minhas orelhas permaneciam abertas, buscando partes da conversa.

Minha decisão de criar um novo "normal" sem Pietr desapareceu praticamente no mesmo momento em que ele apareceu. Coração idiota. Garota idiota.

– Não mudo o trabalho social de vocês, exceto quando isso é realmente necessário, Sr. Rusakova – O Sr. Miles parecia sério.

Mudar o trabalho social? Minha garganta fechou. Claro, Pietr e eu já não conversávamos durante o trabalho social, mas ainda era melhor tê-lo por perto do que simplesmente não tê-lo. Na maior parte do tempo. Quando isso não me machucava.

Ah, inferno.

Pietr olhou para mim por sobre o ombro, para mim, irritado por eu ainda não ter saído da sala. Os colegas de Derek passaram por ali, trocando tapinhas nas costas, empurrando uns aos outros e brincando com ele. Cada um tentava, à sua própria maneira, fazer Derek ir com eles... Para longe de *mim*.

Eu não era uma animadora de torcida. Eu estava muito distante disso na cadeia alimentar social. Ninguém queria que um jogador de futebol namorasse a editora do jornal da escola.

Derek terminou de arrumar a mochila e jogou-se contra a carteira ao lado, esperando por mim.

Inventei motivos para ficar. Rearranjei minhas canetas e meus lápis. Arrumei meus livros, colocando-os organizadamente na ordem das aulas. Ajeitei meus cadernos. Coloquei para fora da mochila tudo o que eu já tinha arrumado. E arrumei novamente, em uma tentativa de ganhar tempo.

Derek esperou, sorrindo. Lindo, forte, charmoso. Impossível de ser ignorado.

Pietr inclinou-se na direção do Sr. Miles, apoiando as mãos sobre pilhas de papel enquanto falava suavemente.

O Sr. Miles franziu a testa e sacudiu a cabeça em negação.

– Não faço mudanças no trabalho social por conta de briguinhas amorosas. Imagine com que frequência eu teria de rearranjar tudo se começasse a fazer isso.

Pietr ficou cabisbaixo.

Derek repuxou o canto do lábio.

– Vamos, Jéssica. – Ele se levantou e colocou a mochila no ombro. – É melhor nós não nos atrasarmos.

Embora fosse muito legal ouvir Derek usar "nós" para se referir a ele e a mim *juntos*, não consegui sair. Ainda não. Dois meses atrás, eu teria reavaliado Pietr Rusakova se Derek tivesse demonstrado algum interesse em mim. Mas ele não demonstrou.

– Sinto muito, Derek. Preciso conversar com ele.

– Não desperdice seu tempo. Sarah vai dar a ele o que ele quer... Se é que você me *entende*.

Eu entendi. Todos entenderam.

– Mas você – continuou Derek, colocando a mão sobre minha carteira. Ficando tão perto que eu podia sentir o cheiro de canela que exalava com o ar que ele expirava... – Você tem padrões mais altos.

Eu quis discordar, defender Sarah e dizer que ela e eu tínhamos muito em comum. Mas era mentira. A verdade é que eu e Sarah não éramos farinha do mesmo saco.

Em vez de discordar de Derek, eu simplesmente disse:

– Pode ir. Eu encontro você mais tarde.

Ele deu de ombros, nada preocupado. Derek era peixe grande em Junction High.

Antes de os lobisomens chegarem.

– Acredito que nada que você me disser vai me convencer a mudar seu trabalho social.

Pietr suspirou.

Levantei-me e pendurei a mochila em meu ombro, caminhando na direção da porta. Eu tinha acabado de parar do lado de fora, minhas costas esfriavam encostadas em um armário, quando Pietr saiu da sala. Senti meu estômago apertar-se, tremendo por antecipação. Ele sabia que eu estava ali antes que eu dissesse qualquer coisa.

– Por que você está fazendo isso?

O Sr. Miles fechou a porta. Os outros alunos correram para suas salas, deixando-nos sozinhos no corredor.

Pietr permaneceu em silêncio, olhando para mim.

– Não sei o que fazer – confessei. – Eu pensei, quando tive tempo para pensar, que passamos por tantas coisas mais fortes. Eu não esperava *isso*. Você escolher Sarah, Derek me escolher...

– Você disse que quando uma garota sabe que não é desejada, ela segue a vida – afirmou, esfregando minha lógica na minha cara. A lógica que eu esperava que funcionasse com Sarah. Foi uma punhalada no peito, um golpe no coração. Um golpe que me deixou sem ar.

– Não estou... Você não... Ah... *Meu Deus*.

Cobri minhas orelhas com minhas mãos, mas aquilo não importava. As palavras de Pietr giravam em minha mente, misturadas com meu pulso acelerado como as batidas dos cascos de Rio.

– *Eezvehneetyeh*. Sinto muito, Jess. É melhor assim.

– Meu Deus! Como você pôde simplesmente... – lutei para recuperar o ar, as palavras, a esperança. – Como você pôde me ferir assim?

O vermelho que se derramava de sua pupila começava a manchar os cantos de suas íris púrpuras. Ele disse suas próximas palavras de forma irritadiça:

– As. Coisas. Mudam.

– Eu sei disso, Pietr. As coisas mudam, a vida continua. Não é você, sou eu. Vale tudo no amor e na guerra. Os garotos se tornam homens... ou mais... ou *menos*, Pietr?

Dei um passo adiante, diminuindo a distância entre nós. Ele fechou seus olhos incandescentes, apertou o maxilar e deu um passo para trás.

– Pietr, eu *sei* que você mudou. Mas o que eu vi *lá* não era metade do horror que estou vendo agora.

Abrindo os olhos novamente, Pietr se recusou a me olhar.

– Você quer saber o que faz de um homem um monstro? *Isso.*

Balancei minha mão no pequeno espaço entre nós.

Estoico, ele aceitou aquilo. Para onde tinha ido seu fogo, sua *luta*? Eu tinha visto isso em Pietr na noite de seu 17º aniversário. Fiquei, ao mesmo tempo, hipnotizada e horrorizada com aquilo. Agora, tudo o que eu queria era que um traço daquela força, algum sinal apontando que aquela paixão era em minha direção.

Derrubei minha mochila.

– Você não sente *nada* por mim, Pietr? – Joguei minhas mãos em seus ombros e as mantive ali, alongando-me para cobrir a boca dele com a minha, disposta a deixar meus lábios fazerem o que as palavras não fariam.

Ele me afastou. Quase sem voz, respondeu:

– *Eezvehneetyeh.* Sinto muito, Jess. Se cuide.

Pietr saiu correndo. Seus olhos vermelhos brilharam.

Não tive coragem de vê-lo ir embora... Eu simplesmente não conseguia aceitar o fato de que ele não olharia para trás.

Cheguei atrasada para a aula de Biologia, lutando para acalmar meu coração. Eu estava bem até ver bandejas e alfinetes para dissecação.

Amy estava em nossa bancada, cortando uma cabeça de porco. Meu mundo tremeu e eu voltei para aquela noite, no velho parque, quando a cabeça de Nickolai foi arrancada de seu corpo.

Puxei meu cabelo para trás e mal consegui prendê-lo na altura da nuca antes de sentir minha garganta apertar e de minhas mãos trancarem a porta do banheiro. Vomitei.

Outra vez.

Tateei em busca do papel higiênico e rasguei um pedaço daquela folha áspera para limpar minha boca. Joguei-a no vaso antes de fechar meus olhos e apertar a descarga.

A porta do banheiro se abriu, e tentei recuperar o controle de meu estômago, que girava. Nada bom. Curvei meu corpo e deixei sair mais daquilo que havia em meu estômago na água que ali esperava.

– Jessie? – A voz de Amy me fez congelar, embora meu interior sacudisse revoltosamente. Apertei o botão da descarga e enfiei a mão na bolsa em busca de balas.

– Jessie! – ela batia na porta. – O que está acontecendo?

Aquela era Amy: direto ao assunto... Nada de "Como você está?" quando ela sabia, pelo som e pelo cheiro, que eu estava longe de me sentir bem. Esperando que as balas funcionassem, abri a porta e saí, arrastando minha bolsa atrás de mim.

– Aaah. – Ela torceu o nariz e me olhou de cima a baixo. – Seu cheiro está quase tão ruim quanto sua aparência.

Enfiei a mão no bolso, tentando achar minha pedra da preocupação. Tocá-la não ajudava muito no combate a estômago revirado.

– Estou bem.

– Mentirosa.

Encolhi os ombros e caminhei na direção da pia.

– Você está grávida?

Levantei a cabeça e vislumbrei minha imagem no espelho. Nada boa.

– Não, a não ser que eu tenha sido escolhida para uma concepção imaculada.

Demorou um pouco, mas ela entendeu.

– E então... – Amy pegou um pedaço de papel, molhou e esfregou nas pontas do meu rabo de cavalo improvisado. – Por que você está vomitando as tripas na aula de Biologia?

– Eu só... – Como eu poderia explicar sem entregar tudo? Ou fazê-la pensar que eu tinha perdido? – Deve haver algo errado comigo.

– Até parece. É a dissecação? Porcos são seu ponto fraco? Você pode optar por não participar e usar aquele programa no computador.

Tentei imaginar o processo em uma tela e corri novamente para o vaso sanitário. A ânsia me atingiu até eu começar a ter dor de cabeça. Para mim, mesmo na tela de um computador, a dissecação, o examinar lentamente a anatomia, lembrava morte. Lembrava meus pesadelos violentos, que se tornaram cada vez piores, em câmera lenta.

Amy ajoelhou-se ao meu lado, acariciando minhas costas.

– Tive de fazer isso por minha mãe algumas vezes – ela confessou. – Ela não sabia beber. Você não está sofrendo da mesma coisa, Jessie, está?

Neguei com a cabeça, lentamente, sem saber o que fazer com minha boca. Havia muitas palavras para explicar a situação. Mas nenhuma delas me parecia verossímil.

– Isso tem a ver com Pietr – afirmou Amy.

Isso eu podia contar, portanto, assenti com a cabeça. *Ai.*

– Filho da mãe. Por que eles sempre são tão babacas?

– Marvin parece legal – comentei.

Ela me soltou e arrumou seu suéter.

– É, ele parece bem legal, não é mesmo? – as sobrancelhas de Amy se uniram enquanto sua cabeça reunia as informações. – Certo. Pietr está namorando Sarah, mas não tem nada de novo nisso. Então, o que é que realmente está incomodando você? O que aconteceu com Pietr que você não me contou? – Senti o enjoo novamente – O que aconteceu na noite em que você saiu escondida?

– Você sabe.

– Não. Não na primeira noite que você saiu escondida. Na noite do aniversário de Pietr. O que aconteceu entre vocês?

– Foi nessa noite que eu saí para ver Max?

– Ha! – bufou Amy.

– É nisso que Sarah acredita.

– E você vai me agradecer depois por eu conversar um tempão com ela para criar um motivo interessante que justificasse seu castigo.

– Eu nunca passaria uma noite inteira com Max.

– Bem, muitas garotas passariam... Ei! Não mude de assunto. O que aconteceu?

Meus olhos se fecharam em uma atitude de autodefesa, como se eu pudesse bloquear as palavras e as preocupações de Amy. No entanto, a escuridão por trás de minhas pálpebras me arrastou de volta para aquela noite e... Meu estômago fez um barulho e Amy rapidamente saiu do caminho.

– Alarme falso – desculpei-me. Com um grunhido, voltei para a pia. Certamente não havia mais nada em meu estômago.

Amy enfiou a mão na bolsa e tirou um pequeno tubo de enxaguante bucal.

– Você não devia trazer isso para a escola – comentei – A direção proíbiu o porte desses enxaguantes.

– Bem, Dick Tracy[1] – ela me passou o tubo – Faça um favor e quebre essa regra. As balas não estão funcionando.

Abri o pequeno tubo e dei um gole, deixando o líquido escorrer por todos os cantos com sabor desagradável de minha boca.

– Vou perguntar pela última vez – ralhou Amy. – Está bem, é mentira. Vou perguntar até descobrir a verdade. O que aconteceu na noite do aniversário de Pietr?

Continuei bochechando o enxaguante bucal até sentir como se cada papila gustativa de minha língua tivesse sido esfoliada. Por onde alguém na minha posição começaria? Pela CIA, pela Máfia Russa ou pelos lobisomens? Cuspi o enxaguante e formei uma concha com a mão para pegar a água da torneira.

– Descobrimos muita coisa um do outro. Ele me surpreendeu.

*Não com um buquê de flores, mas com presas. E com muito mais pelos espalhados pelo corpo do que um garoto comum.*

Uma ruga brotou entre suas sobrancelhas. As próximas palavras saíram da boca de Amy uma a uma, todas separadas:

– Ele. Feriu. Você?

– Não! Não. Caramba, Amy. Não. É só que nós somos realmente... Fundamentalmente tão diferentes.

*Ele se transforma em uma coisa assustadora que se parece com um lobo e corre pelas florestas erradicando a população de coelhos. Eu prefiro assistir a um programa de TV.*

---

[1] N. T.: Dick Tracy é um detetive de histórias em quadrinhos. Muito popular na cultura pop norte-americana, Tracy é bom atirador e muito inteligente.

– As pessoas podem ser diferentes, até mesmo os namorados, e nenhuma das partes do casal acaba ajoelhada diante de um trono de porcelana ao enfiar um bisturi numa cabeça de porco.

Encolhi os ombros.

– Você já me disse antes que não segue minha lógica.

– Você ainda não me contou tudo.

Fingi tentar arrumar meu cabelo. O resultado só reforçou o que eu já sabia: Às vezes, tentar arrumar uma coisa só a deixa pior.

– Ah, por Deus – disse ela. Pegando uma escova, soltou meus cabelos daquele rabo de cavalo improvisado. – Peça ajuda, pelo menos uma vez. Pra variar.

Olhei para o espelho e deixei Amy fazer o melhor que podia.

– Então, o que lhe aconteceu na noite do aniversário de Pietr para deixá-la tão louca quando vê uma cabeça de animal?

Olhei para o espelho tentando me deparar com minha própria imagem enquanto a imagem da decapitação de Nickolai invadia minha mente, fresca como a noite na qual a testemunhei.

– Que diabos... – Amy me segurou pelos ombros, sustentando meu corpo enquanto minhas pernas tremiam e ameaçavam desmoronar.

– Desculpa – lutei para recuperar o equilíbrio, fazendo meu joelho traidor voltar ao seu lugar.

Alguém afastou Amy, segurando todo o meu peso antes de eu perceber que outra pessoa havia se juntado a nós.

– Catherine – suspirei.

E desmaiei.

# Capítulo 14

Acordei na enfermaria. Catherine e Amy cochichavam entre elas, vozes tão animadas quanto as mãos de Catherine.

– É claro que meus irmãos são idiotas – concordou Catherine. – A idiotice vem com a testosterona. Acredito que o T-E-S-T de "testosterona" não seja uma referência à anatomia masculina, mas um aviso ao sexo oposto. Eles nos *testam*. Repetidamente – Catherine suspirou. – Você tem irmãos?

– Sim – respondeu Amy.

– Ele alguma vez já foi um idiota, uma decepção?

Eu só podia imaginar o que se passava na mente de Amy. Ela adorava o irmão, mas ele tinha abandonado a família, alistando-se no exército o mais cedo que pôde. Quando ela mais precisava de um aliado.

– Sim, ele é um idiota – admitiu.

Rolei na maca para observá-las com olhos entreabertos.

Catherine sentou-se, cruzou os braços.

– Mas você o ama.

– É claro.

– *Da. Kohneeshnoh.* É claro. – Cat olhou diretamente para mim. – E Jessie diz que as coisas não podem dar certo entre ela e Pietr?

– Ah, por favor. Ele a está deixando de lado cada vez mais. E cada vez se aproximando mais de Sarah. E isso é asqueroso. Eu realmente não entendo. O que aconteceu para separar Jessie e Pietr e aproximar Jessie e Derek?

– Olá, Senhorita Gillmansen. – A enfermeira do colégio entrou na minha frente, bloqueando minha visão e tomando meu pulso.

– Eu me sinto muito melhor.

– Que bom. Seu pulso está normal. Há quanto tempo você está forçando o vômito?

– O quê? – sentei-me rapidamente. E me detestei por ter feito isso. Minha cabeça martelava. – Forçando o vômito?

– Sim. Comendo e vomitando.

Pisquei o olho e me dei conta do que estava acontecendo:

– Você acha que eu sou bulímica?

– Não é?

– Não.

– De acordo com suas amigas, você teve um colapso depois de vomitar várias vezes.

Abaixei e olhei para Amy e Cat.

Amy lançou para mim um olhar que claramente dizia: se você tivesse dito a verdade desde o início...

– Se eu conseguisse manter as coisas no meu estômago, ficaria mais feliz.

Ela colocou a mão na minha testa.

– Você não está quente, mas vamos verificar sua temperatura. Tivemos alguns alunos com dores de cabeça e problemas no estômago. Você ingeriu algo de procedência duvidosa ontem ou hoje?

Uma pergunta estranha. Talvez algo estivesse errado com a comida da escola. Por sorte, eu não tinha ingerido aquilo.

– Acredito que o problema não seja esse.

Catherine, ainda na cadeira, inclinou o corpo para frente, esperando.

Lancei um olhar perfurante para elas.

– Elas não vão ter problemas por ficarem aqui? Perdendo as aulas?

A enfermeira concordou e se apressou em pedir para Amy e Cat saírem. Cat levantou uma sobrancelha para mim. Amy mostrou a língua.

– Então, Senhorita Gillmansen, se o problema não está relacionado com a comida e sua temperatura não está alta... – ela colocou o termômetro em minha boca – A que a senhorita atribui o vômito?

Por que os enfermeiros sempre fazem perguntas quando você tem um termômetro debaixo da língua? Os dentistas fazem a mesma coisa enquanto limpam nossos dentes.

– *Pesadel.*

– O quê?

O termômetro apitou. A enfermeira observou aquele instrumento (e a mim) de modo crítico.

– Eu ando realmente abatida. Estou tendo pesadelos e não ando dormindo bem. Isso e o cheiro de carne de porco conservada...

– Quando você menstruou pela última vez?

– É sério. São os pesadelos.

Ela assentiu com a cabeça.

– Então você precisa procurar um médico para cuidar disso. Se seus pesadelos são capazes de desencadear essa reação... – Ela apertou os lábios. – Você já conversou com o conselheiro Maloy?

Suspirei. Conversas anteriores com Maloy me levaram a questionar por que *ele* não era um dos principais astros atuando em um dos meus pesadelos.

– Se não ele, encontre outra pessoa. Um profissional.

Pensei na conselheira Harnek do Ensino Fundamental. Ela surgiu para me resgatar uma vez e queria receber notícias minhas, de alguma forma.

A enfermeira abriu uma gaveta de sua mesa, entendendo meu silêncio como falta de obediência.

– Telefone para ela. É nova, mas bem recomendada.

Olhei para o cartão que ela colocou na minha mão. Dra. Sarissa Jones. Uma sequência de letras e números seguia seu nome, proclamando suas capacidades academicamente comprovadas. É claro que o cartão que eu ia receber era o *dela*.

*Já passei por lá.*

– Obrigada.

– Como precaução, não coma nada apimentado. Tente comer biscoitos salgados, refrigerante de gengibre. Alimentos mais simples – sugeriu a enfermeira.

– Claro. Simples. – Ela não tinha ideia de quão atraente a palavra *simples* soava para mim.

– E... Senhorita Gillmansen? – chamou a enfermeira quando cheguei à porta. – Vou ficar de olho na senhorita.

Parecia que todo mundo estava de olho em mim. Fora da enfermaria, eles estavam alinhados, alheios à bronca da professora substituta presa no meio do corredor: Sophia, Amy com Marvin, Catherine com Max... Até mesmo Stella Martin parou para me examinar rapidamente. Max preferiu me examinar demoradamente enquanto a professora se apressava em direção à sala de aula.

E, é claro, havia Sarah, envolvida pelos braços de Pietr como se fossem um cobertor.

Os olhos dele foram os primeiros a olhar para mim. E também os primeiros a se distanciar.

Amy soltou Marvin e se uniu a Sophia e a Catherine, formando uma parede diante de mim.

– Então? – perguntou Amy.

– Gastrenterite.

Amy sacudiu a cabeça.

– Não rola.

– Insolação – tentei.

– É outono em Junction. – insistiu Amy, apoiando as mãos fechadas na cintura. – Diga a verdade ou nem perca seu tempo para dizer nada.

Por um momento, olhei sobre o ombro de Amy. Meu olhar e o de Pietr se encontraram. Aqueles olhos eram do azul mais frio que eu já vira e, ainda assim, meus joelhos ameaçaram ceder.

– Está bem! – gritou Amy, distanciando-se, agarrando Sophia e Cat pelos braços de modo que elas não tivessem outra escolha que não fosse acompanhá-la.

Sarah saiu da sombra de Pietr e tocou meu braço.

– Estou bem. Nem vale a pena se preocupar.

Os olhos de Pietr perfuraram minha testa, acusativamente, como se ele estivesse gritando "mentirosa". Mas só até ele saber que eu os tinha visto.

De repente, outro rosto estava diante de mim, bloqueando minha visão de Pietr. O cara que me encarava em meus sonhos antes de eles serem substituídos por pesadelos. Ele, bonito (na verdade, consistentemente impressionante); já eu, bem, a única coisa impressionante em mim era meu hálito. E não de uma forma positiva.

– Fiquei sabendo que você desmaiou. – Derek me olhou de cima a baixo, abrindo espaço entre Sarah e eu para passar um braço em volta do meu corpo. Ele pendurou minha mochila junto com a dele, em seu ombro. – Sarah, pode deixar que eu cuido da situação – Derek lançou um sorriso para Pietr e um olhar cheio de desafio.

Eu não me importei. Pelo menos foi isso que eu repeti e repeti, com a cabeça confusa, enquanto ele me carregava.

Atrás de nós, uma Sarah muito satisfeita disse a Pietr:

– Ela sempre adorou o Derek. – disse.

A porta da sala de aula se abriu, a enfermeira olhou para o professor e apontou para mim. Abaixei a cabeça e saí.

– Estive pensando na sua situação e achei melhor telefonar para seu pai vir buscá-la.

– Eu estou bem – protestei.

Ela ignorou minha afirmação.

– Ele estava no trabalho, mas disse que uma amiga da família, Wanda, vem buscá-la em vinte minutos.

Eu só pude lamentar.

– Arrume suas coisas. Você pode esperar no banco perto do consultório. De lá dá para ver o carro chegar.

Com meus pés se arrastando por todo o caminho, obedeci.

Catherine passou por mim no corredor, com um passe para ir ao banheiro em mãos. Ela arqueou uma sobrancelha em minha direção. Eu sacudi a cabeça.

Eu mal tinha chegado ao banco quando Cat apareceu outra vez.

– O que você vai fazer? Ficar andando pelo colégio? – perguntei.

Ela deu de ombros, sentando ao meu lado.

– Eu não precisava ir ao banheiro. Gosto de perambular – ela olhou para minha mochila. – Indo para casa por hoje? – Perguntou, juntando os pés.

Confirmei com a cabeça.

– Não há lugar como nossa casa – comentou Cat.

– É.

– Sinto muito por meu irmão estar sendo um idiota – ela fez uma pausa. – Mas você também não ajuda quando beija Derek.

– Não quero falar sobre nenhum deles.

– Huuum... Jessie, preciso pedir para você fazer uma coisa.

A porta se abriu e Wanda entrou, junto com algumas folhas girando. Seus cabelos loiros presos em um rabo de cavalo também balançavam por conta do vento.

– Drrroga – rosnou Cat.

– É um prazer ver você também. – Disse Wanda.

Cat olhou para mim.

– Por favor, informe Wanda de que não quero falar diretamente com ela.

Olhei para Wanda.

– Você ouviu.

Wanda olhou pelo corredor.

– Por favor, diga a ela que é fundamental que nos encontremos para discutir os planos. Eu entendo que partimos deixando as coisas... incertas. Mas nosso tempo está acabando. De várias formas. E é obvio que os comportamentos recentes por parte da família dela...

Engoli em seco, lembrando-me da noite na igreja abandonada.

– Pode nos levar a tomar medidas mais extremas – continuou Wanda.

– Cair em uma armadilha não é extremo suficiente? – respondeu Cat.

– Eu não tinha ideia de que aquilo estava sendo feito. Só posso garantir que, com cooperação plena, esse tipo de coisa não voltará a acontecer.

– Cooperação plena? – Cat pesou as palavras. Ela se virou e olhou para Wanda. – Como está nossa mãe?

– Envelhecendo. Rapidamente. Mas ela envelhece desde que se transformou pela primeira vez, não?

Um rosnado se instalou na garganta de Cat, e eu dei um tapa em sua coxa.

– Então você precisa dizer quando os Rusakova verão a mãe deles e o que você quer em troca – olhei para Cat. – Logo.

– Você precisa estar lá, Jessie – concluiu Cat.

– Por quê?

– Pode ser que a gente não consiga não triturá-la se você não estiver lá para lembrar nosso lado humano – Cat declarou isso de forma bastante factual.

– Ela está de castigo – apontou Wanda. – Vou levar outros agentes. Por questão de segurança.

– Você não vai sair viva. Nada de outros agentes. Você e um revólver. Jessie como negociadora.

– Estou de castigo – ecoei. A última coisa que eu queria fazer era estar entre um grupo de lobos nervosos e uma agente do governo bem-armada que mantém a mãe desses lobos presa.

Wanda lançou um olhar para Cat, medindo suas intenções.

– Invente uma desculpa – instruiu Cat. – Um "dia das meninas".

Apesar de minha frequência cardíaca já estar alcançando o céu, eu ri. Alto.

– É claro. Vamos sair para comprar sapatos, Cat. Qual é a cor da moda para coturnos? – Inclinei meu corpo para frente, batendo a ponta do tênis contra o chão e lutando para conseguir respirar. – Aaah. Ótimo. – Ajeitei-me. – Nas condições propostas por Cat.

– Está bem – concordou Wanda. – Vamos, vou deixar você em casa.

Quase do lado de fora do colégio, olhei para trás para dizer tchau para Cat e percebi que Derek estava ali. Cat seguiu meu olhar, encarando Derek.

– Cadela – ele a insultou.

Cat respondeu:

– Canalha manipulador.

Derek deu de ombros, como se dissesse *touché*. Wanda me levou para fora, em direção ao carro, antes que eu tivesse tempo para levantar questionamentos sobre aquela breve troca de palavras.

# Capítulo 15

No dia seguinte, sem nenhum sinal de Pietr por perto, Sarah me pegou entre as aulas e me arrastou até o banheiro feminino. Desde que Pietr chegara a Junction High, eu passava tanto tempo nos banheiros do colégio que achava que devia começar a pagar aluguel.

Até mesmo a maquiagem perfeita de Sarah (sim, eu me dei conta, assustada, de que ela voltara a usar maquiagem) não conseguia esconder as bolsas escuras sob seus olhos.

– Há algo sobre aquela noite que você não me disse?

Droga, droga, *droga*! Qual noite? Eu havia inventado uma série de mentiras, em especial sobre as noites recentes. Agora precisaria descobrir sobre qual noite ela estava falando. Eu estava cansada demais para tentar adivinhar. E uma coisa que ninguém nos diz: Mentir não é apenas moralmente errado, mas também me deixava exausta.

– Qual noite?

Houve uma pequena mudança em seus olhos, como se alguém nos espiasse aos fundos.

Amy entrou no banheiro, assobiando.

– Oi. Ouvi que você estava por aqui – disse Amy, olhando para mim. Em seguida, jogando seus longos cabelos vermelhos e estalando os dedos, ela olhou para Sarah.

Sarah a ignorou.

– Dezessete de julho. A noite em que sua mãe morreu.

Amy voltou a assobiar, deu meia-volta e retornou ao corredor. Ou talvez à aula. Algumas de nós ainda tentávamos chegar à sala de aula de tempos em tempos.

– Huuum.

Havia muita coisa que eu não tinha dito a Sarah sobre aquela noite. Como o fato de que ela tinha causado o acidente. Ou o fato de que eu a tinha arrastado, inconsciente, para fora do carro, garantindo sua segurança, porque minha mãe me dissera para fazer aquilo. Ou que, ao salvar a vida de Sarah, deixei que minha mãe morresse em meio ao fogo. Ou que eu perdoasse Sarah era, basicamente, o último desejo de minha mãe.

*Caramba!* Eu esperava que minha mãe não tivesse se apegado a *esse* desejo.

Por onde começar? A verdade parecia estranhamente escondida debaixo de montes de mentiras. E que bem a verdade faria quando Sarah estava prestes a voltar a ser aquela pessoa desagradável de antigamente? Conhecer a verdade a ajudaria ou a feriria?

E como eu pude me atrever a tentar transformá-la em uma pessoa melhor? Ela parecia bastante contente sendo malvada. Em que ponto meu desejo de fazer Sarah "melhor" tornou-se um estranho complexo de Deus? Ela não devia conhecer a verdade, fazer suas escolhas?

Esfreguei minha mão na testa, uma dor de cabeça ameaçava surgir.

– Está bem. Existe, na verdade...

O alarme de incêndio soou.

– Merda! – exclamou Sarah.

Meu coração acelerou. A nova Sarah sabia fazer escolhas lexicais. Por que usar palavrões quando você podia ser criativo sem descer o nível? Porém, a Sarah original... Tremi.

– Vamos.

Caminhamos até o hall e fomos rapidamente separadas pelos grupos de pessoas que evacuavam as salas de aula.

Já do lado de fora, sob uma forte brisa, eu me perguntava se o alarme de incêndio não era alguma intervenção cósmica peculiar. Talvez, afinal de contas, eu não devesse dizer nada a Sarah. Ou talvez não por enquanto. *Droga!* Se o alarme de fogo era um sinal, não podia ser mais claro?

Eu pulava em uma tentativa de manter meu corpo aquecido. Os rumores se espalhavam em meio à multidão. "...um problema elétrico"; "...a biblioteca pegou fogo..."; "...alguém na aula de Beany Belden acendeu um fósforo...".

Meu QI diminuía conforme eu ouvia.

Max apareceu, seguido por aquela manada de garotas gargalhando. Ele se posicionou atrás de mim e me envolveu com seus braços.

Meu corpo enrijeceu.

– O que você está fazendo?

– Você parece fria.

– Assim como metade das garotas aqui. E você vai chegar mais longe com elas do que comigo – assegurei-lhe.

– Nossa, Jessie! Dê algum crédito para um garoto – ele murmurou. Senti sua boca tão perto que seu hálito esquentou minha orelha.

– Aaah, eu dou crédito para você, Max – respondi. – Mas isso não significa que eu entenda por que você está atrás de mim.

Ele abaixou a voz, seus sussurros eram tão tangíveis quanto o esfregar da língua de um gato sobre a pele. Ignorei aqueles arrepios que surgiam em meus braços como resposta.

– Veja. Às duas horas.

Olhei para frente e para minha direita.

Pietr envolvia o corpo fraco de Sarah em seus braços. Ele olhou em nossa direção. Seus olhos tinham um brilho vermelho fraco.

– Poderíamos deixá-lo com ciúmes – ofereceu Max. – É um jogo meio sujo para fazermos com meu irmãozinho, mas... – Ele bocejou. E eu sabia que seus olhos estavam adotando um aspecto de sonolência, de alguém *muito* à vontade. O que algumas pessoas mais velhas chamariam de olhar 43.

Eu já tinha visto Max fazer esse tipo de jogo antes. Mesmo sem olhar, eu sabia o que Pietr tinha visto.

– O que você diz? – resmungou Max. – Talvez um beijo...?

– Não seja atrevido. Além do mais, eu não quero que ele sinta ciúmes. Quero que ele seja inteligente.

O riso de Max fez meu corpo estremecer. Seu corpo estava próximo das minhas costas.

– Boa sorte com isso – ele tentou me intimidar. – Pietr tem dezessete anos. Ele tem uma namorada que se joga na frente dele. Não vai ser fácil ser inteligente. – O tom de voz de Max mudava ligeiramente. – Por que você não empurrou meu irmão para sua outra amiga? Amy? A ruiva boazuda. Nós poderíamos separá-los e eu ofereceria meu ombro para ela chorar.

– Amy está com Marvin.

– É. Eu percebi – disse Max, de forma monótona. Ele se aconchegava cada vez mais, e eu resistia à vontade de dar-lhe uma cotovelada nas partes íntimas. – Ela é uma delícia.

– Deixe Amy em paz, Max. Ela está feliz com Marvin.

– E se não estivesse?

Eu rosnei.

– Isso é sexy! – Ele ronronou como se houvesse um cortador de grama em seu peito.

Na frente da multidão, os professores faziam sinais para que voltássemos para dentro da escola. Suspirando, distanciei-me de Max e ignorei os olhares enciumados de suas groupies.

– Então, nada de deixar Pietr com ciúmes? – ele tentou novamente.

– O que você faria no meu lugar, Max?

Ele desviou os olhos de mim por um breve instante, mas pude observar o caminho de seu olhar.

– Não sei, Jessie.

Guiando seu grupo de admiradoras, Max se distanciou.

Abanei a mão para o casal que ele observou antes de sair. Amy se soltou do abraço de Marvin e acenou de volta para mim.

Eu observava do lado de fora do consultório do conselheiro Maloy. Não demorou muito para ele pedir para me ver, perguntando o que havia de errado. Deixei claro. Eu queria conversar com alguém sobre meus problemas. Não com ele. Conselheira Harnet, por favor.

Ele assinou meu passe, aliviado. Pelo menos eu não seria mais problema de Maloy e ele poderia voltar sua atenção novamente a preencher testes exigidos pelo Estado, ciente de que, de tempos em tempos, alguém saberia o que eu estaria fazendo. Ele também registraria isso com clipes de papel coloridos.

Na manhã de sexta-feira, um vento varria Junction, oferecendo-nos um vislumbre do poder do inverno que estava por vir. Corri do ônibus direto para as portas duplas de vidro do colégio, desviando de pessoas que aparentemente não estavam sendo afetadas pelo frio.

Porém, aquele frio que acompanhava o vento não era nada assustador quando comparado com o abraço de boas-vindas que Sarah e

Pietr trocaram dentro do colégio. Aquilo não devia me surpreender, mas, de alguma forma, acabou me surpreendendo.

As portas se abriram com meu toque. O ar frio passou por mim, empurrando meus cabelos, entrelaçando-os nos dedos gelados do outono. O mesmo vento que me sacudiu também passava pelas mechas repicadas que se apoiavam sobre os olhos de Pietr.

Ele levantou a cabeça na direção do vento, dilatando as narinas enquanto seus olhos se fechavam, ignorando o mundo. Alguma coisa se prendeu em seu rosto, e ele se inclinou na direção de Sarah, murmurando. Ela riu. Ele tocou no nariz, nos lábios, nos cabelos loiros que caíam pelo rosto e pelo pescoço magro de Sarah.

Onde estavam o treinador Mac e seu apito de caça às demonstrações públicas de afeto? Eu desviei do caminho dos outros alunos, mas não conseguia fazer meu olhar desviar de Pietr. Ele olhou para mim, segurando seu olhar demoradamente. Seus olhos cintilavam o vermelho do fogo do inferno. O cheiro dela, o *gosto* dela descia queimando a garganta dele. Descansava em seus pulmões.

Aquela foi a primeira manhã em que procurei Derek. E só precisei de alguns momentos para encontrá-lo. Ele conversava com Marvin e, então, levantou o olhar. Assim que me viu, era como se nada mais importasse.

Eu deixei que ele me levasse até um canto quieto e mal iluminado próximo da sala de Matemática. E não o impedi quando ele tentou me beijar. Em vez disso, envolvi seu pescoço com meus braços e ali me apoiei, deixando seus lábios sufocarem os meus, o tempo todo desejando que ele fosse Pietr. Quando o sinal tocou, apressei-me para entregar meu passe de aconselhamento para o próximo professor antes de atravessar o longo corredor que ligava Junction High ao prédio do Ensino Fundamental.

Parei do lado de fora do escritório central do Ensino Médio: eu já tinha sentido dores. Respirei fundo, preparando-me. Lembrando-me de que Harnek não tinha me traído. Na verdade, ela intercedeu por mim quando derrotei um grupo de líderes de torcida que também assumiam a postura de lutadoras nas horas vagas. Minha hesitação desapareceu. Entendi que se havia alguém em que eu poderia confiar para me ajudar a entender meu coração e minha mente, esse alguém era minha antiga conselheira.

Entrei. A recepcionista olhou para o meu passe.

– Ah. Jessie Gillmansen – seu tom de voz mudou, seus olhos suavizaram quando ela se deu conta. – Sinto muito pelo que aconteceu com sua mãe, Jessie...

Desviei o olhar e fechei os olhos. Expirando o ar que estava preso em minha garganta, recuperei o controle. Como as pessoas podiam dizer aquilo? Destruir-me tão rapidamente apenas mencionando minha mãe.

– Obrigada. – A resposta foi seca. Eu já não conseguia adequar minhas emoções a certas coisas.

As pessoas aprenderiam a lidar com isso. Ou me deixariam em paz. Às vezes eu me perguntava o que eu preferiria.

A placa na porta da conselheira Harnek tremeluziu e eu me apressei para dentro, ignorando o aviso da recepcionista:

– Ela está ocupada...

– Senhora Terrence, Senhora Terrence!

Alguns garotos gaguejaram com suas vozes altas e exigentes em busca de atenção. E a recepcionista estava sobrecarregada com pedidos que iam de papel higiênico para os banheiros à burocracia de professores pedindo suprimentos. E fotocópias a serem feitas.

Seus protestos foram abafados e eu empurrei a porta, deixando-a entreaberta, não querendo atrapalhar Harnek, mas também não querendo ficar presa na loucura de um escritório de atendimento.

– Não quero ver! – alguém exclamou de dentro da sala. Ligeiramente aberta, a porta me oferecia uma pequena linha de visão e a vantagem de ver sem ser vista.

Harnek se inclinou, prendendo a atenção de quem quer que estivesse sentado na enorme cadeira diante de sua mesa.

– Você *precisa* ver. Não importa se você quer ou não, você *precisa* ver. Caso contrário... – ela sacudiu a cabeça – Você já sabe.

Não houve nenhuma resposta além de um profundo suspiro. Finalmente, uma voz masculina abafada concordou:

– Se é tão necessário.

– E é.

Bati à porta, abrindo-a mais com cada leve golpe de minha mão.

– Jessie! – Harnek se endireitou, sorrindo, juntando as mãos. – Entre. Maloy disse que você viria me ver. Ele só não disse que seria *agora*.

– É um horário ruim?

– Não. Nãããão. Estávamos terminando, não é mesmo?

Pude ouvir couro farfalhando. Derek se levantou da cadeira brilhante, seu rosto estava longe de apresentar a frustração que eu esperava.

– Sim. Oi, Jéssica.

Ele fez aquilo que brotava tão naturalmente em seu ser. Mais do que um sorriso... Um brilho que iluminava todo o seu rosto. Eu não pude me conter e sorri de volta. Ele olhou para Harnek.

– Obrigado por sua atenção.

– Faço qualquer coisa por você, Derek – ela respondeu. – Jessie, sente-se.

Derek passou por mim, parando para olhar em meus olhos. Ele apoiou uma mão em meu braço e sorriu, inclinando-se.

Minha respiração, ofegante. Eu, hipnotizada.

– É bom encontrar você, Jéssica – ele murmurou. Seus olhos azuis brilhantes analisaram meu rosto.

– Derek, a gente se vê *mais tarde* – sugeriu Harnek.

As covinhas desapareceram do rosto de Derek e, então, ele concordou.

Lutando para não observá-lo enquanto ele saía da sala, enrubesci e me sentei.

– Anda tendo pesadelos?

Assenti.

– Fale sobre eles para mim. E não se preocupe. Não vou julgá-la. Então, independentemente de quão estranhos ou assustadores eles parecerem, coloque-os na mesa.

Ela apoiou os calcanhares no canto da mesa e estava pronta para uma longa história. E, por sinal, eu enchi seus ouvidos.

Naquela tarde, Derek me encontrou antes de eu chegar ao ônibus. E não foi em um canto escuro. Ele puxou a mochila para fora do meu ombro e me envolveu em seus braços, beijando-me com uma paixão que fez meus olhos arregalarem antes que eu me lembrasse de quem estava me beijando e os fechasse para esquecer.

Não que ele não beijasse bem... Longe disso. E, ainda assim, minha boca parou de se mover de acordo com a dele.

Eu *não* queria Derek.

O pensamento fugiu com a mesma rapidez com que se formou. Minha mente estava inundada com imagens de Pietr. Abraçando Sarah. Beijando Sarah. Com os olhos preenchidos por Sarah.

E beijei Derek. Não Pietr. *Derek.* Com seus cabelos loiros, sua aparência displicente e seu cheiro de um campo de trigo aquecido pelo sol. Ele se distanciou por um momento, com olhos escurecidos. Suas pupilas estavam dilatadas a ponto de quase obscurecer o azul.

Meus joelhos tremeram quando ele me deu um último beijo, pegou minha mochila e a colocou de volta em meu ombro.

– É melhor você entrar no ônibus – disse ele, sorrindo.

Eu concordei e subi no veículo, jogando-me contra o assento de sempre, sem me importar em ficar de um lado ou de outro. Afinal, Pietr não estava naquele ônibus.

# Capítulo 16

– Comprar sapatos? – A surpresa de meu pai ecoou minha descrença.

– É uma forma de Jéssica e eu passarmos algum tempo fazendo coisas de garotas – assegurou Wanda. – Não vamos comprar nada escandaloso.

– Somente sapatos sensatos, pai.

– E Annabelle Lee?

*Caramba!* Eu tinha esquecido.

Wanda e eu trocamos um olhar. Tive a sensação de que eu estava prestes a ser jogada debaixo de um ônibus.

– O único problema é que... – o volume da voz de Wanda diminuía conforme ela dizia – Jéssica quer conversar. Eu acho que ela precisa conversar com uma mulher. A sós.

– Ah.

Eu nem me atrevi a imaginar o que meu pai pensou que discutiríamos. Um rubor invadiu meu rosto.

– Poxa, caramba, Wanda. Você sabe que eu confio em você – disse meu pai, dando um tapinha na mão de Wanda enquanto meu estômago se rebelava.

Eu gostaria de poder contar a meu pai todos os motivos pelos quais ele não devia confiar nela. E talvez apenas um desses motivos fosse suficiente.

Ele tirou a carteira do bolso e puxou algumas notas de vinte.

– Fique lá quanto tempo quiser e compre alguns presentinhos para você.

Aceitei o dinheiro. Ele poderia ser útil. Entramos no carro antes que meu pai pudesse pensar duas vezes. Seguimos em silêncio. Wanda e eu certamente tínhamos nossas divergências.

Cat nos cumprimentou à porta da casa dos Rusakova. Ela me deu um abraço rápido. Wanda parecia considerar a ideia de também me abraçar, mas concluiu que um abraço não melhoraria sua situação.

Graças a Deus.

– Entre, Jessie. E *você* também. – Cat olhou para Wanda.

Assim que a porta se fechou atrás de nós, Cat era toda negócios.

– Como concordamos que deixaríamos você usar uma arma, quero que você a mostre. Então Max irá revistá-la.

– Ele não – disse Wanda, lentamente tirando a arma do coldre de tornozelo. – Ele é atrevido com as mãos.

Max riu alto.

– Minha reputação vem antes de mim.

– Pietr – instruiu Cat.

E ele surgiu atrás de Max. Sem lançar um olhar sequer para mim, tomou a arma de Wanda.

– Dez balas. Três para ele, três para mim, duas para Cat. Duas sobrando. Alexi e Jess – ele presumiu. – Bem-pensado. Você pode sair viva. – Ele correu a mão pelos braços e pelas pernas de Wanda, observando-a de frente e de costas. – Ela está limpa.

Pietr passou a arma de volta para Wanda. E não evitou o olhar surpreso daquela mulher.

– Se vocês não podem deixar de lado seus dentes e suas garras, nós também não devemos deixar de lado nossas armas.

– Agora reviste Jessie – ordenou Cat.

Com o lábio superior contorcido, Pietr olhou furioso para sua irmã.

– Foi você quem sugeriu limitar o envolvimento dela. Sua atitude com relação a ela mudou. Portanto, reviste-a.

Pietr olhou para Max em busca de ajuda.

– Eu a revistaria para você, irmãozinho, mas acabaria desfrutando do trabalho. – Max sorriu, olhando presunçosamente para Pietr. – E aposto que eu poderia fazer Jessie gostar também – ele rugiu. O desafio estava claro.

Pietr permaneceu perfeitamente parado por um momento, olhos fechados, esperando como alguém que esperava a suspensão de uma sentença de execução.

– Vai logo – gritei.

Adotando uma expressão de estudo, ele iniciou a tarefa. Suas narinas dilataram e eu sabia que ele tinha sentindo em meu rosto o cheiro do beijo mais recente de Derek; em minhas mãos e em minhas roupas, o cheiro do corpo de Derek. Bem, bom para ele. Eu esperava que esse cheiro atormentasse seu nariz sensível.

Pietr correu as mãos pelos meus braços e, lentamente, por minhas costelas – um toque tão leve que chegava a fazer cócegas. Ele tocou em meu quadril. Prendi a respiração traiçoeiramente enquanto as pontas de seus dedos acariciavam minhas pernas e contornavam meus tornozelos. Em seguida, Pietr se levantou, seus olhos brilhantes semiencobertos por pálpebras espessas, expressão mascarada.

– Ela não tem nada.

Depois de olhar na minha direção como se dissesse “Está vendo?”, Cat encarou as mãos de Pietr, notando como ele tremia.

Eu desviei o olhar, incerta de como ela poderia confundir “abominação” com algo como “interesse”.

– Vamos acabar logo com isso – apressei-os.

Tomamos nossas posições na sala de estar, encarando uns aos outros em assentos bem acolchoados, como se estivéssemos em um conselho de guerra bastante bizarro.

– Vou começar, já que sou mediadora. Espero que seu povo – direcionei-me a Wanda – deixe os lobos verem sua mãe o mais rápido possível.

Voltei minha atenção para Cat.

– Espero que sua família coopere, oferecendo a Wanda as amostras de que ela precisa. Sangue, cabelo e tecidos, está bem?

– Por enquanto, sim – disse Wanda, assentindo com a cabeça.

– E depois? – rosnou Cat. – Medula? Esperma? Óvulos? Massa cinzenta? – Ela rangeu os dentes. – Quero todas as condições claramente definidas. Aqui e agora.

Eu só queria ir embora. Não ser mais o único ponto da sala ao qual os olhos de Pietr nunca se direcionava. No entanto, eles tinham pedido minha ajuda. E eu sabia muito bem que, às vezes, a melhor ajuda era aquela que mais doía.

– Wanda, diga aos Rusakova o que exatamente você espera e o que eles recebem se concordarem.

Ela começou a abrir a boca.

– Sem ameaças. – completei.

Wanda fechou a boca e repensou suas palavras.

– Sangue, pele, cabelo, pelos, medula. Um dente de leite, se possível. Vocês recebem, em troca, o direito de ver sua mãe, viva e com boa saúde, em uma instalação segura e reservada, sob observação discreta. Vocês terão o direito de entrar no ambiente dela...

– No *ambiente* dela? – o nariz de Cat enrugou. – Como ela está sendo mantida?

Wanda olhou para mim.

Fechando meus olhos, inspirei e disse:

– Estamos apenas discutindo as condições agora, Catherine.

– Essas são as *condições* da prisão de nossa mãe, Jessie – ela protestou. – Se sua mãe estivesse viva...

Estremeci.

– Você não iria querer saber em quais condições ela está? – concluiu Cat.

– Wanda, você está controlando o cativeiro da mãe deles?

– Não – murmurou, inclinando o corpo para frente. Seus olhos estavam ligeiramente mais abertos do que o normal. Ela leu o desprezo brilhando no olhar de Cat, e eu sabia que, em um momento, Wanda tentaria pegar sua arma.

– Então, Catherine, você não pode... *Não* pode usar as condições do cativeiro de sua mãe contra Wanda. Entendeu? – Fiz uma pausa, rezando para que ela aceitasse aquilo. – Independentemente de como ela está sendo mantida... Wanda não é responsável por isso. Diga que você entendeu, Cat.

– Eu entendi – disse ela, empurrando as palavras pelos dentes. Ainda assim, fazê-la concordar com isso era algo considerável.

– Wanda. – Incentivei-a a falar.

– Ela está em um cubículo de 6 metros por 6 metros em um local seguro. Próximo. Ela está recebendo tudo o que é necessário e alguns dos confortos que presos políticos de alto calibre também recebem. – Wanda olhou novamente para mim. – Isso é tudo o que eu posso dizer.

Cat suspirou.

– Ela pode ficar ao ar livre em algum momento? Pode ver a lua ou as estrelas?

– Isso é tudo o que eu posso dizer – repetiu Wanda. A frustração de Cat se espalhou.

– Ela pode ser solta? – *Pietr*. Fazendo a pergunta difícil.

– Nesse momento, meu posto não é suficiente para garantir a soltura.

– Então por que diabos estamos todos aqui? – rosnou Max, mostrando os dentes. – Ela não cometeu nenhum crime e provavelmente nunca viu um tribunal, exceto na TV. Ela devia estar aqui. Com a família dela.

– Eu gostaria que as coisas fossem simples assim – Wanda olhou para os seus dedos. – Tecnicamente, sua família fugiu da União Soviética anos atrás. Vocês são cidadãos americanos porque nasceram aqui, mas ela está ilegalmente nos Estados Unidos. Se eu forçar a situação, eles podem deportá-la.

– Eles estarão esperando por ela na Rússia – disse Catherine. Ela inclinou a cabeça e olhou para a porta aberta. – *Da*, Alexi?

Ele entrou na sala. Seus cabelos escuros estavam desgrenhados; a camisa, abotoada de forma errada. Eu me perguntei há quanto tempo ele estaria do lado de fora, sem ser convidado, mas não sem estar envolvido. Havia bolsas escuras sob seus olhos obscuros. Ter sido considerado traidor pela família não estava fazendo bem para Alexi.

– *Da*. Eles estarão esperando para pegar qualquer um de nós – ele apagou o cigarro, deixando as cinzas caírem em sua mão aberta. Alexi não parecia notar o chamuscar de sua pele. – É melhor ir parar em uma cadeia na América do que em um buraco na Sibéria.

– Está bem – joguei minhas mãos para o ar. – Então vamos deixar as coisas assim: a visitação fica de acordo com as condições de Wanda. Amostras entregues no dia da visita, exceto medula e pelos. Isso pode ser entregue depois da primeira visita ter efetivamente acontecido. A libertação pode ser discutida mais adiante.

Alexi concordou.

– Ótimo. O único problema é que não podemos ficar.

– O quê? – Wanda e eu perguntamos em uníssono.

– Logo nosso dinheiro vai acabar. A Máfia já não nos apoia, e minhas habilidades são... desprezíveis em qualquer lugar que não seja o mercado negro. – Ele sorriu como um fantasma sorriria ao sair de um túmulo. – Se ficarmos, estaremos na rua em menos de um mês. O que o seu povo pode fazer para nos manter aqui?

Wanda caiu de volta no sofá e puxou seu rabo de cavalo.

– Me dê cinco minutos.

Com o celular na mão, ela saiu da sala de estar. A porta que dava para a varanda abriu e fechou.

– Jessie – murmurou Alexi, sentando-se no lugar de onde Wanda saiu. – Você está fazendo um bom trabalho, mas por que Cat enfiou você nisso?

– Precisávamos de um mediador – respondeu Cat.

A tensão na voz de Alexi se espalhou por seu rosto.

– Você podia ter pedido para mim – disse ele.

– Você teria nos vendido novamente! – urrou Max.

Com um pulo, Alexi se levantou.

– Quando foi que eu vendi vocês pela primeira vez, irmão? Diga! – ele exigiu saber. – Eu fiquei do lado de vocês em um campo de batalhas. Eu sangrei como vocês sangraram, e quando vocês estão diante do Demônio, sequer me convidam para ajudar?

– Eu estou diante do Demônio *neste exato momento* – provocou Max, com olhos brilhando, frente a frente com os de Alexi.

– Parem com isso! – gritou Catherine. – Vocês dois. Sentados!

Algo naquele tom de voz os fez sentar.

Ela apoiou a cabeça nas mãos e os cotovelos nas pernas.

– Isso era exatamente o que eu queria evitar quando não o convidei, Alexi. Quando achei melhor Jessie tomar o seu lugar.

Eu me levantei, cruzando a sala para ficar ao lado de Cat. Estendi minha mão e apertei seu ombro.

– Nossa família já está separada. Por que vocês, rapazes, fazem questão de dividi-la ainda mais?

Apoiando a cabeça contra meu quadril, ela olhou para eles. Seus olhos úmidos pareciam implorar.

Max resmungou e enfiou as mãos nos bolsos. Alexi, todavia, olhava para Cat como se a estivesse vendo pela primeira vez.

– *Eezvehneetyeh*, Ekaterina – ele abaixava o olhar. – Eu sinto muito... Sinto muito por qualquer coisa que eu fiz e que tenha ferido esta família.

E, em seguida, Alexi foi embora.

Wanda reapareceu no vão da porta.

– Por que estou com a sensação de que perdi algo importante?

– Não foi nada – rosnou Max. – *Absolutamente* nada.

– A ham – Wanda colocou o telefone novamente no bolso. – Bem, a boa notícia é que o caminho está livre para oferecer a vocês um cargo como funcionários do governo, com salário e um plano de saúde... Aaahm... *especializado*. A má notícia é que essa quantia não é tão alta quanto a que a Máfia oferecia.

– Nós aceitamos – disse Catherine. – Jessie, obrigada. *Spahseebuh*. Acho que é melhor vocês duas irem embora.

Catherine segurou minha mão, puxando-me para que nos olhássemos olhos nos olhos.

– As coisas vão melhorar entre vocês – ela garantiu.

# Capítulo 17

Quando Wanda apareceu anunciando uma promoção espetacular de bolsas no shopping, eu sabia que algo estava acontecendo. Meu pai sorriu, ofereceu algumas notas como se o dinheiro não importasse e nos desejou sorte na caça às bolsas. Annabelle Lee permaneceu retorcida no sofá, lendo *Todos os belos cavalos* como se não tivesse sido negligenciada mais uma vez.

Senti uma pontada de pena por ela. Ninguém gosta de ser esquecido, mas eu tinha um trabalho a fazer.

– O que está acontecendo? – perguntei, entrando no carro.

– Temos uma tarefa.

– Ceeerto.

Não estávamos longe de casa quando Wanda estacionou o carro.

– Preciso saber de uma coisa, Jessie.

– O quê?

– Em meio a tudo isso, de que lado você está.

Levantei uma sobrancelha para Wanda.

– Do lado deles.

Ela assentiu com a cabeça.

– Era o que eu imaginava. Não vou desperdiçar o seu tempo tentando explicar por que gostaríamos de salvar os lobisomens...

– Eles têm nomes.

Ela simplesmente continuou:

– E encontrar uma cura para o curto período de vida deles – disse ela, articulando com as mãos.

– Não. Espere aí. Vocês querem fazer *o quê*?

– Queremos melhorar a vida dos lobisomens. E não é no estilo indo-ao-veterinário.

– Ah...

– Nós descobrimos que ter uma população mais normal é benéfico para o sucesso contínuo das operações militares e governamentais.

– Certo. Eu não acredito em você.

– Eu sabia que correria esse risco sendo sincera com você.

– Como vocês se beneficiariam desfazendo a linha do tempo deles?

– Pense comigo: Se você tem quarenta anos – ou menos, no caso deles, se forem duplamente puro sangue – e você tem um colapso em público. Um bom samaritano irá levá-la ao hospital. Os médicos descobrem que você tem o fígado e o coração de uma pessoa de noventa anos de idade. E algumas partes internas estão mais ou menos derretendo. É uma nova doença? Rapidamente, eles ligam para o Centro de Prevenção e Controle de Doenças. Mas, ainda mais rapidamente, redes de televisão como NBC e ABC estão ao telefone. E aí... Desastre. E isso se o lobo dentro de você não foi desencadeado e não destruiu a equipe de emergência. Portanto, resolver o problema do tempo de vida deles seria diminuir as chances de eles chegarem aos noticiários e se tornarem uma atração bizarra. Menos chances de um inquérito sobre os experimentos que nós fizemos durante a Guerra Fria, e antes...

– *Nós* fizemos? Nossos cientistas também fizeram coisas assim?

Wanda ficou paralisada.

– Não. Não *assim*. Nós éramos o lado bom.

Apertei meus olhos com aquele resumo.

– Você está falando sério? Tudo era assim, tão preto ou branco? Nós éramos as forças positivas da democracia e eles eram os diabólicos Vermelhos Comunistas?

– Droga! Veja bem... Não importa quem fez o quê. O fato é que fizemos algumas escolhas ruins... Fizemos alguns experimentos nada éticos. Mas isso é história. Não queremos que isso seja discutido novamente. Então...

– Então?

– Queremos ajudá-los, mas isso leva tempo – disse Wanda.

– Sim. O fator mais precioso para eles.

– Exatamente. Portanto, enquanto estamos lutando para encontrar uma cura com base nas amostras que conseguimos fazê-los concordar em oferecer, precisamos observá-los melhor para que eles não façam nenhuma burrada.

– Você *conhece* o Max?

– Perfeitamente.

– Então por que não contar a verdade e dar a eles um pouco de esperança?

O olhar de Wanda deslizou em minha direção.

–Você sabe que a verdade nem sempre é aceita. E que nem sempre as pessoas acreditam nela.

– Sim. Eles não acreditam em você.

Wanda assentiu.

– Então, preciso de um enorme favor. Preciso que você plante um aparelho de escuta.

– O quê?! Eu. Não. Vou. Fazer. Isso.

– Jessie, isso pode nos alertar se um problema começar a acontecer ou se alguém se ferir. Podemos mandar alguém para lá para evitar que a notícia chegue aos jornais. – Ela tocou em meu ombro com a mão livre.

Eu tirei sua mão de mim.

– Se o público descobrir, eles seriam levados embora, sabia? Não haveria mais...

– Não haveria mais família Rusakova.

Ela estava certa. Se o próprio Pietr se perguntava que tipo de monstro estava sob sua pele, o que a opinião pública exigiria que o governo fizesse para descobrir?

– E se a Máfia voltar? Eles vão precisar de apoio. – Ela continuou.

Outro excelente argumento.

– Faça isso você.

– Eles vão ficar me observando, Jessie. Seria impossível.

Ela enfiou a mão na bolsa e tirou o aparelho de escuta.

Uma coisinha bem pequena, mesmo.

– Eles confiam em você.

– Porque eles sabem que não vou traí-los.

– Certo. Você não vai trair, você vai proteger. Se algum problema ocorrer, ficaremos sabendo. Poderemos ir até lá e ajudar.

Ela abriu minha mão e colocou o aparelho de escuta sobre minha palma.

– Ajude-nos a ajudá-los, Jessie – pediu Wanda.

– Onde?

– Debaixo da mesa da sala de estar.

– Está bem. Mas se eles me pegarem, nós duas teremos problemas enormes. Eu vou jogar *você* para os lobos. Como um osso bem suculento.

– Combinado – ela levou o carro de volta para a estrada. – Fico feliz em saber que você não ficou aborrecida por poder ajudar seus amigos e o governo do seu país.

– Sim. Quais seriam as probabilidades de eu ficar?

A quantidade de dinheiro que Wanda forneceu aos Rusakova ajudou muito a firmar o que havia sido acordado. Alexi rapidamente dividiu o dinheiro em aluguel, contas mensais, alimentação e despesas extras. As duas últimas pilhas eram as mais finas.

– Eles vão precisar caçar – ele apontou. – Caso contrário, será impossível suprir a quantidade necessária de calorias.

Wanda olhou para todos os Rusakova, um de cada vez.

– Você não quer vê-los andando por aí com fome, quer? – perguntou Alexi.

– Não. *Droga.*

– Não é nada fácil ser guardiã dos lobos, não é mesmo? – Disse Wanda.

– Você não é nossa guardiã – rosnou Max.

Alexi logo o apoiou:

– Eu sou o guardião dos meus irmãos. E, gostem ou não, ainda sou irmão de vocês.

Max deu um passo adiante. Rosnando. Pude ouvir articulações estalarem, transformarem-se. Sem olhar, sabia que os olhos dele estavam vermelhos por conta daquela emoção.

– Max... – dei um passo pra trás.

Ele virou a cabeça, com aquele maxilar longo e cheio de dentes afiados, na direção de Alexi. Seus olhos brilhavam como carvão em chamas enquanto ele se mantinha apenas parcialmente transformado.

Aquilo parecia ainda mais ameaçador... Ver uma cabeça de lobo sobre largos ombros humanos.

Max expirou com força.

– Irmããão – ele virou a cabeça para Pietr. – Irmããão – repetiu, olhando para Catherine.

Olhando novamente para frente, Max fez uma investida. Seus dentes se fecharam a um fio do rosto de Alexi.

Pulei.

Alexi simplesmente suspirou.

– Você quer esse trabalho? – perguntou a Wanda enquanto as características de fera em Max desapareciam e seu corpo se tornava novamente humano.

– Caçar... – ela apertou algum botão em seu celular. – O sinal não está bom aqui.

Wanda saiu da sala de estar, seguida pelos Rusakova.

Era minha chance.

Ela passou pelas escadas, eles a seguiam. A porta dos fundos emitiu seu protesto de sempre e eu fiquei de joelhos, estendendo meus braços debaixo da mesa com tampo de mármore para plantar o aparelho de escuta. Ele grudou com facilidade. Eu estava me preparando para levantar quando o ouvi.

O que quer dizer que ele *queria* que eu o ouvisse.

– Perdeu alguma coisa? – perguntou Pietr.

– Só...

– Não minta para mim, Jess. – Dando dois passos, ele diminuiu a distância entre nós. – O que você fez?

Com Pietr tão perto de mim, sua respiração aquecia todo o meu corpo. Ele se agachou, a graça de um animal selvagem estava sempre presente.

Pietr se levantou novamente, um movimento ágil que fez meu coração bater muito mais acelerado do que por meu medo de ser descoberta. Envolvendo meu pulso com os dedos, ele me arrastou até a varanda, na frente da casa.

– Por quê?... – Pietr me soltou para passar a mão por seus cabelos. – Por que você queria nos escutar? – ele arqueou o corpo na minha direção. Sua altura se acentuou quando eu me vi sob uma sombra. Seu olhar penetrante agora estava encoberto por angústia. Senti uma dor em meu estômago. – Por que nos trair?

– Não, Pietr... Não foi traição... – apoiei uma mão no pescoço, meu pescoço queimava enquanto meu coração e meus pulmões lutavam em meu peito. – Foi uma medida de segurança, precaução – arfei. – Por favor. *Puzhalsta.* Acredite em mim.

Estendi minha mão para tocar em seu rosto.

Ele demonstrou medo, fechado os olhos.

– Eu nunca trairia vocês – minhas mãos desceram pelos braços dele. A pele de Pietr era resfriada por meu toque. Arrepios brotavam por onde meus dedos passavam. – Acredite em mim, Pietr. Pegue o aparelho de escuta e o destrua.

– Como Wanda a convenceu a fazer isso?

– As coisas estão tão inconstantes ultimamente, e se vocês entrarem em uma situação ruim, a CIA pode ser útil.

Ele abriu os olhos para observar minhas mãos. Que seguravam os braços dele.

– Pietr, e se a Máfia voltar? Você não quer ter um pouco de poder de fogo ao seu lado? – Entrei ainda mais sob a sombra que o corpo dele lançava, apoiando minha mão em seu peito.

O corpo de Pietr ficou rígido, como o de um coelho que acaba de ver um cão de caça.

– Você está com o cheiro *dele* – murmurou, com as palavras revestidas de nojo. Porém, seu coração acelerou próximo de mim, batendo ainda mais rápido do que o normal. – Pare! – ele implorou, empurrando-me para trás.

– Não consigo suportar a ideia de vê-lo ferido. Vou fazer qualquer coisa para protegê-lo – jurei.

Ele suspirou, um som áspero, cansado.

– Vamos discutir coisas importantes em outro lugar.

– O quê?

A luz do sol se movia em minha direção enquanto ele se afastava.

– O aparelho fica. Não confio em Wanda, mas, nesse caso, ela pode ser útil. Algum outro aparelho de escuta foi plantado?

– Não que eu saiba. Quer dizer, o telefone continua grampeado...

– *Da.* Fazemos alguns telefonemas que podem interessar à CIA.

– Claro. Pedir uma pizza todas as quintas-feiras não deve estar no topo da lista de preocupações deles.

Pietr gargalhou.

– Sinto falta disso – confessei, examinando o chão de madeira da extensa varanda.

– De quê? – perguntou ele com uma voz áspera.

– Da sua risada. – Levantei meu olhar na direção dos olhos de Pietr, na esperança de que ele conseguisse ler a emoção ali presente.

Ele desviou o olhar, fascinado com a janela da sala de jantar.

– Sinto falta de muitas coisas – disse, dando um passo para frente. Estendi meu braço e descansei minha mão em seu peito. O calor de Pietr escaldava a palma da minha mão. – Sinto falta de abraçar você.

E de sentir o seu abraço. Eu não quero Derek. – Pietr estremeceu ao ouvir aquele nome. – Eu quero *você.* – Dei meio passo para frente, deixando minha mão entre nós enquanto olhava para aqueles olhos azuis e brilhantes. – *Pocelujte menyah* – implorei, levantando meus lábios para suavizar a dura linha de sua boca.

Ele rugiu, jogando-me para trás com o barulho. Com o corpo inclinado, as narinas alargadas e os lábios curvados deixando os dentes à mostra, Pietr olhou para mim com olhos selvagemente brilhantes.

– Você *não* entende – disse, envolto em emoção.

– Que diabos...? – Wanda saiu violentamente pela porta.

Pietr se esquivou para perto dela, batendo os pés até chegar ao topo da escada. Uma porta bateu.

Wanda olhou para mim.

– Você está bem?

Sinalizei que sim com a cabeça.

– Ótimo – seus olhos correram por meu rosto e por meu corpo, como se ela buscasse algum sinal de agressão física. – A questão de eles saírem para caçar já foi resolvida. Agora eles não vão passar fome.

– Ótimo.

Ela colocou uma das mãos nas minhas costas e lentamente me guiou para descer as escadas e caminhar em direção ao carro. Wanda abriu minha porta, e eu me joguei no banco. Ela inclinou o corpo, puxando o cinto de segurança sobre meu corpo. Sem nunca deixar de me observar, travou o cinto antes de se ajeitar.

Wanda deu partida no carro e puxou o freio de mão.

– Hum, eu... – olhando para frente, sugeriu: – Talvez você devesse se distanciar disso. É coisa demais para enfrentar. Vamos ter de lidar com lobisomens.

– Eles têm nomes – insisti.

– E daí? Continuam sendo lobisomens.

– Mas isso é... É como se você estivesse... – Expirei. – Como se você estivesse desumanizando-os.

Wanda olhou para a rua.

– Talvez isso facilite as coisas. O processo de caçá-los e disponibilizá-los para testes. Se você não usar nomes, não pensará neles como humanos... Isso facilita as coisas. E você está envolvida demais com isso – Wanda me acusou. Ela bateu no volante e murmurou algo que soou suspeito, algo como “E talvez eu também esteja”. Seus dedos apertaram o volante. – Faça uma pausa, Jessie. Deixe que eu cuido disso. Vou garantir que eles tenham um tratamento justo.

– Eles não confiam em você, Wanda.

– Eu sei. Mas acho que você precisa estar mais bem protegida.

Virei o rosto. Olhei para ela.

– Eles são monstros. – disse Wanda.

– É o que Edward pensava.

– Ah, é? Edward é um amigo seu? – perguntou.

– Não, senhora bibliotecária. É o personagem principal de uma série de romances de vampiros muito famosa.

– Ah. E o que você aprendeu com essa série?

– Muita coisa. Por exemplo, que às vezes as pessoas boas não têm a chance que merecem de provar que são *pessoas* boas.

Ela suspirou, repentinamente lembrando-me de meu pai. Wanda era rude demais para ser comparada com minha mãe.

– Seu pai quer protegê-la. Aquela psiquiatra que você visitou quer protegê-la. Talvez eu também devesse pensar em protegê-la.

– Não me faça favores. Não há nada de que me proteger. Nada além de agentes enlouquecidos da CIA. E da Máfia Russa.

– Proteger seu corpo é uma coisa. Já proteger seu coração... Acho que você está negligenciando isso. É fácil proteger apenas o corpo.

Olhei para ela. Olhei *realmente* para ela. Aquela era a primeira vez em que eu me interessava por Wanda. Qual seria sua história, afinal? Ninguém passaria de uma hora para outra a ser uma agente da CIA mexendo em arquivos antigos que a União Soviética rejeitava, em uma tentativa de estender uma mão de amizade ao inimigo da Guerra Fria.

– Acho que eu amo ele, Wanda.

– Esse é um sentimento bastante adulto.

– A morte de minha mãe... Aprendi que o mundo é uma mer...

Ela lançou um olhar para mim.

– O mundo é uma *droga* e muito mais estranho do que eu ousaria pensar. Atiraram contra mim e eu matei um homem para me defender. Perdoe-me se estou começando a sentir que tenho o direito de amadurecer minhas emoções.

– O amor é algo grande.

– Sim.

– É por isso que você passou mal e precisou voltar para casa.

Não me importei em dar uma resposta.

– Ele está namorando sua melhor amiga.

– *Uma* das minhas melhores amigas – corrigi.

– Quer um conselho de alguém que já esteve nessa situação?

– Por que não? – dei de ombros.

– Saia com o astro da equipe de futebol. Ele realmente é especial. Só... Lembre-se de cuidar de si mesma antes de qualquer coisa.

– É isso que você está fazendo com meu pai?

– Ah, droga, Jessie – ela negou com a cabeça.

– Porque ele também precisa de proteção. – Foquei meu olhar para fora do para-brisa, nas folhas que dançavam sobre o concreto. – Parece que esse é meu trabalho. Jessie Gillmansen: protetora de *lobisomens* e de homens adultos. Não mexa com as pessoas que eu amo, Wanda.

# Capítulo 18

De sua cadeira, a Dra. Jones olhou para a mesa quando entrei.

– Srta. Gillmansen. Não esperava que você fosse voltar.

Senti meus ombros se apertarem.

– Talvez você tenha tomado parte do meu tempo, mas valeu a pena tentar.

– É mesmo? – o olhar dela ameaçava apontar para mim.

– Sim. Aquelas coisas que eu disse da última vez...

Ela cruzou os braços e apoiou as costas na cadeira.

– Sim, sobre a Máfia Russa, a CIA...

– E lobisomens.

Um sorriso formou-se em seus lábios:

– Quem se esqueceria dos *lobisomens*?

– Aquelas coisas que eu disse para você eram...

O canto do lábio da Dra. Jones se retorceu.

– Mentiras – ela concluiu.

Bem, pelo menos eu não precisei dizer.

– Você gostaria de recomeçar? – ela olhou para o relógio.

– Sim.

– Devemos nos focar na sua expressão de sofrimento por conta da perda de sua mãe?

Senti um aperto na garganta, as palavras queimando seu caminho em direção à minha língua, e fiquei parada. Seca como poeira e com a boca entupida. Meus olhos ardiam. Mas assenti, tirei as mãos do bolso e me sentei.

Meu pai estava do lado de fora; a caminhonete, ligada. Eu o tinha feito concordar em esperar no estacionamento, assim eu não teria de sofrer mais um daqueles seus abraços de urso dentro do consultório. Ele assobiava.

– Ah, droga, pai. A Wanda vem outra vez hoje?

– Não, ela *já* deve estar lá agora.

– Engraçadinho – disse eu.

– Ei, quem foi que disse que seu cativeiro não pode pelo menos ser divertido para um de nós?

– Seria divertido se meus amigos pudessem me visitar – torci o nariz.

– Amanhã – ele prometeu. Seus dedos batiam contra o painel. Ele deu ré na caminhonete. – Nem diga o nome *dele* – ele desafiou.

Então eu disse.

– Pietr é meu amigo.

Meu pai não sabia que isso já não era mais verdade.

Tenso, ele apertou o volante simplesmente ao ouvir a uma menção ao nome de Pietr.

– Deixe esse cara para a Sarah. Eu sei que ele parecia simpático com você, mas você faz coisas idiotas quando está com ele. E eu sei que você diz que ele não bateu em você... que... você *caiu*, certo?

Concordei. Eu tinha caído. Enquanto apanhava de um agressor que parecia da CIA.

– Então você faz coisas idiotas e se torna desastrada? Não sei, não. Alguma coisa não está certa nesse garoto. Ele é perigoso.

– Mas a Wanda, com aquela coleção de armas de fogo, é...

– Bem preparada e charmosa – ele respondeu.

– Uau. – Eu tinha pensado em fazê-la desaparecer, mas precisava dela para me levar até os Rusakova. Eu só nunca tinha pensado... – Charmosa, pai? Que nojo!

Ele abriu um sorriso. De uma orelha a outra.

– Você *conheceu* a Wanda?

– Já fiz mais do que isso – disse ele, enchendo o peito.

Enrubesci por nós dois.

– Paaai...

– Beijos... beijos. Nossa, Jessie! Está vendo do que estou falando? Só falar naquele garoto já faz você pensar em coisas idiotas.

Em um piscar de olhos, tínhamos atravessado Junction e eu tinha deixado passar minha parte preferida da ida à terapia: a rua Principal.

Meu pai estacionou o carro e olhou para mim.

– Pietr é problema, Jessie. Ele é o motivo que fez você mentir...

– Não. – Pietr tinha sido a parte mais verdadeira da minha vida. Até eu corrompê-lo.

Wanda se levantou ao ouvir nossos passos, com o estojo de seu revólver na mão. Abri minha janela, olhando na direção dela. Nosso sinal.

Meu pai sacudiu a cabeça.

– Esse garoto é o motivo de você fugir. E dessa última vez...

Ele pulou, Wanda estava à sua porta, batendo.

Embora eu jamais tivesse pensado que agradeceria a alguém pela existência de Wanda, silenciosamente dei graças a Deus. Sim, ela era grosseira, rápida demais e sabia demais, mas tudo isso provavelmente fosse parte das exigências de seu trabalho na CIA. E ela era minha carona. Eu não podia arriscar perder *isso*.

– Olá, bonitão – ela cumprimentou.

Meu pai abriu a janela para cumprimentá-la.

Desviei meu olhar enquanto eles se beijavam. Não fazia seis meses da morte de minha mãe. Eu queria ver meu pai feliz. Queria, de verdade. Mas feliz era diferente de namorando. E beijar. E namorar e beijar... E quando eu estivesse mentalmente preparada para ver meu pai fazer isso... bem, definitivamente não seria com Wanda.

– Eu estava dizendo à Jessie por que ela e aquele Rusakova não devem se ver.

A expressão de Wanda se tornou séria.

– Ainda de castigo?

– Até amanhã – respondeu meu pai.

Eu me perguntava se o fato de Wanda fazer o papel de chofer também não a cansava. As desculpas que ela inventava para me tirar de casa envolviam atividades que não combinavam nem um pouco com ela. Porém, meu pai nunca questionava quando Wanda sugeria fazer coisas de menina comigo.

Ele certamente esperava que aquilo aliviasse a dor que eu sentia por ter perdido minha mãe. Mas ir às compras não faria isso. Talvez o tempo ajudasse.

Finalmente.

Wanda colocou o estojo de sua arma em meus braços assim que desci da caminhonete.

– Seja boazinha e leve isso.

Grunhi, descendo a colina com eles. Levantei a bandeira de segurança para mostrar que os ruídos ali no pasto eram reais. Enquanto levantava dois alvos, eu me perguntava se não devíamos estar sob um abrigo, caso o céu decidisse cair. O céu acima de nossa fazenda estava pesado, estampado por nuvens pintadas de azul-acinzentado.

A brisa bateu, cegando-me com meu cabelo.

Wanda puxou um elástico do bolso.

– Prenda os cabelos – disse, rindo de mim.

– Óculos de segurança – meu pai me lembrou. Coloquei as pernas dos óculos atrás de minhas orelhas, colorindo meu mundo com um âmbar e brilho. Coloquei também protetores de ouvidos para abafar o ruído dos tiros.

Abrindo o estojo com a arma, fiquei parada. O brilho do aço polido contrastava com a madeira e o osso nas coronhas de cada um dos revólveres. Wanda inclinou o corpo e ofereceu ao meu pai o de osso.

– Modelo dezenove, cano de quatro polegadas Smith & Wesson; 357 Magnum.

Meu pai segurou o objeto mais como se fosse um filhote de passarinho que tinha caído do ninho do que um mecanismo mortal nascido de fogo e metal.

– Eu fico com esse – Wanda pegou o outro.

As ordens eram curtas no pasto da família. Olhei em volta antes de anunciar:

– Prontos à direita? Prontos à esquerda? Tudo claro. Começar disparos.

Eles esvaziaram os revólveres rapidamente. Wanda terminou primeiro e logo estendeu a mão esperançosamente e pegou mais seis cartuchos. Ela girou o cilindro, derrubando as balas com uma velocidade que denunciava muita prática.

Em seguida, fechou a arma e a passou para mim.

Meu pai observou, lutando para esconder sua curiosidade. Ele puxou a munição da minha mão.

– Wanda e eu estávamos falando de você e do seu potencial. Nós dois achamos que você devia voltar a praticar.

Examinei a bela ferramenta da morte em minha mão.

– Eu não...

– A gente nunca sabe quando esse conhecimento pode ser útil – acrescentou Wanda. – Ele pode salvar a sua vida.

– Não quero voltar a participar de competições de tiro ao alvo. Aquilo era... – olhei para meu pai – um sonho seu, e não meu.

O rosto de meu pai continuava sem expressão, mas eu sabia que as engrenagens em sua cabeça estavam girando. Ele detestava o fato de eu desperdiçar um dom, de eu ter uma habilidade e não tirar vantagem dela. Meu pai permaneceu em um silêncio que esperava que eu quebrasse.

– Droga! Talvez eu participe de competições... De algumas. Mas só de tiro rápido. – Tiro rápido permitiria que eu me defendesse. Olhei fixamente para Wanda, forçando-a a ler meu olhar. Ela assentiu, concordando em silêncio que as medalhas têm muito pouco valor quando você não está vivo para mostrá-las.

Ela piscou para meu pai.

– Está bem, Jessie – ele cedeu. Por enquanto.

Olhei para os alvos e escolhi aquele que parecia mais limpo. O de meu pai. Ergui o revólver, relaxei meus ombros e minhas mãos e acalmei minha respiração... Mirei para a imagem e atirei. A boca da arma subiu e, logo que desceu, atirei novamente.

O céu se tornou escuro, o alvo se dissolveu, sendo substituído por Grigori avançando em nossa direção naquela noite. Carreguei a arma e atirei novamente. Mais uma vez. Mais uma vez. E mais uma vez.

Minha pegada afrouxou e olhei para frente, lutando contra o fato de que não havia nenhuma ameaça.

Era só eu, atirando contra papel.

Wanda tirou o revólver da minha mão.

– Você realmente acabou com o centro desse alvo.

Meu pai sorriu.

– Acabou mesmo?

Assenti com a cabeça e ele correu para verificar o que havia sobrado do alvo. Meu pai deixou escapar um grito de alegria e eu forcei um sorriso.

– Bom trabalho, Jessie! – ele elogiou, caminhando em nossa direção. – Parece que você não precisou parar em momento algum.

Wanda me observava. Ela sorriu para agradar meu pai, mas suas palavras suaves estavam cheias de avisos:

– Você sabe que, numa situação real, você não vai ter todo esse tempo. Vai ser pop-pop-pop. Você não vai ter tempo para soltar o ar e se acalmar, não vai ter tempo de deixar a gravidade trazer a boca da arma de volta para baixo. Você vai ter que forçar seus músculos. – Ela fingiu que dava tapinhas em minhas costas e então gritou: – Ótima atiradora, essa garota!

– Eu não queria nada disso – chiei.

Wanda olhou para mim, seu sorriso tolo desaparecia tão rapidamente quanto um raio:

– Ninguém quer isso, Jessie. Mas temos que dar conta do que recebemos, ou então morreremos.

– Nossa! De repente, vocês duas ficaram sérias – disse meu pai, correndo em nossa direção.

– Wanda estava me lembrando de que a prática leva à perfeição e de que ainda tenho muito a aprender.

O olhar de Wanda endureceu por um momento.

– Sim, *todos nós* ainda temos muito a aprender – ela afirmou.– Ei, eu posso organizar uma competição em algumas semanas. E posso emprestar para você a arma perfeita.

– Ótimo – concordou meu pai, beijando a bochecha de Wanda. – O que você acha, Jessie?

Fiz a resposta se arrastar por entre meus dentes:

– Ótimo. Tenho algumas coisas para fazer no celeiro.

– Almoço ao meio-dia – gritou meu pai. Na verdade, ele queria dizer "o que você vai fazer para o almoço?".

– Hambúrguer – esclareci, caminhando na direção do celeiro para me enervar com o cardápio que já tinha reorganizado duas vezes em meio ao meu tédio. Pensei sobre meu novo, novo, novo "normal": terapias regulares, a ausência de minha mãe, nada de namorado lobisomem, andar a cavalo, tarefas na fazenda, colégio, edição do jornal e competição de tiros.

*Que ótimo.*

# Capítulo 19

Eu estava tirando os hambúrgueres da frigideira e colocando-os nos pães quando o telefone de Wanda tocou. Seu toque era "Hungry Like the Wolf."[1] Ela colocou uma batata frita de volta na mesa e abriu o aparelho.

– Wanda – disse ela com uma voz amigável.

Alguma coisa mudou ligeiramente naquela mulher... Seus olhos se estreitaram e seu maxilar passou a fazer movimentos mais lentos enquanto ela mastigava.

– Sim, é claro! Vou até aí para dar uma mão. Tem algum problema se eu levar Jéssica comigo? – Uma breve pausa se instalou. – Ótimo. Claro. Já estamos a caminho!

Corri para a porta com minha jaqueta e minha bolsa, tentando não ser tão óbvia enquanto me apoiava em um pé e depois no outro. Wanda não se moveria tão rapidamente se não houvesse problemas. E os únicos problemas nos quais ela me envolvia eram os problemas na casa dos Rusakova.

– Preciso correr para a biblioteca... Houve um contratempo em uma pesquisa enorme. Se não corrigirmos o problema logo, os alunos do último ano de Juncion High terão muitas dificuldades com seus trabalhos.

– Então vá – disse meu pai, rindo.

---

[1] N. T.: Canção da banda britânica Duran Duran. Em português, "Faminto como o lobo".

Wanda passou pela porta que eu segurava, correndo em direção ao carro. Eu entrei no veículo e mal tive tempo de fechar o cinto de segurança antes de sairmos.

– O que está acontecendo?

– Nosso aparelho de escuta denunciou uma grande briga na casa deles. Ligue para o seu namorado. Preciso saber o que está acontecendo.

Em vez de protestar que Pietr não era meu namorado, fiz a ligação. O telefone tocou... E tocou...

– Ninguém atende.

Alguma coisa fria tomava conta da base da minha coluna, arrastando-se na direção do meu estômago.

– Caramba! – ela gritou quando a luz vermelha se acendeu no semáforo.

– O que você acha...?

– Você estudou os lobos. O que acontece quando o líder da alcateia perde seu posto? – Ela afundou o pé no acelerador e corremos pela cidade. – Achei que eles fossem mais inteligentes...

Fechei meus olhos bem apertados e belisquei a ponta do meu nariz. Uma briga por domínio entre os lobos era algo brutal, mas entre Pietr, Catherine, Max e o muito humano Alexi...? Isso não poderia terminar bem. Tentei me preparar para o fato de que poderia ser uma briga entre Pietr e Max. Max era quase um ano mais velho, tinha ombros mais largos e era mais musculoso. Reagia mais rápido e, portanto, o lobo que existia dentro dele entrava mais rapidamente em ação.

Pietr era mais ágil, mais inteligente. O medo fez meus nervos estremecerem. Quando imaginei os irmãos de sangue lutando, encolhi meus ombros.

Já estávamos na frente da casa dos Rusakova antes que eu pudesse considerar todas as possibilidades. Wanda correu para fora do carro, mantendo-me ao lado dela. Até mesmo do lado de fora da casa o barulho brutal de vidro quebrando e de xingamentos nos fez estremecer.

Voamos para a varanda escura da casa em estilo Queen Anne.[2] Wanda abriu a porta com um chute. Se fosse outro momento, eu sugeriria que ela experimentasse usar primeiro a maçaneta.

A sala logo na entrada estava cheia de sinais da batalha: quadros arrancados das paredes, vidro estilhaçado por sobre os tapetes orientais que cobriam todo o corredor. Ouvimos uma pancada vinda da sala de estar. Escondendo-me atrás de Wanda, congelei, boquiaberta.

Assustada.

Max segurava Alexi contra o chão, prendendo o irmão mais velho pelo pescoço.

– Diiissiiimulaaadooo... – A palavra aumentava de cinco para dez sílabas em meio à raiva crua de Max.

– Je-e-sus! – Wanda entrou entre eles, jogando seu peso contra a mão com a qual Max tentava estrangular Alexi, desesperada para fazê-lo soltar. – Solte ele, caramba!

Com olhos esbugalhados, o rosto de Alexi ficava vermelho à medida em que Max o sufocava, tentando matá-lo.

Alexi lutava. Seus dedos, lentos e desajeitados, tentavam agarrar Max.

Desamparada, continuei olhando. Onde estavam Pietr e Catherine? Wanda ajoelhou-se do lado dos irmãos beligerantes.

– Alexi, pare de brigar!

---

[2] N. T.: Estilo arquitetônico característico da era vitoriana (período no qual a rainha Vitória reinou sobre a Inglaterra, no século XIX).

Os olhos de Alexi viraram para Wanda.

– Pare de brigar! Entregue-se – disse ela, tão calma. Suas palavras e seu tom de voz pareciam tão opostos à situação quanto o fato de irmãos brigarem. – Eu sei, é absurdo, mas *eu posso* detê-lo. *Você não pode* detê-lo. Os outros não estão aqui para salvar seu traseiro desconsolado. E, se estivessem, eu sinceramente não sei se eles o salvariam.

Dei um passo para frente, ajoelhei-me ao lado de Wanda, usando minhas mãos para tentar afrouxar pelo menos um dos dedos de Max. Meus dedos gritavam com todo aquele esforço. Embora eu tentasse desesperadamente desfazer aquele sufocamento, minhas tentativas nem sequer desencadearam um olhar de Max em minha direção.

Alexi voltou a olhar para frente, virando os olhos.

– MAX! – gritei.

A voz de Wanda continuava fria e regular. Controlada e racional.

– Você sabe que, para a situação chegar a esse ponto, precisou desencadear a besta que existe dentro dele, Alexi. Você fez um bom trabalho desencadeando o instinto de ataque de Max – ela comentou com sarcasmo. – Agora renda-se. Ou morra.

Alexi engasgou, as veias se levantavam em sua testa. Suas pálpebras tremiam. Fecharam. Suas mãos soltaram Max. Seus braços estavam amolecidos. Todo o corpo de Alexi parecia estar em colapso.

– Aaah, meu Deus! – lamentei ainda com minhas mãos em Max, enquanto seus dedos afrouxavam e ele soltava Alexi contra o chão.

Tremendo, Max se levantou. A selvageria em seus olhos começava a desaparecer.

– Inferno – murmurou.

Dei um tapa no rosto de Max. Ouvi o barulho de minha mão acertá-lo um segundo antes de Wanda me derrubar contra o chão.

Pietr veio até nós e parou em posição de quem estava pronto para correr. Seus lábios estavam separados por conta de dentes que já se alongavam.

Os olhos de Max reluziram; seu rosto se alongava. O barulho das articulações deslizando lubrificadamente a partir da rótula avisava que seu corpo começava a se transformar.

Agarrei o braço de Pietr, numa tentativa desesperada de implorar para que ele parasse. Porém, recuar não parecia ser um traço de sua natureza.

Wanda me puxou para longe deles, empurrando-me contra um sofá de dois lugares.

– Ele quase bloqueou aquela resposta dominante de lobo. – ela me disse. O que você tinha na cabeça? Desencadeá-la novamente... E se transformar em alvo?

– Não... – meus olhos se embaçaram. Assim como as formas de Pietr e de Max. Suas espinhas ondulavam conforme o lobo interior se livrava das roupas e da pele humanas.

– Não! – gritei.

As mandíbulas batiam, os dentes estalavam cruelmente conforme se aproximavam uns dos outros. Pietr, totalmente coberto por pelos altos e escuros que se levantavam em suas costas como uma espessa crista, circundou Max até que os ombros deste batessem contra uma mesa de canto.

Max se esticou, ficando o mais alto que podia, embora estivesse de quatro, numa forma de lembrar Pietr de que havia uma diferença em seus tamanhos.

As pernas esculpidas do sofá de dois lugares bateram contra minhas costas e eu gritei:

– Pietr! Pare! Renda-se!

Cobri meu rosto enquanto Max dava o bote. Pietr desviou, deixando Max saltar por sobre ele. E bater contra a parede.

Uma imagem da catedral de São Basílio espatifou-se contra as costas de Max. Ele sacudiu o corpo, deixando a sala cheia de pequenos cacos de vidro. A imagem era como a de uma chuva cortante. Max rosnou, o barulho saía da parte mais obscura de seu ser. Ele deu meia-volta, garras prendendo-se contra o chão, deslocando o tapete e roendo a madeira de lei quando ele se lançou novamente contra Pietr.

Com um latido, os corpos se encontraram, jogando Pietr contra uma mesa, que desmoronou sob os dois.

Pietr livrou-se dos dentes de Max, e o cheiro forte de sangue invadiu o ar. Pietr se levantou, o vermelho escorria de uma parte de seu ombro. Quando sacudiu o corpo, salpicou o líquido carmesim pela sala.

Pisquei, estendendo minha mão para tocar em algo aquecido e molhado que caíra em minha bochecha. Sangue na ponta dos meus dedos. Um tremor invadiu meu corpo.

Pietr atacou, correndo para a direita e virando-se para a esquerda no último momento, numa simulação ousada, mordendo em todas as direções. Com as costas apoiadas no chão, seus dentes entraram na garganta de Max.

Wanda se levantou e tentou alcançar a arma sob sua blusa.

– Não! – levantei-me rapidamente, puxando sua mão com violência.

– Isso não vai terminar bem – gritou Wanda.

– Mantenha sua mão longe dessa arma – ordenei, olhando para Pietr deitado com sua pele de lobo, mandíbula fixada na garganta de seu irmão, preparado para esmagar a traqueia ou abrir a jugular.

Max choramingou. Pietr reajustou a mordida.

– Ele vai matar o irmão – afirmou Wanda.

– Não.

Antes de pensar nas consequências de minha ação, eu estava do lado de Max, arqueada sobre suas costas e seu pescoço, olhando nos olhos de Pietr.

– Solte ele, Pietr.

O maxilar de Pietr se moveu. *Mastigando*.

Max choramingou.

– Os olhos dele estão vidrados – disse Wanda.

– Você está me vendo? – inclinei ainda mais meu corpo, desequilibrada por mais do que minha simples postura precária. Estendi a mão para colocá-la em um dos lados da cabeça de Pietr.

– Não toque nele – avisou Wanda. – Ele vai arrancar sua mão com uma mordida com a mesma facilidade que terá para saborear o sangue do irmão.

Pietr rosnou como se estivesse de acordo com as palavras de Wanda. Amedrontada, puxei minhas mãos de volta para a lateral do meu corpo.

– Desabotoe sua camisa – disse uma vez ao fundo.

Dei meia-volta e vi Catherine apoiada contra o batente da porta.

– O quê?

Ela deu de ombros.

– No fim das contas, somos animais, Jessie. A sobrevivência e o desejo de domínio nos impulsionam. Pietr está com um desejo enorme de dominar e Max não é suficientemente inteligente para se render.

– Ela está certa – confessou Alexi, rolando para o lado e observando com uma curiosidade distante. – Dê a ele algo em que se focar.

– Eu duvido que consiga conquistar a atenção de Pietr se desabotoar minha camisa.

– Você pode se surpreender – murmurou Alexi.

Meu olhar correu para Wanda.

– Faça o que você tem de fazer antes que eu faça o que *eu* tenho de fazer – ela segurou o estojo do revólver sob sua blusa.

Max começou a deslizar para frente, pálpebras caídas. Tateei até encontrar o primeiro botão da minha blusa.

– Pietr – sussurrei, inclinando-me novamente para olhar em seus olhos. O primeiro botão estava aberto.

Ele estreitou os olhos.

Abri o segundo botão.

– Pietr, não faça isso – implorei, focando meus olhos nos olhos dele. Pietr observava o trabalho dos meus dedos, via-os tremer e hesitar. Seus olhos se arregalaram quando ele conseguiu vislumbrar parte de minha pele nua.

– Você não é um monstro – inspirei profundamente. Aquilo não era exatamente o que eu imaginava como um momento íntimo com meu ex-namorado lobisomem. Desabotoar uma camisa? Não... E definitivamente não com um público assistindo.

Tentei pensar naquilo como se eu fosse uma atriz em cena com um ator estranho. Era necessário, mas não era um relacionamento. Pensei no colégio, lembrando-me de que eu tinha tirado D em Teatro. Nesse momento, minha vida devia valer um ponto a mais.

O terceiro botão se abriu e a tensão deixou o maxilar de Pietr. Ele soltou Max. Um som abafado se espalhou pela sala quando a cabeça bateu contra o chão. Pietr girou o corpo para a direita, deitando sobre sua barriga peluda, atenção canina absolutamente fixada, língua estendida. Devido a seus instintos animais, seus olhos permaneceram esperançosos, hipnotizados pelo que restava abaixo do quarto botão.

Max se esparramou no chão, choramingando. Com um olho ainda aberto, ele também esperava ansiosamente pelo quarto botão.

Catherine uivou, e eu enrubesci, abotoando minha blusa em tempo recorde.

– O que foi que eu disse, Jessie? Os homens às vezes são verdadeiros *cachorros* – disse Wanda, escondendo o estojo do revólver com a blusa.

Mantive meus olhos fixos nela para evitar a distração de ver dois rapazes nus colocando de volta as roupas que tiravam quando viravam lobos.

Max falou primeiro, já com suas calças e passando a mão por seus cabelos embaraçados:

– Obrigado, Jessie. Por tudo – disse, de forma tímida. Ele sorriu e esfregou a incômoda ferida que já desaparecia em sua garganta.

A cabeça de Pietr estalou, os primeiros ruídos de um rosnado brotavam. Havia uma marca de sangue em seu ombro, mas o enorme corte se fechava enquanto eu observava.

Dei um passo.

– Está vendo isso, Pietr Rusakova?

Ele correu os olhos do meu pé até meu rosto, fazendo apenas uma breve pausa nos botões da minha camisa.

– *Da* – respondeu firmemente.

– Vou dizer de uma vez por todas: Não quero saber de brigas na família.

Ele arqueou uma sobrancelha para mim.

– E não espere que eu... – minha língua ficou presa em minha boca e um calor subiu, enrubescendo minhas bochechas – Que eu faça isso para você outra vez.

Cruzei meus braços.

Os lábios de Pietr se repuxaram.

– Eu não sonharia com isso – ele murmurou.

Max bufou:

– Você vai sonhar com isso o tempo todo agora, irmãozinho!

Dei um chute na perna dele. Não foi um chute forte, mas era melhor do que desabotoar parte de minha camisa para ele. E muito mais gratificante também.

– Você quase teve toda a sua cabeça mastigada.

– Porque você ameaçou Jess – disse Pietr, sem expressar emoção.

Max esfregou a mão no maxilar, lembrando-se do meu tapa.

Minha mão doía. Max era cabeçudo em mais de um sentido. Talvez minha memória do tapa durasse mais do que a dele.

– Eu nunca feriria Jessie.

– Aaah tááá que você não faria isso! – ironizou Pietr.

Com a mão em meu pescoço, lembrei-me de que aquilo não estava ligado a mim. Aquilo era um problema idiota de lobos alfa e beta, nada mais. Eu era o território em que eles mijariam. E, para dizer a verdade, eu me mijei de raiva.

Max olhou para mim e, em seguida, ficou cabisbaixo. Era hora de se render.

– Foi mal, Jessie. Você está bem?

– Sim, estou bem – esclareci. – Por que todos estão tão preocupados *comigo*? Perguntem a Alexi como *ele* está.

Alexi inclinou a cabeça, desviando o olhar.

– Para perguntar isso, teríamos de nos importar – disse Max. Sua lógica era simples e fria.

– Ele é irmão de vocês há anos – eu os lembrei.

Catherine franziu a testa.

– Ele *fez papel* de nosso irmão por anos. Ele não é nosso parente. Não temos o mesmo sangue ou o mesmo DNA. Nada de parentesco.

– Mas vocês compartilham uma ligação.

Três pares de olhos se voltaram para mim. Avaliando-me como se fossem lobos novamente. Animais bastante ferozes.

– A ligação do segredo de vocês – completei.

– E isso significa que ele é um obstáculo – afirmou Max.

– E *eu* sou um obstáculo, Max? – disse dando um passo adiante.

– Você quer morrer? – murmurou Wanda.

– Eu sei das mesmas coisas que Alexi. Você vai tentar me matar, então?

– Você tem algum pingo de bom-senso? – Wanda perguntou em voz alta. – Sem confrontos!

– Então, Max? Quando você vai tentar me sufocar até *eu* morrer?

Ele arrastou um dedo ao longo da borda do tapete.

– Não vou tentar matar você – disse, encolhendo os ombros. – Você é estranha...

– Olha só quem fala: um lobisomem – murmurei. Wanda disse um palavrão. E não foi a primeira vez desde que entramos na sala.

Max forçou um sorriso.

– Eu confio em você, Jessie. E eu *confiava* nele. Mas agora, ele precisa ir embora.

– Infelizmente, isso não vai acontecer. Ele é o único com idade legal para ser o guardião de vocês – apontou Wanda.

– Por poucos meses... – rosnou Max enquanto se levantava, lembrando-nos de que estava prestes a completar dezoito anos. Ele cruzou os braços e ajustou sua postura, preparando-se para um confronto.

Wanda suspirou e, então, continuou:

– Se ele se for, todos acabarão em abrigos do Estado.

– Orfanatos – esclareci.

– Pois é. E provavelmente separados, porque é difícil colocar todo um grupo no mesmo lugar.

Os três Rusakova sangue-puro resmungaram.

Alexi se sentou e se ajeitou, esfregando o pescoço com mãos lentas e avermelhadas.

– Como podemos confiar nele novamente? – questionou Pietr num tom sutil de protesto.

– Talvez vocês não voltem a confiar nele. Mas lembrem-se: "Mantenha seus amigos perto, e seus inimigos mais perto ainda" – citou Wanda.

– É um bom conselho – concordou Max. – E é exatamente por isso que nós o mantemos por aqui.

– Precisamos ir – sugeriu Wanda, agarrando meu braço.

Obedeci. E senti o olhar de Pietr nos seguir até chegarmos à porta e durante o caminho até o carro de Wanda.

# Capítulo 20

Meu pai abriu a porta e eu caminhei ao lado da parede de metal, murmurando palavras doces para Rio enquanto a tirava do trailer. Por toda a nossa volta, cavalos e seus cavaleiros se aqueciam para o Golden Jumper. Eu teria de agradecer a Derek por ter me ajudado a participar. E agradecer-lhe novamente por não ter ido ao evento. Eu disse a ele que precisava me concentrar. E isso era verdade.

Eu estava voltando à normalidade.

Essa seria minha primeira competição de salto desde a morte de minha mãe. Por mais que eu tivesse praticado e por melhor que Rio fosse, eu sabia que as arquibancadas estariam mais quietas sem minha mãe gritando sem parar por nós.

Estendi a mão para pegar minha pedra da preocupação, mas queria o pingente de coração âmbar. Uma espécie de âncora. Naquela manhã, eu tinha colocado o colar com pingente netsuquê em forma de coelho que era de minha mãe. Aquecido contra minha pele, ele era sólido. Uma ligação com o passado.

– Vamos andar – disse a Rio. – Alongar essas pernas.

Meu pai olhou em minha direção, com o rosto preenchido com aquilo que o meu escondia. Ele estava sempre do lado de minha mãe nesses eventos, assim como Annabelle Lee. Isso era difícil para todos nós. Nossa caminhonete estacionou.

Olhei para a pista. Oito saltos, um *liverpool* com aspecto bem molhado. Totalmente realizável. Rio cavalgava com ostentação, ansiosa pelo torneio. Aquilo era mais do que uma competição ou uma forma de voltar a uma parte de minha vida que quase perdi quando minha mãe se foi... Aquilo era uma recompensa para Rio.

Enquanto Pietr me ignorava, Annabelle Lee estava com a cabeça enfiada em um livro e eu não tinha ninguém além do meu pai lançando olhares de decepção contra mim, eu recorria a Rio. Ela merecia se divertir em uma pista cheia de obstáculos e água.

E eu também. Não havia mentira entre um cavalo e seu montador. Todos os movimentos que ela fazia, todos os músculos que ela repuxava diziam uma verdade sutil que eu reconhecia e entendia. A única forma de vencer uma competição de salto era com boa comunicação.

Com uma comunicação aberta e sincera.

Quando Pietr e eu nos distanciamos, Rio e eu nos aproximamos.

Parecia no mínimo justo que ela tivesse a oportunidade de pular sobre cercas e de correr por terrenos regulares e mistos de um percurso estimulante. Eu queria vê-la feliz. E se eu ganhasse?

Bônus.

Um número considerável de montadores da minha categoria já tinha ido embora quando Georgia Main foi anunciada. Levei Rio um pouco para trás, para que eu pudesse assistir. O cronômetro começou a contar e ela correu pelo percurso. Seu cavalo, que eu admirava já havia algum tempo, aproximava-se com agilidade dos obstáculos e voava com graça sobre cada um deles. Uma corrida quase perfeita em um bom tempo, mas eu conhecia Georgia suficientemente bem para saber que ela seria humilde ao se referir à sua performance. Ser uma estrela em ascensão não tinha subido à sua cabeça.

Fomos anunciadas, e eu montei, guiando Rio até o campo. Coloquei meu capacete e esperei pelo sinal. Observando a plateia, encontrei meu pai e Annabelle Lee nas arquibancadas. Ela deixou seu livro de lado para assistir.

No entanto, outra coisa me chamou a atenção. Eu não era uma das pessoas que se adequavam facilmente ao público do evento. Eles eram refinados, elegantes e, em geral, endinheirados. Porém, notei que havia pessoas que não seguiam essa regra. E várias pessoas. Homens, altos, de ombros largos, com uma postura rígida e uma expressão dura, que transmitiam a impressão de que sobreviveram a tempos difíceis.

Eles pareciam mais desconfortáveis do que uma montadora novata em seu primeiro percurso. Não faziam parte do público regular. Embora estivessem distantes uns dos outros, pareciam comunicar-se. O olhar de um para o outro, o toque de um celular minutos antes de outro.

Um deles olhava na direção da arquibancada. Então, dois. Três. E quatro. Todos olhavam para meu pai e para Annabelle Lee. A plateia estava salpicada por lobisomens. E não eram os lobos que faziam meu sangue esquentar. Eram aqueles que faziam todo o meu corpo resfriar... Os homens marcados. A Máfia.

Rio avançou ao ouvir o sinal, afastando-me do meu medo. Era um local público. Cheio de gente. Meu pai e Annabelle Lee ficariam bem. Concentrei-me na tarefa que tinha em mãos: ajudar Rio a mostrar como ela era fenomenal quando pulava e pousava.

Uma bela fera. Em cada salto, as suas pernas dobravam-se alta e regularmente, seu pescoço esticava-se, tão gracioso quanto o de um cisne. Ela empurrou as orelhas para frente, ignorando o estresse que eu emanava.

Eu não estava preocupada com o curso, mas sim com o que viria depois. Se fizéssemos bons saltos, acabaríamos voltando as atenções para meu pai e para Annabelle Lee. E então teríamos de ter esperanças de que chegaríamos à caminhonete antes de a Máfia dar seus passos.

Mas, se não fizéssemos bons saltos...

Rio nunca errava, embora meu coração batesse num ritmo diferente de seus cascos. Ela passou pelos verticais com facilidade até seguirmos em direção a um *oxer*[1] largo, com duas barras. Um de seus cascos traseiros encostou-se na barra, e eu aproveitei a chance.

Deslizei pela sela, caindo enquanto o público gemia. Cair. Rolar. Soava tão simples, mas era tão assustador. Minhas costas estalaram, minhas pernas se entrelaçaram e meus dentes tremeram com o impacto.

Consegui parar. Com a cabeça no gramado.

*Ai!*

Rio deu meia-volta, cutucando-me com seu focinho e fungando, confusa.

Os médicos correram em minha direção, examinando meu pulso com os dedos e imobilizando meu pescoço antes de colocarem meu corpo em uma maca e me levantar.

– Estou bem – assegurei. Embora não estivesse tão bem.

Rio saiu da pista junto comigo, balançando a cabeça ao meu lado, contraindo os ouvidos sempre que bufava.

– Estou bem – repeti.

É claro que Annabelle Lee e meu pai nos acompanharam.

– É sério! – reafirmei, observando os mafiosos se agruparem e, depois, se dispersarem. – Estou bem. Quero ir para casa.

Meu pai olhou para os médicos:

---

[1] N. T.: No hipismo, *oxer* é um obstáculo em que as barras são posicionadas em diferentes alturas, sendo a da frente mais alta.

– Ela está bem?

– Vamos examiná-la na ambulância – disseram os médicos. – O senhor pode estacionar do lado.

Meu pai pegou Rio e se apressou para levar a caminhonete e Annabelle Lee até o local. Observando-os distanciar-se, eu quis segurar minha respiração até eles reaparecerem.

– Jessie – uma voz me chamava. Virei e vi Georgia. Ah! – Eu nunca achei que veria você cair – afirmou. – Está tudo bem?

– Sim – os médicos me ajudaram a levantar. – Estou bem. – Eles colocaram uma luz contra meus olhos. Resisti à vontade de dar um golpe contra eles. – Nossa, parabéns por ter feito um percurso tão próximo da perfeição.

Georgia abaixou a cabeça e riu.

– Gracie é um ótimo cavalo – Alguém me segurou para verificar meu pulso, que explodiria se a Máfia reaparecesse. – Você não precisa ir receber o prêmio ou algo assim? É melhor não se atrasar.

– Sim. Eu achei que vocês duas iam passar na nossa frente. E de certa forma eu gostaria que vocês tivessem vencido. Seria uma ótima forma de retornar.

– As coisas mudam – comentei, lutando para manter o sorriso vivo em meus lábios quando me dei conta de que estava citando Pietr. – Você realmente merece a vitória.

Ela sorriu e caminhou na direção dos juízes, que já a esperavam.

Então, os médicos anunciaram o que eu já sabia:

– Ela vai ficar meio rígida por algum tempo, com alguns ferimentos. Mas, fora isso, está tudo bem.

Eles me levaram até o caminhão e meu pai nos levou para casa rapidamente. Durante todo o caminho, observei a rua pelo retrovisor, perguntando a mim mesma por que não estávamos sendo seguidos... Esperando estar errada a respeito dos homens que vi em meio ao público do Golden Jumper.

Em casa, fiz uma pesquisa no Google. Se eu estava prestes a enfrentar a Máfia Russa, eu precisava ter informações sobre eles. Dessa vez, tive sorte.

Não me surpreendi ao notar que os membros da Máfia Russa pareciam homens comuns. Era como Nickolai tinha dito: muitos deles começaram como homens de bem, militares que voltaram da guerra e descobriram que as promessas feitas pelo governo não eram cumpridas. Decepcionados e sem nenhum tipo de apoio, eles procuraram nas ruas uma forma de sobrevivência.

A Máfia os aceitou. Ofereceu-lhes treinamento e deu-lhes novas ordens. Eles não deviam ter nenhuma família fora da Máfia. Nenhuma afiliação. Nenhum contato. O que eles tinham lhes foi tirado. Naquele meio, só havia honra ao que a mim fora ensinado como sendo comportamento desonesto. Homens que no passado protegeram a Rússia agora a destruíam porque não enxergavam outra escolha.

E agora eles estavam *aqui*.

Eu queria ver fotos... Será que eu reconheceria alguns deles? Porém, minha pesquisa levou-me a um mundo de imagens completamente diferentes. Um mundo em que havia quase tanta tinta quanto sangue. As tatuagens estigmatizavam os mafiosos como membros do submundo russo.

Até mesmo o sabre que marcava os Rusakova de sangue puro era uma insígnia militar e uma tatuagem cada vez mais comum entre os mafiosos na América. Eles se chamavam "lobisomens": humanos astutamente despercebidos durante o dia que se divertiam à custa daqueles que acreditavam que eles eram monstros durante a noite.

Sentada diante do computador, fiquei impressionada com as histórias de vida que podiam ser lidas nas tatuagens de um criminoso. Cada torre de uma igreja representava um assassinato cometido. Uma teia de aranha ilustrava um vício. Um par de estrelas no peito ou nos joelhos indicava tratar-se de um capitão dos militares da Máfia.

Senti meu estômago embrulhar e desliguei o computador. Todas essas pessoas passaram de protetores do país à maior ameaça à nação... E perceber que eles tinham sido forçados a seguir aquele caminho... Eu não sabia o que era mais perturbador. Porém, começava a me dar conta de que as coisas não podiam ser simplesmente divididas entre preto e branco. Todos nós de alguma forma nos ajeitamos em vários tons de cinza.

E muitas vezes as decisões mais difíceis eram tomadas tendo em vista a sobrevivência.

Infelizmente, o final da semana não sinalizava que a semana seguinte seria melhor.

Os Rusakova saíram para patrulhar, e Cat contou-me que eles voltaram para casa sucessivas vezes sem o resultado desejado. Pietr não me disse nada. Eu me debruçava sobre mais e mais mapas de Junction, mas nenhum lugar parecia adequado para esconder um lobo.

Na segunda-feira, sentamos na arquibancada do ginásio para tirar fotos da nossa turma. Na terça-feira, o colégio estava de luto por conta do suicídio de outro aluno... Derek perdia mais um amigo. Quando percebi que Derek não tinha ido ao colégio, decidi fazer o primeiro telefonema para ele.

– Oi – disse ele. Com alegria.

Fiquei em silêncio por um momento.

– Oi. Você não foi à escola hoje.

– Sentiu minha falta? – seu sorriso era perceptível.

– Eu pensei... Sinto muito. Sinto muito por Mike.

O outro lado da linha ficou em silêncio.

– Ah... É... – disse Derek, finalmente. – Ele era um bom jogador.

– Deve ser difícil... perder um amigo.

Novamente, deparei-me com o silêncio. Esperei.

– Huuum, é. Acho que ele estava enfrentando problemas demais – disse Derek, sombriamente.

– Problemas demais? Como assim? O Mike que eu conhecia estava sempre fazendo brincadeiras, rindo. Tinha uma casa perto da colina, pai, mãe e um irmão mais novo. E também notas boas, se me lembro bem. Claro, Mike não era do meu círculo de amizades, então eu não o conhecia *tão* bem. – Fiz uma pausa, nervosa por conta das respostas que eu não estava recebendo pelo telefone.

– É... É bem chato – concluiu Derek com uma voz séria. – E como foi o seu dia? – perguntou, agora com uma voz mais animada.

Sentindo-me desconfortável, conversei amenidades até encontrar uma desculpa para desligar o telefone.

Na quarta-feira, recebemos nossas fotos. Sophia segurava sua fotografia, estarrecida com alguma coisa. Sua expressão parecia feroz.

– Você está bonita – assegurei-lhe. – Perfeita na foto.

Alarmada e apertando os olhos, ela chiou:

– A minha está tão embaçada.

– Está? Posso ver?

Peguei a foto e olhei novamente. Mordi meu lábio e, em seguida, passei a língua sobre ele.

– Embaçada?

– Talvez seja alguma alergia – disse ela, tomando a foto de volta e esfregando os olhos.

– Ainda está embaçada?

– Em vários lugares – seus lábios tornaram-se uma linha fina e pálida. – Não está nada embaçada, Jessie?

– Não.

– Droga! – Ela enfiou a foto de volta no envelope de papel pardo.

– Soph... O que está acontecendo? Você não vai mais fazer as fotos do jornal, limpou seu armário e... – Hesitei, lembrando-me do brainstorming sobre mensagens ocultas.

A multidão de alunos trocando de salas tinha diminuído. Sophia parecia frenética por ter recebido uma pergunta tão direta.

Logo o segundo sinal soaria. Por que eu sempre tinha de fazer perguntas difíceis entre as aulas?

– Vamos até o banheiro. – Eu a guiei pelo corredor e abri a porta com o ombro. – Você está me deixando preocupada. Está tudo bem com a foto? O que há de errado? Você está com algum problema nos olhos? Precisa ir ao médico?

Ela riu, e arrepios brotaram em meus braços.

– Um médico não poderia me ajudar. A não ser que o médico seja um mago. – Sophia gargalhava. – Se fosse minha visão... Meus olhos definitivamente estão me dando problemas.

Ela se distanciou de mim e verificou cada compartimento do banheiro para assegurar-se de que estávamos realmente sozinhas.

Quando percebi que Sophia não estava sendo sincera em tudo o que dizia, lancei a próxima questão estranha:

– Você se lembra de quando fizemos aquele brainstorming sobre o artigo e Derek e Jack foram até a sala dos professores?

– Eu lembro que *eu* fiz a maior parte do brainstorming.

– É verdade – admiti. – Você sabia que existia uma mensagem naquilo que escreveu?

– Uma o quê?

Coloquei minha mochila na pia e puxei o caderno que usava para assuntos relacionados ao jornal.

– Aqui – passei o papel para ela, correndo meu dedo pela primeira letra de cada uma de suas frases escritas apressadamente.

ALERTA.

Surpresa, ela levantou o volume da voz.

– Agora você está tentando me assustar.

– Não – insisti. – Inicialmente, eu não sabia o que aquilo queria dizer. Mas depois... Bem, algo estranho aconteceu mais tarde naquela noite, e ALERTA me pareceu uma palavra adequada.

– Eu não acredito.

– O que está acontecendo, Soph? Isso acontece sempre com você?

– *Isso*? – Ela balançou a nota e a empurrou contra meu peito. – Não. *Isso* não acontece sempre comigo.

Engoli minha saliva. Como uma pessoa normal vivendo uma vida mais do que normal.

– Você vê coisas estranhas?

– Estamos no colegial. Todos nós vemos coisas estranhas.

A Sophia de voz suave desapareceu, abrindo espaço para a mesma Sophia nervosa e ansiosa que testemunhei confrontando Derek naquele dia.

– Não há, naquela foto, nada além do que você está dizendo. Que tipo de coisa estranha você vê?

– Não quero dizer. Talvez eu esteja perfeitamente à vontade deixando você e Sarah serem as garotas loucas de Junction High.

– Óóótimo. Talvez, se você me disser, eu possa ajudar.

– Você não pode desfazer o que já foi feito comigo – ela afirmou. – Essa coisa que eu tenho é permanente. Prefiro não entrar no assunto. Digamos que eu já tentei me livrar disso.

– O que é *isso*?

– Meu Deus, Jessie! Você é tão frustrante às vezes – ela expirou pesadamente. – Está bem, vou deixar que você entre no meu mundinho louco. – Ela tirou a fotografia do envelope e apertou-a contra o espelho do banheiro. – O que você vê aqui?

– Nossa turma do colégio. Bem, e mais algumas pessoas que provavelmente não vão se formar com a nossa turma.

Ela virou os olhos.

– Ótimo. Caneta, por favor.

Confusa, olhei para ela.

Sophia estalou os dedos.

– Vamos lá. Rápido, rápido!

Obedeci, observando enquanto ela rabiscava toda a fotografia. O espelho refletia sua aparência de extrema concentração. Ela se afastou, franzindo a testa, mas aparentemente satisfeita.

– Tudo isso? – ela correu o dedo pelas áreas rabiscadas – Embaçado.

– É mesmo? – Puxei minha foto e comparei. Havia algumas áreas que ela não tinha rabiscado – E aqui?– perguntei, apontando-as uma a uma. O vice-diretor Perlson, Derek Jamieson, Pietr, Cat, Sarah, Sophia.

*Eu.*

– Todos esses alunos do segundo colegial parecem normais.

– Supernormais.

– Por quê?

– Pensei muito sobre isso. Acho que tem algo a ver com intenções. Motivações. Sinto que... É como se essas pessoas tivessem objetivos claros. Além de ganhar a vida, ter boas notas ou se dar bem. No futebol ou com garotas – ela abriu um sorriso forçado. – É quase como se eles, nós... tivéssemos recebido um chamado. E já estamos no caminho. Louco, não é? – disse, devolvendo-me a caneta.

Alguma coisa dentro de mim que já tinha se adaptado à ideia da existência de lobisomens enlouqueceu com aquela ideia por um instante.

– Você consegue, tipo... *ler* a motivação dessas pessoas? Enxergar qual é o chamado delas? O que os motiva?

Ela deu de ombros.

– Talvez algum dia eu consiga. Só sei que somos diferentes.

– Você consegue fazer isso com qualquer fotografia?

– Não com todas. A imagem precisa ser nova. Talvez seja uma questão de energia. Estou tentando pesquisar sobre isso, mas o que você digita no Google para achar *isso*? É tão estranho.

– Bem-vinda ao meu mundo. – Havia um espaço um pouco distante da arquibancada que Sophia também deixou cuidadosamente sem rabiscar. Uma forma que lembrava vagamente uma pessoa. Eu apontei com um dedo. – E isso?

Sophia sorriu.

– Está pronta para entrar realmente na rua da loucura?

– Normalmente eu dirijo o ônibus que passa por ela.

– Está bem. Às vezes eu vejo uma mulher. A imagem é um pouco turva. Como se ela não estivesse exatamente aqui e não estivesse exatamente... – ela balançou a mão – Lá. Seja lá onde *lá* for.

– Como um fantasma?

Ela juntou os lábios e empurrou-os para um lado do rosto e então para o outro lado. Era a primeira vez que via Sophia com uma aparência ruim.

– Sim.

– Quem é ela?

– Sua mãe.

Meu mundo congelou por um minuto. Fiquei chocada. A foto caiu dos meus dedos, e Sophia agarrou-a antes que chegasse ao chão.

– E tem mais... Ela tem uma mensagem para você.

Engoli minha saliva, ouvi o barulho estalar em meus ouvidos. O nó em minha garganta recusava-se a se desfazer.

– Até agora, só entendi parte da mensagem – ela admitiu. – Na verdade... – ela puxou novamente a nota que estava comigo. – Parece que *você* entendeu a mesma parte que eu entendi.

*Alerta.*

# Capítulo 21

Foi minha mais estranha viagem ao trabalho social de todos os tempos. Durante todo o dia, Pietr manteve-se distante. Porém, toda vez que Derek se aproximava, o olhar de Pietr corria em minha direção. Ele não me disse nem mesmo uma palavra fria, nem sequer tocou em mim enquanto passávamos pelo corredor.

No caminho para Golden Oaks, Pietr sentou-se na frente. Hascal, Smith e Jaikin rapidamente deram início ao nosso jogo de flerte, mas meu coração não estava envolvido com aquilo.

– Jessie, você não está com a gente, está? – resmungou Hascal, levantando uma mão muito pálida, quase transparente.

– Desculpe, pessoal. Eu...

– É por causa do Derek? Só pode ser Derek. Ele anda dando muita, *muita* atenção para ela ultimamente – tagarelou Jaikin.

– Ou Maximilian Rusakova. Ele anda atrás dela.

Meus três *nerds* favoritos olharam uns para os outros, concordaram sabiamente com a cabeça e viraram-se de volta para mim.

– Nããão – estiquei as vogais para enfatizar. – Só estou exausta. Estressada. Minha cabeça está estourando.

Smith acariciou meu braço, seu toque pegajoso me dava arrepio.

– Você tentou tomar algum chá para ajudar?

– Huuum. Camomila é um *do meu preferido.*

Olhei para Hascal. Mais uma vez, ele começava a não conseguir pronunciar a letra "s", um infeliz efeito colateral de sua severa alergia a qualquer coisa da família dos canídeos. Alérgico a cachorro, a lobo, a chacal e, evidentemente, a lobisomens.

– Eu recomendo – concluiu, fungando.

Concordei e abri uma janela. A janela de Pietr já estava aberta.

– Obrigada, pessoal, mas não acho que chá vai ajudar. Ei, já que tenho as três mentes mais brilhantes de Junction High à minha disposição, o que vocês acham dessa onda recente de suicídios? – perguntei, fazendo-os enrubescer por conta do elogio.

– Trágico – respondeu Smith.

Os outros três concordaram com a cabeça.

– Está bem, vou reformular: Por que vocês acham que estamos vendo um aumento repentino de suicídios de jovens?

Smith estalou os dedos. O barulho lembrava o ruído emitido pelas articulações de Pietr durante a transformação.

– Eu acredito que não estamos diante de um aumento no número de suicídios. Acho que agora a mídia está dando mais cobertura e, por causa disso, esses casos estão chegando ao público.

– Você acha que sempre houve essa quantidade de suicídios na região?

– É claro que os números se diferenciam de acordo com o crescimento da população. A forma mais simples de confirmar minha convicção seria fazer um quadro comparando a população ao longo das últimas décadas e o número de adolescentes que cometem suicídio e, então, calcular a proporção ou a porcentagem... Como preferir.

– Um quadro? Siiim! Alguém mais tem uma opinião?

– Não é exatamente uma opinião, mas uma informação que li na internet – Jaikin fez sinal para que eu me abaixasse. – Não posso citar a fonte – ele sorriu.

– Ah. Eles... – Murmurou Smith, virando os olhos.

– O quê? E quem são eles? – perguntei.

– Jaikin se entrega a fantasias de natureza conspiratória – disse Smith, mexendo em suas unhas e expressando uma clara desaprovação.

– Você é um teórico da conspiração? – provoquei Jaikin.

Ele enrubesceu.

– Abro espaço para todas as possibilidades.

– Ele nega com veemência a navalha de Occam – advertiu Smith.

Eu me perguntava o que Smith pensaria se descobrisse que estava sentando duas filas atrás de um lobisomem.

– Você já pensou que às vezes a vida é tão complicada que cortar as coisas e deixar apenas o que é estritamente necessário, como sugere o princípio da navalha de Occam, pode não ser bom o suficiente?

Smith ficou em silêncio. Ele tinha uma queda por mim... Não entraria em discussões.

– Você é fascinante – afirmei para Jaikin. – Conte-me sobre a aplicação dessa teoria aos suicídios.

– Parece que as vítimas dos suicídios mais recentes deixaram para trás interessantes notas, diários...

– Também blogs – completou Hascal, ofegante.

– Certo. Um deles atualizava o blog todas as noites, deixando notas detalhadas do que fazia e do que via.

– Elas tinham algo em comum?

Hascal apontou para mim e segurou o nariz.

– *Zim.*

Jaikin continuou:

– Todos eles escreviam algo, desenhavam algo ou afirmavam ver algo relacionado a lobisomens.

Meu corpo enrijeceu no assento.

– Lobisomens?

Sem olhar, eu sabia que a linguagem corporal de Pietr imitava a minha.

– Agora ela entende o que eu defendo – declarou Smith. – Eles são mais ingênuos do que fascinantes, não é mesmo?

– Você tem inveja. Você também quer ser fascinante para Jessie – disse presunçosamente Jaikin.

Smith olhou para trás.

– Lobisomens – sussurrei.

– É uma de muitas possibilidades – Jaikin deu de ombros.

Esfreguei meu braço, afastando o frio que surgia só de pensar na possibilidade de os Rusakova estarem ligados aos suicídios.

– Diga o que mais você ouviu.

– Já que você perguntou... Esses lobisomens, alguns os chamam de *loupgarous* ou de *hamrammr*...

– Ou *oborot* – acrescentei.

– Que língua é essa?

– Russo.

Os três lançaram seus olhares para Pietr. Smith estremeceu, e os olhos de Hascal ficaram arregalados atrás daquelas lentes grossas, dando a ele um aspecto de coruja.

– O que foi? Não posso saber algo vez ou outra?

Hascal acariciou meu braço.

– Você também é *fazinante*, *Jezie*.

Jaikin concluiu:

– Então, um grupo acredita que os lobisomens fizeram as pessoas se matarem nos trilhos do trem.

A memória de permanecer de olhos vendados nos trilhos momentos antes de Pietr me empurrar para fora de lá era tão fresca em minha mente que um tremor invadiu meu corpo.

– Por quê?

– E eles precisam de um motivo? Um lobisomem, uma criatura que é no mínimo um demônio na pele de homem, um *monstro*, teria os mesmos princípios que nós? Talvez, para eles, isso seja apenas diversão.

Eu não podia sondar o que se passava pela mente de Pietr.

– Assassinato como passatempo? Para mim, parece pura maldade humana – argumentei. – Alguma outra opinião?

– Alguns sugerem que não são os lobisomens que estão fazendo isso, mas pessoas que querem mantê-los em segredo – acrescentou Jaikin.

– Como assim? Os lobos são vistos e alguma organização clandestina se encarrega de eliminar as testemunhas? – Meu coração acelerou só de pensar na hipótese. – Alguma outra opção?

Smith limpou a garganta e disse:

– A única outra opção é *a* opção. Os adolescentes têm fama de viverem insatisfeitos. Nossos hormônios vivem em um desequilíbrio horrível, limitando as funções mais importantes do cérebro quando percebemos, por exemplo, que alguém tem peitos grandes.

– Deve ser por isso que você não consegue fazer contas quando está na mesma sala que Jessie. – Jaikin gargalhava.

Os ombros de Pietr sacudiram. Ele também ria.

Smith ficou com cara de quem tinha chupado um limão.

– Então – continuei a conversa. – Smith, você estava dizendo...

– Na maior parte do tempo, simplesmente nos sentimos infelizes com o que a vida nos dá. Lutamos para encontrar nosso lugar. No mundo e com a nossa família. A vida é tumultuada. A pressão se torna maior, e é natural que a vontade de sobreviver diminua em alguns membros de nossa espécie.

– Então, para você, o suicídio é um exemplo de sobrevivência dos que estão mais bem adaptados? – Eu achava que o horror podia ser visto em meu rosto, mas, incerta, acrescentei: – Que ponto de vista frio, Smith. Posso concordar com você em muitas outras coisas, mas...

A van estacionou em Golden Oaks, e eu fui a primeira a pular para fora. Lancei um olhar para Pietr, e ele suspirou, resignando-se a também me cumprimentar. Rapidamente dividimos os grupos e quais animais do abrigo levaríamos.

Smith ficou chateado porque Pietr e eu estávamos no mesmo grupo.

– Isso é porque você está com raiva da minha resposta?

Dei um beijo em sua bochecha.

– Achei que houvesse espaço para mais compaixão em um cérebro grande como o seu.

Subindo as escadas com Pietr (por conta de sua fobia de elevador), uma gama de emoções agitava meu estômago.

– Precisamos conversar.

– Não tivemos nada a ver com os suicídios – assegurou-me Pietr. Na dobra de seu braço, Victoria, a gatinha malhada (agora sempre em conjunto com Tag, o cão pug), miou. – Você precisava mesmo perguntar? – Pietr esfregou o nariz e piscou para mim. Seus olhos tornaram-se vermelhos por um instante, enquanto fazíamos uma pausa na escada.

– Às vezes, ouvir as coisas ajuda. Você está nervoso?

Ele piscou até o vermelho desaparecer de seus olhos.

– *Nyet* – murmurou, levantando o queixo para apontar para as escadas.

Mudei a forma como eu segurava Tag e, em um novo movimento, lancei a pergunta seguinte:

– Então por que todos eles parecem estar relacionados a lobisomens? Como se as vítimas tivessem visto algo? – fiz uma pausa, apertando meus dentes. – Max está sendo cuidadoso?

– Max? *Cuidadoso*? Essas palavras nunca deveriam ser colocadas na mesma frase. Você devia saber disso – disse Pietr com um tom de aviso em sua voz.

– Certo. Vamos supor que alguém o veja. Quem iria querer essa pessoa morta por conta do que ela viu?

Olhamos um para o outro e dissemos juntos:

– A CIA?

– Quer dizer... Wanda e Kent têm gerado problemas – admiti. – E na igreja, parecia que aquele cara poderia realmente...

– Matar você? – ele olhou nos meus olhos. – *Da*.

– Bem, sim. Parece que ele ia mesmo atirar em mim.

– Exatamente – ele esfregou a mão no nariz mais uma vez.

– Alergia?

Pietr negou com a cabeça e piscou seus olhos vermelhos para mim.

– Mas estou começando a me perguntar se é normal uma agência do governo agir de forma tão... – encolhi os ombros.

Olhei para trás e pude vê-lo enterrar o nariz nos pelos de Victoria. Arqueei uma sobrancelha.

– Ela tem cheiro de comida?

Ele riu. Desconfortavelmente. Todos os traços de vermelho desapareceram de seus olhos. Enquanto eles me observavam, eram claros e azuis como o gelo do Ártico. Sua boca transformou-se em uma linha tensa.

– E se houver mais alguém agindo?

– Quem mais? Caramba, Pietr... Já estamos lidando com a Máfia Russa e com a CIA. Quem mais pode querer um pedaço de vocês?

– E quem não quer? É uma vida de cão, certo? – ele abriu a porta para mim. – Ou talvez as pessoas não sejam quem elas afirmam ser. As coisas raramente são o que parecem.

*Olha só quem diz... um lobisomem.*

Hazel Feldman observou Pietr com um interesse muito maior do que na primeira vez em que o viu... Quando ela concordou que *Romeu e Julieta* não era uma peça romântica decente.

– Fico feliz por vê-lo fazer sua obrigação novamente – disse ela.

Ele arqueou uma sobrancelha para ela:

– Eu não parei. Estou fazendo meu serviço social de forma constante.

– Há uma diferença entre fazer um serviço e fazer sua obrigação, garotinho.

Pietr encolheu um ombro e passou Victoria para ela.

– Ela é linda, não é? – admirou Feldman.– Mas tem dentinhos tão afiados. O mundo é assim, não é mesmo? As coisas mais bonitas costumam ter as piores mordidas.

– Sempre com enigmas, senhora Feldman – comentei, sorrindo. – Sempre saio daqui com muitas coisas em que pensar.

– Bom, muito bom – disse ela, acariciando Victoria com uma mão tão pesada que a cabeça da gata sacudia para trás e seus olhos arregalavam com cada longo toque que se estendia da cabeça até o rabo. – Está pronta para ceder, Jessie?

De canto de olho, percebi Pietr inclinar a cabeça, observando nossa conversa.

– Não sei. Não sei se quero saber do meu futuro – confessei.

Ela olhou para mim com olhos murchos, que se estreitavam cada vez mais, de modo que suas rugas tornavam-se mais profundas.

– *Que será, será*. O que tiver de ser, será – murmurou.

– *Da* – concordou Pietr. – Mas a continuação dessa música não diz que é impossível conhecer nosso futuro?

– Detesto essa música – ela disparou. – Talvez eu pudesse começar com as *suas* cartas, Pietr. – Ela devolveu Victoria para ele e colocou a mão nas dobras de sua saia volumosa, sacando um belo conjunto de cartas. – Embaralhe.

Relutante, Pietr foi até a porta e a fechou. Em seguida, colocou Victoria no chão... Depois, é claro, de verificar se a janela estava fechada. Ele tinha aprendido isso em sua primeira visita ao asilo. Pietr pegou as cartas e fez uma pausa.

– Não tenha medo. Embaralhe. O futuro é um presente maravilhoso.

– E alguns de nós não temos tempo de abrir esse presente – ele murmurou.

– O quê? – ela colocou uma das mãos em forma de concha atrás do ouvido.

– Ele disse que sente muito por estar sendo tão soturno.

Pietr olhou para mim, mas apenas brevemente. Então, embaralhou as cartas como um profissional, com mãos rápidas e seguras.

– Eu tiro uma – disse ele.

Sorrindo, a senhora Feldman comentou:

– Você já fez isso antes.

– *Da.* Tenho uma irmã que tem um fascínio por atividades estranhas.

– Se você acha que o que ela faz é estranho, então ela ainda não é muito boa com isso. – A senhora Feldman pegou as cartas e as colocou em sua mão, segurando-as com as faces para baixo. – Talvez eu faça você acreditar. Puxe uma para saber sobre seu passado recente.

Ele puxou.

– A Torre. Você encarou uma grande mudança recentemente.

– Eu sou adolescente. As coisas estão sempre mudando.

– Devo ser mais específica?

– Pode tentar – respondeu Pietr, sem se intimidar.

Segurando a carta, ela fechou os olhos por um momento.

– Seu último aniversário foi cheio de surpresas.

Meus dentes apertaram-se contra meu lábio inferior.

Pietr não demonstrou nenhum sinal de que ela o tinha deixado nervoso.

– Continue.

Feldman passou o polegar pela carta, contemplando.

– Você esperava ser ferido, e não traído, naquele dia. Mas alguém próximo de você o surpreendeu... Não... Duas pessoas o surpreenderam. Uma com quase uma traição, outra com aceitação – ela corrigiu.

As sobrancelhas de Pietr abaixaram-se.

– Outra carta? Para o futuro próximo.

– *Da.* – Ele puxou outra carta do monte.

Feldman virou-a. Seus lábios passavam de um lado para o outro do rosto enquanto ela pensava sobre o significado, ou talvez sobre as palavras para explicá-lo.

– Ah... Há uma morte por vir.

Ele fechou os olhos por um segundo e, então, engoliu em seco.

– É um ciclo que se repete, uma abertura que deve fechar-se. Você pode lutar contra, mas essa morte está vindo. Rapidamente.

Estendi minha mão na direção de Pietr, mas ele harmoniosamente se distanciou.

– Pietr...

– Isso não é nada que eu já não soubesse. Se quiser fazer com que eu acredite em magia, terá de fazer algo muito melhor.

– Está bem – disse ela, contorcendo os lábios em um sorriso malicioso. – Mais uma carta. Para um segredo que você está mantendo.

Ele estendeu a mão e ela puxou as cartas.

– Não. Pense nisso. Mantenha o pensamento em sua mente. O que você mais quer manter escondido? Qual segredo você não se atreveria a compartilhar?

Pietr passou a língua pelos lábios. Seu maxilar estava duro como pedra. Lentamente, ele puxou uma carta e mostrou-a para ela.

Os olhos de Feldman correram da carta para ele e, em seguida, para mim.

– Saia do quarto, Jessie – ela ordenou.

# Capítulo 22

– Mas...

A linha fraca de uma veia apareceu próxima à linha do cabelo de Pietr.

– Tudo bem, já estou saindo – murmurei, deixando o quarto, com Tag ainda em minhas mãos. Somente quando a porta se fechou atrás de mim pude ouvir um ruído baixo de pessoas voltando a conversar. Suspirei e dei uma volta pelo corredor. Teria a senhora Feldman descoberto o maior segredo de Pietr? Estaria ela, naquele exato momento, revelando saber que ele era um lobisomem?

Pietr abriu a porta, e eu corri para lá, procurando por algum sinal em seu rosto petrificado. Eu queria tanto tocar nele, deixá-lo seguro, mas minha mão não se atreveu a sair de onde segurava Tag. Pietr parecia muito feroz.

Completamente inflexível.

A senhora Feldman olhou para mim, abrindo um sorriso que fazia mil rugas brotarem em seu rosto.

– Vamos, Jessie. Embaralhe as cartas para descobrir seu futuro.

– Não acredito em mágica – confessei, sem nunca deixar de olhar para o rosto de Pietr.

Ele se sentou... Ou melhor, empoleirou-se em uma cadeira no quarto, procurando a sombra solitária que se instalava em um dos cantos.

– O que há de errado com vocês, jovens? Ou acreditam em mágica e escrevem essa palavra com M maiúsculo, como se acreditassem que qualquer outra coisa poderia verdadeiramente ser fatal, ou se apoiam na ciência, rejeitando a primeira possibilidade. Ninguém nunca ensinou vocês que mágica e ciência vivem em conjunto? Elas se entrelaçam. Podemos explicar a mágica do nascimento pela ciência? Sim. O espermatozoide encontra o óvulo – afirmou, batendo as mãos no jogo de cartas – Até... – ela inclinou o corpo para frente na cama, como se estivesse prestes a compartilhar um segredo. – Até aquele primeiro momento em que uma mãe ou um pai olha nos olhos do filho e se dá conta de que, de fato, existe uma mágica ali.

Ela embaralhou as cartas com mãos impressionantemente ágeis, considerando as saliências, os nódulos e as manchas. Os enormes anéis em seus dedos brilharam.

– Criação. Aminoácidos encontrando pressão atmosférica, temperatura e condições adequadas para darem início à vida. Ciência! – proclamou a senhora Feldman. – Mas, mesmo assim, onde tudo aconteceu em nosso universo? Só aqui. – Ela apontou com um dedo veemente. – Aqui na Terra. *Isso* é um tipo de mágica.

Meus olhos seguiram suas mãos enquanto ela as erguia, seduzindo-me enquanto embaralhava e fazia as cartas dançarem para frente e para trás.

– Mágica e ciência... – ela continuou. – Elas trabalham juntas. E qualquer cientista que valha a pena confessará que sente algo mágico quando descobre algo novo. Você já pensou que é possível que a ciência e a mágica tenham se misturado aqui, em uma cidade chamada Junction?

– Nunca pensei nisso – confessei.

Ela ajeitou as cartas e as apertou.

– Embaralhe.

E então embaralhei, tateando o monte pesado.

Ela pegou o monte de volta, separando as cartas cuidadosamente.

– Agora puxe.

Peguei uma carta, ciente do modo como Pietr observava atentamente minha mão. Virei-a para a senhora Feldman.

– Huuuum. Você se preocupa demais. – Ela disse.

Pietr bufou e olhou para mim, conseguindo amolecer o maxilar o suficiente para poder falar:

– E você diz que *eu* sempre digo o óbvio.

Tive a impressão de que um leve sorriso brotava nos lábios dele. Porém, esse sorriso desapareceu rápido demais para que eu pudesse ter certeza.

– Você está cercada de pessoas que querem protegê-la.

Dei de ombros, querendo permanecer tão firme como Pietr.

– Puxe outra.

Puxei.

– Essas pessoas que querem protegê-la estão escondendo informações de você, estão guardando segredos.

– Por quê?

Seus cachos grisalhos balançaram quando ela negou com a cabeça.

– Somente para protegê-la. Se eles achassem que ajudaria... – Ela olhou de relance para Pietr, mas ele a silenciou com um olhar. – É importante lembrar que eles têm as melhores intenções.

– De boas intenções o inferno está cheio – olhei para Pietr por entre meus cílios.

Ele não se comoveu.

– Mais uma – ela me apressou.

Inspirei e uni meus lábios, puxando a última carta.

– Aaah. Mas o maior dos segredos não é aquele que eles estão escondendo de você. É um segredo que você tem dentro de si mesma. Você tem esperança aí dentro.

– Isso não é segredo – murmurei. – Mas essa esperança está se desgastando e se tornando cada vez menor.

– Não. É uma parte muito grande de você para se desgastar – ela me assegurou. – O cachorro. – Ela apontou.

Segurei Tag, e ela o acariciou apressadamente.

– Ótimo – continuou. – Agora é hora de ir embora.

– Obrigada – agradeci, deixando as palavras que ela havia dito dançarem em minha cabeça.

– Pietr.

Ele parou atrás de mim. Esperei por ele perto da porta.

– Apegue-se à esperança – aconselhou a senhora Feldman. – Essa é a única forma de viver.

Ele negou com a cabeça e fechou a porta atrás de nós.

– Espere! – gritou a senhora Feldman.

Ouvi um leve bater contra a porta e corri para abri-la.

Feldman estava pálida, olhando na direção da porta, quando finalmente a abri.

– Cuidado – sussurrou, apontando para os meus pés. Havia uma carta entre eles.

– Em todos esses anos... Traga ela para mim, garotinha.

– Por que ela está... – Abaixei-me para pegá-la.

– Ela voou do baralho – a senhora Feldman analisou a carta. – Isso é preocupante.

Tiramos uma morte e uma mudança dramática e *só agora* tínhamos uma carta preocupante?

– O que ela significa?

– Alerta.

Andei para trás. Na direção de Pietr.

– Aaah.

Em sua mão enrugada, o baralho vibrava, dançava.

Uma única carta escorregou para frente das outras. Os olhos da senhora Feldman encontraram os meus, e ela a puxou.

– O garoto. Fique alerta com o garoto.

– Obrigado – Pietr olhou torto. – Se ela pelo menos ouvisse...

Voltamos para a escola em silêncio.

O jornal estava sobre o balcão da cozinha. A manchete gritava: "Perfuração de gás deve começar". Ótimo. Empurrei o material para o outro canto do balcão e comecei a separar os ingredientes para o jantar. Ninguém queria perfuração de gás... Provavelmente fosse algo muito mais perigoso do que apontavam os estudos divulgados. Porém, ninguém podia culpar os fazendeiros da região de Junction por terem arrendado suas terras. A economia estava péssima, e as pessoas procuravam desesperadamente uma forma de manterem-se seguras e de ganharem dinheiro. Em geral, não nessa ordem.

Eu estava caçando algo na gaveta de legumes da geladeira quando ouvi o jornal se abrir.

– Pai? – chamei, olhando em volta.

Não havia ninguém ali. Senti um arrepio em meus braços e os esfreguei. Talvez eu tivesse deixado a porta aberta. Ignorando o jornal, fui até a entrada. Não. A porta continuava fechada. Trancada, para ser mais específica.

O jornal farfalhou novamente, lento como uma vítima em um filme de terror. Virei-me para observar que os cadernos e as páginas se rearranjavam como se alguém os folheasse.

Ou como se um fantasma os folheasse.

Os cadernos se separaram, e um deles caiu sobre meu pé. O caderno local. "Suicídios de adolescentes na ferrovia desafiam policiais".

– Mãe? – gritei.

Nada.

– Estou ficando completamente louca. Obrigada, Sophia.

Peguei o jornal cautelosamente e coloquei-o próximo à pia. Li algumas partes enquanto preparava o jantar. Havia menção à ligação com os lobisomens que Hascal e Jaikin haviam sugerido, mas essa menção era bastante breve. Porém, eles se concentraram na ideia de que as vítimas pareciam deprimidas e poderiam ter usado drogas alucinógenas (embora admitissem não terem encontrado sinais de substâncias ilegais nos corpos).

Estranho. Lobisomens aparecendo em Junction. Depois a CIA. E a Máfia Russa. E agora, ainda mais suicídios. Talvez o conceito de "normal" já não fosse algo tangível.

Durante o jantar, mais brinquei com a comida do que efetivamente comi. Meu pai telefonou para dizer que trabalharia até tarde na fábrica, ou seja, ele não estaria aqui para observar todos os meus movimentos. Porém, Annabelle Lee estaria. Levantando o olhar sobre a capa de seu mais novo livro, ela me observou.

Quando finalmente me levantei para retirar o resto de comida do prato, ela falou:

– Eu os vi se beijando.

Minhas costas se endireitaram.

– Pietr e Sarah.

Suspirei. Uma coisa era fazer todo um show na minha frente, mas se beijarem em outro lugar... Meu estômago embrulhou, e fiquei feliz por não ter comido muito.

– Sinto muito por ele ser tão idiota.

Coloquei meu prato na pia. O movimento gerou um tinido.

– Esse é o problema, Annabelle Lee. Pietr não é idiota. Se fosse, eu não estaria tão, tão perturbada por causa dele.

– Sinto muito por ele... – ela fez uma pausa. Olhei para ela, esperando. – Sinto muito que ele esteja com *ela*.

– Eu também.

Naquela noite, enquanto terminava de me trocar para ir para a cama, ouvi um longo e oscilante grito do lado de fora, um uivo que se entrelaçava com o ar da mesma forma que fazia meu interior se entrelaçar.

– Meu Deus, o que é *isso*? – Annabelle Lee correu para o meu quarto, jogando seu livro em minha cama enquanto se apressava para abrir a janela. – Um coiote?

O chamado reverberava pelas paredes, preenchendo meu quarto com aquela profunda música: marcante, angustiada e poderosa. Meu sangue esquentou quando reconheci.

*Pietr*.

– Não – sussurrei. – Definitivamente é um lobo.

Annabelle Lee olhou para mim quando me aproximei dela à janela aberta.

– Você não parece preocupada com os cavalos.

– Eles estão seguros.

– O que você acha que esse animal come?

– Tudo – disse, abrindo um sorriso. – Menos cavalos.

– Por que ele está por aí? Será que está caçando?

– Não sei.

– Bem, o que ele quer?

– Sinceramente, não sei. – Segurei a moldura da janela. – Vamos. Que frio! – percebi ao fechar a janela. E eu não estava necessariamente falando do frio lá fora.

– Por que ele está olhando assim para você? – perguntou Derek, empurrando cada palavra por entre seus dentes enquanto permanecíamos nos corredores durante o intervalo entre as aulas.

Olhei por sobre seu ombro. Como era de se esperar, os olhos de Pietr estavam fixados em mim. Sarah não estava por perto.

– Não tenho ideia. Talvez ele precise me dizer alguma coisa...

– Vá até lá! – Derek não se importou em disfarçar seu desgosto, mas me deixou de uma forma bastante nobre. O que me irritou. Muito.

Embora nenhum corredor em Junction fosse particularmente enorme, cruzá-lo de um lado a outro, em direção a Pietr, fez que eu sentisse estar embarcando na maior jornada da minha vida.

– O que está acontecendo? – perguntei, mantendo um tom de voz leve. – Além do fato de que você me observar deixa Derek nervoso.

– Eu não queria passar a impressão de estar encarando.

Muita coisa para o meu ego. *Coração idiota. Garota idiota.*

– Temos uma pista – disse ele com olhos brilhando. – Um local onde achamos que eles a estão mantendo. Cat e eu vamos verificar melhor hoje para detalhar exatamente. E então vamos libertá-la.

– Que ótimo! – Mas a alegria logo desapareceu, sendo substituída por um medo súbito e intimidante quando me dei conta do que aquilo significava. – Você vai quebrar o acordo. A CIA vai... O que eles vão fazer se você...?

– Tentar libertar nossa mãe? – ele estreitou os olhos.

– Você não pode.

Ele se afastou, posicionando-se o mais longe de mim que o corredor permitia, de costas para a parede, com olhos velados.

Minha mente estava confusa.

– Pietr, você não quer dar uma olhada antes? Ver como as coisas estão organizadas?

Ele me encarou.

– Pietr, pense – dei uma olhadela pelo corredor. Os olhos de Derek queimavam em minhas costas. Mudei minha postura. Fiquei mais ereta, adotando uma posição que demonstrasse mais indiferença. Só mais uma mentira enquanto meu coração ameaçava sair pela boca. – Sei que vocês querem libertá-la. E ela vai ser libertada. Nós vamos libertá-la. Mas por que arriscar deixar a CIA irritada? E o nosso progresso?

– O progresso deles vem diminuindo e já não é nada.

Lutando para responder, propus:

– E se esperássemos um pouco mais? E se representássemos? Fizéssemos as coisas do jeito deles para que possamos ver como o local é por dentro?

– Cooperar para que eles simpatizem com a gente? – ele esfregou a mão no queixo, e eu tremi, lembrando-me daquele maxilar, do toque daqueles dedos.

– Sim, cooperar inicialmente. Talvez eles nos dessem o que queremos – insisti.

Pietr aproximou-se de mim antes que eu pudesse recuperar o ar. Ele estendeu a mão, mas logo a recolheu, lançando um olhar por sobre meu ombro. Para Derek.

– Por favor – implorei. – *Puhzhalsta*.

Ele fechou os olhos e sacudiu a cabeça, lutando contra alguma batalha interna silenciosa. Quando os reabriu, eram um azul brilhante como um céu limpo de verão.

– Está bem – ofegou. – Eles podem nos levar ao coração desse trabalho, mas entenda... – seus olhos fixaram-se nos meus, sua voz tornou-se perfurante e fria. – Se eles não nos derem o que queremos, vamos rasgar esse coração.

Abaixei a cabeça, concordando. E temendo.

Eu me perguntava se alguma falha da CIA poderia transformar o normalmente sensato Pietr no monstro que ele tanto temia fazer parte de sua natureza. O que, afinal, era necessário para fazer de um homem um monstro?

# Capítulo 23

Dessa vez, o tempo da CIA funcionou a nosso favor. Após uma breve pausa para pegar o agente Kent, Wanda e eu chegamos à casa dos Rusakova naquela tarde. Telefonei antes para avisá-los de que nossos números tinham mudado e de que os agentes traziam boas notícias.

Eu esperava não estar mentindo por procuração.

O carro estava quente, abafado e infestado por um cheiro picante.

– O desodorizador do seu carro é forte demais.

Kent gargalhou no banco traseiro.

– Você consegue sentir o gosto do seu café? – perguntei, olhando pelo retrovisor do lado do acompanhante.

Ele só levantou sua caneca de sempre na minha direção, fazendo um brinde silencioso.

Quando Catherine abriu a porta da casa e nos acompanhou para dentro, Wanda sorriu, parando logo após passar pela entrada.

– Está um belo dia – ela comentou. – Vamos dar uma volta.

– Dar uma volta? Você prometeu trazer boas notícias – eu a lembrei. – Vamos ver a mãe deles hoje? – Questionei, ciente da forma como os Rusakova estavam furiosos e certamente se perguntando a mesma coisa.

Kent sorriu e arrumou alguma coisa dentro de seu casaco. Pietr e Max caminharam em nossa direção, e cada um parou em um dos meus lados. Cat andava hesitante atrás de nós, e Alexi caminhou até posicionar-se ao lado dela.

– Vamos – assegurou Wanda.

Kent abriu a porta novamente, deixando a brisa do outono correr pelo hall de entrada.

Os Rusakova ficaram eretos, e pude ver seus narizes enrugarem. Seus rostos adotavam uma expressão de absoluto desgosto.

– Talvez o agente Kent esteja precisando de um banho – resmungou Max, estreitando os olhos.

– Ou de um afogamento – sugeriu Cat, cobrindo o nariz com a mão.

Wanda piscou e puxou uma pequena bolsa do bolso da camisa, sacudindo-a na minha frente.

Cheirei.

– Que diabos...?

O mesmo fedor do carro agora vinha de sua mão.

– Acho que não vamos precisar disso – disse ela, olhando para Kent. – Quando eles souberem onde estamos, disfarçar nosso cheiro não terá importância. Eles vão nos encontrar onde quiserem. – Wanda deu de ombros.

Reprimi um arrepio, curiosa por saber o que o grupo de Wanda tinha que os deixava tão confiantes para enfrentar um encontro não marcado com os Rusakova.

Ela jogou a bolsa no cesto de lixo próximo à porta. Kent enfiou a mão no bolso de sua jaqueta e sacou uma bolsa idêntica. Em seguida, sacudiu-a por pura maldade e também a jogou no lixo.

Os Rusakova puro-sangue espirraram.

– O que tem aí? – Perguntei.

– Um remédio antigo para lidar com cães de caça importunos. E com lobisomens – ele logo acrescentou, abrindo um sorriso.

– Vamos, então? O tempo está correndo – Wanda lembrou.

Max reprimiu um rosnado, e nosso grupo, uma aliança estranha, caminhou até a varanda. Alexi fechou a porta, e eu fui empurrada para o meio de uma discussão.

– Por que *você* está vindo junto? – perguntou Max a seu irmão adotivo. Aquilo era mais do que uma pergunta, era um questionamento ao papel que Alexi exercia anteriormente na família.

– Ela também é minha mãe – declarou Alexi.

Catherine rapidamente se posicionou entre Max e Alexi, colocando sua pequena mão contra o peito largo de Max e olhando em seu rosto.

– Ele está certo. E nossa mãe gostaria de ver todos os filhos, independentemente de eles serem diferentes do grupo.

Olhando por sobre Catherine e na direção de Alexi, Max concordou.

– Eu só não queria estar no seu lugar quando nossa mãe descobrir que você nos traiu.

Alexi suspirou, deixando seus ombros caírem.

Caminhamos algumas quadras e logo estávamos fora dos bairros compostos de casas em estilo vitoriano e Queen Anne de Junction. Chegamos a uma área com vestígios de casas de fazenda do Período Colonial.

Wanda parou perto de uma caixa de correio antes de passar por uma cerca viva com alecrim e outras plantas aromáticas. O local fedia a ervas. A terra que encobria suas raízes tinha sido remexida recentemente. As plantas ainda estavam frescas, mas não se podia esperar que elas sobrevivessem ao inverno de Junction.

Eu me perguntava se algum de nós sobreviveria.

Passamos por um caminho de pedras grandes e plantas e logo estávamos em uma varanda antiga, construída com pedras empilhadas. Aqui, o subúrbio e a vida moderna uniam-se ao passado e tentavam engoli-lo de uma vez por todas. O que no passado fora uma enorme propriedade rural com várias centenas de hectares havia sido reduzido a uma única, uma garagem velha e um posto de gasolina logo ao fundo. Era estranho ver pedras de construções coloniais a poucos metros de um Grabbit Mart desativado, ao fundo.

Wanda foi até a porta e bateu em um ritmo estranho. Eu me surpreendi quando a porta se abriu e dois homens vestidos com roupas bastante asseadas apareceram. Dois homens que pareciam mais confortáveis quando estavam armados... Os dois homens da igreja abandonada. Fiquei boquiaberta ao perceber o que a presença deles implicava.

– Isso é sério?

Onde estavam as portas de metal pesado que se abriam quando a pessoa certa colocava a mão sobre um sensor especial? Meus olhos analisaram o local, do chão até o teto. Havia uma pequena câmera apontada na direção da rua, o tipo de câmera que qualquer um poderia comprar na RadioShack[1].

Se esse era o tipo de instalação onde eles guardavam um segredo como um lobisomem, para onde estava indo o dinheiro dos nossos impostos?

– Entrem. – Wanda nos direcionou acenando de forma brusca com a cabeça.

Prudentemente, obedecemos. Como a maioria das casas coloniais americanas, essa também era pequena, compacta. A impressão de intimidade que o imóvel transmitia apenas fez que eu me sentisse mais desconfortável.

---

[1] N. T.: RadioShack é uma loja de produtos eletrônicos bastante conhecida nos Estados Unidos.

Agrupados naquilo que servia de hall principal, olhamos para Wanda e Kent, esperando por instruções. O fato de os Rusakova viverem em uma casa tão perto daquele local somente os deixava mais ansiosos. Max se apoiava em um pé e, em seguida, no outro. Seus olhos brilhavam.

– Onde ela está? – Perguntou Catherine.

Os dois homens olharam para Wanda e Kent.

O mais baixo deles disse:

– Primeiro, o mais importante. Acredito que parte do acordo era que teríamos acesso a amostras de sangue, pele e cabelo antes de vocês poderem vê-la.

O calor que emanava de Pietr e Max ao ouvirem isso ameaçava me sufocar. Mantive meu tom sob controle.

– Já está chegando a hora – confortei-os. – Logo nós a veremos. E que construção incrível! – Lançando um olhar de um canto do hall para o outro, dei tapinhas no ombro de Max e sorri para Cat. – Só mais um pouquinho.

Pietr me observou friamente enquanto minha lógica (e minha sugestão não verbalizada de observar cuidadosamente nossos arredores) tornava-se clara para mim.

– Então, estamos prontos para o teste? – O homem mais baixo não olhou para os Rusakova, mas manteve seus olhos em mim.

Eu me perguntava se ele se lembrava das minhas habilidades segurando uma lanterna. Concordando com a cabeça, sorri para ele. Minha voz permaneceu estável quando eu disse:

– Sim. Afinal, concordamos com isso.

– Vamos lá – ordenou Max. – Vamos ser raspados e furados.

Os agentes seguiram para o final do corredor, olhando frequentemente para trás para se assegurarem de que nós os seguíamos. Percebi que, no braço do homem mais alto, havia uma pesada tala. Ele não seria tão rápido se quisesse levantar uma arma contra mim outra vez. Os Rusakova curavam-se rapidamente, mas o mesmo não podia ser dito para nós que somos apenas humanos. Wanda e Kent entraram logo atrás de nós, trancando a porta antes de nos guiar de uma pequena sala para outra.

Logo chegamos a uma área onde uma escada havia sido instalada. O mais alto dos homens abriu a porta que nos levava sob a escada e estendeu uma das mãos para nos encorajar, fazendo um sinal para que entrássemos.

Max puxou Alexi, empurrando-o para frente.

– Você primeiro, irmão – disse Pietr. A amargura em sua voz era clara.

Alexi olhou torto, mas começou a passar por alguns degraus mal iluminados como o batedor dos Rosakova. Sua cabeça movia-se rapidamente de um lado para o outro, olhos alertas. Catherine posicionou-se atrás dele, com uma das mãos segurando firme o corrimão e a outra apoiada no braço de Alexi. Max vinha atrás dela, deixando-me entre ele e Pietr.

Contei os degraus. A escada era maior do que eu esperava. Olhei para trás e deixei meu olhar passar por Pietr e chegar até Wanda.

– Eu não sabia que havia lugares como esse em Junction.

– No passado, essa era uma das paradas mais ao norte da Underground Railroad[2] – mencionou Wanda. A bibliotecária pesquisadora existente nela começava a se mostrar. Eu gostava mais de Wanda como bibliotecária do que como agente armada da CIA. Porém, quando eu não sabia de nada disso, também não gostava dela como bibliotecária.

---

[2] N. T.: Underground Railroad era uma rede de rotas clandestinas existente nos Estados Unidos durante o século XIX, usada na fuga de escravos para os estados do Norte ou para o Canadá – locais onde a escravidão não era praticada.

– Antes da escada havia apenas um alçapão levando a um pequeno fosso no qual os donos anteriores fizeram paredes com tábuas e pedras aleatórias. Não havia muito conforto para os escravos que fugiam a caminho do norte.

– Nunca há muito conforto quando você está tentando escapar de um governo injusto – disse Alexi. Em voz alta.

Eu juro que pude ouvir Wanda, quase dez degraus acima, ranger os dentes.

Entre nós, Pietr continuava rígido e reservado. Eu duvidava que ele tivesse qualquer interesse no passado da construção. Ele só queria saber como a casa se ligava ao seu presente e ao futuro de sua mãe.

Não vi nenhuma teia de aranha no porão. Nada de mofo ou bolor. O cheiro que eu esperava não existia. Em vez disso, o aroma me lembrava jardins durante a primavera. O cheiro de névoa e de terra recém-afofada.

Estendi minha mão esquerda, percebendo como a textura da parede tinha mudado. Cimento, recém-aplicado e claro, revestia a área que minha mão tocava ao longo da escada. Treze degraus. Quatorze. Quinze...

Pietr disse:

– Vocês não estão aqui há muito tempo.

Sua declaração disfarçou ligeiramente sua surpresa.

Não precisei ver o sorriso de satisfação de Kent para ouvi-lo em sua voz.

– Pietr, você fez dezessete anos há... menos de um mês?

– Consideramos que temos aparelhos de escuta em nossa casa e grampo em nosso telefone – disse Alexi, pausando para virar-se e olhar para nós. – Tenho certeza de que você sabe a data dos nossos aniversários, agente Kent.

Cat apertou sua mão no ombro de Alexi, que continuou:

– Em vez de sugerir que o governo aumente os impostos no próximo semestre, talvez a CIA devesse equilibrar o orçamento transformando seus agentes em secretários dos ocupantes das casas em que implantam aparelhos de escuta. Como vocês sabem da vida de todo mundo, poderiam pelo menos garantir que nenhum de nós, criminosos, deixemos passar uma reuniãozinha.

Alexi podia ter perdido o título de alfa na casa dos Rusakova, mas, para mim, aquilo era como se ele tivesse urinado nos sapatos de Kent.

– Ninguém acusou nenhum de vocês de serem criminosos – cuspiu Wanda.

– Então liberte nossa mãe – disse Catherine tão casualmente que não poderia haver dúvida alguma de ameaça.

Acompanhando o pingue-pongue de insultos, permaneci entre eles, no degrau de número dezessete, encostada contra a parede fria.

O sorriso desapareceu da voz de Kent quando ele voltou a falar, dizendo para que seguíssemos adiante. Dezoito, dezenove...

– Começamos a construção há quase um mês. Nós fazemos as coisas com bastante agilidade quando há um motivo justo. – Kent fez uma breve pausa. – Todo o porão foi expandido.

Finalmente, estávamos próximos do fim da escada. Vinte. Olhei para baixo, concluindo minha conta. Vinte e quatro. O homem que nos guiava ficou parado próximo de uma porta. Pelo menos essa parecia mais imponente. Maior do que o normal e feita de aço pesado, a porta era de um cinza-claro, contrastando com a cor ligeiramente quente do cimento. Ela me lembrava as portas de câmaras de resfriamento que eu tinha visto durante uma visita às instalações de um açougue durante o ensino fundamental. Tremi por conta da comparação.

Havia um pequeno teclado numérico em um ponto logo acima da maçaneta aparentemente pesada. O mais baixo dos nossos acompanhantes digitou rapidamente uma série de números. O teclado numérico piscou uma luz verde duas vezes e a porta se abriu praticamente sem fazer barulho.

Aquilo sim era *realmente* impressionante.

Tínhamos chegado a uma espécie de túnel. Novamente, cimento cobria as paredes lisas e angulares, e imaginei que eles pagaram uma boa grana para contratar uma equipe de pedreiros e construtores que fizessem um trabalho com tanta agilidade. Talvez o dinheiro de nossos impostos fosse para *isso*.

Conforme caminhávamos pelo longo corredor subterrâneo, luzes fluorescentes nos cobriam com um brilho que definitivamente não nos deixava com um aspecto saudável. Certamente um local adequado para luzes fluorescentes. O demônio das luzes.

Chegamos a mais uma porta enorme.

– Está bem – disse eu. – Sei que já não estamos sob a casa pela qual entramos. Já cruzamos o quintal do fundo e do outro lado dessa porta acredito que estaremos debaixo do Grabbit Mart.

– Perfeitamente correto – nosso acompanhante mais baixo concordou. – Quase tivemos de parar a construção quando a população local criou uma confusão porque estávamos destruindo o estacionamento e os tanques de gasolina do antigo Grabbit Mart. – Ele gargalhou. – Dissemos que, por conta dos novos regulamentos da Administração de Segurança e Saúde Ocupacional e da Agência de Proteção Ambiental dos Estados Unidos, os tanques velhos não podiam ficar aqui. Infelizmente o velho Grabbit Mart tinha um sistema de canos enorme e com vazamentos debaixo dele. Toda a vizinhança poderia explodir a qualquer momento.

– Pelo menos é o que você disse – deduziu Alexi.

– Isso os acalmou – concordou o parceiro mais alto. – Como vocês podem ver... – continuou, abrindo a próxima porta – Todos saíram ganhando com o nosso progresso.

A área se expandiu em diversos escritórios e aos fundos havia outro conjunto de portas pesadas formando outra parede.

– Até onde se estende esse lugar? – Perguntei, temerosa.

– Só mais um pouco agora... – Respondeu.

# Capítulo 24

Do outro lado daquelas portas havia um laboratório científico frenético. Nossa última parada antes que os Rusakova pudessem reunir-se com sua mãe. Cat e eu expiramos juntas. Parte da tensão no ombro de Pietr desapareceu.

A genética que permitia aos Rusakova transformarem-se provavelmente tinha surgido em um local como esse: um laboratório científico de alta tecnologia, com aparelhos que pareciam ter saído do mais novo filme de ficção científica de alto orçamento.

Conforme as portas se fecharam atrás de nós, toda a atividade no interior cessou. Homens e mulheres em seus jalecos brancos se viraram e nos encararam com olhos arregalados. Pietr, Cat e Alexi vieram para perto de mim. Max bufou. Todos estavam bastante cientes de que eram o centro das atenções.

Um homem calvo, ainda mais baixo do que o menor agente que nos acompanhava (a CIA estava fazendo experimentos com lobisomens e *gnomos*?) trotou em nossa direção.

– É um enorme prazer conhecê-los. – Ele segurou a mão de Max e apertou-a vigorosamente.

– Maximiliam Rusakova – anunciou.

As mulheres suspiravam.

Max estava em casa.

– O macho alfa – acrescentou o cientista, sentindo-se seguro ao afirmar.

Quase estendi a mão para puxar minha sobrancelha de volta para o lugar. Aquilo era uma coisa bastante séria para se anunciar em meio ao grupo. Ou aquelas pessoas não tinham ideia de como os lobos eram perigosos, ou simplesmente não se importavam porque sabiam de algo que nós não sabíamos. Esperando que fosse a primeira opção, forcei o medo torturante a sair de minha garganta, a passar por meu coração acelerado e a voltar para meu estômago.

O baixinho (Henry, de acordo com seu crachá) estendeu a mão na direção de Pietr.

Pietr não respondeu com tanta ansiedade.

– Pietr Rusakova, o macho beta – disse Henry, com uma expressão cada vez mais desconfiada. Até ver Catherine. – Aaah – disse, segurando a mão de Cat e empurrando-a para frente. – Ekaterina Rusakova. A fêmea.

– Você é bastante inteligente por não ter me chamado de "a cadela" – respondeu Cat.

Henry rapidamente comunicou as ordens a seus colegas cientistas, que pareciam correr de um lado para o outro. Ele mais assistia do que ajudava. Os Rusakova de sangue puro estavam sentados, esperando a coleta de amostras. As cientistas pareciam brigar para poderem tirar amostras de Max.

E Max gostava daquele show.

Mudando de lugar para abrir mais espaço, aproximei-me de Pietr e disse:

– Graças a Deus você usou seu colar.

Ele enrugou o nariz e esforçou-se para tirar o vermelho de seus olhos.

– Estou aqui para ver minha mãe, e não para pegar garotas.

– Não precisa ficar nervoso – murmurei.

Cat riu como se tivesse ouvido uma piada engraçadíssima.

As amostras de Max já tinham sido recolhidas e, mesmo assim, ele tirava a camisa em meio aos *uuuhs* e *aaahs* do público feminino.

– Max!

– O quê? – ele parecia tão tímido quanto um lobo poderia ser. – Elas queriam ver o sabre.

Eu devia agradecer por ele não ter entendido o pedido como uma sugestão de que deveria tirar a calça.

Alexi veio até meu lado e disse:

– É um zoológico. *Sempre* é um zoológico. Quer o emprego de cuidador dos animais?

Bufei observando as mulheres, que examinavam a marca de nascença na forma de sabre no ombro esquerdo de Max. Todos os que tinham sangue puro naquela família nasciam com aquela marca.

– Não. Definitivamente, isso não é trabalho para mim. Além disso, ultimamente eu não consigo nem conquistar a atenção do macho beta.

– É estranho ver o que imaginamos – Alexi anunciou. – Como Max é maior, mais brutal, ele acaba sendo o alfa, *da*? – disse, cruzando os braços. – Damos muito pouca atenção ao intelecto, às pessoas que maquinam e planejam.

– Huuum.

Henry estava falando novamente. Max colocava sua camisa de volta no lugar. Com ajudantes. Onde estava seu colar?

– A constituição do lobisomem... Sem ofensas – Henry apontou sua cabeça calva na direção dos Rusakova – É fundamentalmente diferente por causa das mudanças que ocorrem durante a adolescência. Se tomarmos o sangue de Maximilian, por exemplo... – ele pegou a lâmina e a colocou sob as lentes do enorme microscópio. –

Vocês perceberão que as formas dos glóbulos vermelhos e dos brancos são diferentes... – Ele apontou para que nós observássemos antes de continuar – do...

Ele estendeu a mão na direção da minha. Ofereci minha mão, observando-o pegar uma agulha nova e furar meu dedo. Uma única gota de sangue saiu, e ele a coletou no canto da lâmina, de modo que ela grudasse no vidro.

– ...sangue humano comum. – Henry colocou um pedaço mais fino de vidro sobre a lâmina e, em seguida, colocou a lâmina de Max sobre ele, empurrando a minha para dentro. Um rápido ajuste de alguns botões e ele fez um sinal para que eu fosse até lá.

Ele estava certo. As bordas das células com formato de *donut* pareciam de alguma forma mais suaves, mais redondas do que nas amostras com aspecto pegajoso dos lobisomens.

– Veja – Puxei Cat para dar uma espiada.

– O sangue humano puro tem uma qualidade diferente. – Henry olhou para mim. – Por assim dizer. É claro que notamos várias diferenças entre nós e nossos inter-relacionados. Os lobisomens têm um baço significantemente maior, que funciona como um reservatório de glóbulos vermelhos. Quando a transformação é desencadeada, o baço libera essas células adicionais na corrente sanguínea, o que gera uma explosão de força extra. Depois que eles voltam à forma humana, a contagem das plaquetas é muito maior. Nós presumimos que isso ajude na coagulação. Parece que os cientistas que criaram o DNA imaginaram que vocês se transformariam, acabariam se ferindo e, por conta disso, precisariam parar de sangrar rapidamente.

– É como se eles conhecessem vocês – sussurrei para Pietr enquanto ele, Max e Alexi se alternavam para olhar pelo microscópio.

Enquanto os outros cientistas hesitantemente se moviam para retomarem seus trabalhos.

– Na verdade, vocês são muito fascinantes – admitiu Henry, esfregando as mãos. – Vocês todos viram as lâminas? – perguntou.

Todos assentiram. Os Rusakova começavam a se coçar novamente.

– Posso olhar mais uma vez? – perguntei.

– É claro – respondeu Henry, com bochechas cada vez mais rosadas. – Qual primeiro?

– Huuum...

Ele as juntou e as amostras de sangue se entrecruzavam entre as duas lâminas, misturando-se.

– Eca – disse eu. – Ei, Max, você e eu juntos somos nojentos.

– Se você diz... – ele resmungou.

Uma mulher ali por perto tirou o lápis do cabelo, deixando-o solto e, em seguida, lançou um sorriso para Max. Como se ele fosse seu almoço.

– Ai, ai... – disse o homem.

*Exatamente o que eu estava pensando.*

Olhei pelo microscópio.

– Huuum. – Coloquei a outra lâmina. – Ceeerto. É, essas lâminas estão ruins.

Henry deu uma olhada e secou as gotas de suor que de repente brotavam em sua testa. – Nossa! Que estranho...

Alexi entrou entre nós para dar uma olhada antes que Henry retirasse bruscamente as lâminas.

– Acho que chegou a hora da visita, certo, Frederick? – Henry perguntou ao guarda próximo à porta.

O homem concordou.

– É claro, doutor. Vamos lá.

No fundo do escritório, uma última porta se abriu com o toque do guarda.

Esbarrei em Max, sem me dar conta de que ele tinha parado na minha frente. Aliás, os Rusakova haviam formado uma muralha mais-do-que-humana diante de mim.

– Que...?

Ninguém respondeu. Os Rusakova estavam paralisados por algo um pouco além do meu ângulo de visão. Eu me abaixei, fui até a lateral, fiquei na ponta dos pés. Não consegui nem mesmo vislumbrar o que os havia deixado congelados, pasmos, com uma respiração rasa e rápida.

Finalmente consegui me enfiar entre Pietr e Max, teimosamente empurrando meu próprio corpo para frente até que eu pudesse ver. E enfim consegui fazer parte daquela fileira. Em silêncio e com o coração partido, deslizei minha mão na direção da mão de Pietr. Apertei-a, buscando apoio. Ele se afastou. Embora lentamente.

Diante de nós havia um enorme cubo de vidro. Seis metros de comprimento e a mesma metragem de largura. Era um cubo claro, criado para que seu habitante não tivesse privacidade. Se a criatura ali dentro estivesse exposta em um zoológico, talvez eu não pensasse tanto nisso. Mas o que vivia dentro daquela gaiola era a mãe de Pietr. Em um canto da casa de vidro havia uma pequena cama; no outro, alguns livros espalhados. No terceiro canto, aos fundos e à esquerda, um sanitário e uma pia de aço inoxidável. Não havia privacidade alguma para a mulher vestida com uma blusinha e calça cáquis. Seus cabelos formavam um emaranhado de nós malcuidados, castanhos e ruivos. Sentada no último canto estava ela, de costas para nós.

– Ela costuma fingir que está nos ignorando – afirmou o mais alto dos dois acompanhantes. – Talvez seja um mecanismo de autodefesa? – ele esfregou a mão pelo queixo, olhando com um ar de especulação para os Rusakova remanescentes. Em seguida, fixou os olhos em mim. – Eles ignoram coisas desagradáveis?

– Eles estão ignorando você agora – esclareci.

O homem piscou para mim. Ele limpou a garganta para poder projetar melhor sua voz:

– Você tem visita.

A mãe não esboçou nenhuma reação além de levantar um dedo bastante específico em nossa direção.

Nosso acompanhante riu. Obstinada, segurei o braço de Pietr contra meu corpo para evitar que ele pulasse sobre o homem. Suas costas, eretas de uma forma nada natural, estavam tão duras que seus músculos estremeceram sob meus dedos. Pietr não olhou para mim. Ele estava muito confortável com aquela raiva que corria por seu corpo mais rapidamente do que seu próprio sangue.

– Fique calmo. Eles adorariam encontrar uma desculpa para trancar você aqui também – disse para ele.

Os olhos de nosso acompanhante correram em minha direção, confirmando meu medo. Vi o nó na garganta de Pietr desfazer-se enquanto ele engolia em seco. Ele fechou os olhos por um momento e disse:

– Mãe?

Ela girou tão rapidamente que eu não vi o movimento, mas apenas o resultado. Com o rosto pressionado contra o vidro, a cabeça inclinada para um lado e os dedos abertos na barreira grossa e invisível como se fosse arranhá-la até nos alcançar, ela chamou:

– Pietr?

Sua voz estava áspera, bruta, por consequência do desuso. Seus olhos fixaram-se em Pietr pouco antes de ela gritar seu nome como um grito de guerra.

Ele se aproximou dela dando dois passos enormes. As mãos dele refletiam as dela, achatadas contra o vidro. Como se sua força de vontade pudesse empurrá-lo para dentro. Os lábios da mãe de Pietr se moveram, mas era impossível ouvir suas palavras. Ele apoiou a testa no vidro, seus ombros se soltaram. Toda a raiva saía de seu corpo.

Max e Catherine posicionaram-se do lado de Pietr. Alexi, logo atrás.

Hesitei, subitamente ciente de minhas diferenças, ciente de que eu me parecia mais com os cientistas e seguranças que a mantinham no cativeiro do que com seus filhos selvagens e graciosos. Aquela podia ser minha luta, mas não minha família.

Minha mãe tinha falecido. A mãe deles estava viva. E presa.

Abaixei minha cabeça e entrelacei os dedos da minha mão, decidida a esperar enquanto eles tentavam comunicar-se com um familiar que acreditavam estar há muito tempo morto.

– Jess.

Pietr olhou em minha direção, fazendo um sinal com a cabeça para que eu fosse até lá. Meu coração parou quando vi sua expressão. Tentei me manter calma. Não para correr até ele. Para respirar.

Cabisbaixa, aproximei-me deles. Nervos à flor da pele, insegura de como agir perto de uma mãe que também era lobisomem. Assim que o pensamento se formou, percebi a falha em minha lógica. Pietr era um lobisomem. Max era um lobisomem. Catherine também era. E, na maioria das vezes, eu me esquecia rapidamente desse fato. Com frequência, os traços humanos que compartilhávamos anulavam nossas diferenças.

Cat estendeu a mão e usou um de seus braços para me abraçar, empurrando meu corpo contra o vidro.

– Essa é Jessie – disse Cat.

# Capítulo 25

A mãe dos Rusakova me observou com seus lábios finos e sobrancelhas erguidas. Pés de galinha brotavam em volta de seus brilhantes olhos turquesa. O que no passado eram linhas que se formavam com o riso, agora eram sulcos de preocupação e de raiva. Meu Deus... Ela era tão jovem e, ainda assim, tão velha...

– É um prazer conhecê-la, senhora Rusakova.

Atrás de mim, Max lembrou os seguranças:

– Vocês disseram que poderíamos entrar.

Um dos guardas apertou um botão na parede. Um intercomunicador zumbiu, enviando uma resposta.

– Sim, permita-lhes entrar no cubículo.

Soltei-me do braço de Cat.

– Não, dois entram, três ficam de fora – sugeri. Meu coração pulava. Quão difícil seria não trancar a porta quando tivesse em uma cela todos os lobos que queria?

Cat ecoou minha sugestão.

– Max e eu entraremos primeiro. Depois, Pietr, Jessie e Alexi.

A mãe deles me deu um sorriso, e meu coração pulou.

– Garota esperrrta – disse ela, com palavras fortes, carregadas do sotaque russo e do rosnado de um lobo.

Quatro outros guardas armados entraram na sala como forma de precaução. Alexi e eu olhamos um para o outro. Estávamos fazendo a mesma coisa: cuidadosamente tomando notas mentais. Números, armas, velocidade de resposta.

Eles digitaram um código em um teclado numérico ao lado da porta e um guarda apertou a palma da mão contra a superfície desse teclado. Luzes piscaram, e um alto-falante rugiu "vermelho, vermelho, vermelho", enquanto um fecho se destravou e uma porta quase imperceptível no cubículo transparente se abriu.

Cat e Max entraram, e a porta logo se fechou atrás deles. Eu me apoiava em um pé e depois no outro ao lado de Max.

Pietr já havia me deixado para ficar do lado da porta.

Pude ver abraços e lágrimas. Tatiana, a mãe, puxou a única cadeira e sentou-se. Max, o *bad boy* da família, fungou e caiu aos pés da mãe, jogando os cabelos contra o joelho dela. Tatiana suspirou e brincou com os cachos escuros, acariciando-os como se tivesse todo o tempo do mundo. Cat sentou-se do lado ao outro joelho da mãe, com uma postura rígida e absolutamente alerta.

Cat enxergava o que eu também percebia: estresse, desgaste e a idade arruinando a beleza natural de uma mulher sem sua família. De uma mulher que havia perdido seu amor.

– Quem é ela? – A mãe apontou novamente para mim.

– Mãe – Cat levantou a voz. – Eu disse que ela se chama Jessie.

Olhei para Alexi.

– A demência senil começa cedo na nossa espécie – ele murmurou.

– Não sou senil, Alexi – gritou a mãe. – E posso ouvir muito bem. Quero saber quem Jessie rrrealmente é. Quem é ela para minha família?

Tive a impressão de que definir minha ligação com eles *não* era algo que *eu* devia fazer. Afinal, o que eu diria? *Quase namorei seu filho mais novo, mas minha amiga-que-às-vezes-é-uma-louca o fisgou primeiro, então nós só dávamos uns amassos pelas costas dela até que ele se transformou e agora estou saindo com outro cara de Junction High que seu filho parece detestar.*

Isso *não* era uma boa primeira impressão.

Cat simplesmente disse:

– Ela abriu a *matryoshka*.

A cabeça da mãe dos Rusakova moveu-se tão rapidamente que quase saiu do pescoço.

– Ela abriu?

Alexi fez que sim com a cabeça.

– E então...?

– Nada – respondeu Alexi. – Ainda não tenho respostas. Estou confuso.

Tive a impressão de que o assunto era complicado demais para mim. Sobre mim. Cat, Max e Pietr olharam como se também não entendessem. Todos os olhares se direcionavam para Alexi.

– Perrrdas não são aceitáveis – disse a mãe. Seus olhos brilhavam, vermelhos.

– Frequência cardíaca acelerada – anunciou o alto-falante.

– É claro que está – ela rosnou.

– Mãe, estou fazendo o melhor que posso com os recursos limitados – explicou Alexi.

Agora eu tinha certeza de que a CIA também estava cuidadosamente tomando notas mentais, tentando decifrar aquela conversa.

Ela sacudiu a cabeça, deixando seus longos cabelos caírem.

– Eu não duvido de você, Alexi. Independentemente do que você tenha tido de fazer para chegar até aqui.

Com uma expressão claramente atordoada, Max olhou para ela.

– Você sabia? Você *sabe*?

– Alexi sabia que chegaria um momento em que ele teria de tomar decisões difíceis... A vida dele sempre foi cheia de decisões difíceis. – A expressão de Tatiana estava cheia de dor, e Alexi ficou cabisbaixo. – Meu pobre garoto – ela sussurrou. – Ele fez o melhor para proteger vocês, não fez? – Perguntou Tatiana, olhando explicitamente para Max, que, com um piscar de olhos, disse:

– Mas a Máfia...

– Ele telefonou para a Máfia vir buscar vocês? – ela alfinetou. – Ou ele ficou do lado de vocês? Ajudando vocês?

– Você sabe sobre isso?

– Eles conversam – murmurou a mãe, apontando para os acompanhantes e os seguranças. – Fofocam como garotinhas mal-educadas para me irritar. – Os olhos dela brilharam e, em seguida, acalmaram-se. – Você também não deve duvidar de Alexi – ela advertiu seu filho de sangue mais velho. – O simples fato de não compartilharmos uma herança direta não significa que não compartilhamos um legado. A vida é um enigma, não é, Alexi?

– *Da*.

– E falta uma peça?

– *Da*. Uma peça muito importante.

– Então ainda há esperança.

– *Da*. – disse ele, relutante em concordar.

– Sempre há esperança – confirmei, embora não soubesse exatamente em que eles tinham esperança.

Alexi descansou sua mão em meu ombro. Seus dedos tremiam. Ele não fumava desde que tínhamos saído de casa, e o nervosismo começava a aparecer.

– Você precisa parar de fumar.

– Você está fumando? – Rosnou a mãe.

*Loucura*. Ouvidos de lobisomens.

Alexi deu um passo para trás e abaixou a cabeça, envergonhado.

– Você é meu filho, Alexi. Não por sangue, mas por escolha. Nós adotamos você. Eu não vou tolerar um filho meu se arriscando com algo tão mortal quanto...

Eu não aguentava as implicações contra Alexi. Ele estava acabado ultimamente. Antes que eu pudesse me conter, verbalizei o rumor que corria por toda a escola:

– Max está transando com várias meninas!

Ah. *Droga*!

A mãe encarou Max. Os olhos dela brilhavam.

– Frequência cardíaca acelerada – o alto-falante gritou novamente.

Max ficou um tom mais pálido. Não. Três tons.

– Mãe, eu... – Ele caiu contra o chão com a barriga para cima, cobrindo os olhos com o braço. E gemeu.

– Maximilian?

– Mãe, eu... Eu não estou – Max suspirou e lançou um olhar para mim. – Não desde Paris – especificou com uma voz suave.

– O quê? – Pietr, Cat, Alexi e eu perguntamos em uníssono.

Max focou seu olhar em mim.

– Essas coisas que você pressupõe... – Ele riu. – Eu tenho uma reputação. Uma boa reputação – afirmou.

A mãe rugiu, ainda desaprovando.

– Mas eu só flerto! – Max protestou.

– Continuamente – resmunguei.

– E você beija – lembrou Cat.

Ele deu de ombros.

– E apalpa – acrescentou Pietr.

Max sentou-se, encarando o irmão.

– E daí? Você está o tempo todo brigando consigo mesmo porque não pode...

Cat o silenciou com um olhar, correndo seus olhos para mim em seguida.

– O que *você* está fazendo, Pietr? – Perguntou, com olhos estreitos, a mãe.

– Estou me esforçando – ele murmurou. – Isso... – Seu olhar correu em minha direção antes de se distanciarem. – Não é fácil. Não é fácil saber que já estou morrendo e que tentar viver coloca outros em perigo.

Cat se levantou, puxando Max para que também se levantasse. Ela chamou a atenção do guarda.

– Hora de trocar – disse Cat. – Jessie, você também.

Cat e Max abraçaram sua mãe e em seguida, durante alguns momentos tensos enquanto os guardas observavam com suas armas a postos, o alto-falante gritou, as luzes piscaram e mudamos de lugar. Cat e Max encaravam os guardas. Pietr, Alex e eu encarávamos a mãe dos Rusakova.

Ela segurou Pietr e o abraçou, somente se afastando para olhar seu filho no rosto.

– Você não anda dormindo – ela suspeitou. Então, lançou um olhar para Alexi e para mim e perguntou: – Por que ninguém aqui está dormindo direito?

– Estávamos procurando por você – murmurou Pietr.

– Todos vocês? – ela olhou para mim.

– Não mais – Alexi respondeu em meu nome. – Nós, meros humanos, estamos fora de ação.

Ela assentiu com a cabeça.

– Eles gostam tanto de vocês que querem mantê-los vivos. Eu também procurei por vocês – ela se lembrou. – Houve um breve período em que estive livre. Segui o cheiro de vocês até onde pude, em meio a fazendas de criação de cavalo e parques... Mas o rio dificultou as coisas. Encontrei a escola de vocês pouco antes de eles me capturarem outra vez – ela suspirou.

– Era você no colégio naquela noite... – concluí. Sentei-me em estilo indiano e lembrei-me: – Mas na chuva, naquela outra noite? Não era você.

– Por que você precisa abordar *esse* assunto? – perguntou Max. – Eu estava patrulhando. E voltei manco daquele encontro.

Meus lábios se curvaram sobre meus dentes quando me dei conta.

– Quem foi que disse que a resposta lógica para o ataque de um lobo é atacar o animal na virilha com um pedaço de pau? – Ele me perguntou.

Pietr, Cat e Alexi contiveram o riso.

– Desculpa? – tentei.

Ele bufou.

Foi Tatiana quem fez que nos concentrássemos novamente:

– Se você abriu a *matryoshka*, onde está o pingente? – Murmurou, olhando para o meu pescoço. – É esse...?

– Não – respondi. – Esse é o netsuquê de minha mãe.

– Você não deu o pingente para ela? – Perguntou Tatiana a Alexi.

– *Da*. Pietr deu. – Alexi olhou para Pietr, confuso.

Pietr não tinha dito a ele que eu havia devolvido o pingente.

– Pietr?

– Eu dei para ela.

– Dê ele para mim – Tatiana estendeu a mão.

Pietr o retirou do bolso e o passou para sua mãe.

– Isso é seu – disse ela, caindo de joelhos diante de mim. – Você abriu a *matryoshka*. Você é importante para nós.

– Importante como? – Sussurrei. – Eu não sei quão importante sou para a sua família. Vou ajudar como eu puder, pode ter certeza disso. Mas... – Sacudi a cabeça.

Tatiana encostou suas mãos aquecidas em meu rosto.

– Shhh, Jessie – ela me silenciou. – Às vezes não sabemos qual é o nosso papel até que ele apareça diante de nós. E então, tudo o que podemos fazer é nosso melhor para vencer.

Ela se aproximou, prendendo a corrente em meu pescoço.

Olhei para Pietr. A corrente era nova. Mais pesada. Mais forte.

A mãe dos Rusakova olhou para nós dois.

– É melhor vocês todos irem embora... O tempo...

O alto-falante gritou: "trinta minutos, trinta minutos".

– O tempo acabou.

Alguns abraços rápidos, mais algumas lágrimas e estávamos fora do cubículo e (com nossos seguranças armados) a caminho de encontrarmos com Wanda e Kent.

Voltamos ao laboratório, onde Wanda discutia animadamente com Henry.

– E o que eu devo fazer com relação a isso? Espero que não haja trocas de fluidos corporais? Brinque de bobinho com...

O olhar aguçado de Henry a fez parar no meio da frase.

– Caramba! Vou cuidar disso – Wanda lhe assegurou, murmurando. – E entããão... a mamãe ficou feliz em vê-los? – perguntou, olhando para nós e abrindo um leve sorriso.

Max olhou torto por ela ter usado uma forma carinhosa para referir-se a Tatiana.

– Todos nós ficamos felizes por termos a oportunidade do encontro – respondi, apertando o braço de Max. Ele se acalmou com meu toque, embora eu não estivesse certa se ouviria um sermão depois por tê-lo dedurado para sua mãe.

– Ótimo – disse Wanda, animadamente. – Então vamos terminar esse pequeno encontro. Vamos querer uma amostra de medula e de pelo antes do próximo convite. Deixarei que escolham a data. E depois disso, talvez tenhamos de renegociar.

Cat levantou o queixo:

– Renegociar?

– Cat – adverti. – Ela disse *talvez*.

Wanda assentiu. Em seguida, nós a seguimos até a porta como cachorrinhos perdidos. Subindo as escadas, contei os andares. Se tivéssemos de fazer algo drástico, talvez estivesse escuro demais. Contar degraus poderia evitar que tropeçássemos.

Finalmente do lado de fora, Wanda esfregava as mãos para proteger-se do frio.

– Acredito que vocês saibam o caminho para casa, já que moram bem perto – ela murmurou.

*Uau*, eles tinham se tornado arrogantes.

O olhar de Wanda deslizou de Pietr para mim, como se ela estivesse avaliando algum perigo.

– Jéssica, já volto para levar você para casa.

– Não se preocupe – respondeu Max. – Eu levo Jéssica de carro.

Novamente, ela avaliou Pietr com um olhar.

– Aaah. Tudo bem.

Wanda deu de ombros e voltou para dentro daquele lugar.

Atrás de nós, muita coisa tinha feito sentido.

– Não posso fazer isso – murmurou Cat enquanto Max tirava o carro da rua da casa dos Rusakova. A voz dela estava rouca. – Não posso ser como ela tão cedo...

– Cat – insisti. – Você ainda tem anos de vida. Vocês todos ainda têm.

– Não tantos quanto você – disse ela. – Por que eu não posso ser normal... em vez *disso*? – Perguntou Cat. – Tão normal quanto Jessie?

Resisti ao impulso de explicar que *normal* era um conceito relativo e que, naquele exato momento, era tão relativo que não parecia de forma alguma dizer respeito a mim.

Do banco do passageiro, Alexi olhou para trás, para Cat.

– Você é muito afortunada, Ekaterina – disse ele. – Você tem muita coisa que muitas pessoas matariam para ter... E muitos já mataram.

– Eu daria tudo isso para viver uma vida normal e alcançar normalmente minha velhice – insistiu Cat.

Eu não consegui manter minha boca fechada.

– Algumas pessoas normais também não vivem muito. E se você deixasse de lado seus dons, sua habilidade de se curar, sua agilidade, sua impetuosidade maravilhosa e morresse em um acidente aéreo? Ou atravessando uma rua? Esse tipo de coisa acontece, Cat. Não existe uma duração normal para a vida. Existe apenas uma média.

– Talvez simplesmente estejamos destinados a ser assim – acrescentou Pietr. – Selvagens e fortes e... nada mais. Por que não aceitar o que está esculpido em nossa genética e ser tudo o que podemos ser, durante o tempo que podemos ser? Viver a vida de forma impetuosa?

Max virou o carro e entrou na rua da minha casa.

– Viver rápido, morrer jovem – murmurou.

Ele estacionou, e eu não consegui sair do veículo rápido o suficiente.

– E o que você deixa para trás? – Perguntei, enfiando a cabeça novamente pela porta aberta e olhando torto para Max. Meus olhos atormentados mostravam que eu não tinha me atrevido a olhar para Pietr. – E quem você deixa com nada além de lembranças suas? Quantos corações você fere quando se arrisca demais e morre jovem demais?

Bati a porta do carro e segui para dentro da minha casa.

# Capítulo 26

– Aquele seu garoto está ao telefone – disse meu pai, segurando o aparelho em minha direção.

– Quem?

– Derek-O-Cara-Jamieson – gritou Annabelle Lee.

Peguei o telefone.

– Oi.

– Oi. Eu estava pensando em você.

– Ah – eu subia a escada correndo. – Que bom – tirei violentamente meus tênis e minhas meias, segurando o telefone entre o ombro e o rosto.

– Sua festa é amanhã à noite – ele lembrou.

– Está mais para festa de Halloween dos Rusakova.

– Tentando dar uma de difícil?

– Não. Estou cansada. As coisas têm andado muito estranhas por aqui nos últimos tempos. – Tirei o coelho netsuquê e deixei o coração âmbar. – Estava pensando em não ir à festa.

– Você não pode fazer isso. Sem você, não seria uma festa. E parece que vai ser *a* festa. Claro que não vai ser como aquelas que fazemos em Hill, mas certamente será algo. – Um longo silêncio se instalou. Tirei minha calça jeans e coloquei a calça do pijama. A voz de Derek se tornou mais profunda, mais focada. – Eu poderia ter feito uma festa para você.

– Meu pai não teria permitido.

– Ele acha que estou tentando conseguir algo em troca das minhas boas ações?

Fiz uma pausa, puxando minha blusa. Quando eu tinha mencionado isso para ele?

– Ele acha que você está tentando conseguir alguma coisa comigo, sim.

– Só quero o que você quiser me dar – afirmou.

– Huuum. – Quase deixei o telefone cair quando tirei minha blusa e desabotoei meu sutiã. – Espere aí. – Abaixei o telefone, olhando para minha camisa xadrez. Passei-a pelo pescoço e peguei o telefone novamente.

– Você está se arrumando para dormir – disse ele com uma voz rouca.

Virei-me na direção da janela, quase esperando ver Derek pendurado ali.

– Huum, sim. Acertou.

– Então é melhor eu deixar você ir – disse, suspirando. – Pego você amanhã para irmos à festa. Por volta das seis?

– Na verdade, eu vou com Amy e Marvin.

– Está bem. A gente se vê lá. – Derek fez uma pausa. – Sonhe comigo.

– Boa noite.

Na manhã seguinte, uma Mercedes polida estacionou na frente da minha casa enquanto eu secava as últimas louças do café da manhã. Só podia ser da família de Derek. Mercedes não era algo que víamos o tempo todo em Junction.

Hunter e Maggie ficaram loucos quando Derek saiu do carro com um buquê de flores. Hunter até mesmo redescobriu seu alfa interno e rosnou.

Eu os afastei da porta.

– Você está adiantado. Horas adiantado.

– Rosas – disse ele, abrindo a porta de tela e entrando em minha casa enquanto eu colocava os cachorros para fora. Hunter logo encontrou a Mercedes e batizou as rodas. Ele deve ter achado melhor marcar o território. – Pensei em muitas coisas ontem à noite – disse Derek, caminhando na direção da cozinha. – Vaso?

– Huum, sim. – Tirei de debaixo da pia o único vaso de vidro que tínhamos. Estava empoeirado, pois não era usado já havia algum tempo. Estendi o braço para enxaguá-lo, mas Derek o tomou de mim, firmemente tirando minha mão da torneira.

Peguei a tesoura da cozinha e comecei a cortar as hastes.

– A propósito, elas são lindas.

Ele sorriu.

– Pensei em quantas vezes as garotas realmente celebram seu 17º aniversário. Não deveríamos dar mais atenção a essa data? Está bem, sei que isso é um paradoxo ou algo assim – ele deu de ombros. – Então, telefonei para o seu pai hoje de manhã. Sim, na fábrica. E não, o fato de eu ter telefonado não vai gerar problemas para ele.

Eu permaneci em silêncio.

– Eu conheço pessoas, lembra? – Continuou Derek.

Era difícil esquecer.

– Eu perguntei se poderia estar com você. Durante o dia todo.

– Uau.

– Ele disse que sim.

Duas vezes "uau".

– Como já é quase meio-dia e você fez suas tarefas... – ele lançou um olhar para mim em busca de uma confirmação.

– Fiz. Todos já estão alimentados, já verifiquei a água. Eles precisam ficar bonitos nos próximos dias, por isso estão soltos no pasto. E nada de esterco.

– Nada de esterco – disse ele, contendo o riso. – Vamos começar almoçando. E faremos mais algumas coisas que estão na minha lista.

– Você tem uma lista? – Derek nunca me passou a impressão de ser uma pessoa que fazia planos.

– Tenho o dia todo planejado hoje, minha querida – disse ele, inclinando-se para me beijar.

– Não me chame assim – ordenei, afastando-me quando seus lábios se encostaram aos meus. – Não sou querida de ninguém.

Derek encolheu os ombros.

– Está pronta?

– Sim, só vou pegar minha fantasia. E me trocar...

– Claro.

Ele colocou as mãos para trás, balançando o corpo e assobiando comicamente enquanto eu subia a escada.

Peguei meu vestido para mais tarde. Maldita princesa Buttercup. Meu Homem de Preto provavelmente tinha feito outros planos, já que não estávamos juntos. Enquanto eu tirava a blusa que usava para fazer meu trabalho e retocava meu desodorante, eu me perguntava o que Pietr estaria fazendo. Ao mesmo tempo, porém, tentava não encontrar respostas para essas perguntas. Estava vasculhando meu armário em busca de uma muda de roupas quando a porta do meu quarto se abriu.

Derek entrou.

– Desculpe. Pensei que eu poderia levar sua fantasia. Ainda não está pronta?

– Huuum. – Bastante ciente de que tudo o que eu usava agora era meu sutiã e calça jeans, enfiei a primeira blusa que vi na frente e quase feri meu olho quando o cabide bateu em meu rosto.

A mão de Derek segurou o cabide. Sua respiração aquecida batia contra minha bochecha.

– Cuidado! – Ele se aproximou muito rapidamente. Com uma velocidade anormal. Meu coração acelerou.

Derek focou o olhar no pingente âmbar com o qual eu dormia, mas não disse nada.

– A fantasia está na cama – apontei.

Ele soltou o cabide e se virou para pegar o vestido.

Enfiei a blusa, observando-o.

– Agora me dê licença, preciso terminar de me trocar.

– Desculpa, mais uma vez – ele sussurrou. – Vou esperar no carro.

– Boa ideia.

Assim que tive certeza de que ele tinha saído, deixei minhas perguntas de lado e tirei minha calça jeans suja, trocando-a por uma nova. Desci as escadas e rascunhei uma nota para Annabelle Lee.

*A. L.,*

*Encontro inesperado com Derek. O pai aprovou. Saí para comemorar meus 17 anos. Volto à noite, depois da festa na casa dos Rusakova.*

Chamei os cachorros para dentro e fechei a porta.

Derek esperava do lado do carro, como prometido. Com ares de conquistador, ele abriu a porta para mim e, após sentar-se ao meu lado, acenou com a cabeça para o motorista.

– Princesa Buttercup – disse ele, casualmente.

– É... É bem isso – comentei, confusa.

– Grandes mentes pensam da mesma forma. – Inclinando-se na direção do banco do passageiro enquanto eu colocava o cinto de segurança, Derek puxou uma calça de couro e uma camisa de cetim preta.

Afinal, o Homem de Preto faria uma aparição essa noite. Vendo a expressão em meu rosto, Derek segurou minha mão.

Com a cabeça confusa, pisquei os olhos. Eu estava em uma sala larga, pintada de dourado, azul e branco, cercada por paredes decoradas com bandeiras de Junction High, troféus de futebol e camisas de times. Engoli em seco ao perceber que eu estava sentada no centro. Em uma cama.

Levei minhas mãos aos olhos, tentando limpar o embaçado que persistia em minha visão. Uma camisa de futebol americano com o número doze brilhava na parede. A única palavra acima do número era *Jamieson*.

Minhas mãos agarraram o edredom enquanto eu pensava sobre *o que* seria *ali*. O quarto de Derek. Meu estômago embrulhou enquanto eu tentava entender os acontecimentos.

Sacudi a cabeça para limpá-la, mas gemi quando uma dor intensa invadiu minhas têmporas, deixando-me cega. Havia uma porta na lateral do quarto, uma luz brilhando em volta dela, água caindo. Um banheiro. Lá dentro, Derek assobiava a mesma melodia alegre que assobiara em minha casa.

No criado-mudo, um telefone com formato de bola de futebol americano descansava sobre sua base. Peguei o aparelho e digitei alguns números.

– *Allo*?

– Max – sussurrei. – Preciso de uma carona.

– Jessie? Que número é esse de onde você está ligando? Onde você está?

– Huuum... Em um quarto. Na colina.

Do outro lado da linha, ouvi uma porta bater.

– Com *ele*?

Ele deve ter ouvido quando fiquei sem ar por conta da vergonha.

– Droga. Endereço, Jessie?

– Eu não... – Fui apaixonada por Derek por anos. Mas nunca procurei saber qual era seu endereço ou seu número de telefone. Nunca tive coragem de tentar passar por lá.

Ouvi a porta do carro de Max bater e o conversível rosnar quando ele deu partida.

– É um péssimo dia para rastrear – ele resmungou. – Jessie?

Pude sentir meu estômago dando um nó.

– Sim?

– Fique longe dele. Não deixe ele colocar as mãos em você.

– Está bem.

– Jessie, você me ouviu? Não deixe ele tocar em você.

Com aquele sorriso que formava covinhas, Derek pegou o telefone e o colocou no criado-mudo. E *não* na base.

– Com quem você está conversando, Jéssica? – perguntou com uma voz alta suficiente para Max ouvir. – Alguém vai vir buscar você? – Derek estendeu a mão para mim. Eu me afastei. – Shhh. Tudo bem.

Fiquei trêmula.

– Como eu vim parar aqui, Derek?

– Meu motorista trouxe a gente para cá. Você não se lembra?

Ele agarrou meu pulso e, em minha mente, pude ver imagens de nós dois abraçados no banco traseiro da Mercedes, aos beijos. Mas era estranho... De alguma forma, a imagem parecia distorcida.

– Eu não lembro... – Comecei, mas as visões voltaram para minha cabeça, roubando minhas palavras enquanto ele cobria minha boca com a dele.

Derek esfregou seus lábios sobre os meus.

– Você vai lembrar – assegurou-me enquanto sua mão puxava meu braço para cima da minha cabeça e me empurrava para trás.

Por um momento, pensei ter ouvido, pelo telefone, o motor do conversível dos Rusakova roncar em velocidade máxima. E um palavrão. Em russo. Embora eu não o tivesse entendido, a intenção dele era bastante clara. Mesmo vindo de uma distância considerável.

Em seguida, tudo desapareceu e tudo o que pude sentir foi o calor das mãos de Derek. Como se ele estivesse a quilômetros de distância, pude ouvi-lo dizer em tom sedutor:

– As coisas são tão mais fáceis assim...

E senti algo passar por minha mente. Meu cérebro estava como o fichário Rolodex que o conselheiro Maloy mantinha sobre sua mesa. Girando.

– Interessante – murmurou Derek, passando seus lábios pelos meus. Aquele calor turvava minha preocupação, atenuava meu medo, afastava minha cautela...

Suspirei, afundando minha cabeça no que quer que houvesse atrás de mim, enchendo-a com imagens agradáveis. Fotos de Pietr flutuavam pelo meu campo de visão. Beijos queimavam por todo o meu rosto e meu pescoço.

– Pietr...

Ouvi um resmungo e senti dedos na cintura da minha calça. O botão abriu e uma mão passou por sobre minha roupa íntima.

– Não – adverti.

Os beijos continuaram, agora mais intensos.

– Jéssica – meu nome retumbou na garganta de alguém. Não era a garganta de Pietr. Para ele, eu era Jess.

– Não – insisti, tentando abrir meus olhos para espiar. Havia algo errado... Não era Pietr. Empurrei o peito que estava logo acima de mim. Minhas pálpebras queimaram quando eu tentei abri-las.

– Relaxe... – disse uma voz. Lábios se arrastavam por meu maxilar, enchendo minha cabeça de mel... Pegajoso e doce...

Ouvi uma pancada e pude ver meu mundo rasgar, tomando um foco extremamente agudo. Minha cabeça estremeceu como se tivesse sido aberta por uma britadeira. Com meus olhos arregalados, vi Max estender a mão em minha direção.

– Feche o botão da calça – ele rosnou.

O quê? Meu Deus! Tateei até conseguir fechar o botão.

Em um estilo bastante neandertal, Max pendurou-me em seu ombro. Derek se levantou.

– Nunca mais toque nela – ordenou Max.

Derek apenas forçou um sorriso.

As sensações giravam em minha cabeça... Beijos, toques... uma única palavra...

– Não...

Eu ia vomitar. Eu tinha certeza disso.

O que Derek tinha feito?

Max seguiu até uma porta que se sustentava com apenas uma dobradiça e, tão rápido quanto uma cobra dando o bote, Derek pulou, agarrando meu pulso. Imagens brotavam em minha cabeça, contorcendo-se, tremendo, transformando-se em neblina e evaporando... Roubando meus pensamentos e arrebatando minhas memórias. Algo parecido com um raio sacudiu meu corpo.

Cãibras. Tive um colapso.

Max rugiu, virando-se novamente para Derek.

Meu mundo escureceu.

Em silêncio.

Em meus ouvidos, o oceano, ondas batendo contra a areia, desfazendo o chão que havia sob meus pés.

– Jessie. Jessie. Jes-sie – alguém sussurrava meu nome.

Cobri meus ouvidos.

– Cale. A. Boca.

Meu cérebro, ou o que restava dele, estava em chamas. E dançava e pulava dentro do meu crânio, ameaçando explodir.

– Acorde, garotinha. – Dedos estalavam. – Sai dessa, Jessie...

– Max? – Pisquei e pude sentir a luz do sol esfaquear meus olhos. Fechei-os enquanto gemia. – Onde...?

– Jessie! – Ele sacudiu meu ombro com sua mão enorme e quente.

– Meu Deus, você está falando tão alto... – Meus olhos se abriram e eu agarrei o volante enquanto alguém buzinava para nós. – Fique do *nosso* lado da rua!

Max voltou a atenção para o trânsito.

– Como você está se sentindo?

– Como... – Minha cabeça parecia se entrelaçar, como se meu cérebro tivesse pousado na boca de um buraco negro. – Como se fosse melhor você parar o carro se quisesse que o interior de couro dele continuasse com cheiro de couro.

Nunca tinha visto um Rusakova estacionar com tanta agilidade. Abri minha porta, e a mão de Max soltou meu cinto de segurança. Saltei para fora.

Assim como tudo o que havia em meu estômago.

– Nossa...

Pude ouvir o ranger do couro enquanto Max se inclinava sobre o banco do passageiro e abria o porta-luvas. Ele colocou alguns guardanapos em minha mão trêmula.

Limpei minha boca e cuidadosamente voltei para o carro. Esfreguei as costas da mão contra minha testa.

– Como viemos parar aqui? *Por que* eu estou aqui?

– Do que você se lembra?

– De ter acordado no carro. De ter vomitado na grama.

– *Nyet.* Antes disso.

– Aaah... Derek estava me levando para almoçar. Ele me mostrou a fantasia que usaria na festa. Aaah... A festa, *hoje* à noite...

– E você se lembra de algo depois disso?

Neguei com a cabeça, arrependida.

Max murmurou algo.

– O quê?

Mas Max continuou murmurando:

– ... nunca achei...

– Max, do que você está falando?

Minha cabeça gritava. Por isso, descansei-a em minhas mãos, tentando evitar que ela explodisse em mil pedaços.

Ele me ignorou e abriu o celular. Uma sequência de palavras russas saiu de sua boca. Todas elas altas demais. Percebi que as palavras que formavam a resposta estavam na mesma língua. A voz de Cat.

– *Da*, limpou. Ele pode...? Merda!

– Cat vai falar um monte se você não parar com esse linguajar – avisei. *Ow.*

– *Nyet*, está tudo bem com o cheiro dela.

Eu tinha certeza de que *não* estava nada bem com meu cheiro. Não depois daquele festival de vômito.

– *Nyet*, Cat. Ele não... *Nyet*. Eu acabaria com...

Cat disse mais algumas palavras em russo.

– *Nyet.* Vou levar ela aí para casa – vociferou Max.

– O quê? – perguntei.

– Precisamos conversar, Cat. – Max desligou o telefone. – Feche o cinto – ordenou, verificando o retrovisor.

– Caramba, Max. Posso não me lembrar de como fui parar lá, mas não sou nenhuma idiota. O que está acontecendo?

Ele jogou seu corpo sobre o meu e fechou a porta.

Minhas mãos brigaram com o cinto de segurança até que finalmente consegui fechá-lo. Imagens passavam por minha mente. Derek e eu abraçados e nos beijando no banco traseiro da Mercedes. Não. Impossível. Esforcei-me para examinar mais de perto aquela memória. Algo estava fora de lugar. A perspectiva? Eu via mais a mim mesma do que via Derek. Era como se *eu* fosse Derek. Como se a memória fosse... Segurei minha cabeça ainda mais forte esperando poder conter uma explosão.

Meu estômago revirou quando me dei conta. Eu *nunca* ia a lugar nenhum sem o cinto de segurança.

– Pare – pedi enquanto ele se preparava para colocar o carro de volta no trânsito. Minha cabeça estava prestes a se partir. Como um melão maduro demais. Abri a porta e logo vomitei mais uma vez.

– Max – murmurei. – Preciso saber o que está acontecendo.

– Aqui, beba um pouco disso.

Ele me passou um Gatorade.

Fiz um bochecho e cuspi um pouco do líquido antes de bebê-lo. Dei alguns goles e rosqueei a tampa novamente.

Com uma voz fria e calculada, *cautelosa*, ele disse:

– Você saiu com Derek. Comeu alguma coisa e começou a passar mal. O idiota não sabia o que fazer, então ele ligou para eu ir buscá-la. Ele sabe que eu dirijo e que nós somos amigos.

Max lançou outro olhar para mim.

– Olhos na estrada – lembrei.

Ele obedeceu.

– Jessie, intoxicação alimentar acaba com a gente... – A mandíbula de Max mexeu sem produzir som. – Derek é egoísta. Duvidoso. – Ele abriu novamente a boca e a fechou antes de, com uma carranca, dizer: – Jessie, você precisa ficar longe de Derek. Por mim.

– Max... – O relógio no painel acendeu cruelmente. – Minha consulta! Como eu pude esquecer?! Eu preciso ir para a terapia. Se eu não for...

Ele concordou duramente com a cabeça, fez um retorno completamente ilegal e não disse sequer uma palavra mais enquanto me levava para o consultório da Dra. Jones.

# Capítulo 27

– Você tem dormido bem? – perguntou a Dra. Jones. Sua voz saltitava por meu crânio esburacado. *Alta*.

– Não – murmurei. – Continuo tendo pesadelos.

– Mmhmmm.

Ela anotou algo em sua maldita prancheta. Também alto.

– Seu pai está preocupado.

– Eu sei.

– Ele está mais preocupado desde que encontrou a arma. – Senti minha cabeça saltar e estremeci.

– Do que você está falando? – O desconforto se arrastou por meu estômago, dando nós em meu intestino.

– Da arma que ele encontrou debaixo do seu travesseiro.

Na única vez em que meu pai me esperava na lavandeira, não tinha passado pela minha cabeça que já não havia uma arma sob meu travesseiro. Eu era nova demais em toda essa coisa de ser evasiva.

– Você tem medo de alguém?

Dessa vez, mexi a cabeça lentamente, mas ainda me sentia bastante desorientada para olhar diretamente para ela.

– Não.

– E por que você dormiria com uma arma debaixo do travesseiro?

Pensei. *Muito*.

– Eu sou atiradora e participo de competições. Peguei essa peça emprestada. Uma técnica de treinamento antiga inclui manter a arma em mãos praticamente o tempo todo para se familiarizar com ela. Como acontece com os policiais que usam coldres mesmo quando não estão em serviço. – Fiquei em silêncio por um instante. – Meu pai disse de onde veio a arma?

– Ele confirmou que uma amiga da família, Wanda, emprestou uma arma para você. Para uma competição – a Dra. Jones prendeu a caneta na prancheta, franzindo a testa. – Nossa mente é uma coisa incrível. Ela explica de formas estranhamente lógicas as coisas que incomodam profundamente outras pessoas. Seu pai pode aceitar suas desculpas. E devo admitir que não sei muito sobre a subcultura da competição de tiros. Mas também não estou certa de que esse é o único motivo para haver uma arma sob seu travesseiro – disse, franzindo a testa. – Você quer se ferir?

– Não. Estou tentando entender as coisas, levar uma vida mais normal.

Anotações, anotações.

– O número de suicídios em nossa área aumentou muito nos últimos tempos – ela comentou.

– Os suicídios na linha do trem. Sim, eu sei. E, ainda assim, aqui estou eu. Feliz por estar recebendo aconselhamento. Não deveríamos nos concentrar em uma expressão mais saudável da minha dor?

Anotações.

– Você parece meio desorientada. Anda bebendo?

– Já tenho muito poucos neurônios para desperdiçá-los com prazeres temporários.

Anotações.

– Drogas?

– Simplesmente escreva "ver resposta anterior". A mesma filosofia se aplica. Veja bem, eu tive um almoço realmente nojento. Com direito a uma intoxicação alimentar de proporções épicas. Isso acabou comigo.

– Eu gostaria de colher uma amostra de urina.

– Me dê seu copo de café.

Anotações, anotações, anotações.

A Dra. Jones se levantou, seus saltos batucavam um ritmo contra o chão. Empurrando um copo plástico contra minha mão, ela disse:

– No final do corredor, à sua direita.

Saí me arrastando, encontrei o banheiro e fiz xixi no copo. Fiquei por ali mais alguns momentos, descansando minhas mãos na pia gelada e observando minha imagem no espelho... Jogada de volta em minha própria direção sob uma forte luz fluorescente.

*Nada* boa.

Havia locais em que poderíamos esperar ver lâmpadas fluorescentes penduradas sobre espelhos. Locais como o inferno ou banheiros de escolas públicas (afinal, eles tinham várias características em comum) ou corredores subterrâneos da CIA. Mas não em um lugar onde se esperava melhorar a imagem que as pessoas tinham de si mesmas. Ali, de pé, minha cabeça não passava de uma enorme bagunça.

Era essa mesma dor que eu sentia quando Amy tinha me encontrado vomitando pesadelos e flashbacks no banheiro. A intoxicação alimentar provavelmente só fez os efeitos se acumularem. Eu não me lembrava de quase nada entre os momentos em que Derek me pegou em casa e o momento em que me despedi do meu almoço do lado do carro de Max. Era... Confuso. Até mesmo discutir com Max... Ele estava discutindo com Cat enquanto dirigia? *Nada seguro!* Até mesmo essa memória era como olhar para uma pintura que alguém manchou antes de ela secar. Como se eu tivesse batido meu cérebro contra meu crânio com tanta força a ponto de praticamente não ter sobrado nada.

Talvez eu devesse simplesmente ir para casa e dormir.

Mas a festa... Todo mundo estaria lá. Seria péssimo não comparecer à minha própria festa de aniversário.

Eu merecia me divertir um pouco. E ainda tinha algumas horas para me recuperar. O que a enfermeira tinha sugerido da outra vez? Biscoitos salgados e refrigerante de gengibre? Eu daria um jeito. Reidratar, relaxar e me preparar para a festa. Uma frase se alojou em algum lugar entre meu cérebro e meus lábios: "Vou descansar quando eu morrer", pensei. A dor que eu sentia em minha cabeça poderia ficar para amanhã. Relembrando as palavras de Pietr, olhei para mim mesma no espelho. "Viver a vida de forma impetuosa", insisti com meu reflexo.

Ao final da sessão, senti minha cabeça leve, meu humor havia melhorado e meu estômago já estava mais calmo. Tudo estava melhor.

Saindo do consultório em direção ao estacionamento, parei e tentei lembrar o que eu tinha discutido com a Dra. Jones. Algumas partes vagas da conversa gaguejavam em minha cabeça. Cansaço. Só podia ser isso. Ficar doente de forma tão repentina me deixava cansada.

– Ei, Max. – Lancei o melhor sorriso possível.

Sob o sol da tarde, o vermelho estonteante do conversível dos Rusakova se tornava ainda mais brilhante. Max parou onde estava e, polindo o para-choque, lançou uma carranca para mim.

– Você limpou o carro inteiro enquanto eu estava sendo questionada e torturada?

– Eu me mantive ocupado. Isso me impede de pensar demais nas coisas.

Eu jamais imaginaria que Max correria *esse* risco.

– Bom saber. Eu pensei que você estivesse trabalhando tanto por estar estimulado a fazer alguma coisa.

Ele inclinou a cabeça, estudando minha expressão.

– Você está bem?

– Muito melhor. A sessão foi boa. Empolgado com a festa de hoje à noite? – pensei alto quando vi minha fantasia na parte de trás do carro.

– Por que você acha que preciso estar empolgado com alguma coisa para trabalhar duro?

– É que eu nunca vi você tão *envolvido* com alguma coisa. Além de ir atrás de garotas. – Esfreguei meus olhos e dei de ombros.

Segurando a estopa, Max me observou.

– Você está bem – murmurou. Como se aquilo fosse uma surpresa.

– A terapia liberta. Talvez seja realmente como algumas garotas dizem.

– O quê? – ele apertou os olhos... intensamente.

Eu tinha usado a palavra favorita de Max mais uma vez.

*Garotas*.

Ele abriu a porta para mim e logo lançou a pergunta:

– O que as garotas dizem?

– Que os garotos que estão... *frustrados* – provoquei com minhas bochechas pegando fogo por conta do meu atrevimento – Ficam com tesão.

Ele bateu minha porta e foi até o banco do motorista. Pensei ter ouvido Max murmurar algo como "Ela está bem" enquanto entrava no carro. Ele olhou novamente para mim, abrindo um sorriso:

– Então, se eu cuido da aparência do carro eu estou *com tesão... frustrado*?

– Você está? Coçando por alguma coisa?

– Por que, Jessie? – Ele rugiu. O Lobo Mau estava de volta. E sorrindo. – Você conhece uma garota que quer coçar para mim?

Eu me afundei no banco. Cada centímetro da minha pele pegava fogo.

– Menos, garotão – murmurei.

Max caiu na gargalhada.

– Talvez a ruiva boazuda? Amy?

– Namorando Marvin – lembrei-lhe.

– Ah, é – disse Max, franzindo a testa. – Estava pensando em mudar essa situação.

– Não mexa com Amy – avisei. – Ela parece estar feliz.

Ele solenemente concordou com a cabeça.

– Às vezes, Jessie, as coisas não são exatamente o que parecem.

*Olha só quem fala. Um lobisomem.*

Max colocou o carro em movimento.

Envolvendo meus ombros com o braço, Max me guiou até a sala de jantar dos Rusakova e puxou uma cadeira.

– Sente-se.

Eu me sentei.

– Ekaterina! – Ele rugiu.

– Estou falando sério – Cat discutia no andar superior. – Eu não me importo com quão desconfortável isso vai deixá-lo. Você vai fazer sua parte nisso. Esse é o caminho que *você* estabeleceu para nós.

– Ekaterina!

– *Da*! – Percebi alguns movimentos nos andares superiores da escada. – Estou falando sério. Arrrrume-se – ela advertiu. – Já estou indo! – vociferou, correndo pelas escadas. Cat parou à porta e enrijeceu o corpo, puxou um cacho rebelde de volta para o lugar e recuperou a compostura. E sorriu para mim. – Jessie – Cat me cumprimentou com um grande abraço e uma... *Cheirada* apressada?

Ela agradeceu Max.

– *Da*, você está bem.

– O que você disse? – Max lançou um olhar para a escada.

– Nada, só que ele deve agilizar. Agora.

– Oi – disse eu. – Estou aqui e, ainda assim... De alguma forma não estou participando da conversa.

Alexi entrou na sala, ouvindo minha reclamação com os braços cheios de livros.

– Bem-vinda ao clube – reclamou, colocando a pilha no chão.

– Nossa! O que é isso, Alexi?

– Os diários do meu avô.

– Sério? Então aí tem informações sobre...

– Sobre a criação deles? – Alexi confirmou com a cabeça. – Quer dizer, mais ou menos. Falta um volume.

– Deixe-me adivinhar... *O* volume.

Cat inclinou o corpo na minha direção e murmurou:

– Como você está, Jessie?

– Bem. Fora o episódio da intoxicação alimentar, tudo bem.

Alexi continuava divagando, folheando as páginas do diário.

– *Da*. Buscando as informações para encontrar uma cura...

A última frase atraiu totalmente minha atenção.

– Você acha que é possível?

– *Da*. Mas leva mais tempo do que nós temos – ele admitiu.

– Está vendo – murmurou Cat atrás de mim. – Ela está bem. *Tábula rasa* pode ser uma bênção – assegurou.

– Ignorância é felicidade? – perguntou Max.

– Para que sacudir o barco e inventar problemas?

Max imitou o tom de voz de Cat:

– Por que o barco pode afundar com o capitão errado ao leme.

– Agora sabemos que não é nada que não possamos aguentar. Fique entre eles – insistiu Cat.

– Entre eles? – suspirou Max. – Você entende o que está pedindo para eu fazer?

– Claramente. E já pedi ainda mais do que isso para Pietr.

– É por *ele* que ela está aqui.

Fiquei louca.

– Veja bem... Quero saber o que vocês estão falando que eu não entendo. E o que estão falando pelas minhas costas – virei-me para olhar para eles, segurando o encosto da cadeira. – Sejamos claros com relação a algumas coisas. Eu não estou aqui por causa de Pietr. Não mais. Talvez eu estivesse aqui por causa dele no começo, mas está muito claro que isso não é o que ele quer. E o que eu quero... – Senti minha garganta apertar. – Estou aqui para ajudar sua família, se eu puder fazer isso. Digam o que vocês têm a dizer.

Cat beijou minha testa.

– Você sabe tudo o que precisa saber. Não há nada a ser dito.

Pisquei.

Max olhou na direção das escadas.

– Venha – disse Cat, segurando suavemente minha mão. – Vou descolar alguns biscoitos para você. Depois, você fica descansando enquanto fazemos a decoração. Intoxicação alimentar pode ser algo devastador.

Embora eu tivesse protestado, Cat me passou um prato com biscoitos, colocou refrigerante de gengibre em um copo e me fez sentar na cama. Fiquei desajeitada por um momento enquanto me afundava naquele marshmallow rosa gigante decorado com renda.

– Coma, beba e descanse um pouco. Tudo fica melhor depois de uma soneca.

– É sério, Cat. Eu estou bem.

Ela sorriu para mim.

– Eu sei, Jessie. Só quero que você se divirta muito na sua festa. E já que Derek não vem...

– Espere aí. Como assim?

Um dos motivos que levaram meu pai a me deixar ir à festa na casa dos Rusakova era o fato de Derek estar me acompanhando. E não Pietr.

Ela estudou minha expressão e então olhou em meus olhos como se eu refletisse o sol.

– Um cara que deixa você no carro de um amigo... Quando sabe que você está passando mal... – Ela sacudiu a cabeça. – Momentos como esse dizem muito sobre o homem que ele vai se tornar. Derek não vai ser um homem digno de ficar com você.

Dizendo isso, Cat deixou o quarto e fechou a porta.

Encarei a porta por um logo período antes de morder os biscoitos de água e sal e beber o refrigerante. Finalmente, entreguei-me. Afundando meu corpo no colchão extremamente macio de Cat, fechei meus olhos.

Quando acordei, lutando para me levantar da cama rosa e macia e sair do quarto de Cat, as coisas haviam se transformado. Teias de aranha de mentira se dependuravam em todos os cantos. Luzes alaranjadas, roxas e vermelhas piscavam no andar de baixo, dando um brilho assustador ao local enquanto fumaça saía da base da escada. De algum ponto escondido vinha o retorno e os ruídos de um sistema de som que estava sendo testado.

*Uau!*

– Você acordou! – exclamou Cat. – Como está se sentindo?

– Ótima. Está tudo... Incrível, Cat.

– *Horashow.* Os convidados logo vão começar a chegar – disse ela. – É melhor irmos nos vestir. Você – ela olhou para mim – precisa de um banho.

Cat me acompanhou até o banheiro.

Abri o registro com formato de pé de palhaço sobre a banheira (será que eu era a única a ver um pé de palhaço aqui?) e ouvi Cat novamente do lado de fora.

– *Da*, eu sei que ela está com o cheiro dele.

Pietr. Resmungando. Em seguida, Cat:

– Você vai ter que tomar uma decisão, irmão. Antes que seja tarde demais. Você já forçou muito a barra com ela. Diga a verdade.

A ideia de que Pietr estava mentindo era risível. Pietr simplesmente não me queria. Ainda assim, a esperança se agarrou com força a meu coração vacilante quando cogitei a hipótese dePietr estar mentindo.Quão tortuosa era *essa* esperança?

Com Pietr escolhendo Sarah e Max e Cat decididos a me manter longe do meu namorado egoísta e que aparentemente não conseguia escolher sequer um bom almoço, parecia que eu iria sozinha à minha própria festa.

Feliz aniversário para mim. *Que ótimo!*

Entrei na banheira, puxei a cortina e, sem querer ouvir mais nada, deixei a água do chuveiro cair sobre mim.

# Capítulo 28

– Você está linda! – exclamou Cat, vendo-me em minha fantasia. – Princesa Buttercup no dia do casamento.

Estremeci com a avaliação de Cat e murmurei:

– Princesa Buttercup no dia de seu resgate.

Cat assentiu com a cabeça, passou a mão sobre a manga do vestido azul-claro e ajustou a gola, ajeitando-a ligeiramente.

– Hora de cumprimentar os convidados junto com Max. – Cat estendeu a mão e mexeu rapidamente na coroa de pérolas falsas que enfeitava minha cabeça. – Pronto – anunciou. – Mais uma coisa: seu presente.

– O quê?

– Esse é o seu presente de aniversário. Presente.

– A festa é o meu presente, Cat – protestei.

– É um presente de todos nós, *da*. Mas... – ela olhou pelo corredor. – Pietr!

Ele lentamente saiu de seu quarto, e o ar ficou preso em minha garganta. Com calça jeans preta, coturno, uma camisa no estilo elisabetano e uma bandana preta em volta da cabeça, Pietr deixaria qualquer pirata no chinelo. Meu Homem de Preto. Não, lembrei-me no mesmo instante. Ele já não era meu.

Pietr carregava algo retangular e grande, embrulhado com a precisão de alguém que tinha olhos para todos os detalhes.

Ele levantou o olhar e, ao me ver, hesitou. Por um instante, achei que o peito de Pietr tinha parado de se mover enquanto seus olhos passaram rapidamente de azul para vermelho e novamente para azul.

– Seu presente de aniversário – disse, piscando um olho.

– Obrigada.

Aceitei-o, esfregando minha mão na mão de Pietr; faíscas voavam apenas com o toque. Senti meu estômago despencar. A eletricidade que eu ainda sentia quando estava perto de Pietr fez meus nervos gritarem e meu peito doer no lugar onde certa vez houvera um coração. *Coração idiota. Garota idiota.* Deslizei meus dedos por sob a fita e puxei um pôster emoldurado ali de dentro. Virei-o para mim.

– Uau!

Na moldura preta e simples havia uma ilustração de uma garota com traje tradicional russo se arrastando por uma floresta escura. Iluminando seu caminho estava a mais assustadora das tochas: sobre um pedaço de pau, as órbitas dos olhos de um crânio brilhavam.

– É um trabalho de Bilibin – explicou Pietr. – *Vassilissa in the Forest*. Ele era um ilustrador renomado de fábulas e de lendas populares russas. E Vassilissa... – ele ficou em silêncio, olhando para mim.

– É a heroína da nossa história preferida – concluiu Cat.

Grudei meus olhos em Pietr e murmurei o único pensamento que eu tinha naquele momento:

– Incrível.

– Vou colocar em algum lugar seguro – anunciou Cat, puxando a imagem da minha mão e deixando Pietr e eu sozinhos na parte superior da escada. Juntos.

– Pietr...

– Não posso fazer isso – disse. Seus olhos estavam vermelhos novamente. – Essa festa... Você...

– Convidados! – berrou Max, da varanda.

– Você precisa ir. A festa é sua. Eu não... – Ele expirou forçosamente, levando as mãos aos olhos e gemendo como se uma dor de cabeça repentina o tivesse acometido. – Eu não estou pronto para comemorar. – Ele se distanciou em direção à porta de seu quarto.

Apressei-me e apertei meus lábios contra os dele tão rapidamente que seus olhos arregalaram, vermelhos em sinal de aviso, enquanto suas narinas dilatavam e ele andava para trás. Seus dedos deslizaram por meu pescoço, prendendo-se em meus cabelos. Pietr me puxou em sua direção e me beijou como se estivesse prestes a me devorar.

– Ah! – eu me afastei. Minha língua queimava, havia sangue em minha boca.

Com os dentes afiados, ele gemeu e entrou no quarto, batendo a porta na minha cara. A chave virou, rangendo junto com meus nervos. Encostei meu ouvido à porta. Ele estava a uma polegada de carvalho sólido distante de mim. E tremendo.

Isso era forma de começar uma festa?

Desci pelos degraus para ficar com Max. Colocando em meu rosto uma expressão falsa, na esperança de parecer que estava feliz. Ele me envolveu com o braço e juntos cumprimentamos os convidados que chegavam à festa. A música estourava dentro da casa, fazendo meu corpo tremer na varanda.

Durante uma pausa em meio à multidão que entrava na casa, Max me perguntou:

– Pietr está no quarto dele?

Triste, confirmei com a cabeça.

– Isso é bom para você? – Questionou ele.

– Por que vocês não me contam a verdade? – Perguntei, mas os olhos de Max se fixaram em alguém que estava na escada.

Antes que eu pudesse pressioná-lo para obter uma resposta, Sarah gritou meu nome. Ela subia a escada e sorriu docemente para mim.

– Veja só – murmurou Max. – Isso não é constrangedor? Vocês duas estão fantasiadas da mesma personagem.

Aparentemente, o fato de Pietr ter alugado alguns filmes educou toda a família. E Max estava certo. Para minha surpresa, uma Princesa Buttercup muito mais delicada olhou em meus olhos, usando um vestido rosa impecável, perfeitamente decorado com filigranas de ouro. Equilibrada sobre seus cabelos loiros estava uma enorme coroa dourada.

– Uau, você está linda – elogiei. E de uma forma sincera. Comparada com Sarah, eu seria reduzida a algo muito mais próximo de Buttercup na fazenda do que de Princesa Buttercup no castelo. Droga. Sarah definitivamente reinava.

– Pietr está no quarto e se sentindo péssimo – expliquei, apontando. – Talvez você possa animá-lo.

Sarah se afastou de mim correndo, levantando ligeiramente a barra do vestido para não tropeçar ao subir as escadas.

Max tirou o braço dos meus ombros e olhou para baixo, na minha direção.

– Talvez eu seja um idiota – ele comentou.

– Acredito que Cat concordaria com isso em alguns momentos.

Ele piscou um olho.

– Você não quer Pietr? Você está triste e ainda assim empurra essa garota para ele... Como se eles devessem formar um casal.

– Ela é minha amiga. Se Sarah faz Pietr feliz, quem sou eu para entrar aí no meio? – Antes que eu tivesse terminado de falar, Max já estava sacudindo a cabeça. – Eu quero que Pietr seja feliz. Talvez eu encontre a felicidade de alguma outra forma.

Como se tivesse sido planejado, naquele exato momento a Mercedes estacionou e Derek saiu pela porta de trás. A luz era refletida por sua calça de couro apertada e por sua camisa de seda preta. Ele estava radiante como um anjo negro. Senti meu estômago se agitar quando ele se aproximou. Minhas mãos transpiravam.

Max passou o braço pela minha cintura, puxando-me para perto dele. O rosnado que brotava em sua barriga me fez estremecer.

Derek hesitou. Um pé no último degrau, um pé na varanda. Ele lançou um sorriso para mim, estendendo a mão em minha direção.

Max se colocou diante de mim. Ele me segurava com uma mão quente, como se temesse que eu pudesse escapulir e correr na direção da Mercedes.

– Volte lá para baixo – disse Max a Derek. – Jessie não quer você aqui.

– Duvido – reagiu Derek, estendendo novamente a mão enquanto dava mais um passo adiante.

– Você precisa de provas de que ela não precisa de você? – desafiou Max. De forma tão suave quanto a seda, ele me afastou mais um passo de Derek, suspirou como se estivesse prestes a realizar alguma obrigação e me envolveu em seus braços. Seus lábios se encontraram com os meus. Max transmitia ordens com os olhos enquanto abria minha boca com a dele. Fechei meus olhos e ele me apertou contra seu corpo musculoso, ajustando meu corpo ao dele. Confusa, deixei que ele me beijasse. Com habilidade. Por um looongo minuto. Quando Max me soltou, olhei para ele, sem fôlego.

Ouvi as palmas vindas de dentro da casa.

– Então esse é o presente da aniversariante? – disse alguém, rindo.

Derek colocou suas mãos de volta ao lado do corpo e olhou furioso para mim. Ele não se atreveria a lançar um olhar furioso para Max.

Ouvi um barulho vindo do corredor e Sarah logo pulou na varanda, com olhos arregalados por conta do espetáculo de Max.

– O presente está na mesa – disse ela, acenando com a mão.

– Sua presença é o meu presente – afirmei para ela.

– Acredite, você vai preferir o que está na caixa – respondeu Sarah. – Pietr não quer sair, e você está bem ocupada – comentou, correndo o olhar para Max. – E festa não é festa sem Pietr – acrescentou. A decepção enchia os olhos de Sarah.

Derek estendeu a mão novamente. Dessa vez, para Sarah.

– Vamos dar uma volta em algum lugar. Como nos bons tempos.

Ela segurou a mão de Derek, olhou para trás e abanou a mão para mim enquanto os dois caminhavam em direção à Mercedes.

– O que acabou de acontecer, Max?

– A pior situação possível? Acabei de irritar um cara muito poderoso quando beijei você.

Bufei.

– Duvido. Jogador de futebol... – Apontei com a cabeça na direção do carro. – Lobisomem... – Sussurrei, batendo contra as costas de Max.

– É. Parece simples assim – ele concordou. – O melhor? Acabei de ajudar você a se livrar de um insuportável e, no meio disso, acabei ganhando um beijo bem decente.

Pensei por um momento. A ideia de terminar com Derek não me chateava tanto quanto a ideia de perder tempo com Pietr.

– Max – chamei, olhando para ele. – Adoro a herança russa que vocês estão dispostos a compartilhar, mas não fico tão feliz com a francesa.

– O quê? – Ele abaixou as sobrancelhas. – Nós não somos franceses.

– Ótimo. Então, da próxima vez que sentir necessidade de me beijar, mantenha a língua dentro da sua boca.

Ele caiu na risada e me levou para dentro da casa.

– Então, onde estão seus outros amigos?

– Hum... Eu vi Sophia passar por mim, mas... Ei!

Amy chegou por trás, dando um enorme abraço em mim.

– Parabéns! Parabéns!

Sorri e a abracei de volta, deixando desaparecer qualquer última dúvida mesquinha sobre ter colocado um fim repentino em meu relacionamento com Derek.

– Ótima festa, Max! – Cumprimentou Amy.

Marvin ficou atrás, observando a conversa entre Max e Amy.

– Faço qualquer coisa por Jessie – ele respondeu, mas seus olhos estavam completamente fixados em Amy.

Amy, que estava vestida de...

– Chapeuzinho Vermelho? – engoli em seco.

Uh-oh!

– A própria! – Ela caiu na risada. Em seguida, deu uma volta para mostrar o vestido e deixou o capuz cair. A capa da fantasia franziu e seus cabelos vermelhos brilhantes se soltaram. Sua blusa curta tinha dupla utilidade: expor o busto e a barriga.

Max ficou boquiaberto.

– Você tem... – ele gaguejava. – Tem um... Uma cesta bem... Com muita fartura.

Aaah... Dei uma olhada. Graças a Deus! Amy realmente carregava uma cesta.

– Duvido que sua avó a deixaria sair assim, Chapeuzinho – comentei, segurando-a pelo pulso e levando-a para outra sala.

Atordoado, Marvin nos seguiu.

– E você, Marvin? Você é...? – Perguntei, lançando um olhar na pele falsa em seus ombros e na máscara que ele segurava sob um braço.

– O Lobo Mau – respondeu, gabando-se.

Fomos para o porão. Max ia provocando as garotas no caminho. A música estava alta, batendo contra meu corpo junto com o calor das pessoas que dançavam. Amy me empurrou para a pista de dança. Max ficava para trás. Eu rapidamente me separei deles na multidão e vislumbrei Cat e Sophia.

Max estava sempre visível, mas ele gostava disso. Ele dançava, apalpava, girava, flertava e todas as garotas o bajulavam. Aquilo era indecente e divertido ao mesmo tempo.

Enquanto a música se tornava mais branda e eu caminhava para fora da multidão, vislumbrei Amy do outro lado da sala. Marvin não estava por perto. O que provavelmente era bom, pois a forma como Amy observava Max passar a mão por Stella Martin... Bem, não seria diferente se Marvin estivesse bem diante de sua namorada. Ele teria se tornado invisível.

Quando eu dava os primeiros passos para cruzar a sala e dizer para minha amiga colocar seus olhos de volta no lugar certo, eu o vi. Marvin. Observando Amy. Observando Max.

Antes que eu pudesse encontrar as palavras para avisá-la, ele a pegou. O olhar de surpresa e de medo no rosto de Amy me fez correr na direção deles. Marvin a puxava pelas escadas, em direção ao andar de cima. Para longe da multidão. Um alarme soou em minha cabeça.

Onde estava Pietr? Ou Cat? Grunhi e apressei-me na direção de Max.

– Preciso de você!

– Finalmente você admitiu – ele gritou de volta, sorrindo.

– Não, idiota! Preciso de ajuda. Agora! – E o puxei na direção das escadas.

Max levantou as sobrancelhas e dilatou as narinas. Sua concentração mudou de foco. Será que ele conseguia sentir o cheiro do medo de Amy? Ele passou por mim enquanto subíamos, acelerando.

Lá em cima, havia algumas pessoas espalhadas pelo corredor, apoiadas nos móveis, dançando com a música que vinha do andar de baixo. Olhei para o próximo lance de escada, mas Max agarrou meu braço e apontou para a sala de estar.

– Lá!

A única porta fechada. Mas isso não faria Max parar.

– Que diabos... – Ele abriu a porta e logo avançou para dentro. Eu o segui, próxima o suficiente para sentir as ondas de calor que vinham dele.

Marvin se virou para olhar para nós, apertando o braço de Amy com tanta força que os dedos dele estavam brancos como o inverno. Sua expressão era igualmente fria.

Amy encontrou uma brecha para olhar para nós.

– Você está bem, Amy?

– Está tudo bem.

Marvin a sacudiu.

– Não olhe para ele!

– Tire as mãos dela – avisou Max. O volume de sua voz aumentava com a ferocidade das palavras.

– É hora de irmos embora, querida – ordenou Marvin, sacudindo--a novamente.

– Não, Marvin – adverti, dando um passo à frente e mantendo uma das mãos em Max. As pontas dos meus dedos queimavam; meus nervos queimavam por conta do contato. – Se você quiser ir embora da minha festa de aniversário, fique à vontade. Mas eu levo Amy para casa quando eu for embora.

Meu tom de voz soava consideravelmente firme em meus ouvidos, considerando o quanto meus batimentos estavam acelerados.

– Solte ela – disse Max, adotando um tom de voz que para um desinformado soaria como uma sugestão, e não como uma ordem.

Marvin soltou o braço de Amy. Ela então arrumou a manga da roupa para esconder a marca que ali ficara.

Meu coração afundou quando percebi que mais gente fazia aquilo. Eu não era a única que andava mentindo sobre as coisas.

Entre dentes cerrados, Marvin disse:

– Vamos, amor.

Ela lançou um olhar para trás de Max e grudou seus olhos no chão mais uma vez. E deu um passo adiante. Obedientemente.

Max virou a cabeça, liberando aquele calor.

Marvin sorriu. Vitorioso.

– Preciso que você fique, Amy – esbravejei.

Ela olhou para Marvin. A mandíbula daquele cara estava tão apertada que veias saltavam em sua linha do cabelo.

– Não me faça escolher – implorou Amy.

Estendi meus braços para abraçá-la, mas ela demonstrou medo ao perceber meu movimento. Demonstrou ter medo de mim. Rangi meus dentes e dei um passo para o lado, para bloquear a visão que ela tinha de Marvin.

– Preciso que você fique.

Os olhos de Amy brilhavam, seu lábio inferior tremia.

– Vamos, querida – esbravejou Marvin. – Não me faça ficar nervoso.

Amy tremia.

Max ficou com a coluna ereta e ergueu o queixo.

– Não faça ameaças.

– Isso deixa Max irritado – expliquei, olhando nos olhos de Amy para acalmá-la.

– E você não quer me ver irritado – declarou Max, cruzando os braços e olhando para Marvin. Olhando para baixo para ver Marvin.

– Não estou ameaçando – recuou Marvin.

– Eu preciso ir – disse Amy.

Com a boca formando uma linha fina e firme, Max levantou uma sobrancelha para ela. Sem verbalizar, ele claramente dizia "não" para Amy.

– A não ser que vocês precisem de ajuda com a limpeza – ela ofereceu.

– Por favor! – pedi.

Marvin se posicionou atrás de mim.

Max o acompanhou.

– Tudo bem – bufou Marvin. – Telefone para mim amanhã.

Ao sair, Marvin esbarrou propositalmente em Max. E esfregou a mão no braço por conta do impacto. Max sequer percebeu a tentativa de agressão. Ele estava fascinado pelo comportamento incomumente quieto de Amy.

– Huuum... – Stella Martin apareceu à porta, levantando uma máscara de plumas para nos observar no quarto.

– Max... Você não quer dançar? Em vez de ficar aí com esse aspecto... de estátua? Vamos lá dar uma sacudida. – Ela deu uma rebolada para demonstrar – Sacudir como uma fotografia Polaroid,[1] se você tiver sorte.

Stella piscou um olho e então sorriu para Max, correndo os olhos por todo o corpo dele. Max sorriu. Parte de sua tensão começava a desaparecer.

– Isso sim é um convite.

Outra garota olhou para o quarto.

– Max... – Ela murmurou, batendo os cílios. – Venha dançar!

Max suspirou.

Coloquei as mãos na cintura e lancei um olhar calculado para ele. As coisas não seriam mais fáceis sem Max.

– Parece que você perdeu o seu colar – comentei.

Ele bufou.

– Prefiro acessórios mais cheios de vida – disse ele, enquanto Stella e a outra garota se aproximavam e se envolviam em seus braços. – Entendeu do que eu estou falando?

Ele deu de ombros, ansioso e aparentemente incapaz de combater o poder de seu magnetismo animal. Outra garota anônima entrou dançando e agarrou a sua mão, levando-o para fora com um movimento tão intenso nos quadris que eu me perguntava como ela ainda não tinha deslocado a coluna. Max olhou por sobre seu ombro para nós. Bem, para Amy.

---

[1] N. T.: Uma referência ao verso "Shake it like a Polaroid picture" da canção "Hey Ya!", do grupo americano OutKast.

A porta bateu quando Marvin saiu e Max olhou na direção do som, curvando a boca em meio à sua satisfação.

Marvin tinha ido embora.

– Vamos! – Gritou Stella.

Ele olhou novamente para nós, especialmente para Amy.

– Vai, cachorro imundo – gargalhei.

Ele fechou a porta que havia entre nós, abafando o barulho da festa.

O corpo de Amy ficou mole e ela se jogou no sofá de dois lugares.

– Que garanhão – disse ela, com nojo. Mas havia algo mais em sua voz. Um anseio parecido com o de Max.

– Sim – concordei. – E então?

– Marvin nem sempre é assim, você sabe – ela se justificou.

– Nem sempre?

– Eu sabia que você não ia entender.

– Qual é?! Ele feriu você, Amy. Ele agiu de uma forma péssima. Fico contente em saber que ele não é sempre assim, mas... – Pisquei. – Essa não é a primeira vez?

A música começou a tocar do lado de fora e os gritos de apreciação sacudiram a casa.

– Vamos apostar. Quem você acha que está sacudindo o bumbum[2] agora? – perguntou Amy, esfregando um grão de poeira com o dedo.

– Tire a blusa.

– O quê? – ela olhou assustada para mim.

– Você me ouviu. Vamos, tire a blusa.

Amy enrubesceu.

---

[2] N. T.: Referência à música "Shake Your Bon-Bon", de Ricky Martin.

– Eu conheço você, minha amiga. Alguns meses atrás você arrancaria a blusa e faria poses se alguém a desafiasse. O que aconteceu desde então?

– Nada importante.

– Se o que acontece envolve você, então é importante. Tire a blusa. Prove que o que eu estou pensando está errado – desafiei.

Em silêncio, ela se levantou. O desgosto brilhava em seus olhos repentinamente molhados.

– Amy...

Ela abriu o fecho do capuz e da capa vermelha, deixando a peça cair no chão. Então, virou-se de costas para mim, inclinou o corpo e puxou a blusa para fora. Os longos cabelos ruivos caíam por seus ombros conforme ela levantava o corpo novamente.

– Caramba!

Por toda a sua pele suave da região inferior das costas e na área ocasionalmente obscurecida pelas alças de seu sutiã de lycra estavam mais de uma dezena de diferentes ferimentos. Todos do tamanho da mão de Marvin, em diferentes tons de marrom, roxo, verde e amarelo. Um verdadeiro arco-íris de fúria desfigurando as belas costas de Amy em uma cronologia de crueldade.

Eu estava tão impressionada que não ouvi a porta abrir.

– Filho da... – Disse uma voz longe.

– Max! – Gritei. Amy tentou alcançar sua blusa.

Mas ele tinha ido embora.

– Preciso... – fazer Max parar. Droga, droga, droga!

– Vai. Vai... – Amy se contorcia colocando a blusa.

– Fique aqui – ordenei, correndo na direção da porta. O nome que sempre estava em minha mente correu direto para os meus lábios.

– Pietr! Pietr! – Eu gritava mais alto do que a música, segurando o corrimão enquanto berrava cada vez mais alto.

Ele pulou do segundo andar, agarrou o corrimão e pousou agachado aos meus pés. Seus olhos brilhavam em meio à luz fraca da festa. Suas narinas estavam dilatadas, verificando o ar.

– Está tudo bem com você?

Balancei a cabeça enquanto recuperava o fôlego e procurava as palavras.

– Seu irmão vai matar o Marvin se...

Ele piscou. Assentiu com a cabeça.

– Pode deixar que eu seguro ele – prometeu Pietr, saindo tão rapidamente pela porta que as cortinas rendadas bateram por conta do rastro de ar.

– Meu Deus... Eu espero que sim – murmurei antes de me virar de costas e ir para a sala de estar com Amy.

A sala estava vazia.

Inferno!

# Capítulo 29

Investiguei por toda a festa; nenhum sinal de Amy. Finalmente encontrei meu celular e achei seu número na agenda. "Atenda, atenda, atenda", entoei sentada na varanda dos fundos da casa dos Rusakova e me perguntando se Marvin tinha morrido, se Max seria preso e por que Pietr não conseguia ficar perto de mim. Pois é. Preocupações corriqueiras.

– O quê?

– Amy! Onde você está?

– Em um táxi.

– Preciso conversar com você.

– Eu preciso de algum tempo para pensar.

– Peça para o táxi voltar. Você pode pensar aqui. Ou na minha casa, meu pai não vai se importar.

– Não, Jessie. Eu estraguei a sua festa. Acho que já fiz estragos suficientes por esta noite.

– Você está indo para a sua casa?

– Não sei.

– Vou esperar por você aqui até a meia-noite. Depois vou para casa. Você pode me encontrar em qualquer um dos lugares.

Silêncio.

– Amiga, estou preocupada com você.

A voz de Amy parecia cortada. Verifiquei como estava o sinal. Tudo bem.

– Eu... Eu vou ficar bem – ela me assegurou. E desligou em seguida.

A festa ficou desanimada sem Max e as garotas brincando na pista de dança. Quando ele e Pietr finalmente voltaram, não perguntei a nenhum deles por que me evitaram e foram se limpar primeiro. Atualizei-os rapidamente e voltei à varanda para me sentar com minhas pernas penduradas.

Max se aproximou. Seus cabelos estavam úmidos. Pude notar sua barba por fazer sob aquela luz amarela.

– *Eezvehneetyeh*, Jessie.

Franzi a testa para ele.

– Sente pelo quê? Por querer acabar com um cara que está abusando da minha amiga? Estou lutando contra o mesmo instinto. Aqui – bati a mão em meu colo e ele descansou a cabeça em minha perna. – Às vezes você é um perfeito cachorro, mas também é incrivelmente leal. – Eu brincava com as curvas negras que obscureciam o rosto de Max. – Você tem um enorme instinto protetor. Marca de um herói.

Fechando os olhos, ele protestou:

– Estou longe de ser um herói.

– Bem, você, Cat, Alexi e Pietr são algumas das melhores pessoas que eu conheço.

– Pessoas – ele riu, emitindo um ruído amargurado. – E é provável que você seja uma das poucas pessoas a nos qualificar dessa forma depois de saber o que nós fazemos.

– É quase meia-noite – disse Pietr, passando a cabeça pela porta. – Ela não vem hoje.

Max levantou a cabeça, agachou-se e, com os olhos brilhando, levantou-se em minha direção, de modo que sua respiração quente aqueceu todo o meu rosto. Em seguida, ele *lambeu* minha bochecha.

– Meu Deus! – Sibilei, limpando meu rosto enquanto ele rolava e pulava, sorrindo.

– Vamos – Max estendeu a mão na minha direção. – Vou levar você para casa.

Pietr ficou observando, escondido.

Na manhã seguinte, dei o feno para os cavalos e telefonei para Max antes de sequer pensar em café da manhã.

– Preciso de uma carona.

Ele não fez perguntas. Eu não ofereci respostas voluntariamente.

Fomos parar em Park Place, um pequeno estacionamento de trailers no limite de Junction.

– Fique aqui – ordenei.

Ele concordou, ligou o rádio e ficou brincando com seu colar enquanto eu saía do carro. Mas senti que seus olhos me seguiam enquanto eu entrava no trailer amarelo e marrom e batia à porta de metal arranhada.

O pai de Amy se aproximou, olhos vermelhos e hálito fedendo a álcool. A fábrica onde ele trabalhava tinha fechado as portas e transferido suas operações para algum país de terceiro mundo que supostamente precisava mais do trabalho do que nós. Olhando para as garrafas de cerveja vazias e pisando por entre pilhas de caixas de pizza, ele cambaleava até a porta. Eu não conseguia imaginar um país de terceiro mundo que fosse pior do que aquele trailer.

– Amy! – berrou aquele homem. Ele pareceu surpreso quando não obteve resposta. – Ela ficou na rua com aquele cara que está saindo com ela?

Senti meu estômago despencar. Precisei me segurar no corrimão de metal.

– Não sei. O senhor sabe onde ele mora?

– No caminho para Hill... Família boa... Dinheiro. Faz toda a diferença... Dinheiro – resmungou.

– É mesmo? Eu achei que o dinheiro não fosse importante. Não tão importante quanto o amor.

Max estava atrás de mim. Ele passou a mão pela minha cintura, puxou-me gentilmente e cochichou em meu ouvido:

– Eu sei onde eles estão.

O corpo do pai de Amy balançava. Ele olhou para Max.

– Quem é ele?

– Só mais um garoto – murmurou Max.

– Não. Provavelmente o herói *du jour*.

Caminhei de volta até o conversível. Max me seguiu.

– Herói é uma palavra muito forte.

– Você é um cara forte. Pode se acostumar com isso.

Ele deu partida.

– Então aquele é o pai dela...

– É. Eles têm problemas, certo?

– Não estou julgando – disse ele, fazendo uma careta. – *Lobisomem*, lembra?

– É... Tem razão. Mas como você sabe onde ele mora?

– Quase cheguei lá ontem à noite, antes de Pietr me alcançar.

– O nariz sabe – constatei.

– É. – Max pisou no acelerador e avançou. Os pneus do conversível gritavam e atiravam pedras para todos os lados. – Como alguém pode pensar que não há problema algum em...

– ...em bater em uma garota?

– Em bater em *qualquer pessoa*.

Achei melhor não mencionar que ele estava disposto a amassar a cara de Marvin.

– Eu não sei, Max. Não sei, mesmo.

Mesmo naquele silêncio taciturno, o tempo evaporava com Max ao volante.

– Você gosta mesmo dela, Max, não gosta? Seu interesse nela não é um pouco... repentino?

Ele abaixou as sobrancelhas.

– Max... – Não consegui continuar.

– Jessie. – Max bufou um ar tão quente que, por um instante, o para-brisa do carro embaçou. Ele limpou com as costas da mão e sacudiu a cabeça. – Você não sabe de tudo. Você não pode saber. Você não é... *onisciente*. Max piscou um olho e eu fechei minha boca aberta. – Ela é toda boazuda – justificou, mas as palavras não eram tão superficiais quanto de costume. – Aqui.

Plantas podadas em forma de imagens contornavam uma estrada de tijolos colocados em padrão espinha de peixe que davam em uma rua sem saída. Max estacionou e abriu a janela para tomar um ar.

– É aqui.

À frente havia uma casa branca enorme com uma varanda extensa e pilares brancos e robustos. Era como se uma mansão do sul dos Estados Unidos tivesse sido instalada em Junction para dominar os moradores da cidade.

– Bonita, você não acha? – comentei.

– Parece o paraíso. Você jamais imaginaria que pode haver um demônio aí dentro.

Consenti.

– Você fica aqui, quieto e escondido. Não quero que ele pense que você e Amy andam saindo juntos por aí.

– Está bem. E Jessie, se precisar de mim...

– Eu berro.

Eu não sabia que Marvin morava em uma casa tão grande. E em Hill. Embora não fosse vizinho direto, ele ainda vivia no mesmo bairro (ou no mesmo reino) de Sarah. E Macie, Jenny e Derek. Hill era *o bairro* de Junction, com casas, de onde, ao mesmo tempo, era possível ver todo o resto da cidade e isolar-se acima das regiões onde vivia a plebe.

Para uma garota como Amy... Não. O pensamento se reformulou em minha cabeça. *Para uma garota que vinha da situação em que Amy vivia*, estar em Hill era algo grandioso. Tive de me lembrar disso. "Se você se colocar no lugar da outra pessoa...", dizia minha mãe. Caramba, ter esse tipo de perspectiva sem a dor que vinha com ela...

Com um movimento de minha mão, a enorme aldrava de bronze anunciou firmemente minha presença. Respirei fundo, mas definitivamente não estava preparada para ver a porta se abrir.

Uma mulher sorriu para mim.

– Olá?

Ela era bonita. Traços refinados, cabelos quase no mesmo tom natural dos de Amy e roupas em estilo conservador: uma blusa asseada, saia na altura do joelho e salto. Em volta de seu pescoço havia um pesado colar de pérolas.

Que quase escondia os ferimentos.

Era oficial. As coisas eram realmente mais confusas do que eu pensava.

Mas também eram para Amy. E eu andava tão envolvida comigo mesma nos últimos tempos... Ela merecia uma amiga que nadaria em águas infestadas por tubarões e que a resgatasse quando ela estivesse se afogando.

Foquei meu olhar novamente no rosto da mulher e sorri de volta para ela. Senti meu estômago se revirar só de pensar que eu estava vendo o futuro de Amy diante de mim.

– Olá. Senhora Broderick?

– Sim – o sorriso desaparecia. – Com licença, você é...?

– Jéssica Gillmansen. Eu estudo com Marvin. Pode me chamar de Jessie.

– Ah. Ótimo. O que posso fazer por você, Jessie?

– Eu gostaria de saber se Marvin está em casa.

– Ele está tomando café da manhã. Venha tomar café também.

– Ah. Hummm. Obrigada, mas... – Meu estômago roncou. Traidor.

– É a refeição mais importante do dia.

– Sim, senhora – concordei. Pensei em Max esperando no carro. Obediente como um cão adestrado. Pelo menos eu esperava que ele estivesse lá.

– Marvin – ela gritou. – Uma de suas amigas está aqui.

Ela abriu uma porta que dava em uma sala de jantar que deixava meu canto de tomar café e a sala de jantar dos Rusakova no chinelo. Mesmo somados.

Vinda de um conjunto de janelas altas, a luz inundava o ambiente, fazendo os artigos de vidro e a prataria brilharem.

– Jéssica – Marvin disse meu nome como se tivesse mordido alguma coisa amarga. E eu esperava que realmente tivesse.

Ao lado dele, minha amiga, inegavelmente nervosa, levantou a cabeça.

Eu me lembrava de uma vez em que fiquei com a mesma expressão de Amy. Minha família estava em um hotel realmente incrível. E eu esperava pelo momento em que um dos funcionários perceberia que nós não pertencíamos àquele mundo e nos chutaria direto para a sarjeta.

– Vou colocar mais um lugar para Jessie tomar café da manhã – explicou a senhora Broderick enquanto pegava os utensílios expostos no bufê. Ela parou. – Jessie, a festa de ontem não era sua festa?

– Sim.

– E Marvin agradeceu o convite?

Meu cérebro paralisou, deixando minha língua falar verborragicamente em minha cabeça.

– Ééé... – Não. Desculpe, mas fiz um lobo chutar ele de lá. Então, ele provavelmente não tenha muito para agradecer. A não ser que ele tenha provado do bolo. O bolo estava bom. E *não* tinha sido feito por Catherine.

– Marvin – ela repreendeu.

– A festa estava ótima, Jéssica. Obrigado por ter me convidado.

Eu quase acreditei naquilo. Idiota.

– Foi um prazer – *quer dizer, foi um prazer colocar você para correr.*

Eu sorri e me sentei.

– Então hoje é o seu aniversário, não é?

– Sim.

– Meus parabéns, Jessie. Espero que você tenha um ótimo aniversário.

– Eu também. Obrigada.

A senhora Broderick colocou um pouco de batata cortada em cubos e cozida a vapor e ovos mexidos com cogumelos (selvagens, aposto) no meu prato e, em seguida, acrescentou uma fatia de presunto do tamanho da minha cabeça antes de cobrir tudo com biscoitos amanteigados (certamente não eram desses que a gente compra em latas) e morangos frescos.

– Ah, Jessie, desculpa... Esqueci-me de perguntar se você preferiria torradas com bacon. – Ela levantou a tampa de outra louça.

Max ia me matar. E esperava que ele tivesse *jerked beef* no carro. De boa qualidade.

– Está fabuloso, senhora Broderick – aquele era o melhor café da manhã que eu tinha visto em anos. Mastiguei cuidadosamente, saboreei tudo, atentei-me às nuanças de sabores, provando cada momento. Quase esqueci que não queria nada além de sufocar lentamente Marvin, até ele ficar inconsciente, por bater em Amy. Até ela abrir a boca.

– Você está fazendo barulho para comer – murmurou Amy, sorrindo.

Sentindo-me culpada, enrubesci e dei um gole no suco natural de laranja. Tudo era tão perfeito. Até o momento em que alguém ficasse nervoso.

– A senhora faz tudo isso sozinha?

– É claro. – A senhora Broderick piscou para mim. – Os homens da casa adoram tomar café da manhã. E eu adoro deixar os homens da casa felizes.

Foi difícil engolir o último pedaço de presunto, já que eu pensava nas implicações de um homem infeliz na casa de Marvin. Coloquei mais alguns biscoitos em meu prato e levei um até minha boca.

– Amy e eu podemos ajudar a senhora a limpar?

– Bem, a empregada costuma... – A senhora Broderick piscou para mim. – Na verdade, sim. Isso seria... – Ela olhou para Marvin para... *pedir permissão?!*

Ele assentiu com a cabeça.

– Seria ótimo!

– Ótimo – disse eu enquanto reunia os pratos. – Diga para mim onde ficam as coisas. Vamos, Amy! – Chamei, olhando para trás.

Se olhares matassem, a empregada estaria limpando meu cadáver agora. Cortesia do olhar cheio de ódio que Marvin lançou para mim.

– Isso é fascinante, senhora Broderick. Então seu marido está sempre fora por conta do trabalho? – Sacudi minha cabeça. – Acho que eu iria querer mais atenção se apenas visse meu marido nos finais de semana e nos feriados.

– Alguns homens são melhores trabalhando do que em casa, Jessie. Eles ficam infelizes quando se sentem enjaulados.

– É... Pode ser que sim.

Ela secou as mãos em um guardanapo delicado que envolvia sua cintura fina.

– Em relacionamentos verdadeiros e duradouros, você faz sacrifícios. Você sacrifica um pouco da felicidade para fazê-lo um pouco feliz.

Amy olhou para o chão.

– Mas existe um limite, certo? – Questionei. – Há algumas coisas que as pessoas não devem deixar de lado por conta do rótulo "relacionamento duradouro" – expressei as duas últimas palavras com ares de citação.

– Como o quê?

– Dignidade.

Amy correu os olhos para mim.

A senhora Broderick expirou pesadamente, segurando seu colar de pérolas.

– É claro – ela concordou. – Se não há dignidade, então não é amor.

Assenti com a cabeça.

– Agradeço sua hospitalidade. Mas Amy e eu precisamos ir agora. Tenho alguém esperando por nós no carro.

– Ah. Talvez o seu motorista conheça o nosso motorista.

– Talvez. Max costuma me surpreender.

Amy levantou a cabeça ao ouvir o nome de Max.

– É melhor a gente ir.

Caminhamos apressadamente na direção da porta, mas Marvin nos alcançou antes de sairmos.

– *Querida* – ele gritou o agrado como o estalar de um chicote.

– Sinto muito, Marvin – alertei enquanto dava de ombros. – Acho que hoje à noite precisamos trabalhar para dar um jeito no coração de Amy.

Os olhos dele estavam frios. Desafiadores.

– Aquele trabalho de Biologia. Você sabe, Marvin. Temos que entregar aquela maquete – murmurou Amy.

– Pois é. Está tudo um pouco confuso, e consertar um coração dá muito trabalho quando você faz as coisas da forma errada.

Marvin estreitou os olhos. Sem dúvida, ele sabia do que eu estava falando.

– E você sabe que Biologia não é o meu ponto forte – Amy o lembrou.

– Está bem. A escolha é sua – ele esbravejou.

– Marvin! – Chamou a senhora Broderick. – Tirar boas notas é a escolha certa. Você devia apoiá-la. E como anda o *seu* trabalho?

Ele a encarou.

– Eu posso ajudar – ofereceu a mãe, abaixando a voz.

Agarrei Amy e a fiz atravessar a enorme porta e o lindo inferno que se erguia ao seu redor.

– De volta ao mundo real – eu a empurrei no banco da frente.

– O que vocês fizeram lá? – perguntou Max. – Pararam para comer?

– A-hã.

– Surrupiei um biscoito para você – disse Amy, enfiando a mão na bolsa. Ela então abriu um papel toalha.

O olhar que Max lançou para ela definitivamente tinha traços de fome, mas eu duvidava que fosse fome de biscoito.

– Obrigado.

As mãos de Max e de Amy se tocaram enquanto ele pegava o biscoito. *Faíscas.* E complicações.

– Max, acelere – instruí. – Amy, coloque o cinto.

O silêncio se instalou. Todos nós estávamos pensativos. Bem, talvez Max não estivesse. Mas Amy e eu estávamos perdidas em pensamentos... Até que ela quebrou o silêncio.

– Ele é o herdeiro, você sabe.

Como se aquilo justificasse.

– Os Habsburgo também eram – resmunguei.

– O quê?

– Os Habsburgo. A antiga dinastia europeia. Eles encomendavam casamentos com o desejo de fortificar sua influência na sociedade.

– E...?

– Eles tiveram problemas. Tentar ter todo aquele dinheiro e poder os deixou loucos. Em alguns casos, literalmente. Grandes anseios, pequenas cabeças... Herdeiros, novos-ricos... Dinheiro demais deixa as pessoas loucas.

– Dinheiro demais e dinheiro de menos – corrigiu Amy.

# Capítulo 30

De volta à casa dos Rusakova, rapidamente nos esquecemos do trabalho de Biologia e demos início a uma discussão.

– Eu só acho que...

Amy sacudiu a cabeça.

– Não se deixa um cara como Marvin assim, de uma hora para a outra.

– Por que não? – Suspirei.

– Ele fica louco sem mim. Ele precisa de mim – afirmou Amy. – Deixá-lo vai piorar ainda mais as coisas. Veja, não estamos falando de uma situação em que só há preto e branco – insistiu.

– Não. Preto e roxo – gritei.

– Marvin me ama. Ele só fica fora de controle às vezes.

– Você viu como suas costas estão?

– Você não pode estar falando sério. Com que frequência as pessoas olham para suas próprias costas? É por isso que as piores partes do nosso corpo estão nelas... Para que não vejamos.

– Isso não é... – Olhei para Pietr e Max, que estavam deitados entre nós no tapete e forçaram um sorriso ao perceberem a lógica de Amy. – Isso não é nada engraçado. Ele está ferindo você. Não tem nada de engraçado nisso!

Max concordou sombriamente com a cabeça. Pietr desviou o olhar. Em seguida, bufou, admitindo:

– Eu estava pronto para...

– Para dar a ele o maior susto da sua vida – concluiu rapidamente Pietr, lançando um olhar de repreensão para Max.

– *Da* – urrou Max, deitando-se novamente. – *Pravda.* – Ele rolou no chão e então se levantou, apoiando o peso do corpo nas mãos e nos joelhos enquanto seguia até o assento de Amy. Os músculos de Max se tensionavam, deixando marcado o movimento que faziam sob sua camiseta de algodão. Mesmo ali, completamente humano, eu via tão claramente o lobo que havia em Max. E realmente não sei como Amy não percebia aquilo. – Jogá-lo contra o chão – rugiu, colocando uma mão de cada lado do sofá de dois lugares onde Amy estava sentada e ajoelhando de modo que seus narizes se encontrassem.

– Eu... – Ela engoliu em seco, hipnotizada pelos olhos de Max.

– Você precisa de um motivo? – Disse ele, com voz rouca.

Ajeitei-me em meu assento e desviei o olhar, ciente de que estava vendo o início de algo extremamente pessoal. Porém, meus olhos continuavam voltando para eles: minha melhor amiga e o irmão mais velho (e definitivamente gostosão) de Pietr.

Amy ficou congelada, hipnotizada, enquanto Max se inclinou e a beijou. Como se a conhecesse. Como se estivesse fazendo alguma promessa apaixonada com seus lábios.

Mais difícil do que assistir era *não* assistir.

Pietr limpou a garganta quando me viu observando aquilo.

Max se afastou, lenta e suavemente, com a cabeça inclinada e olhos sempre fixos no rosto de Amy, que passava de um rosa suave para um vermelho profundo.

– Preciso de mais do que isso – ela murmurou.

Max se aproximou novamente...

– Não! – Ela riu, empurrando-o para que ele ficasse de pé. – Eu não estava falando *disso*. Seu cachorro! – Provocou.

– Você nem imagina... – Disse Pietr, bocejando.

Max inclinou o corpo novamente.

– De que você precisa para se livrar dele?

Pietr sugeriu uma retroescavadeira.

Amy olhou para mim em busca de ajuda, mas eu cruzei os braços.

– Dê o seu preço. É claro que Max vai te dar...– Sacudi minha mão no ar – *isso* quando você precisar. Mas de que você realmente precisa para se defender de Marvin? Para colocar um ponto final nisso?

Amy brincou com os dedos e mordeu o lábio inferior. Fechou os olhos por um momento. Quando eles se abriram, estavam aflitos e transmitindo uma sinceridade explícita.

Max colocou sua mão sobre a de Amy, acalmando-a.

– De que você precisa?

Eu nunca tinha visto olhos tão tristes. Embora ela tenha respondido "proteção e um lugar para dormir", ouvi o pedido por um herói escondido em sua voz. O seu rosto demonstrava uma angústia que ela devia estar escondendo há semanas. Ela empurrou a mão de Max, deixando o corpo cair para frente, cabeça sobre os joelhos. Tremeu em um único soluço, cobrindo a cabeça com as mãos.

Max olhou para mim, assustado. Perdido.

Eu o encarei. Um belo "pegador", Max sabia como fazer as garotas formarem fila. A última coisa que Amy precisava naquele momento era de entrar em uma fila com as outras. Pensei em Stella Martin. Como ela se sentiria se Max a dispensasse? Se sentiria como Sarah, se Pietr me escolhesse. Devastada e traída. *Droga.*

Amy precisava de um herói e, por mais que eu tivesse esperança, duvidava de que Max estivesse pronto para o trabalho. Ainda não.

– Com licença – disse eu, empurrando-o para o lado. Passei meu braço em volta de Amy e acariciei seus cabelos. – Você vai ter isso – prometi. – Nós vamos dar um jeito. Vai ficar tudo bem.

Ela soluçava em meus braços. Uma gatinha, e não a tigresa com quem eu tinha crescido. A garota que eu sempre pensei que entendesse.

Max se escondia em um canto. Suas costas estavam rígidas; seu queixo, levantado. Eu me perguntava em que ele estaria pensando.

E então vi uma corrente brilhar em volta de seu pescoço e percebi que, por mais que ele desejasse Amy, não queria que ela viesse até ele como as outras vinham. Talvez ele estivesse mais perto de fazer o papel de herói do que qualquer um de nós imaginava.

Nunca fui uma dessas garotas que são realmente capazes de entender os rapazes. Max e Pietr não me fizeram me sentir mais capaz quando a manhã de segunda-feira chegou. Wanda havia mandado uma mensagem de texto em meu celular avisando que eu ficasse longe dos Rusakova. E considerando quão estranhas as coisas estavam, achei melhor ficar ainda mais perto dos lobisomens.

A estranheza reinava.

Max poderia também estar saindo comigo, a julgar pela forma como me mantinha longe do alcance de Derek. Era o mais estranho jogo de manter distância em que eu já tinha me envolvido. Enquanto Max se pendurava em mim e mantinha Derek distante (sendo grande e grosseiro como era), Pietr observava tudo com olhos atentos. Como se houvesse algo de que ele também não soubesse.

– O que está acontecendo? – Amy me perguntou no banheiro feminino entre as aulas. Eu começava a achar que estávamos passando tanto tempo no banheiro que poderíamos redecorá-lo para que ele se tornasse mais aconchegante. Ou para que pelo menos tivesse uma iluminação melhor. – Sinto como se estivéssemos sendo protegidas pelos irmãos malvados mais bonitões do colégio.

Ergui uma sobrancelha para ela no espelho.

– Você terminou com Marvin, certo?

– Sim. Pelo telefone.

– É... Considerando a situação, acho que foi mais seguro assim.

– Max pegou minhas coisas no trailer do meu pai e oficialmente me levou para morar na casa dele. A situação não foi muito calma, mas acho que agora estou morando com os Rusakova.

Minhas sobrancelhas se recusavam a descer.

– Onde exatamente?

– No porão.

Meu coração voltou a bater em ritmo normal.

– Que bom. Então simplesmente aceite seu status de protegida... Assim como eu acho que eu devo aceitar o meu. Obedientemente.

– Não que eu esteja reclamando...

– Mas...?

– Mas por que Max está o tempo todo em cima de você e Pietr claramente me observando? As obrigações não deveriam ser inversas?

– Eu não sei o que há entre Pietr e eu. Mas pretendo descobrir.

Amy segurou a porta aberta.

– Bem, talvez você possa arriscar. E parece que não somos só nós que estamos passando por reagrupamentos sociais. Derek anda mantendo Sarah bem perto dele. Talvez ela tenha terminado com Pietr.

– Duvido. – Pensei por um instante. – Eu quero algumas respostas.

– Pois eu, não – disse Amy. – Já vi muita coisa desagradável na minha vida e sei que às vezes é melhor não saber demais. Você só se decepciona com o que descobre.

Abri meus braços e a abracei.

– As coisas vão melhorar – confortei-a. – Então, quer *me* ajudar a encontrar as respostas que *eu* quero?

– Qualquer coisa por você – disse Amy.

Em seguida, voltamos ao banheiro, para tramar nossa tática.

Amy sabia direitinho como brincar com Max. Talvez fosse o fato de ele ser um lobisomem, mas desde o Halloween, quando ela usou aquela fantasia de Chapeuzinho Vermelho, Max não conseguia tirar os olhos dela. Correção: não se importava em não tirar os olhos dela. Stella Martin foi a primeira a notar. Eu não sabia como Max tinha lidado com a situação, mas Stella superou. Talvez porque Billy, o garoto do ônibus, a idolatrava de uma forma que somente o maior galã de bigode do primeiro ano poderia idolatrar.

Enfim, quando Amy descaradamente sugeriu que Max a acompanhasse até as aulas e Pietr fizesse o mesmo com a incômoda Jessie, os olhos do lobisomem mais velho pularam para fora de seu rosto.

Pietr demonstrou menos empolgação.

Tentei fazer Pietr me dizer por que eu estava sendo deixada de lado, mas ele também não me deu respostas. Então lancei *aquele olhar* para Amy e ela torceu o tornozelo. Às vezes, o trabalho clássico funcionava. Uma ruiva linda se contorcendo no chão fazia os lobisomens correrem em sua direção como monstros de filmes de terror.

Cheguei à conclusão de que a melhor forma de tentar obter respostas seria apelar para Derek. Ele poderia me dizer por que eu não me lembrava de nada de nosso encontro ou... Bem, eu não sabia. Mas eu estava fugindo. Devia saber que não chegaria longe enquanto Pietr estivesse em meu caminho.

Ele me pegou pelo cotovelo, empurrando meu corpo contra a parede de tijolos à vista, seus braços fortes seguravam meus dois ombros enquanto ele olhava para mim. Um brilho selvagem iluminou seus olhos.

– Não me faça ter de sair à sua caça – vociferou Pietr. Seu hálito tocando em minhas bochechas era a brisa do deserto.

O segundo sinal tocou e ele virou os olhos.

– Como vou passar em Matemática se eu *nunca* estou na aula?

Com a testa apoiada na parede ao meu lado, ele inspirou profundamente e deu um pulo para trás, como se tivesse levado uma picada de algum inseto. Seus olhos brilhavam, vermelhos. Esfregando freneticamente o nariz, ele fechou os olhos, apertando-os. Ouvi um estalo.

– Caramba! – Engoli em seco. Meus olhos arregalaram quando percebi o que estava acontecendo.

E então, ouvi outro barulho. No corredor ao lado. Conselheira Harnek:

– Sei o que está acontecendo, Derek. E espero mais de você.

Outro estalo enquanto Pietr lutava contra o lobo que havia dentro dele. Droga! Por que agora? Eu o empurrei contra a parede (uma tarefa nada fácil dessa vez) e avisei:

– Vá com calma.

No outro corredor, Derek praticamente emitia faíscas:

– Você *espera* mais de mim?

– Você anda sendo impulsivo e egoísta. A façanha que você aprontou no Homecoming, fazendo o público ficar todo agitado enquanto fingia estar ferido... Divertir-se com aquilo foi uma coisa. Agora, a forma como você está tratando Jessie... Você precisa se distanciar.

– Eu duvido que você entenda meu papel em tudo isso.

– Sei que você bagunçou muito as coisas – declarou Harnek. – Os Rusakova estão em alerta. Você se lembra do que aconteceu com Sophia quando você ficou sentimental demais?

– Eu não sabia de nada – ele respondeu. – Eu não queria desencadear aquilo nela. As coisas mudaram. Eu duvido que a empresa tenha passado informações suficientes para você realmente entender o papel que me foi atribuído.

– Você acha que eu não estou recebendo informações atualizadas da empresa?

Encostei meu corpo contra a parede de tijolinhos à vista, aproximando-me do canto para conseguir entender as palavras conforme a voz de Harnek se tornava mais baixa. Os dedos de Pietr tocaram nos meus como forma de me alertar.

– Eu fui o primeiro contato da empresa em Junction. Por conta da minha formação e da minha localização, eles vieram aqui oferecer ajuda aos alunos por meio de mim, inicialmente. Seu trabalho é simples, Derek: ser um par de olhos a mais para ajudar a proteger os alunos.

– Eu fiz isso.

– Sim, e fez um bom trabalho. Você é muito talentoso. Mas acho que está usando seu conhecimento e sua influência de maneiras perigosas.

– E por que eu não deveria receber algo em troca, considerando tudo o que eu faço?

– É só isso – afirmou Harnek. – Protegemos as pessoas. De uma forma não egoísta. Não espero ganhar nada fazendo a minha parte.

– E é exatamente por isso que você já não está entre os mais importantes da empresa. – O desprezo no rosto de Derek podia ser notado em sua voz. – Não acho que você realmente tenha entendido o objetivo deles.

– "Uma juventude mais forte e melhor para iluminar o caminho do futuro"? Eu não entendi isso?

– Você não sabe, sabe? – Havia curiosidade na voz dele. – Caraaamba. Acho que você não está mais autorizada a falar comigo como se fosse minha superior. Essa conversa? Essa coisa de vir me falar o que eu devo ou não devo fazer? Isso acabou.

Passos se afastaram até não poderem mais ser ouvidos no outro corredor. Um deles se distanciou.

Expirei longamente e olhei para Pietr. Seus olhos estavam novamente claros e azuis; sua respiração, estável. Que diabos estava acontecendo em Junction?

# Capítulo 31

– Você precisa aceitar os sinais – insistiu Pietr, com a gata na mão e correndo pelas escadas do Golden Oaks. – Não force a barra, Jess. Ela disse para você permanecer *alerta com o garoto* – disse ele, abrindo a porta da senhora Feldman. – *Eu* sou o garoto.

– Papo-furado – disse a senhora Feldman. – Fechem essa porta.

Sentindo-me intimidada, obedeci.

– Você é tão egoísta a ponto de acreditar que tudo está ligado a você, Pietr? – Perguntou a mulher. – Só porque as cartas foram tiradas na sua presença, isso não significa que... – Ela bufou um ar exasperado. – Se você é tão fascinado consigo mesmo, talvez devesse acariciar o seu ego e me contar mais, hum? – A senhora Feldman reuniu as cartas como se fossem abelhas nervosas e as embaralhou furiosamente. – Não toque em nada – ordenou ela quando Pietr estendeu a mão para pegar uma das cartas. – Vou puxar o seu coração e exibi-lo aqui. Agora.

Ela jogou as cartas de uma forma aparentemente aleatória e se inclinou, olhando sobre o colo para examiná-las.

– Ah – sussurrou, analisando.

Segurei o braço de Pietr. Seus olhos piscaram para mim, brilhantes como fogos de artifício.

A senhora Feldman suspirou.

– Ah, não. Eu não... – Ela se afastou até onde a parede permitia. – Eu não tinha me dado conta do que você é... Não achei que você fosse me encontrar aqui. Eu *tentei* – ela jurou.

– Que diabos... – murmurou Pietr, piscando os olhos.

– Senhora Feldman, do que a senhora está falando? – Coloquei Tag ao lado dela na cama. O coração âmbar deslizou para fora da minha linha do pescoço, ficando pendurado entre nós. Hipnotizada, a senhora Feldman abria e fechava a boca como um peixe fora d'água.

– Ah, não é de se espantar que você esteja com ele... Você abriu a *matryoshka*.

Meus joelhos pareciam de borracha.

Pietr se agachou ao lado dela.

A senhora Feldman ficou boquiaberta.

– Eu juro que te-te-tentei – gaguejou. – Mas não encontrei uma cura para vocês... Ainda não. Por favor, *por favor*, não me machuque.

– Senhora Feldman, ninguém vai ferir a senhora – Acariciei a mão dela enquanto tentava fazer minhas pernas sustentarem o meu peso. – O que a senhora sabe sobre a *matryoshka*?

– Isso... – Ela passou um dedo com ossos salientes pelo pingente – Isso estava dentro dela. Recomendei esse design a pedido do meu pai. – Levantou a cabeça, balançando o corpo para frente e para trás, murmurando incoerentemente.

– Hazel Feldman – repreendi. – Ninguém aqui vai ferir a senhora. Pare de falar coisas sem sentido e converse com a gente.

Ela parou de balançar o corpo. Seu olhar deslizou atentamente para Pietr e, em seguida, de volta para mim.

– Ele é um *oborot* – contou em tom de segredo. – Um lobisomem.

– Sim. E eles têm ouvidos muito bons – acrescentei. Minha mente acelerou. E se ela não soubesse que Pietr era um lobisomem... Quais segredos ela teria visto na primeira vez que leu as cartas? – Quem é você? A CIA?

– Não! – Os olhos da senhora Feldman arregalaram. – A CIA está envolvida?

– Deixe pra lá – disse Pietr com uma voz suave como um creme. – A senhora trabalhou na busca de uma cura? O que a senhora sabe sobre tudo isso?

– A pergunta deveria ser o que eu não sei – ela insistiu. – Meu pai criou vocês... O principal cientista do Projeto Oboroht. Ele foi considerado um fracasso quando a primeira geração não se mostrou acentuadamente diferente, mas depois, apenas dezessete anos depois que o projeto foi abandonado, meu pai ouviu relatos de crianças estranhas, assassinos horríveis... Suicídios e monstros – ela tremeu. – Ele percebeu que seu projeto não tinha sido um desastre completo, mas que estava ligado a uma cronologia canina. Ele tentou reunir seu... seu *povo* outra vez, encontrar vocês e se redimir, mas... Vocês morrem tão jovens...

Pietr desviou o olhar.

– Ele se tornou um homem diferente. Não pôde retornar à União Soviética depois que soube que sua pesquisa havia gerado uma consequência tão trágica. Criar algo assim, uma bomba-relógio genética... Ele veio para cá para rastrear melhor a prole dos oborot, estudar e encontrar uma cura. Mas eu não queria nada daquilo. Eu... – Ela apontou para as cartas. – Eu escolhi um caminho diferente. Na época, eu acreditava que mágica e ciência se excluíam mutuamente. Se uma existia, a outra não poderia existir.

Ela olhou novamente para Pietr, analisando a expressão dele.

– Vocês são diferentes daquilo que eu esperava. Ele é lindo, não é?

Enrubesci.

– Sim – concordei. – Incrivelmente lindo.

– E você sabe e ainda assim... – Com o corpo enrijecido, ela perguntou mais uma vez: – Você não vai me ferir?

– *Nyet*. Não vou – esclareceu Pietr, solene.

– Permita-nos testar aquela teoria. Ela viu... Aaah... – Os olhos da senhora Feldman brilharam. – Ela o viu no seu aniversário, certo, Pietr?

– *Da*.

– Ela sabe quem você é de verdade.

– Ele só dividiu a verdade comigo por causa disso. – Apontei para o pingente.

– Não é verdade! – Pietr se levantou apressadamente.

– Você pensou que fosse um sinal por causa do coelho netsuquê.

– O coelho netsuquê... – Murmurou a senhora Feldman, batendo em sua própria testa como se agora tudo estivesse extremamente claro. – Sua *mãe*? Eu dei o coelho para ela em Brighton Beach.

– O quê? Eu preciso me sentar. – Deixei meu corpo cair sem nenhum glamour em uma cadeira por ali. – A mãe de Alexi era a mulher misteriosa de Coney Island... Como elas se ligam?

– A mãe de Alexi... Ah... – A senhora Feldman fez uma pausa e respirou fundo. – Elas são... *Eu sou* as duas – disse ela. – Talvez você devesse estudar mais Geografia, querida. Brighton Beach e Coney Island não são locais tão distantes um do outro.

– Por que você deu o coelho à mãe de Jess? – questionou Pietr.

– Foi uma profecia – ela deu de ombros.

– Não. As coisas são profetizadas? Nosso destino já está escrito nas estrelas? Não! Isso é shakespeariano demais. Trágico demais – engoli em seco, pensando em Romeu e Julieta. – Você quer dizer que eu não tenho escolhas na vida? Que existe algum plano maior que eu não tenho chance de mudar?

– Shhh – acalmou-me a senhora Feldman. – O simples fato de algo estar escrito nas estrelas não significa que nossos destinos estejam fixados. As estrelas podem transmitir a *impressão* de que não se movimentam, mas elas estão se movendo enquanto nosso universo retorna ao ponto do Big Bang. Jamais achamos que as coisas estão fixadas. Temos escolhas. Mas algumas coisas são altamente recomendadas – ela lançou um sorriso. – Acho que é altamente recomendável chamar a enfermeira para buscar o meu cofre.

As sobrancelhas de Pietr se levantaram.

– Embora eu tenha sido a filha pródiga, não abandonei a busca de meu pai pela cura. – Ela apertou um botão em sua cama e uma enfermeira logo apareceu. – Traga a caixa HF169, por favor.

A enfermeira desapareceu.

– Enquanto esperamos, talvez vocês possam responder minhas perguntas. O garoto que seus pais adotaram... – Continuou Feldman.

– Alexi – disse Pietr.

– Ah. Ele está bem?

– *Da*.

– Que bom. E como é ele... Como é meu filho?

– Ele é inteligente, forte e bonito – respondi, acrescentando a última palavra mesmo sem enxergar Alexi dessa forma.

– Bom! E Pietr, na noite do seu aniversário... Jessie o aceitou como você é?

Ele admitiu com a cabeça, de forma lenta, como se estivesse incerto.

– Vocês se envolveram?

Endireitei minhas costas ao ouvir a pergunta.

– *Nyet* – respondeu Pietr, relutante.

– Interessante. – Ela olhou para as cartas ainda espalhadas sobre a cama. – Não é uma tarefa fácil aceitar alguém que não sabe se é um homem ou um monstro – disse ela para mim.

– Não é difícil se você se importa com ele – declarei.

Ela concordou.

– Então por quê? Por que você está tentando ficar distante dela agora? Você se envolveu com outra pessoa?

– *Nyet.* – Ele estalou os dedos. – Estou tentando protegê-la.

– Ficando longe dela? Interessante. E ela está mais segura agora que você se mantém distante?

– *Da.*

– *Nyet* – contrariei. – Havia mafiosos no Golden Jump. Eu desisti da competição só para sairmos logo de lá.

– O que você acabou de dizer?! Por que não me contou que...?

– Quando, Pietr? Quando você estava dando uns amassos na Sarah? Quando você se recusava a atender meus telefonemas? Quando você se isolou na minha festa de aniversário? – Expus toda a lista. Meu rosto queimava em consequência da raiva. – Você se esqueceu de que não dedicou nenhum tempo para mim... E, para mim, doeu mais cair do meu cavalo do que ter tomado aquele soco do cara na igreja.

Pietr estava diante de mim, segurando meus braços. Seus olhos, vermelhos como rubis.

– Você se esqueceu de que eu sou o garoto contra quem você já foi alertada.

– Senhora Feldman? – a enfermeira abriu a porta. – Está tudo bem por aqui?

– Sim, sim – ela abanou a mão. – É só uma demonstração de drama adolescente.

– Está bem – a enfermeira deixou uma caixa numerada e uma chave sobre a cama. – Romeu e Julieta?

– Eu realmente espero que não – zombou Feldman enquanto a enfermeira balançou a cabeça e saiu. – Feche a porta – ela lembrou.

A senhora Feldman abriu o cofre e retirou um diário incrivelmente parecido com aqueles sobre os quais Alexi andava se debruçando em busca da cura. – Leve isso quando sair. Vocês agora devem ter todos os treze diários. Minhas notas estão nas margens.

Assenti com a cabeça.

Pietr me soltou e prendeu seu olhar ao meu.

– Está vendo *isso*, Jessie? – Ele murmurou, arregalando os olhos de modo que eu não pudesse não perceber o vermelho que ali brilhava.

– Sim.

– É por isso que não posso... Por isso que eu não...

O baralho bateu contra o rosto de Pietr e caiu no chão.

– Você *não* é o garoto, Pietr Rusakova – gritou a senhora Feldman.

Ele se virou para ela.

– Como a senhora sabe?

– Essa mensagem veio de uma fonte específica. Algum de vocês conhece um espírito que está solto por aí?

Suspirei. Pietr olhou para mim enquanto eu lentamente erguia minha mão.

– Uma amiga minha acha que minha mãe está tentando se aproximar de mim.

Pietr arregalou os olhos.

– Que surpresa, não é mesmo? – Resmunguei. – Lobisomens, fantasmas... Feliz Halloween.

– Que surpresa – repetiu Pietr. Todavia, ele adotou um tom de quem estava realmente falando sério.

– Sinto muito, Jessie. Eu não tinha me dado conta – lamentou Feldman. – Algumas vezes, os espíritos ficam presos. Em um momento ou em um lugar... Alguns conseguem se libertar, mas outros... – Ela deu de ombros. – Quando sua mãe estava viva... Quem era o garoto sobre o qual você conversava com ela? Ou havia um garoto no local em que ela morreu? Pode ser qualquer uma dessas possibilidades...

Caí de volta na cadeira.

– Ah... Eles são o mesmo. Como a senhora – confessei para a senhora Feldman. – O mesmíssimo.

Vendo a preocupação no rosto de Pietr, tratei de acalmá-lo:

– Não é você. É Derek.

# Capítulo 32

Annabelle Lee virou mais uma página do livro que estava lendo enquanto eu preparava o jantar, agindo como se não estivesse ouvindo as palavras de meu pai. Mas eu sabia demais.

– Pai, é perfeitamente seguro. Preciso fazer Rio tentar coisas diferentes. O parque antigo é perfeito.

– Você está pensando em voltar a competir?

Consenti com a cabeça.

– É aquilo que dizem por aí: temos de tentar outra vez. Fiz um trabalho ruim no Golden Jumper. Quero fazer melhor.

– Huuum... – Ele espetou um pedaço de brócolis e logo avisou: – Certifique-se de sair de lá antes de escurecer. Nunca se sabe que tipo de problema pode surgir.

Estremeci quando me lembrei do tiroteio.

– Sim. – Empurrei minha cadeira e segui a caminho da porta, levando uma jaqueta e uma lanterna, para usar caso o caminho de volta para casa estivesse imerso na escuridão.

Eu precisava de tempo para pensar... Para ajeitar as coisas na minha cabeça. E embora eu pudesse ir até o Skipper's e ficar debaixo do ipê procurando por um pouquinho de paz após a morte de minha mãe, minha vida tinha sido sacudida por mais do que apenas aquela perda. Eu precisava enfrentar o local onde eu tinha perdido o que restava da minha inocência. O lugar em que eu tinha matado um homem e visto Pietr fazer a mesma coisa.

Rio se aqueceu muito rapidamente e fomos até o velho parque, entrando por onde costumava ser a entrada principal. A placa de madeira havia há muito tempo se desfigurado, a maioria das flores foi roubada e os poucos arbustos floridos que restavam eram podados de tempos em tempos por visitantes que queriam flores para colocar em seus vasos.

Quando criança, eu brincava por lá, nos brinquedos que agora eram esqueletos enferrujados de cavalinhos sem cabeça. Os balanços que no passado rangiam já tinham desaparecido há tempos. Os momentos em que meus pés quase chutavam as nuvens na direção da terra... Não passavam de memórias.

Fiz Rio trotar, passando pelo chafariz destruído e por bancos quebrados onde pais costumavam observar seus filhos brincarem enquanto fofocavam sobre seus vizinhos (até que os vizinhos chegassem e eles passassem a fofocar sobre outras pessoas).

Seguimos por um caminho estreito, parando apenas quando ele se desdobrou em um campo aberto. Equilibrei-me e senti Rio endurecer sob mim.

– Tudo bem, amigona – acalmei-a.

Sob a luz enganosa do fim da tarde, a imagem diante de mim era pastoril, bastante distinta daquilo que vi na noite do aniversário de Pietr. Desci de Rio, parando ao seu lado. Enrolei as rédeas em volta da minha mão e corri meus dedos por aquele focinho suave.

– Vamos lá, amigona. Vamos andar.

Ela acompanhou meus passos, trotando ao meu lado enquanto eu chutava folhas e estudava a área, esperando encontrar algumas respostas, um pouco de paz. Esse foi o lugar onde tudo mudou para Pietr e para mim... De forma bastante literal para ele. Havia alguma forma de voltarmos a sermos nós? A termos um relacionamento normal, considerando os fatos que se acumulavam contra nós? Eu tinha de acreditar que isso era possível. Mas eu precisava que ele também acreditasse... Que quisesse tanto quanto eu.

Mantive-me em movimento, fazendo as folhas do outono estalarem sob meus pés enquanto eu tentava esquecer o sangue que o chão tinha bebido e que as folhas haviam coberto.

O céu mudava de cor. O azul se tornava roxo. E o mundo ao meu redor assumia um ar assustador e infelizmente familiar. Senti meu estômago se apertar e minha mente brigar contra isso.

Estremeci e levei Rio para onde a maior parte da ação havia ocorrido, relembrando-me silenciosamente de que eu não tinha nada a temer. A ameaça e o perigo tinham passado. Deixando de lado as memórias estridentes de sangue e arma de fogo, minha mente flutuou.

E eu percebi que não existiam respostas definitivas. Eu só conseguiria receber de Pietr as respostas que ele queria. De forma repentina, um nó de emoção instalado dentro de mim começou a se soltar.

– Vamos dar uma volta – dei um tapinha no dorso de Rio e apoiei meu pé no estribo para montar.

Passamos de um trotar para um galopar capaz de engolir o chão. Aterrorizamos as trilhas vazias do parque, demos meia-volta e retornamos pelo caminho com o meu joelho tocando levemente a costela de Rio, fazendo curvas fechadas, testando nossas habilidades.

E então, no final de uma trilha há muito tempo abandonada, encontramos meu obstáculo favorito: um tronco de árvore caído.

– Rio – suspirei, inclinando meu corpo para frente, para acariciar seu ouvido com o ar que saía da minha boca. – Vamos tentar – trotamos alguns passos para trás. – Pronta? – perguntei, e senti seus músculos se apertarem por conta da expectativa.

– Iupi!– Corremos pela trilha estreita, fazendo folhas voarem e, enquanto nos aproximávamos da árvore caída, levantei meu corpo da sela, inclinei-me para frente e fortaleci minhas costas. Rio pulou o tronco com suas pernas longas. A extensão perfeita. Um leve impacto ao tocar no chão, mas a pancadinha pode muito bem ter sido resultado do fato de o meu coração ter voltado ao lugar após um excelente pulo.

– Maravilha! – Gritei, batendo a palma da minha mão contra o pescoço de Rio, enquanto ela continuava caminhando adiante em velocidade rápida.

Ela virou uma de suas orelhas para a direita e pude senti-la tensa sob mim.

– Calma, amiga – confortei-a antes de ouvir aquilo.

Os pelos de minha nuca se enriçaram enquanto eu lutava contra a brisa que aumentava como se fosse um aviso. Meio passo atrás de nós e em velocidade constante, algo atravessou os arbustos em um curso paralelo.

Alguma coisa grande.

Soltei Rio e senti a velocidade de seus passos diminuírem. Uma espuma espirrou de sua boca, na direção do pescoço. As batidas de seus cascos no velho caminho me sacudiram. Peguei as rédeas e tentei ouvir além de sua respiração pesada e de seu trotar estrondoso.

Vislumbrei algo correndo pelo matagal, fugindo em meio aos arbustos espinhosos com pés impressionantemente ágeis. Meu coração se acelerou, tornando-se mais rápido do que aquilo que nos desafiava, batendo de forma tão ágil a ponto de fazer meu peito estremecer, e não dilatar.

A luz sangrava do céu. Tons violentos de vermelho e roxo se entrelaçavam em uma beleza agonizante logo acima de nós. Por mais que eu tentasse, não conseguiria sair do parque ao anoitecer.

Logo à frente, o caminho se alargava; os arbustos que nos separavam de nosso desafiador desapareciam onde as trilhas se juntavam em uma pequena clareira.

– Logo saberemos – murmurei, deitando-me contra as costas alongadas de Rio. Minha jaqueta absorvia o calor que o suor dela liberava.

Os arbustos entre nós desapareceram, e uma sombra pulou diante de nós: grande, canina e selvagem. Mas não era um simples lobo.

Rio entrou em pânico, pulou e dançou apoiando-se em suas pernas traseiras enquanto raspava o ar com as dianteiras.

Ela relinchou alto, e a besta já não era um lobo, mas Pietr, segurando as rédeas em um movimento tão fluído que Rio se virou com ele e eu caí da sela.

Nos braços fortes de Pietr.

– Quieta – ele ordenou a Rio. A voz de Pietr era tão baixa que eu quase não consegui distinguir a palavra.

Rio as ouviu claramente. Com um grito de indignação, ela obedeceu, virando os olhos e apoiando-se novamente em seus cascos.

– *Eezvehneetyeh* – murmurou Pietr para Rio. – Não achei que a deixaria assustada. Afinal, nós já nos conhecemos... – Ele piscou os olhos e os focou em mim, ainda em seus braços. – *Strahsvoytcha* – disse, escolhendo o cumprimento que lhe permitia dizer com uma voz que era quase um ronronado. Pietr me colocou no chão. Minhas mãos deslizaram por seu peito nu.

*Nu.*

Enrubesci de uma forma tão violenta que meu rosto poderia ter iluminado a noite novamente. Desviei meu olhar de Pietr, concentrando-me em Rio. E em respirar. Meus joelhos tremeram. Eu não me atrevi a olhar para Pietr.

Ele parecia confuso. Seu cérebro ainda não tinha se recuperado da transformação.

– Oi?! – Tentei chamar sua atenção de um modo nada convincente. – Calça! – alertei.

– *Da*. Calça.

Novamente transformado em lobo, ele correu pela trilha. Pude ouvi-lo parar, xingar e lutar contra alguma planta. Em seguida, Pietr voltou. De calça e trazendo uma camiseta na mão.

– Sinto muito – disse ele. – Eu perco as coisas de vez em quando.

– Huuum. Especialmente roupas e namoradas – aleguei.

– O quê?

Ele não me enganava. Seus ouvidos eram notavelmente afiados.

– Você me ouviu.

– Sinto muito.

– Você precisa de uma fala nova – retaliei. – Essa aí já é velha.

– O que você quer que eu diga?

– Diga que todo o passado foi um pesadelo.

– Você sabe muito bem que *isso* é o que eu sou – insistiu Pietr.

– Não é esse passado que eu quero apagar. Não é isso que precisa ser mudado.

– Então o que é?

– Diga que você vai terminar com Sarah. Diga isso claramente. E que você vai me escolher. Diga que você nunca a quis, mas que não queria ferir os sentimentos dela. Por mim. Diga que você sabe que não é o garoto contra o qual fui alertada.

– Eu...

Ele desviou o olhar.

– Caramba, Pietr – esbravejei, incapaz de esconder minha insatisfação. – Por que você se importa em vir atrás da gente, em vir aqui, conversar comigo, se tudo o que você vai fazer é continuar me ferindo? Uma coisa é agir como um cão de guarda no colégio, mas eu espero mais do que isso de um amigo.

– Não posso ser seu amigo.

– Mentiroso.

– Você sabe que eu não minto... Não assim. – Ele levou as mãos até os olhos e gemeu. – Estou falando sério, Jess. Não posso ser seu amigo.

– Idiota.

– Eu não quero machucar você, Jess. Quero que você esteja segura.

Pisquei meus olhos pra ele.

– Por que você está aqui esta noite? – questionou Pietr.

– Perdi uma coisa – murmurei. – Na noite do seu aniversário. E eu queria recuperá-la.

– O que foi que você perdeu? – Ele deu um passo adiante. Seu cheiro inundou meus sentidos. O cheiro selvagem dos bosques. Meu mundo estremeceu.

– Blusa – sussurrei.

Eu estava perto demais daquele peito nu para conseguir pensar de forma clara.

– Você perdeu sua blusa? – Ele adotou uma expressão confusa. – Não me lembro de isso ter acontecido.

– Não. *Você*. Coloque uma blusa.

Ele concordou com a cabeça, levantando os braços para enviar a camiseta de tecido fino pela cabeça. O movimento só fez acentuar os músculos de sua barriga definida.

– O que você perdeu?

Meu Deus... Era a hora da verdade. Eu tinha mentido tanto nos últimos tempos que chegava a me perguntar se ainda me lembrava de como era contar verdades.

– O que você perdeu? – repetiu ele.

– Meu coração, Pietr. Eu perdi meu coração.

Ele suspirou. Sua testa tocou a minha, esquentando o ponto logo acima do meu nariz. Seus olhos brilhavam em um tom de violeta, algo entre o azul do céu e o vermelho do semáforo.

– Você o viu, Pietr? – Perguntei. – Dei para alguém guardá-lo, mas não sei se ele ainda o quer.

Pietr suspirou novamente. Seu corpo estremeceu, seus olhos se fecharam ao ouvir minhas palavras.

– Talvez você esteja certa – ele murmurou com uma voz rouca. – Talvez ele não queira feri-la, mas eu acho que ele não pode fazer nada.

Fiquei boquiaberta; meus olhos, arregalados.

– Há coisas... Coisas que estão além do controle dele.

Meu Deus... O que eu poderia dizer?

– Controle é uma questão de prática. Só precisa de tempo.

Ele se distanciou o suficiente para poder sacudir a cabeça.

– Alguns de nós temos pouco tempo – seus cabelos bateram contra minha testa. – Está fora do meu controle.

Senti meu coração trincar e, embora quisesse tagarelar até de alguma forma tropeçar nas palavras certas, elas simplesmente não vinham.

– Você estava certa com relação a ele – confessou Pietr. – Ele é um monstro.

– Não.

– Você sabe por quê? – Pietr fez uma breve pausa, mas logo acrescentou: – Porque ele também perdeu uma coisa naquela noite.

Meus lábios tremeram enquanto eu formava duas únicas palavras:

– O quê?

– A alma.

Dei um tapa nele.

– Nunca mais diga isso, Pietr Andreiovich Rusakova! Você pode ter jogado fora meu coração, mas você não... *Não* perdeu sua alma! – Bati em seu peito com meus punhos. – Naquela noite... Você fez o que fez para salvar minha vida.

E então me dei conta.

– Meu. Deus. – Continuei. Minha visão estremeceu. – Pensei que você estivesse tentando me ferir ou me evitar, mas... Você está tentando me proteger... Tudo o que você fez... – Engoli a seco.

Ele deu um passo para trás e se afundou nas sombras, como se aquilo fosse instintivo.

– Não. Fique aqui. E fale comigo. De quem você está me protegendo, Pietr? – Estendi a mão para enumerar minhas ameaças atuais. – Sarah, que poderia se transformar a qualquer momento e voltar a ser uma nazista social?

Ele ficou tenso, mas não era aquilo.

– A CIA? Eles ainda acreditam que devo ficar de olho em você. Quanto mais próximos nós dois estivermos, mais segura eu estarei.

Ele sacudiu a cabeça, duvidoso.

– É a Máfia Russa? Você achou que eles não procurariam por mim se nós estivéssemos separados? Eles me encontraram no Golden Jumper. Se eles quiserem, acabarão me encontrando outra vez.

Turvo em meio às sombras, Pietr parecia ainda mais alto. Seus lábios se abriram para mostrar a ponta dos dentes.

– Ah, Pietr... – Estendi minha mão para ele.

Ele deu mais um passo para trás, entrando ainda mais profundamente na escuridão.

– É tudo isso e você. Você tem medo de não conseguir me proteger de você mesmo.

Segurei firmemente os braços de Pietr. Ele tentou se soltar, mas aquele era um esforço indiferente.

– Você não entende o perigo, Jess – Ele insistiu, forçando as palavras como se fossem pedras em sua garganta. – Eu... Eu não sou eu mesmo.

– Você é, Pietr. Você é quem você deve ser. E é perfeito – afirmei, aproximando-me a ponto de sentir seu peito encostar em mim quando ele inspirava. – Não brigue contra quem você é.

– Ugh! – *Pronto.* Ele se afastou novamente.

– O quê?

Com uma voz profunda e rouca, ele fez uma confissão:

– Você está me *matando*.

– O quê? Como?

– Toda vez que nos tocamos... Toda vez que sinto seu cheiro... Ou a vejo ou ouço você flertando... Tudo que eu quero é...

– O quê?

Ele desviou o olhar.

– O que você quer, Pietr?

– Eu quero você!

– O quê...? Aaah... – Dei um passo para trás. Cambaleando, tentei entender. – É por causa do seu metabolismo bizarro, não é? Por que... Seu relógio biológico está correndo ou algo assim. Vocês envelhecem em uma velocidade diferente, certo? Então é o seu normal...

Ele soltou uma risada. Uma risada bastante nervosa.

– *Da.* Meu normal – Pietr esfregou os olhos, afastando o vermelho. – Alexi diz que eu sou diferente... Meu sistema ainda não está sincronizado com as mudanças.

– Isso... Isso é...?

– Meu segredo. Eu quero você – disse Pietr, claramente irritado. – E eu não posso... Eu preciso me concentrar em encontrar uma forma de libertar nossa mãe. Não posso estar com você em minha mente a cada sete minutos.

– A cada sete minutos? – Essa não era a frequência com a qual, segundo meu livro de Educação Social, os garotos pensavam em sexo? E por que eu me lembrei disso enquanto ainda me matava para guardar a ordem dos planetas no Sistema Solar?

O forte enrubescer de Pietr confirmava minha hipótese.

Apalpei em busca da minha pedra da preocupação, tentando entender mais do que apenas aquilo.

– Espere aí. Sarah pode abraçar e beijar e...

A boca de Pietr se transformou em um sorriso cruel.

– Mas... – Dei um passo para frente, descansando minhas mãos em seu peito.

Com ternura, ele segurou meus pulsos e deu um passo para trás. Outra vez.

– Não vamos testar meu autocontrole. – Ele tremia, permitindo que eu visse sua forma humana mudar e seus olhos brilharem. O lobo dançava logo abaixo de sua pele, implorando para poder correr livre.

– O que aconteceria se você de fato perdesse o controle. Ah... – Recuei. – Não é o que acontece naqueles livros de vampiros, é?

Dessa vez, ele soltou uma risada sincera.

– Não. Podemos não ser Romeu e Julieta ou Lorenzo e sua Jéssica, mas certamente não somos *eles*. Não tenho o mínimo desejo de beber o seu sangue.

– Nenhum de nós está pronto. Não importa. O lobo vence na maior parte do tempo... Ele confunde meus impulsos e minhas reações. Quando eu conseguir domá-lo, teremos... Outros problemas. – Ele disse como se fosse uma promessa, e não uma ameaça.

– Hum. – Problemas... Eu tinha vários.

– Ficar longe de você não tem ajudado – ele admitiu. – Eu venho usando o cheiro de Sarah como escudo com muita frequência. Acabei desenvolvendo uma certa tolerância.

Puxei meu cabelo.

– Pietr, Sarah... – Eu não conseguia dizer. Não queria pensar naquilo.

– *Da*. Eu sei. Todos os garotos já me deram os parabéns por *nada*. Ela devia ser...

– Popular – conclui. – Droga! – Eu apoiava o peso do meu corpo em um pé e, em seguida, no outro, em meio à frustração. – Isso é uma droga. Então não tenho permissão para abraçar ou beijar você... Até quando?

– Até meu autocontrole voltar.

– Você tem um tempo estimado para chegada desse autocontrole?

Pietr bufou.

– Eu ando trabalhando nisso – ele suspirou. – Acredite em mim, Jess. Estou me esforçando. Você... Você é minha Vassilissa...

Da ilustração que ele tinha me dado de aniversário... A ilustração que agora estava pendurada sobre minha cama.

– Minha luz nessa escuridão – ele completou.

Eu suspirei.

– Só para revisar... Você perde o controle e...

– Me transformo.

– E depois? Vem se esfregar na minha perna?

– *Nyet* – Pietr gargalhou. – Mas seria péssimo se um lobo saísse correndo no meio das aulas atrás de você.

– Já entendi. Mas... Espere. Depois que você tentou trocar seu trabalho social e eu dei um beijo em você, você não...

– Eu lutei pra caramba – ele resmungou, coçando a cabeça. – E depois dei muitas voltas na pista. Minha melhor marca pessoal, a propósito. Cheguei à sala alguns momentos antes de você.

– Ah. – Aquilo era ótimo para o meu ego. Em enormes proporções. Eu podia deixar um cara louco, e não era de uma forma que o fizesse pichar coisas a meu respeito nos muros. E eu estava deixando louco o cara certo. Está bem, talvez eu também estivesse deixando o pobre Smith louco. Mas ele era um dano colateral. Pietr era meu alvo.

E eu estava certa.

– Você não pode ser meu amigo?

– *Nyet*. Quero muito mais do que amizade de você.

– Ah... – *Isso* eu podia entender. – Não estamos no intervalo entre as aulas agora – deixei claro.

Agarrei Pietr tão rapidamente que ele não teve chance de se esquivar. Meus lábios se encostaram contra os dele e eu mexi minha boca com um fervor que nunca tinha sentido antes. E ele respondeu com um calor e uma fome incomparáveis. Meu beijo, carregado com toda a confusão, a dor e a esperança que eu sentia desde a primeira vez que ele se transformou. O beijo dele, forte como nossa necessidade mútua de reencontro. Até que meu Pietr humano recuou, tornando-se embaçado, e o lobo saiu daquelas roupas e correu.

Empurrei as vestimentas rasgadas com a ponta da minha bota. Ele não voltaria a vestir *aquilo*. Eu teria de corrigir Cat a respeito do que ela tinha me dito sobre os lobos não explodirem para fora de suas roupas.

Dei minha primeira risada sincera em semanas.

Meu celular tocou.

– Sim, pai, já estamos a caminho. Rio fez um ótimo trabalho. Sim... Eu também... Meu trabalho não foi nada mal.

# Capítulo 33

A brisa do outono batia contra meus cabelos e gelava meu pescoço enquanto eu saía do ônibus. Feliz por ver a entrada da escola a poucos passos de distância, fiquei surpresa ao ver Sarah esperando por mim. Na verdade, mais do que me surpreendi. Eu me assustei.

Ela expirou um ar profundo e correu em minha direção. Antes que eu pudesse pensar em uma forma de me defender, Sarah se lançou em um abraço feroz até mim. Lutei para disfarçar o susto, olhando por sobre seus cachos suaves e angelicais e procurando por alguma pista que me ajudasse a entender seu comportamento. Ela finalmente me soltou.

– O que está acontecendo? – perguntei, tentando evitar que a apreensão ficasse clara em minha voz.

Sarah fez uma carranca, embora mantivesse seus lábios perfeitos.

– É Pietr – disse ela.

– Ah... O que aconteceu? – Eu esperava que minha pergunta soasse melhor para os ouvidos dela do que soava para os meus.

– Ele terminou comigo.

– Ah. – O que eu poderia dizer? Não sinto muito por vocês terem terminado? Porque, na verdade, eu não sentia. E não poderia mentir com relação a isso. – Sinto muito pela sua dor, Sarah – foi o que eu consegui dizer.

Conforme a manhã seguia, comecei a acreditar que Pietr não tinha ido ao colégio. Embora Sarah estivesse por ali, Derek, seu companheiro, raramente podia ser visto. É claro que Max, sempre vigilante, constantemente me escondia, assim como fazia com Amy.

Até mesmo enquanto bancava o segurança grosseiro, Max tinha um brilho em seus olhos toda vez que olhava para Amy.

Eu me sentia à vontade por saber que Sarah não imaginava que Pietr tinha terminado com ela por minha causa. Porém, quando Sarah anunciou que eles tinham terminado pelo telefone, pensei exatamente no que Amy tinha dito.

– Aquele covarde! – Com as mãos na cintura, Amy se tornou a mulher enfurecida que representava todas as mulheres. – Como ele teve coragem de fazer isso? Como eles se atrevem a esperar que nós invistamos nosso tempo e nossa energia emocional para depois, quando realmente sentimos algo por eles, recebermos *aquela* ligação! – Ela sacudiu a cabeça, balançando seus cabelos ruivos. – O fato de um cara ser bonito não dá a ele o direito de achar que não precisa falar as coisas diretamente na nossa cara.

– Você terminou com Marvin pelo telefone – apontou Sarah.

– Eram circunstâncias totalmente diferentes – adverti, tremendo.

– Além do mais, não acho que chegamos ao fim – confessou Sarah. – Eu só acho que ele gosta de olhar para outras garotas. Na Rússia, alguns homens casados mantêm uma ou duas amantes. Vocês sabiam disso?

Olhei para Max em busca de uma confirmação.

Ele deu de ombros.

– Isso acontece em todos os lugares – ele respondeu.

Sarah o ignorou.

– Mas ele precisa saber que as coisas são diferentes aqui – ela continuou. – Quando ele se der conta do que perdeu, vai acabar...

– O quê? – perguntou Amy. – Vai acabar voltando com o rabinho entre as pernas?

– Vai voltar *correndo* com o rabo entre as pernas – corrigiu Sarah. – Rápido como um raio.

Engoli minha saliva enquanto dava tapinhas no ombro de Sarah.

– Às vezes as coisas não acontecem da forma como queremos. Talvez seja melhor assim. Quer dizer, tenho certeza de que há alguém esperando por você. E... – Engoli em seco, pensando na possibilidade de Sarah e Derek retomarem seu relacionamento. Oficialmente. E se ele fosse parte do motivo pelo qual ela era tão péssima antes? Sophia não era a única garota que tinha um passado envolvendo Derek. – E o Derek?

Ela deu de ombros.

– Derek é meu amigo. Estamos bem, mas não funcionamos mais *daquele* jeito, sabe?

Amy tentou ajudar acrescentando:

– Bem, você é jovem, atraente, inteligente... Tenho certeza de que há um cara esperando por você.

– O cara certo... – Explicitou Sarah. – É Pietr.

Como se tivesse ouvido seu nome, Pietr apareceu, segurando minha mão e sorrindo como se fossemos as duas únicas pessoas naquele colégio.

*Droga!*

– Pietr! – Sarah olhou para ele, depois para mim e seu olhar ávido finalmente pousou sobre nossas mãos. Juntas. – Ah.

Ela lançou um olhar para Amy.

– Que situação bizarra – resmungou Sarah com olhos apertados. – E você estava *mesmo* tentando fazer com que eu me sentisse melhor.

Amy deu de ombros.

– Eu gosto de experimentar de tudo pelo menos uma vez.

Max resmungou algumas palavras de otimismo com aquele seu estilo *bad boy*.

– E então, há alguém aqui que não sabia desse pequeno *envolvimento*? Alguém além de mim? – Sarah levantou a mão, tentando encorajar os demais.

Nenhuma outra mão subiu. Nem mesmo a de Sophia, embora eu nunca tivesse lhe contado nada a respeito disso.

– Que ótimo! – Ironizou Sarah. – Todo mundo sabia. Todo mundo menos eu. Há quando tempo vocês estão... – Ela fez uma pausa, as palavras desapareceram por um momento. – Há quanto tempo vocês estão... *tramando* isso?

– Eu nunca planejei...

– Não... – Gritou Sarah. E eu vi aquele fogo que ela costumava ter, aquele perigo que ela costuma ter, crescendo em seus olhos. – Vocês *só podem* ter planejado. Nenhum outro namorado meu me deixou sem alguma... – Ela fez mais uma pausa, brigando com as palavras. – Sem alguma cúmplice que fizesse os planos ou fosse *para a cama* com ele.

Pietr ficou furioso com as acusações.

– Veja bem, Sarah, eu sinto muito. – Lembrei-me de como essas palavras soavam lastimáveis quando vindas de Pietr, mas esperava que elas soassem mais autênticas vindas de mim. Ainda assim, não passavam de palavras. Pequenas sílabas patéticas que significavam tão pouco.

– Ah. Bem, então está tudo bem. Contanto que você realmente sinta isso.

Olhei para ela como se estivesse olhando para uma cobra venenosa.

– Pietr – Ela caminhou na direção de Pietr e pressionou seu corpo fortemente contra o dele, enfiando as mãos entre as nossas para soltá-las. Sarah levantou o rosto de modo que Pietr pudesse ler facilmente o calor e as promessas em seus olhos. – Sei que você sabe que não terminamos. Eu entendo a tentação – confessou. – E talvez, mesmo se você não tiver encontrado outra pessoa quando se cansar de Jéssica... Quer dizer, quanto tempo isso pode durar? Enfim, talvez eu o aceite de volta. *Se* você tiver sorte.

Max e Pietr enrijeceram quando Derek apareceu atrás de Sarah e apoiou suas mãos sobre os ombros dela.

– Venha – sussurrou Derek, olhando para mim enquanto segurava a mão de Sarah.

Aquele tom me fez tremer.

Juntos, eles saíram andando. Sarah rebolava um pouco enquanto caminhava, para o bem de Pietr.

Ele me envolveu em seus braços, como um escudo, e me abraçou tão apertado que eu sabia que ele tinha testado suas resistências. Eu me afastei de seu abraço. Ele estava sendo forte, estava tentando com todas as suas forças me dar aquilo que eu queria e contra o que ele tanto lutara.

– Ééé... Louca – disse Amy em meio a um longo assobio.

– Louquíssima de pedra – confirmou Max.

– Está bem... – Apertei a mão de Pietr. – As coisas poderiam ter sido melhores. Quer dizer, não era justamente isso que estávamos tentando evitar?

– *Eezvehneetyeh.* Sinto muito, Jess. Sarah e eu terminamos ontem à noite.

– Pelo telefone – repreendi.

– Isso é pelas mulheres de todo o mundo – disse Amy, dando um soco no braço de Pietr. – Pelas loucas e pelas sãs.

Sophia abriu um pequeno sorriso:

– Não sei como você se mete em tanta encrenca, Jessie – disse Soph com aquela voz suave. – Mas você é sempre divertida.

– Óóótimo! – Soltei a mão de Pietr para passar a mão em meus cabelos. – Acho melhor fazermos coisas mais leves por um tempo.

– O que você quer dizer?

– Nada de beijos e abraços. Andar de mãos dadas ocasionalmente, mas nada que Sarah possa interpretar como se estivéssemos esfregando na cara dela que estamos juntos. Não em público. Não quero que essa situação seja ainda mais difícil para ela.

Max resmungou em nome de Pietr.

– Em algum momento, Jessie, você precisará dar um osso para o cachorrinho.

Meu celular zumbiu, vibrando sobre o criado-mudo. Peguei-o para ver, ainda com olhos embaçados, quem era. *Wanda*. Por que ela não podia deixar as coisas como estavam? Desde nossa primeira visita à mãe dos Rusakova, Wanda afirmava com veemência que eu não devia ver Pietr. Ela sempre disfarçava suas mensagens afirmando que estava preocupada comigo: com minha saúde, com meu coração... Mas eu sabia que aquela mulher tinha outras motivações. Havia algum motivo escuso por trás daquilo.

E a interferência de Wanda estava afetando seu relacionamento com meu pai, porque ele finalmente tentava ver as coisas da mesma forma que eu as via. Meu pai insistiu que Pietr mostrasse suas notas para ele e, por sorte, aquilo justificou algumas aulas de reforço. Assim sendo, Pietr me ajudava com o colégio e eu o ajudava com a vida. E com a aceitação.

Desfrutamos de vários dias de paz, abraçados no sofá dos Rusakova, estudando. Por alguns momentos, cheguei a acreditar que seria possível salvar minhas notas. Naqueles dias, Alexi e Cat estavam relativamente ausentes e Max e Amy estavam por todos os cantos, rindo e flertando escancaradamente. Porém, havia ainda, sob tudo aquilo, o estresse por Tatiana não estar livre. E esse estresse desgastava todos nós.

Os Rusakova tinham voltado para visitá-la mais algumas vezes, mas a CIA (uma organização que cada vez mais eu duvidava ser o que ela afirmava ser) sempre criava alguma desculpa para não libertar Tatiana. E continuavam pedindo as mesmas amostras. E mais e mais vezes.

Eu não me importei em ler a mensagem de Wanda antes de apagá-la, olhar para o relógio e telefonar para Max, que me buscou assim que meu pai e Annabelle Lee tomaram café da manhã e que eu tinha feito minhas obrigações.

De volta à casa dos Rusakova, nos reunimos em volta dos treze diários, depois que Amy saiu para correr. Max havia ido com ela, ainda preocupado com a possibilidade de Marvin tomar alguma atitude idiota. Amy prometeu pegar leve, mas Max afirmou que poderia correr tão rápido quanto ela quisesse, deixando claro que tinha uma resistência *incrível*. Tudo dito com um sorriso inegável de lobo.

Deitado no chão, Pietr se espalhou em volta de mim (testando sua própria resistência). Corri o olhar pelos velhos livros.

– Então é desse mesmo que vamos precisar – declarei, apontando para o material que Hazel nos tinha oferecido.

– *Da* – disse Alexi. – Agora é só uma questão de juntar tudo. Parece que essa senhora Feldman foi mais fundo nisso do que ela mesma suspeitava.

Lutei para não questionar a relutância de Alexi em chamá-la de algo mais familiar.

– As notas da senhora Feldman são bastante promissoras – ele continuou. – Isso, minha pesquisa e a pesquisa do meu avô... É possível que tenhamos alguma coisa. Acredito que só haverá problemas se não conseguirmos descobrir esses dois últimos ingredientes que meu avô sugeriu. Eles não fazem sentido quando você lê as palavras em russo.

– Bem, o que são eles? – antes que ele abrisse a boca, complementei a pergunta – Com tradução. Sério... A língua russa é adorável, mas para mim é como se você falasse grego.

Alexi suspirou.

– Pensei que Pietr estivesse ensinando russo para você.

Enrubesci. Cat riu.

– Nada que esteja ligado a reações químicas – pensei por um segundo. – Ou talvez sim – complementei, rindo.

Pietr gemeu.

– Não quero saber disso – comentou Alexi. – O irritante é que parece que ele tentou disfarçar a lista. Como se não quisesse que suas ideias caíssem em mãos erradas.

– Ele teve sorte de, até muito recentemente, ninguém ter descoberto essa pesquisa para dar continuidade a ela.

– Aqui está – Alexi passou a mão pela página. – Estou dizendo... Meu avô gostava de fingir que era poeta. Esse ingrediente... Ele descreve como: Lágrimas antigas de olhos como seiva; altos como o pinheiro que toca a estrela.

– Âmbar – respondi.

Todos olharam para mim.

– Como assim? Vocês devem ser péssimos em palavras cruzadas. Acho que eu acabo com vocês em uma partida de Parole também. Lágrima antiga, pinheiro, âmbar.

– Isso aqui é aquela planta... acônito – mencionou, descendo o dedo pela lista.

– Sério?

Ele assentiu com a cabeça.

– A maioria das lendas é formada a partir de coisas reais.

– Você se daria bem com meu professor de História. E então, você tem isso, Alexi?

– Acônito? É claro!

Pietr rosnou.

– Essa planta é nojenta.

– É a forma mais simples de colocar um lobo indisciplinado de castigo – gargalhou Alexi. Olhei brevemente para ele. Desde sua primeira visita à sua mãe, Alexi estava com um aspecto bem melhor. Bem mais saudável. Deixar seus pseudoirmãos cientes de que ele estava o tempo todo fazendo o que precisava ser feito (e com a aprovação da mãe) fez uma enorme diferença. – E isso aqui é algo como: "A vida, líquida, corre desde a mão que treme até o coração que trepida".

– Sangue – dei de ombros.

– Sangue de quem? – perguntou Cat.

– Espere. Hum... – Alexi pegou outro volume. – Meu avô acreditava que os opostos se atraíssem por algum motivo, que tudo procura por algum tipo de balanço ou equilíbrio estranho. Ele também acreditava que, quando duas coisas muito diferentes se uniam, era possível encontrar a semelhança entre elas.

Olhei para Pietr.

– Nós somos muito diferentes e, ainda assim, estamos juntos. E se for o meu sangue?

Ele estremeceu só de pensar naquilo.

– No laboratório, no dia em que eles fizeram os testes iniciais... – Alexi fechou os diários. – Suas amostras pareciam brigar contra as de Max.

Engoli em seco.

– É meu coração... – Puxei o pingente de âmbar, balançando-o diante deles. – Meu sangue. Caramba! Eu sou a cura? – Quase caí de costas. – É por isso que Wanda...

– O quê?

– Wanda tem recusado com veemência me trazer aqui. Ela e meu pai discutiram. Ela queria que eu ficasse de castigo por ter ido com Max até a casa de Marvin sem ter avisado.

– A CIA sempre soube disso – disse Cat. – Você é realmente parte disso.

– Droga! Mas Wanda disse que queria que vocês fossem curados... Que fossem normais – insisti.

Pietr se sentou e olhou em meus olhos.

– A: Max nunca será normal. B: Como assim o único filme de lobisomens que você não viu foi *Dog Soldiers – Cães de caça*?

– Esse é um filme de soldados com lobisomens, e não um filme de lobisomens com soldados – retruquei.

– Concordo com Pietr – disse Alexi. – A CIA não quer que eles sejam curados. Eles querem produzir outros lobisomens, e infelizmente todos os lobisomens de sangue puro aos quais eles têm acesso agora são da mesma família. Por isso eles não podem arriscar fazer um cruzamento.

– Nós estamos bem aqui, sabia? – Disse Cat, enojada.

– *Eezvehneetyeh* – continuou Alexi. – Então, para ter qualquer chance de replicar a genética dos lobisomens, eles precisam de todo o DNA que puderem testar antes que o material genético comece a quebrar por conta da idade.

Senti um aperto no coração.

– A maior parte do DNA humano começa a quebrar ainda bem cedo. – Esfreguei minha testa e olhei para Alexi. Ele sabia. – Meu Deus... O DNA da sua mãe... Não posso fazer o trabalho. Ela...

Pietr assentiu com a cabeça, começando a perceber o que estava acontecendo.

– A utilidade dela chegou ao fim. Exceto como uma forma de nos atrair.

Ele fechou os olhos e me puxou para perto, para que eu o envolvesse em meus braços.

– Precisamos libertá-la – verbalizei aquilo de que todos tinham ainda mais certeza agora.

– E precisamos ter a cura pronta – afirmou Cat.

– Vou fazer o que puder para ajudar – prometi.

Cat assumiu o controle.

– *Horashow*. Precisamos de uma faca de cozinha esterilizada, de uma tigela e do seu braço.

Eu me separei de Pietr para pegar as ferramentas na cozinha. Trouxe para a sala de jantar uma tigela, uma faca e um almofariz que eu tomei o cuidado de desempoeirar.

Cat trouxe alguns curativos e Alexi contribuiu com um incrível kit de química. Cat empurrou a manga do meu agasalho para cima enquanto eu me sentava à mesa e, em seguida, esterilizou meu braço. Alexi murmurou:

– Se essas notas estiverem corretas... – Ele estendeu a mão para pegar o pingente que eu gentilmente passei para ele. Meu coração era o mínimo que eu daria para ajudar os Rusakova. – Não devemos precisar de muito âmbar nem de muito sangue para fazer isso funcionar.

Ele colocou o pingente no almofariz e o passou junto com o pilão para Pietr.

– Vá em frente. Você já quebrou o coração dela antes. Dessa vez, faça isso por um motivo mais nobre.

Pietr bravejou, forçando o pilão no almofariz. Ouvi o pingente quebrar. Ele o apertava lentamente, de forma decidida, para que não derrubasse o pó e perdesse aquele material precioso.

A porta da frente se abriu e, por um momento, todos nós congelamos, esperando que Amy entrasse e subisse as escadas para tomar um banho. Em vez disso, Max nos surpreendeu, analisando a situação.

– Volto em um minuto – gritou Max, olhando para trás.

Senti o corte quando a faca passou pelo meu braço. E senti um formigamento quente enquanto meu sangue corria.

Max procurava por alguma coisa na mochila de Amy.

– Essa garota vai acabar comigo – admitiu, sacando um caderno de desenho e alguns lápis. E, sorrindo, acrescentou: – Mas eu estou adorando. Está tudo bem por aqui?

Alexi assentiu.

Olhei para a poça vermelha que se juntava na tigela colocada ao lado do meu cotovelo.

– E o sangue humano não...

Max bufou e Pietr riu.

– Jessie! – reprovou Cat. – Não somos tubarões. Nem vampiros – acrescentou com melancolia. – Sangue humano não abre nosso apetite.

– Contaminado demais por química e conservantes – sussurrou Pietr. – Só fica interessante se tiver alguma substância que atraia os *oborot*...

– Ou nos deixe viciados – acrescentou Cat. – Heroína, *crystal meth*, cocaína...

– Pizza – sussurrou Max, lançando um olhar malicioso em minha direção. – O que você almoçou hoje, Jessie? – perguntou ele, lambendo os lábios.

– Você é tão insuportável – murmurei.

– E você está dizendo o óbvio – apontou Pietr.

– Ei! – gritei para Max. – Amy voltou a desenhar?

– *Da.* Mas ela vai me matar se eu mostrar alguma coisa para você. A maioria das imagens é de nus... – Ele encheu o peito. – E *eu* sou o modelo.

– Mentiroso. – Ele só podia estar blefando. – É sério. Em que ela está trabalhando?

– Em mim – declarou Max, franzindo a testa. – Quase tanto quanto eu trabalho nela – e piscou os olhos maliciosamente.

– O sangue está saindo rápido – surpreendeu-se Pietr, inclinando-se na direção do meu ombro para observar.

– Porque seu irmão está me irritando – resmunguei.

– Posso mostrar um desenho que ela fez... – Max puxou uma folha de papel solta em meio às páginas do caderno de desenho e a segurou com orgulho.

Uma folha de papel duro com alguns riscos criando cabelos vermelhos e peitos à mostra olhava para mim, sorrindo.

– Max! – repreendi.

Ele puxou o papel de volta e deu de ombros.

– Pois é. Ela disse: Chega de gastar papel com você!

– Temos sangue suficiente – anunciou Pietr. Em seguida, Cat fez um curativo em mim.

– Fico feliz por eu ter acelerado o processo – provocou Max, dando um beijo molhado em minha testa antes de voltar para onde estava Amy.

Alexi calculou cuidadosamente os ingredientes, misturando parte do pó e do acônito ressecado ao sangue antes de colocar a mistura em uma proveta e esquentá-la lentamente.

Max reapareceu na sala de estar, procurando por mais alguma coisa.

– Que nojo! – Exclamou, torcendo o nariz.

– Definitivamente é nojento. Essa... – Concordei.

– Tem o cheiro da comida da Cat – concluiu Max.

– Que curioso, Maximilian. Não me lembro de ter ouvido você reclamar quando você lambeu o prato com aquele bolo de carne – zangou-se Cat.

– Fiz isso puramente por uma questão de autodefesa. Se eu não tivesse comido, aquilo teria me atacado – protestou Max.

Cat jogou um caderno contra ele.

Max se esquivou, rindo.

– Nós estaremos na varanda dos fundos. Durante... uma hora?

Alexi assentiu.

– *Horashow.* – Ele verificou a temperatura da mistura e desligou o aquecedor. – Bem, deve ser simples assim. É incrível o que pode ser desfeito quando alguém está disposto a se arriscar e a fazer um pequeno sacrifício.

– Mas e agora? – perguntei.

– Vamos precisar testar. Ver com a ajuda do microscópio o que essa mistura faz com uma amostra do sangue deles em uma lâmina.

– Você tem um microscópio?

Pietr murmurou algo para Cat.

Alexi assentiu, ignorando-os.

– No andar de cima. Vou buscar. Vamos testar nossa solução com o sangue deles e ver o que acontece. Se alcançarmos o resultado, podemos decidir se deve ser ingerido ou injetado.

Pietr murmurou novamente.

– Vai demorar um pouco mais, mas a ciência costuma funcionar – explicou Alexi.

Eu não pude evitar. Virei para ver sobre o que Pietr estava reclamando.

– Cat! – Gritou Alexi, olhando horrorizado.

– Tempo é precisamente o que não temos – disse Catherine em tom de lamento. Ela sorriu. Seus dentes estavam manchados de vermelho escuro e marrom. Com o meu sangue. – Não era você quem estava falando em sacrifícios e riscos?

– *Da* – ele sussurrou. – Mas isso é como se fosse um remédio... Existe uma dose...

– Nós vamos ficar bem – ela assegurou. – Eca!

– O quê? Qual é o problema? – Ele perguntou, sacudindo o corpo de Cat.

Ela torceu o nariz.

– Um pouco de... gosto residual. Acho que eu preciso me sentar. Ou... – Ela olhou para mim.

– Ir ao banheiro? – Eu estava fechando a porta do banheiro atrás de nós quando ela finamente fez um sinal afirmativo com a cabeça.

– Você está bem? – Perguntei.

Ela vacilou e eu a ajudei a sentar-se no chão frio perto da banheira.

– Eu vou ficar muito melhor do que apenas "bem" se isso funcionar, Jessie – confessou. – Ser um humano normal... Ter um período de vida normal. Isso é melhor do que qualquer coisa que eu possa já ter sonhado.

Ela colocou a mão sobre o estômago e gemeu.

– Ai.

– Vou chamar Alexi.

Porém, Cat segurou meu braço e disse claramente:

– *Nyet.* Não quero que ele me veja... Desse jeito. Aaah. Pietr. Chame o Pietr. – Ela caiu do lado da banheira, olhos estreitos e endurecidos.

Eu mal tive tempo de abrir a torneira antes de ele passar por mim e se ajoelhar ao lado de sua irmã gêmea.

– Eu ouvi – ele sussurrou. – Dói, *da*?

– *Daaa.*

Cat mordia o lábio inferior para não gritar.

– Como na transformação?

– Ugh. Mais... *barulhento* – Ela tremia, apertando os ouvidos com as mãos. – Ah. Eu acho...

Eu gritei quando o lobo tomou forma, assumindo o controle de Cat. Com olhos queimando e a língua passando por entre dentes afiados, o animal pulou sobre mim.

Em um piscar de olhos, Pietr estava entre nós, tirando o meu ar conforme me empurrava na direção da porta do banheiro. Alexi gritou para que o deixássemos entrar pelo outro lado. O coração de Pietr batia tão forte que ameaçava sair de seu corpo e bater contra mim. Isso também era novidade para ele.

E não era reconfortante.

– Catherine. Ekaterina! – Ele gemeu algo em russo para ela e seu corpo queimava enquanto pelos brotavam por toda sua cabeça, pescoço, ombros, braços e torso. Ouvi um estalo, como se os ossos e as articulações existentes em Pietr lutassem para se transformarem de uma só vez. Com um grito que me fez sacudir, o Pietr humano se derreteu e o lobo surgiu, fazendo a camiseta rasgar. Com mandíbulas salivantes, ele se inclinou na direção dela. Os pelos no corpo do lobo ficaram enriçados e o faziam parecer ainda maior... Mais aterrorizante do que qualquer outra vez em que eu o vira em sua pele de lobo.

Ainda na forma de lobo, Cat resmungava. Sua garganta tremia enquanto emitia uma última ameaça antes de cair contra o chão e expor sua barriga frágil. Entregando-se.

Pietr fechou a boca sobre a parte superior do pescoço de sua irmã e a puxou, sacudindo-a fortemente antes de jogá-la de volta contra o chão. Ele bufou um ar tão quente que o espelho do banheiro chegou a embaçar.

Cat tremia no chão enquanto Pietr lentamente recuperava sua forma humana e seus sentidos.

– O que está acontecendo? – Perguntou Alexi, batendo tão forte na porta que meu corpo chegava a sacudir.

– Ela se transformou. Não sei... – Tentei explicar pela porta do banheiro, apoiando minhas mãos nas costas nuas de Pietr. – É como se ela tivesse entrado na pele de lobo e agora...

– *Não* é minha semana de limpar o banheiro. – lembrou Max.

– Volte para a varanda e mantenha sua namorada ocupada – ordenou Alexi.

– É difícil manter Amy ocupada quando há tanto barulho – resmungou Max, enquanto descia as escadas marchando. Sob seus ares de mau humor, pude ouvir uma verdadeira frustração. Ele estava realmente preocupado com Cat.

– E agora, Jessie? Você pode me deixar entrar?

– Não, sinto muito. Cat disse que você não devia entrar aqui.

– Droga – os punhos de Alexi batiam violentamente contra a porta outra vez.

– Ela vai ficar bem, Alexi. – Pietr tentava confortá-lo com uma voz firme. Eu era a única que podia ver como suas mãos tremiam. A única a ver o medo refletido em seus olhos.

De repente, Cat se mexeu violentamente, tremendo do focinho ao rabo. Seu corpo se rasgou no meio, como se não fosse nada além de um papel toalha saindo do rolo. Catherine saiu da pele de lobo, salpicada de sangue. Sincera, humana e exausta, ela abriu o sorriso de alguém que se desculpava.

# Capítulo 34

Por mais estranho que possa parecer, as coisas melhoraram entre mim e Sarah. Era quase como se estivéssemos de volta aos tempos pré--Pietr. Sarah engolia livros o dia inteiro (*Macbeth*, de Shakespeare, e *A revolução dos bichos*, de Orwell), e eu não me envolvia em nenhuma manifestação pública de afeto. Max e Amy compensavam minha carência dessas demonstrações, e eu me preocupei quando vi, em uma manhã, Marvin olhar para eles, até Derek puxá-lo e levá-lo para outro lugar. Um pouco distante dali, Sophia observava o nada quase com a mesma curiosidade com que observava nossos movimentos.

– Ela está aqui? – perguntei depois que todos tinham se espalhado pela casa.

Sophia franziu a testa, focando algum outro ponto, como se tentasse ouvir alguma coisa bem longe dali. Em seguida, assentiu.

– Ela se manifesta de forma cada vez mais clara – suspirou. – Quando tenta. Acho que ela gostaria que você pudesse vê-la também.

Olhei para o mesmo ponto que atraíra a atenção extasiada de Sophia. Sem sorte.

– Eu sei que ela está por aqui ocasionalmente – assegurei.

– Ela está sempre por aqui – corrigiu Sophia.

– Ah... – Pensando na minha mãe como testemunha da rápida sessão de amassos que eu tinha tido com Pietr na noite anterior, murmurei: – *Super* vou ficar de castigo quando eu morrer.

Sophia gargalhou.

– O que ela está fazendo?

– O que os olhos não veem, o coração não sente... Acho que ela quer dizer que sabe quando é hora de tapar os olhos e os ouvidos.

– Minha mãe sempre teve um ótimo senso de humor.

– Ela também está feliz por você estar longe de Derek.

– Pois é, eu queria saber por que isso é tão importante... Quer dizer, eu sei que ele está envolvido com alguma coisa estranha, mas...

– Fique longe dele, Jessie – enfatizou Sophia. – Não importa o que acontecer. Você tem tido sorte, mas uma hora até a maior das sortes chega ao fim.

O senhor Belden saiu da classe, olhando para nós.

– Último sinal em três.

Corri para a porta...

– Dois.

...corri pela sala...

– Um.

... e me sentei ao lado de Pietr.

O sinal tocou. Belden bateu uma folha de papel cor-de-rosa sobre minha carteira.

– Detenção – declarou.

– O quê? Mas eu consegui chegar...

– Correu pelo corredor.

– Isso é totalmente injusto – murmurou Pietr.

– O que o senhor disse, senhor Rusakova? – Perguntou Belden.

Pietr fez uma pausa enquanto chegava a uma decisão.

– Isso é injusto. É um saco.

Outra folha rosa apareceu.

– Para você também – disse Belden, aparentemente bastante satisfeito.

Mas Pietr estava ainda mais satisfeito.

Estávamos em meio a equações quando a carteira atrás de mim cambaleou e senti algo quente e molhado pingar em minhas costas.

– Meu. Deus. – Eu conhecia aquele cheiro de algum lugar.

Vômito.

Saímos de nossas carteiras e olhamos para Kylie Johansen tendo uma convulsão, espalhando aquele líquido como um irrigador de grama programado para jogar água em direções aleatórias. Belden falava ao microfone de comunicação interna. A enfermeira já estava a caminho quando Pietr e eu afastamos nossas carteiras do corpo de Kylie, que se retorcia.

A enfermeira gritou para que tirássemos as coisas do caminho na sala. Os paramédicos chegaram tão rápido que eu me perguntava se Junction High os mantinham em *stand-by*. A porta da sala se fechou. Minha boca não fez o mesmo. Eu estava assustada. Olhei para meus colegas de classe. Stephen Marx segurava a cabeça como se tivesse uma enxaqueca extremamente forte e Lynn Marretti, pálida e trêmula, apertava seu estômago. Aliás, todos os meus colegas de sala, exceto Pietr, pareciam péssimos. E era *eu* quem estava coberta de vômito.

O senhor Belden olhou para mim enquanto os médicos levavam o corpo de Kylie sobre uma maca pelo corredor.

– Nada de detenção – murmurou o professor Belden, torcendo o nariz como se aquele fosse o pior cheiro que ele já tinha sentido na sala. – Essa punição já foi mais do que suficiente.

Pietr foi para a detenção e Max insistiu que Amy e eu devíamos acompanhá-lo até um café após o colégio, já que eu tinha me livrado do moletom nojento e agora mais parecia uma fã alucinada do Junction

Jackrabbits, dessas que usavam a camiseta de Educação Física em público. Civilizado como era Max, sua opção não seria nada como *drive--thru* ou café no Grabbit Mart. Em vez disso, ele estacionou o carro na frente do mais novo e mais europeu café da Rua Principal de Junction. Quando nossa conversa sobre amenidades se reduziu a quase nada, ele me olhou nos olhos.

– Pietr, Alexi e eu vamos sair hoje à noite.

– Ah... – Senti meu coração afundar. – Hoje à noite? – Aquilo era repentino demais, assustador demais. Eu sabia que o tempo estava se esgotando. Eu sabia que a CIA não cooperava. Eles manteriam Tatiana viva se isso garantisse a eles acesso (e uma sensação de controle) àquela família. Mas quando Wanda começou a tentar me manter distante dos Rusakova, os lobos decidiram que era hora de agir contra eles. Era hora de libertar Tatiana e de pensar em uma nova estratégia. Talvez um novo local.

Droga. Com Cat curada, só havia mais dois lobos e um humano contra uma rede de agentes. Eu já tinha sido avisada de forma bastante direta por um dos meus guardas caninos ocasionais de que eu não estava autorizada a ir.

Passei meu canudo pela base do copo, sugando os últimos goles do café com caramelo. A bebida sequer parecia doce agora que eu sabia de tudo aquilo.

– Quão ruim isso poderia ser, Jessie? – Amy deu um soco em meu braço. – Eles vão sair uma noite. Em Junction. Pietr não quer ficar com ninguém além de você. – Ela passou o dedo dentro de seu copo para pegar o que restava do chantili.

Max olhou. Agora eu podia entender o título da música "Hungry like the Wolf".

Distraída, Amy lambeu o dedo.

– Quer dizer... Eles realmente conseguiriam arrumar problemas aqui, em Junction?

– É verdade – disse Max. Sua voz de repente estava uma oitava abaixo. – Em que tipo de problema eu, a gente... Em que tipo de problemas *a gente* conseguiria se meter em uma cidade pequena como esta?

– Com você ao volante? Vários! – Chutei-o por debaixo da mesa para enfatizar.

Uma breve pausa em uma das seis ou sete farmácias da cidade (falando sério, de quantas farmácias uma cidade como Junction precisava?) e os Rusakova estavam novamente munidos de curativos, pomadas e uma série de analgésicos e itens de primeiros socorros.

Amy olhou para Max enquanto ele enchia a cesta. Ele deu de ombros, sorrindo.

– Você sabe que Pietr tem uma predisposição a ferimentos.

Amy assentiu, certamente lembrando-se do passeio de triciclo, quando nós duas nos assustamos com a possibilidade de Pietr estar morrendo. Aquilo foi bem antes de eu saber que Pietr estava morrendo mais rapidamente desde que completou treze anos e que coisas "normais" (como concussões ou experiências de quase morte) significavam tão pouco para a saúde dele.

Fiz uma observação idiota:

– Talvez eu soubesse *disso*, mas tinha certeza de que você não conhecia a palavra predisposição.

– Não sou só um rostinho bonito – brincou Max.

Amy sorriu.

– E aí, se vocês vão sair hoje à noite, o que nós, garotas, vamos fazer? – Perguntou Amy.

– Vou ficar em casa – afirmei.

– Vamos fazer algo e dormir em casa! – Amy estava empolgada.

– Temos regras bastante claras sobre guerras de travesseiro – declarou Pietr.

– *Da* – disse Max. – Nada de guerras de travesseiro quando nós, garotos, não estamos aqui para observar.

Amy o empurrou e ele cambaleou para trás, como se aquele empurrãozinho dela fosse realmente relevante.

– Podemos assistir a um filme... Jogar alguma coisa – ela sugeriu, encolhendo um de seus ombros. – Vai ser legal.

– É, mas temos aula amanhã – constatei. – Preciso terminar esse trabalho idiota sobre o coração para a aula de Biologia. E todos temos de dormir em um horário razoável. – Eu esperava poder fazer Amy descer as escadas e chegar ao porão antes que os garotos voltassem para casa com Tatiana. Amy tinha um sono pesado... O que podia nos ajudar.

De repente, percebi que eu não sabia o que poderia acontecer se os garotos realizassem a tarefa com sucesso. Por que ninguém me disse?

Cat falou:

– Talvez eu tenha de sair bem cedo amanhã... Para pegar um voo, espero. – Cat continuou antes que Amy ou eu pudéssemos perguntar para onde seria esse voo. – Então pode ser que eu precise que uma de vocês prepare o café da manhã.

– Por favor... – Implorou Max.

Cat virou os olhos.

– De qualquer forma, vamos passar a noite toda fora – disse Pietr.

– Imagine a gente no Denny's – sugeriu Alexi para nós. – Poderíamos pedir panquecas enormes.

– Vou imaginar – pelo menos eu tentaria. Era muito mais agradável do que pensar no que eles realmente iam fazer.

Pedimos pizza. Havia um ar de comemoração. E quando chegou a hora de os garotos saírem, fiquei agitada. Aterrorizada. Eu sabia que não podia ir. Sabia que eu seria um obstáculo. Eu não sabia me esconder, eu não era forte. Certamente não conseguiria me recuperar se levasse um tiro. Mas a ideia de ficar sentada na velha casa em estilo Queen Anne enquanto eles arriscavam suas vidas para libertar a mãe era...

Na varanda da frente, Pietr puxou uma mecha do meu cabelo e a colocou atrás de minha orelha. Seus dedos correram suavemente na lateral do meu rosto. Levantei o queixo e o olhei nos olhos. Sua respiração aquecida ricocheteava em meus lábios, e meus batimentos estavam tão acelerados diante daquele olhar intenso que eu já não podia contá-los... Era como se a agitação fosse contínua. Pietr colocou seus lábios contra os meus, passou a mão em meu pescoço e a deslizou pelos meus braços até tocar em minhas costas. Ele me abraçou, puxando-me para mais perto.

Coloquei meus braços em volta de seu pescoço, fechei meus olhos e desliguei todos os meus sentidos, exceto aqueles que absorviam Pietr.

Ouvi sua respiração. Senti o gosto de seus lábios. Senti aquele cheiro selvagem de floresta que ele exalava. E senti... Senti... O peito de Pietr levantando e caindo contra mim. Os braços de Pietr, quentes como aço derretido, abraçando-me apertado. Os lábios de Pietr correndo pela linha do meu pescoço e parando em meu ouvido. E preenchendo minha cabeça com suas palavras:

– Temos tão pouco tempo. Precisamos fazer todos os momentos valerem a pena. – ele disse.

Meus dedos se entrelaçaram em seus cabelos escuros que formavam leves ondas na região da nuca. A respiração de Pietr se tornou irregular. Naquele momento, havia apenas nós dois.

– Calma – ele sussurrou. – Calma, Jess.

Eu podia ver o fogo se arrastando no fundo de seus olhos.

– Estou com medo.

– Não fique – ordenou. – Não posso me preocupar com você esta noite. Preciso me focar.

– É claro. Não se preocupe comigo, mas...

– O quê? – Ele sussurrou, unindo as sobrancelhas enquanto olhava para mim.

– Volte para mim, Pietr. Inteiro.

– Como quiser. – Ele me apertou contra seu corpo, lembrando-me do poder que tinha escondido sob aquela pele surpreendentemente humana. Pietr cobriu minha boca com a dele e me beijou com os olhos abertos, para que eu pudesse ver a brasa que eu tinha acendido.

Eu o agarrei, apertando sua camiseta em meus dedos, colocando meus pés sobre os dele.

– Farei o meu melhor, Jess – prometeu. – Por você, sempre faço meu melhor.

Alexi o agarrou, empurrando-o na direção do carro, que já estava a caminho da rua.

– Vamos, Max.

Max hesitou por um momento na varanda. Ele olhou para Amy. Ela o encarou, destemida, e respondeu a pergunta que ele não verbalizara:

– Não beijo ninguém que queira beijar outra pessoa além de mim.

Max sequer piscou os olhos. Ele logo a agarrou, abraçando-a e beijando-a até ter certeza de que os joelhos de Amy tremiam.

– De verdade? – Ela perguntou quando conseguiu recuperar o fôlego. – Você vai sair, mas... Você vai sair...?

– Que tipo de reputação eu tenho por aqui? – Ele resmungou, observando com olhos entreabertos a expressão de Amy.

– Uma reputação bastante merecida – respondi.

– Ééé...

– Vá. Eles estão esperando por você – disse Amy.

Ele se foi, descendo os degraus e correndo na direção do carro.

Eles aceleraram e nós voltamos para dentro da casa. Uma casa que parecia estranhamente vazia sem a energia selvagem dos Rusakova.

Derrubei as cartas que estavam em minha mão quando ouvi o carro na rua. *Rápido demais*, pensei. Vi o mesmo medo estampar o rosto de Cat.

– O que foi?

Cat e eu olhamos uma para a outra, e para Amy em seguida. Tínhamos uma linha do tempo diferente em nossas mentes. Acreditávamos que estaríamos dormindo quando os garotos voltassem com sua mãe após terem tido sucesso na missão.

Mas agora... Ela estava acordada e ciente.

Corremos na direção da porta. Os dedos de Cat encontraram a maçaneta um instante antes dos meus. Na sala de jantar, nossas cadeiras bateram contra o chão. Cat olhou para mim com olhos arregalados e inspirou irregularmente. Ela abriu a porta, boquiaberta, e correu para fora.

Fiquei congelada na porta de entrada.

– O que está acontecendo, Jessie? – perguntou Amy atrás de mim. – Você tem mentido demais desde que sua mãe morreu. E eu entendo. A verdade é um saco na maior parte do tempo, mas...

Percebi uma mudança no ar quando Amy se virou para olhar o caminho pelo qual Cat tinha seguido.

Entre nós, as palavras morreram. Estranguladas em nossas gargantas.

Sob a fraca luz das estrelas, quase não consegui reconhecer as silhuetas que mancavam em nossa direção. Duas imagens se arrastavam, quase carregando uma terceira entre elas, e Cat, a menor delas, caminhava em volta do trio ferido, falando em russo em tons baixos e de urgência.

– Você devia ir para a casa do seu pai esta noite – aconselhei Amy.

– Caramba, não. Conte para mim o que está...

Andei em volta dela. Meus olhos começavam a queimar enquanto lágrimas caíam.

– Se você não vai, pelo menos saia do meu caminho.

Empurrei Amy mais para dentro de casa enquanto eles subiam os degraus e eram banhados pelo leve brilho espalhado pela única lâmpada da varanda.

O rosto cansado de Alexi estava manchado de sangue, sua camisa, rasgada e com gotas vermelhas. Pietr estava pior. Um corte em seu rosto marcava o raspão de uma bala. Sua camiseta estava furada, os buracos contornados de vermelho. Havia sangue. Muito sangue. Estendi minha mão para ele, mesmo após perceber que ele não era o que estava em pior situação. Pietr pelo menos conseguia caminhar.

Já Max... Max era outra realidade.

– Cacete!

– Vá para dentro – ordenei a Amy.

Ela relutou para obedecer.

– O telefone não funciona. – Era tudo o que ela precisava para lembrar que os Rusakova não telefonavam para a polícia.

Ela puxou o celular do bolso enquanto passávamos por ela.

– O quê...?

– Às vezes é melhor não saber, certo?

Ela concordou com a cabeça, engolindo a lógica que tinha declamado anteriormente.

Cat fechou a porta atrás de nós e, juntas, colocamos Max no sofá da sala.

– Já estou cansando de trocar os móveis – avisou Cat; sua voz, trêmula.

Estendi a mão por sob a mesa de mármore, tocando com meus dedos na madeira, lembrando-me do aparelho de escuta que eu tinha deixado ali. Mas não encontrei nada. Pietr sorriu para mim, mexendo os lábios de uma forma assustadora conforme o sangue escorria de um corte para seus olhos. Conhecendo a forma como Max mexeu a boca, pude perceber que ele tinha retirado o aparelho de escuta antes que os riscos fossem maiores do que os benefícios.

– Você é o último da lista – informou Cat a Alexi. – Precisamos estabelecer um perímetro?

– *Nyet*. Eles vão ficar juntando as peças por algum tempo.

Eu não percebi que Amy tinha saído até que ela voltou para a sala trazendo um conjunto de curativos e pomadas.

– Boa garota – Alexi a cumprimentou. – Agora vá para casa.

Cat puxou os pacotes das mãos de Amy e os abriu.

– Pietr. Sente-se aí e tente não sangrar por toda a tapeçaria. Max? – Cat se inclinou sobre ele. – Max! – Ela deu um tapa, sua mão chicoteou o rosto dele.

Os olhos de Max se abriram. Ele tentava manter o foco.

– Irmããã... – Ele resmungou.

– Acorde, seu idiota. Preciso saber onde cada bala entrou. Seu corpo está tentando se curar. E aposto que eles enfiaram balas em vocês.

– *Da* – concordou Max, confuso. – Eles não são idiotas. Se eles conseguirem pegar um de nós, vão ter o que querem.

– De que diabos ele está falando? – Perguntou Amy.

– De nada – insistiu Cat. – Ele levou uma pancada na cabeça. E isso o deixa ainda mais idiota.

– Mas...

– Pegue o canivete aí perto da porta – ordenou Cat. – Você o deixou afiado? – ela perguntou a Alexi.

– Como uma navalha.

– *Horashow*. Precisamos de canetões também. Caso contrário, podemos deixar passar alguma bala... Eles estão na gaveta.

Segurei a mão de Pietr e fiz com que ele apertasse a gaze em volta de sua cabeça enquanto eu encontrava os canetões.

– Garotos, vocês correm o risco de não serem mais tão bonitos – murmurou Cat enquanto limpava o canivete com álcool. – Ou tão vivos – ela olhou para mim. – Tire a camiseta de Pietr e circule o local de cada ferimento.

Hesitando, assenti. Como eu conseguiria tirar a camiseta de Pietr sem fazer que ele sentisse ainda mais dor?

Cat lançou um olhar para mim e ordenou:

– Rasgue a camiseta!

Em seguida, ela se concentrou novamente em Max.

Segurei o colarinho da blusa de Pietr e puxei. O barulho era tão parecido com o da última transformação de Cat que me fez congelar. Lutei para manter meus olhos abertos, para ver as feridas que desfiguravam o lindo corpo de Pietr, tão marcado com buracos. Com mãos trêmulas, circulei cada um deles.

Pietr segurou meu pulso, o que me manteve firme.

– Não está tão ruim, Jess – disse, lançando seu olhar na direção do meu.

Minha visão embaçou. Meus olhos se enchiam de lágrimas.

– Eu sou a mentirosa nesse relacionamento. Nem comece.

Ele recostou no assento, observando-me por olhos entreabertos enquanto minhas mãos tremiam por seu corpo, circulando as feridas que já tentavam se fechar.

– Preciso ver suas costas.

Ele grunhiu e se virou desajeitadamente.

– O fato de uma das balas ter saído é bom ou ruim? – Perguntei.

– Está tudo bem – ele insistiu, mas a última palavra foi praticamente bufada.

– Mentiroso – protestei.

– *Você*, ajude aqui! – Cat gritou para Alexi. – Malditas mãos humanas... Não são nada firmes.

Trêmula, ela ficou ao lado de Max, o canivete cheio de sangue em suas mãos.

Alexi estendeu a mão e segurou o canivete, fazendo barulhos reconfortantes.

– Circule a outra ferida – ele sussurrou. – Eu corto. Tenho mais prática com minhas malditas mãos humanas.

– Aqui. – Amy estava ao meu lado com facas de cozinha em suas mãos. Lâminas brilhando e o cheiro de álcool. – Eu devo extrair as balas?

– Sim, todas elas.

Amy me cutucou.

– Com licença. Devemos limpar nossas mãos?

– Eu... – Infecções comuns não pareciam ser um problema para os lobisomens, mas o que eu diria a Amy? Até que ponto as mentiras eram mais nocivas do que a verdade? Sempre, provavelmente. – Apenas tire as balas.

– "Lucy, você tem umas explicações a dar" – disse Amy, no melhor estilo Ricky Ricardo.[1] Ela colocou as mãos na barriga de Pietr, prendendo o contorno das marcas de balas entre o dedo indicador e o polegar.

Pietr gemeu quando a faca entrou. Eu segurei sua mão.

– Eles cicatrizam tão rápido.

– Sim.

Seria inútil negar.

Ela enfiou os dedos no buraco, procurando pela cabeça da bala.

Pietr se contorcia, fazia caretas. Eu tirei as mãos dele da minha para que pudesse apoiar todo o meu peso sobre seu corpo. Com meu rosto a poucos centímetros do rosto dele, olhei diretamente em seus olhos brilhantes, ignorando a dor em sua expressão e os pedidos de desculpas que Amy dizia cada vez que tirava mais uma bala da carne de Pietr, que rapidamente cicatrizava.

Em vez disso, eu mantinha o melhor sorriso em meus lábios e dizia a ele o que faríamos quando o inverno chegasse. Prometi guerrinhas de neve, corridas de trenó e lutas em que pingentes de gelo seriam nossas espadas, tudo combinado com horas abraçados juntos próximos a uma lareira, tomando chá e chocolate quente. E durante todo o tempo em que eu falava, meu coração doía, pois eu não sabia se ele estaria vivo para que eu cumprisse minhas promessas.

Quando Amy tirou a última bala, as feridas estavam completamente cicatrizadas. E a pele de Pietr estava suave como a de um bebê.

---

[1] N. T.: Há, aqui, a reprodução da fala "Lucy, you got some 'splainin' to do", do personagem Ricky Ricardo do seriado *I Love Lucy.*

Ali do lado, Alexi se limpava e limpava o corpo de Max. Cat permanecia parada e em silêncio, escondida. Um turbilhão de emoções estampava seu rosto.

– Você tem certeza de que tinha bala aqui? – Perguntou Amy, passando o dedo sobre aquela pele perfeita.

– Eu só fiz círculos em volta dos buracos.

– E essa aqui não tinha uma saída? – Disse ela, batendo o cabo da faca no peito dele.

Pietr tinha caído em um sono desconfortável. Minha mão estava novamente entrelaçada à dele. Aquele corpo naturalmente forte agora parecia exausto.

– Não. Tenho certeza de que há algo aí.

Max começou a roncar. Alexi reuniu os pedaços de pele.

– É melhor queimarmos isso – ele sugeriu a Cat. – Seriam ótimas amostras para eles acrescentarem à coleção.

Ela concordou, muda, e seguiu com ele para fora da sala de estar.

Pietr tremeu. Eu pulei, gritando com a dor causada quando ele apertou minha mão. Seus olhos estavam arregalados e selvagens. Cegos. O vermelho queimava como fogo.

– Tiiire! – Ele gritou. – Tiiire isso daqui...

– Droga! – Amy estremeceu, perdendo o controle sobre a faca.

Pietr arranhou seu peito na área do círculo, agora desprezível, riscado com o canetão sobre sua ferida cicatrizada. Cego por conta da dor, ele se contorcia e gritava, raspando a pele.

– Max! – Gritei.

Em um piscar de olhos, Max estava sobre Pietr, colocando-o contra o chão e prendendo os braços do irmão sobre a cabeça.

Pietr deu um chute. Seu pé acertou a cabeça de Amy. Ela perdeu as forças, deixando a faca cair. Alexi e Cat pularam na direção das pernas de Pietr, segurando-as com seu próprio peso.

Em choque ao vê-lo se debater, pude ver todas as promessas que tinha feito a Pietr evaporarem e se transformarem em nada além de palavras sem valor.

– Ainda tem uma aí – resmungou Cat. – Corte, Jessie!

Respirei fundo e me joguei sobre o peito de Pietr, sentando sobre ele, enterrando a faca em sua pele.

– Não posso... – Solucei. – A costela... A costela está bloqueando a faca.

– Inferno – gritou Max, ajeitando-se e mantendo, com os joelhos, os braços de Pietr abaixados. Max levantou o punho e o bateu contra as costelas de seu irmão. Os ossos quebraram em consequência do golpe. Pietr soltava espuma pela boca.

– *Agora* corte!

Enfiei a faca e puxei um pedaço de carne e sangue, fazendo uma varredura pela ferida com meus dedos até finalmente encontrar a bala. Gemendo, extraí o projétil, segurando-o sobre o corpo inclinado de Pietr como o mais mórbido dos prêmios. Ela chamuscava, queimando os pedaços de pele e o sangue que ainda a envolviam.

Alexi a puxou de minha mão.

– E com uma ponta bem afiada. Como se a bomba-relógio genética que existe neles não fosse suficiente.

Pietr se acalmou sob meu corpo. Seu rosto tenso por conta da dor; seus olhos, fechados. A respiração finalmente voltou a ser regular. Empurrei seus cabelos, encharcados de suor, para fora dos olhos. Eu o beijei suavemente, sem me importar com o fato de que meus lábios sairiam daquele beijo sujos de sangue e de suor.

– Amy! – Corri até ela, mas Max já estava lá, com minha amiga deitada em seus braços.

– Ela vai ficar bem – ele sussurrou. – Mais um ferimento...

– Pelo menos esse não foi intencional. – Forcei os olhos de Amy até que eles se abrissem e, então, observei suas pupilas. – É, parece que ela vai ficar bem.

– Tão frágil – murmurou Max, alternando seu olhar entre o rosto tranquilo de Amy e meu rosto perturbado. – Talvez se não...

– Se não o que, Max? – Meu coração disparou.

– Se nós não estivéssemos aqui. – Ele pegou Amy no colo e a deitou no sofá. – E se nós não ficássemos aqui, Jessie? E se o perigo simplesmente fosse embora com a gente?

– Eu encontraria você.

Ele suspirou.

– Não se nós quiséssemos que você não nos encontrasse.

– Não se atreva a me fazer ameaças de ir embora.

– Nós oferecemos perigo se ficarmos.

À porta, Alexi concordou.

– Vocês estariam mais seguras sem a gente. Vocês poderiam ter uma vida legal e normal, Jessie. Terminar o colegial, ir para uma boa faculdade e se formar. Arrumar um bom emprego. Encontrar um cara legal, viverem juntos e terem filhos e um cachorro. Ter uma vida boa, segura, longa e normal, com um marido que poderá oferecer uma vida boa, longa e normal.

Lágrimas molharam o canto do meu olho.

– Pietr poderá viver uma vida longa se ele se curar – protestei, fechando meus punhos do lado do corpo.

– Ele não vai tomar aquilo – disse Max, examinando o teto. – Não depois do que aconteceu essa noite. Nenhum de nós vai fazer isso. Precisamos de mais força e de nossas habilidades para libertar nossa mãe.

Atravessei a sala e me sentei no sofá de dois lugares, segurando a mão amolecida de Amy.

– Então fique longe dela. Você vai acabar ferindo Amy mais do que Marvin a feriu se ela o amar e você escolher... – Lutei contra as palavras. Como alguém poderia escolher *morrer* em vez de se arriscar na vida e no amor? – Se você escolher... ir.

Max sabia o que eu queria dizer. Todos eles sabiam.

– É tarde demais para mim – continuei. – Você entende? Eu *amo* Pietr.

Alexi começou a abrir a boca, mas eu ergui minha mão.

– Não, Alexi. Eu sei o que você vai dizer. É a mesma coisa que meu pai diria, que eu sou jovem demais para falar de amor. Mas eu sinto o que eu sinto. Tive muitas perdas recentemente, sabia? – Eu não conseguia olhar para eles, para os olhos tristes deles. Então, fixei meu olhar no tapete sujo de sangue. – Eu só gostaria de me apegar ao amor, pelo menos por um tempo. É tarde demais para mim – repeti, acariciando a mão de Amy. – Mas não é tarde demais para ela.

Olhei para aquele rapaz com cabelos desgrenhados.

– Fique longe dela, Max.

# Capítulo 35

Por mais que eu não quisesse, meu pai insistiu para que eu fosse à competição que Wanda tinha organizado. Durante o dia, ela veio me buscar e perguntou:

– Você praticou o suficiente para fazer isso valer nosso tempo?

– Dei alguns tiros aqui e ali.

– Talvez devêssemos deixar isso de lado – disse ela, fechando minha porta e, em seguida, sentando-se no banco do motorista. Seu rosto estava tenso.

– Você está falando sério? – Senti um bocejo correr por toda a minha espinha até finalmente sair pela boca.

– Se você está se sentindo cansada...

– Estou tranquila. Focada. Você não quer ir? Achei que você até me exibiria por aí... Se eu me saísse bem, é claro.

– Você vai se sair bem – disse ela, colocando o carro no que se entendia por trânsito nos subúrbios de Junction. Ela não parecia acreditar no que dizia.

– Meu Deus, Wanda, você é tão deprê. Conte alguma notícia boa, só para variar um pouco.

– Notícia boa? E se eu contasse sobre como foi idiota aquela proeza que seu namorado tentou aprontar naquela noite? Ele quase virou queijo suíço, pelo que ouvi.

– É, ele quase morreu tentando libertar a mãe dele. Você tem ideia do que é perder ou saber que vai perder a mãe em breve? – Virei-me para olhar para ela, forçando meu corpo contra o cinto de segurança. – Meu Deus, você estava lá? Você apontou uma arma para ele?

Wanda encostou o carro.

– Não, não apontei. Eu nem fui avisada quando o tiroteio começou. Você sabe o que isso significa, Jessie? Sabe?

Olhei para ela.

– Posso perder tudo por conta de me envolver nas coisas tantas vezes em nome deles. A CIA quer atacar a casa deles... Sequestrá-los. E eu digo, relembro meus superiores: *Ah, não... Não podemos ser razoáveis? Eles são jovens. Só estão confusos... Vocês sabem como são os adolescentes. Vamos fazê-los cooperar...* – Ela segurou o volante e o sacudiu como se quisesse arrancá-lo. – Eu precisei cancelar tantos planos só para levá-los lá... Eu fiz esforços, Jessie. E agora eles fazem isso!

– O que você queria que eles fizessem? Ela está morrendo!

Wanda respirou profundamente e então expirou sua raiva.

– Espero que eles não me coloquem em outra situação como essa. Nunca mais! Temos algumas pessoas que foram hospitalizadas.

– Ninguém morreu?

– Não. Parece que seu namorado forçou uma política de "nada de mortes" junto com aquele bando do qual ele faz parte. Eu não sei se isso vai ajudá-los ou feri-los. A propósito, onde estava Cat? Ela não participou do tiroteio, de acordo com os relatos.

– Vamos à competição ou não?

Wanda colocou o carro na estrada novamente e eu me afundei no banco, concentrando-me em meu MP3 player e nos ritmos, que eram como as batidas de levantar o revólver, atirar e abaixá-lo novamente. Não desperdicei minha preocupação com mais nada. Os Rusakova estavam descansando em casa com Cat enquanto Alexi observava os arredores. A CIA provavelmente continuava reunindo informações. Eu só precisava visualizar minha preparação, o alvo, meus movimentos.

Em vinte minutos, estávamos em um velho clube de tiro ao alvo. Wanda parou o carro em um estacionamento de pedras. Ela batia os dedos sobre o painel.

Percebi a ausência de outros carros.

– Pois é... Fomos os primeiros a chegar – declarei.

– Estamos adiantados.

– Que bom. – Eu gostava de dar uma olhada na área antes de as outras pessoas chegarem e começarem a agir nervosamente. Fazer isso me permitia ajustar a imagem em minha cabeça e aperfeiçoar minha visualização antes mesmo de eu pegar a arma.

– Jessie.

Eu temia as palavras de Wanda.

– Você acha mesmo que eu sairia exibindo você por aí se você se saísse bem? Acha que eu faria disso um evento? Que eu a constrangeria?

Hoje Wanda estava ainda mais estranha do que costumava ser normalmente.

– Bem, você me treinou um pouco. A melhor coisa para alguns técnicos é receber os créditos.

– Ah. – Wanda desligou o carro. Percebi que ela me encarava.

– O que foi?

– Sinto muito por ter tentado empurrar você para aquele jogador de futebol e para longe de Pietr – ela suspirou. – Você é incrivelmente leal, e essa é uma qualidade rara. – Wanda pegou uma capa para o volante com suas unhas nada afiadas. – Estou... Estou orgulhosa de você, Jessie. Você se dedica às pessoas mais importantes da sua vida. E é realmente madura às vezes.

– Sou produto do meu ambiente. Você cresce rápido quando vive com lobisomens e agentes da CIA.

Wanda concordou com a cabeça e estendeu o braço na direção do banco traseiro para pegar o case com minha arma. Pensei tê-la ouvido dizer algo como "Às vezes você simplesmente não cresce".

– O quê?

– Vá dar uma olhada na linha de tiro. Entre e siga até o final do corredor.

Assenti.

– É no andar de baixo – ela acrescentou.

– Eles deixam aberto?

– Joe costuma entrar, abrir as portas e ir para a cidade para buscar um café "de verdade". Ele faz o outro café, mas não bebe aquilo. Ele costumava competir.

– Legal. – Abri a porta do clube. O cheiro de café me cumprimentou, alguns copos vazios de isopor estavam empilhados ao lado de uma garrafa de bebida sem lactose, alguns pacotes de açúcar e uma única colher suja de café.

– Simplesmente diga não – virei o corredor. Meus pés ecoavam pelo linóleo descascado e agitavam a poeira. Aquele lugar precisava de uma boa faxina.

Tirei minha jaqueta e a coloquei sob o braço. Abri a porta e olhei para as escadas.

– Eca.

O cheiro de lugar úmido que não via a luz há muito tempo fez meu nariz coçar. Fechei a porta novamente e voltei para onde estava o café. Eu não beberia aquilo (hoje), mas tentaria usá-lo para repelir a nojeira ali embaixo.

No copo, a água soltava vapor e, por força do hábito, quase peguei a colher. A colher de plástico suja. Wanda não tinha dito que Joe buscava café na cidade? Hum.

Misturei o café solúvel e voltei ao corredor, abri a porta e comecei a descer as escadas. Os pelos em meu braço ficaram enriçados. Alguma coisa não estava certa. Congelei, fazendo meus ouvidos buscarem pistas. Meus olhos vagavam.

Aquela *não* era uma boa hora para verificar meu pulso.

Ouvi algo farfalhar no andar de baixo, à minha direita. Tremi, derrubando café.

Um rato surgiu de trás de um armário de arquivo e correu pelo piso do porão.

Respirei fundo e continuei descendo as escadas.

O primeiro tiro me fez cair sentada. Pude ver o café formar um longo arco no ar. Confusa, vi Kent sair de trás dos armários, tripés e alvos dispostos de forma casual. Daquela variedade estranha de materiais que todos os clubes pareciam acumular. A luz de uma porta de correr de vidro caía sobre a arma que balançava em sua mão. O café respingou em Kent.

De repente, aquela colher suja fez sentido.

– Não é aconselhável beber café antes de atirar – murmurei.

– Desculpa, garotinha. Eu queria uma presa rápida. – Ele soava como se realmente estivesse se desculpando.

Agora era hora de a heroína dizer algo brilhante, algo tocante... Alguma frase capaz de mudar a mente de um assassino. Minha boca se abriu.

– Não está acostumado a matar adolescentes?

Nada brilhante. Nada tocante. Inferno. Meu ombro queimou e pude perceber uma enorme linha vermelha.

– Jessie! – gritou Wanda. Sem a mínima noção de etiqueta. As linhas de tiro eram lugares quietos quando ninguém estava atirando. Ela não percebia isso?

Wanda correu pelas escadas de madeira.

– Que diabos...

A boca da arma de Kent se distanciou de mim, encontrando Wanda. Quem representava uma ameaça maior: a agente (sua colega de trabalho) com o estojo de uma arma ou a jovem que a acompanhava, com café correndo pelo braço?

– Wanda. Sinto muito, mas a matriz resolveu me promover.

– E por isso você atirou em Jessie? – Ela continuou descendo lentamente as escadas, mãos para cima, estojo do revólver sobre o ombro. – Em que tipo de organização nós estamos, Kent? Sei que a gente está longe de qualquer grande centro e que a maioria dos nossos superiores nunca conversa cara a cara com a gente, mas...

– Você está próxima demais dessa situação. Não está vendo as coisas claramente. Você teve a chance de ter a cura...

– *Jéssica* – gritei. – A cura tem um nome. – Toquei em meu ombro. Que coisa louca. Havia um buraco em minha camisa. E eu gostava dessa camisa. Pelo menos estava tudo bem com minha jaqueta.

Kent continuou divagando:

– Se aquele garoto tivesse conseguido fazer a parte dele e deixá-la sob controle, ou se você pudesse tê-la mantido longe dos lobisomens... Contido o risco de os outros dessa espécie serem curados...

– Eles são sensíveis a esse tipo de frase – interrompi. Não, Kent não gostaria de mim depois disso. Mas ele já tinha me dado um tiro. Minha participação no concurso de popularidade da vida provavelmente já estivesse chegando ao fim.

O rosto de Kent ficou rosado.

– Você destruiu tudo, Wanda.

– E por isso você atirou em Jessie? – Ela repetiu, agora parada ao meu lado. Assim ficava mais fácil para Kent apontar a boca de sua arma para uma e para a outra.

– Não quero desperdiçar o resto da minha vida brincando de bobinho com lobos. Eu prefiro erradicar a ameaça... A cura... *Jéssica.*

Ele moveu a arma, firmando-a para que eu ficasse claramente em sua mira.

O dedo de Kent descansava no gatilho. Eu me perguntava se aquele era um gatilho de estágio simples ou de estágio duplo. A diferença não seria maior do que meio piscar de olhos...

Wanda fez uma diferença maior.

Um dente voou da boca de Kent quando o estojo da arma bateu em sua cabeça. Ele atirou, mas o tiro passou longe. Bem longe.

Wanda tinha um revólver em mãos.

– Suba a escada, Jessie.

Agarrei o estojo e corri escada acima. Atrás de mim, ouvi Wanda avisar:

– Não me faça...

Em seguida: pá-pá-pá.

Fiquei no andar de cima, perto da escada, segurando o estojo da minha arma e ainda pensando em que fazer quando Joe aparecesse.

– Você parece nervosa, mocinha.

Concordei com aquela afirmação bizarra.

– Já tentou se sentar e fazer alguma visualização antes de começar a atirar?

– Acho que não estou em um bom dia para ficar lá embaixo.

– Huuum... – Disse Joe, pensativo.

– Você poderia me emprestar seu telefone?

– É claro. Os celulares ficam sem sinal aqui, mas nós estamos neste lugar desde os tempos do telégrafo.

Eu me perguntei se Joe se incluía nesse "nós". Ele apontou para o telefone fixo.

Digitei o número de Max com dedos trêmulos. Ele não perguntou por que eu precisava de uma carona. Passei o telefone para Joe ensinar o caminho. E observei a porta. Esperando por Wanda. Ou Kent. Eles poderiam provavelmente sair por outra saída disponível.

Joe terminou de falar depois de dar a Max uma rápida aula sobre a história da região (imaginei Max se contorcendo) e me passou o telefone de volta.

– Dirija com cuidado – pedi.

Max sabia do que eu estava falando.

Alguns competidores entraram pela porta, cumprimentando-se. Os técnicos foram pegar café.

– Banheiro? – Perguntei.

Joe apontou para o outro lado do prédio.

– Obrigada.

Fiquei diante de duas portas, confusa. Pointer inglês. Perdigueiro. Meus olhos corriam de uma placa para a outra, questionando. Pointer inglês. Perdigueiro. Um rapaz passou por mim e abriu a porta com a placa do pointer inglês.

Ah. Enrubescendo, abri a porta dos perdigueiros e a tranquei. Coloquei o estojo da minha arma no chão e tentei me livrar da cãibra em meu braço. "Rápido, Max", eu implorava, olhando-me no espelho. O sangue em meu braço tinha secado, deixando minha blusa grudada. Eu teria achado estranho o fato de ninguém ter comentado sobre meu ferimento se não entendesse a intensidade do foco de uma pessoa que pratica tiro ao alvo. Max poderia se transformar em lobo diante deles e nem perceberiam.

– Meu Deus, espero que ele não tenha de... – Abri o estojo e tirei minha arma, carreguei o pente e a abaixei novamente. Eu não queria usá-la em nada que não fosse papel. Coloquei minha jaqueta e dei um pulo quando alguém bateu à porta.

– Jess!

Tateando para encontrar a maçaneta, caí nos braços de Pietr. Eu sabia que ele tinha sentido o cheiro do sangue. Seus olhos brilharam, e um de seus braços me envolveu. Ele fechou o estojo e me levou à porta.

– Max está verificando o local. Vamos para o carro.

Concordei.

– Você tem ideia de onde Wanda está?

– Não... – Sussurrei. – Morta? Ocupada enterrando Kent e pedindo para que ela seja promovida no lugar dele?

– Conte-nos as novidades no carro.

– Não são nada boas, Pietr. Eu não sei o que fazer. Aonde ir. Existe algum lugar seguro? A Máfia está nas minhas competições de cavalo e assassinos estão na linha de tiro... Eu tenho uma maldita arma e ainda assim não estou segura.

Com a mão sobre minha cabeça, ele me guiou até o banco traseiro do carro e, em seguida, sentou-se ao meu lado.

Toquei sua cabeça, lembrando-me de seus ferimentos.

– Eles só querem arrastar vocês para lá. Enjaulá-los... – Caí sobre seu peito, fungando e bufando. Minhas lágrimas ensopavam a camisa de Pietr. – Por que nada pode ser normal para nós?

Ele enrijeceu o corpo. Fechou meu cinto de segurança.

– Eu não sou normal, Jess. Você recebe aquilo que planta.

–Ah, não comece com esse discurso outra vez, Pietr. Se você acha que é o único que não é normal neste relacionamento, devia realmente olhar em volta. – Peguei o braço dele e o passei em volta de mim. – Você precisa ir ver se Max está bem.

– Não vou deixar você sozinha – murmurou, encostando seus lábios em meus cabelos.

– Bom garoto. Porque se eu for me meter em encrenca, quero que você esteja por perto.

Max caminhou na direção do carro, aborrecido.

– Talvez tenhamos sorte e eles estejam se matando na floresta.

Ter Wanda viva não era exatamente o que eu chamaria de algo proveitoso na maior parte do tempo, mas Wanda morta? Se ela realmente estivesse tentando defendê-los... Defender-nos...

– Não deveríamos tentar...

– *Nyet.* – Max deu ré no caro. – Relaxe e deixe Pietr cuidar do seu ferimento – ordenou Max.

Recostei-me contra Pietr, deixando-o tirar minha jaqueta. Ele olhou para mim.

– Posso tirar sua camisa...

Enrubesci.

– Ou eu posso... – Suas sobrancelhas se aproximaram enquanto ele decidia por mim. Pietr segurou a manga da minha camisa e a rasgou, puxando o tecido para fora da ferida.

– Ai!

– *Eezvehneetyeh* – ele murmurou, limpando e fazendo o curativo.

– Tenho uma pergunta – afirmei. Minha respiração fazia o cabelo que cobria os olhos de Pietr se mexer.

– *Da*?

– Perguntei uma coisa para Cat e a senhora Feldman perguntou a mesma coisa para você.

– *Da*? – ele olhou para mim. – O quê?

– *Imprinting*.

Eu podia sentir o olhar quente de Max cair sobre nós através do retrovisor enquanto conversávamos como conspiradores.

Pietr suspirou.

– O que você quer saber?

– O que é isso? O que *imprinting* significa para vocês?

Ele esfregou a mão na testa.

– É estranho em nossa... Espécie. A necessidade de... Procriar. – Ele não estava mais olhando para mim. – Provavelmente por conta do fato de vivermos vidas tão curtas, existe esse impulso...

– Um instinto poderoso – acrescentou Max.

– De acasalar.

– Ah. Só eu mesma para fazer *esse* tipo de pergunta – murmurei, constrangida demais para enrubescer.

– *Imprinting*... *Alexi especula* que seja a forma por meio da qual identificamos um parceiro ou uma parceira capaz de fortalecer nossa linhagem, capaz de permitir que os traços de lobo sejam dominantes. Pode acontecer a qualquer hora, mas...

– *Alexi especula* – resmungou Max.

– É mais provável que isso aconteça quando nos transformamos pela primeira vez. E aí surge esse impulso inegável. Uma lealdade como nenhuma outra. É...

– A natureza determinando o destino da próxima geração – concluiu Max.

– É por isso que Alexi ficou tão irritado quando você insistiu que eu estivesse presente em sua primeira transformação?

Pietr encolheu um ombro. Evasivamente.

– Ele tinha medo de que praticássemos o *imprint*. – Toquei em meu braço com curativo. – Você queria...

– *Imprint*? – gargalhou Max.

Mais uma vez, Pietr encolheu um ombro.

– Mas nós não estamos... Nós não...

– *Nyet*. – Ele sussurrou, reclinando-se contra o cinto de segurança para me observar entre pálpebras pesadas. – Não estamos *imprinted*.

– Você gostaria que estivéssemos?

– *Nyet*. – Ele deu um longo suspiro. – Não acho que temos muitas escolhas na vida – ele admitiu. – Eu gosto de saber, e gosto do fato de você saber, que eu a *escolhi*.

# Capítulo 36

Pietr envolveu minhas bochechas com suas mãos e, fechando os olhos, inclinou-se para que seus lábios encontrassem os meus. Estávamos sob uma escada, em um dos corredores mais escuros e mais afastados de Junction High. Cruzei meus dedos sobre sua nuca, trazendo-o cada vez mais próximo, empurrando-o para que ficássemos escondidos.

– Vamos nos atrasar – murmurei do lado de sua mandíbula. Os passos na escada acima soavam com uma frequência cada vez menor.

– Eu seria punido outra vez para poder ficar com você – afirmou Pietr. Seus olhos brilhavam. Ele esfregou sua bochecha contra a minha e mordiscou minha orelha.

– Vou acabar ficando com reputação de *bad girl* – provoquei.

– Contanto que você só a ganhe comigo... – E então, sua boca estava novamente junto com a minha. Eu tremi, e minha mochila caiu do ombro e bateu contra o chão, dando um estalo.

Ele gemeu, abraçando-me mais apertado, quase me esmagando. Um som, no fundo de sua garganta, se transformava em um rosnado possessivo.

Ouvimos um choramingo e nos afastamos rapidamente, surpresos. Vimos Sarah nos observando, dedos presos entre os dentes, lágrimas correndo pelo rosto enquanto se dava conta da realidade.

– Ah, Deus... *Sarah*!

Soluçando, ela correu para longe, pés batendo rapidamente enquanto subia a escada.

– Eu preciso... – Tentei me explicar para Pietr.

– Posso? – Perguntou ele, pronto para me acompanhar.

– Não, não acho que vá ajudar.

Ele concordou, contrariado.

– Vejo você na sala – disse Pietr, colocando minha mochila em seu ombro enquanto eu voava por aquelas escadas.

Corri pelos corredores, enfiando minha cabeça em todas as cabines dos banheiros. Vazias. Aonde iria alguém com vontade de chorar todas as dores de seu coração ao perceber que seu namorado não voltaria para ela e que aquilo era culpa de sua melhor amiga?

Eu tinha sido tão cuidadosa. Tinha tentado evitar que ela me visse junto com Pietr. Eu o afastei tantas vezes em que queria que ele estivesse perto de mim. Tínhamos ido devagar enquanto Pietr aumentava suas resistências e começava a domar seus impulsos mais caninos. Houve muitas vezes em que olhei torto para ele quando ele me lançara *aquele* olhar de filhotinho de cachorro... Só recentemente eu o deixei me levar para os cantos escuros do colégio para me beijar até meus lábios ficarem frágeis.

Congelei do lado de fora da sala de Belden. Ele tinha acabado de se virar para trás, mostrando o sino em sua mão. Na sala, sentada, arrumada e serena, estava Sarah. Ela não estava no banheiro, curvada sobre um vaso sanitário e reclamando sobre o lamentável estado de sua vida amorosa. Não. Em vez disso, Sarah anotava as repostas da lição de casa. Sorrindo.

Fiquei ali, olhando, até que ela notasse minha presença. Ela se virou e me deu um sorriso amigável. Acenou com a mão. Impressionada, acenei de volta para ela. Então, percebi quem estava ao seu lado. Macie e Jenny, ambas inclinadas para frente para olhar para mim. O sorriso de Sarah parecia satisfeito demais para que eu pudesse me sentir confortável.

Finalmente na sala onde eu teria aula, lutei para conseguir me concentrar. Aquilo era péssimo.

Quando Macie me surpreendeu ao lado do bebedouro, as coisas pioraram.

– Macie, não quero começar nada com você – murmurei.

– Cuidado para não se molhar, Jéssica – disse ela, zombando.

Do outro lado do corredor, Pietr ficou de pé e levantou uma sobrancelha para mim. Neguei com a cabeça.

– Veja bem... – Macie deu um passo para frente, sua linguagem corporal era ameaçadora; sua voz, grave. – Sarah está louca. Não sei se foi ter visto vocês dois se beijando que a fez ficar assim ou o quê. Ela estava vacilando antes, mas agora... *Louca*. E eu estou avisando... – Os olhos de Macie estavam arregalados. Assustadores. – As coisas vão ficar feias por aqui muito em breve. Jenny e eu achamos que seria bom se ela se lembrasse de... Acho que seria bom ela voltar a ser a Sarah de antigamente. E ela está se lembrando das coisas. E os dias em que eu... Os dias de Jenny no comando do colégio podem estar contados se você não ajudar a gente.

– *Ajudar* vocês?

– Pense nisso, Jéssica. Você quer que a gente controle aqui? Ou quer que Sarah volte a tomar o controle? – Ela inclinou o corpo para frente, encostou seu nariz ao meu e fiz um sinal de "não" novamente para Pietr. – Porque aquela insuportável voltou – ela afirmou antes de ir embora.

Quando vi Sarah no corredor, eu sabia que as coisas não ficariam nada bem. Exceto para ela. Sarah estava tão bela como um anjo vingador, com cabelos e maquiagem perfeitos.

– Sarah – chamei-a. – Sinto muito se ferimos seus sentimentos. – Estendi minha mão para ela, mas ela tirou minha mão da sua frente com um tapa.

– Você devia ter me dito antes. Devia ter sido sincera. – Ela fechou os olhos, apertando-os. Uma pequena cicatriz aparecia entre sua testa esculpida. – Pensei que fôssemos melhores amigas.

– Nós somos – insisti.

– Não. Melhores amigas não roubam o namorado da outra.

Pietr se aproximou.

– Jess não me roubou de você. Fui eu que a escolhi.

– Ah, Pietr... – Sarah suspirou. – Vocês, garotos, nunca entendem. Relacionamentos não funcionam assim. Não há escolha, a não ser quando escolhemos fazer vocês acreditarem que vocês escolheram.

– Vocês estão perdendo tempo aqui, tentando fazer Sarah racionalizar as coisas – murmurou Amy para mim.

– Sarah – tentei novamente. – Espero que ainda possamos ser amigas.

Amy bufou, claramente irritada.

Sarah arregalou os olhos e abriu um sorriso malicioso.

– Amigas? Você espera que ainda possamos ser amigas... – Sarah esfregou os dedos na testa, sobre a cicatriz que a maquiagem ajudava a esconder. Em seguida, ela focou o olhar em mim. Seus olhos brilhavam perigosamente.

– As pessoas pensam que eu sou louca, você sabia? Eu já vi as pessoas me encarando, já ouvi os comentários que elas sussurram pelos corredores. A garota mais bonita de Junction, toda destruída e andando com os *losers*. Aí surge Pietr e o status de todo o nosso grupo dá um salto. É incrível o que um cara pode fazer para mudar tantas vidas... Mas quer saber, Jéssica? Mesmo se eu perdesse minha querida cabeça, eu nunca seria tão louca quanto você se acreditasse, mesmo por um segundo, que eu poderia ser sua amiga depois do que você fez.

– Sua louca psicopata! Jessie foi a única que ficou ao seu lado, mesmo quando você estava a um triz da morte! – Gritou Amy, empurrando o ombro de Sarah.

A bolsa de Sarah ricocheteou em suas costas. Lápis, caneta e o único livro que havia ali voaram.

– Sua vaca! – Gritou Sarah. – Nunca mais coloque suas mãos sujas em mim, sua moradora de trailer! Sua pobretona!

Amy tentou atacá-la, mas eu a segurei, prendendo meus braços em volta dela e jogando o peso contra meus pés, fazendo força enquanto ela tentava se soltar.

– Sarah, pense outra vez sobre as coisas – pedi. – Você se lembra da aula da Sra. Wyatt, da citação que você escolheu para o seu último trabalho, que dizia que a vida é uma chance de desenvolver a alma? Eu acredito nisso. Lembre-se disso. Sinto muito se nós a ofendemos... Nunca foi nossa intenção. Você se lembra de como suas amigas agiram depois do acidente? Quem se importou com você?

De repente, Macie e Jenny se posicionaram ao lado de Sarah, zombando com tanto estilo que poderiam vencer uma competição de esnobismo. Elas pareciam nervosas quando comentei o fato de elas terem abandonado Sarah.

Até Sarah rir.

– Você achou mesmo que eu esperaria que *elas* me dessem gelatina com uma colher no hospital? Elas são um tipo diferente de amizade... O tipo de amiga poderosa e bonita. Nós somos insuportáveis? Claro que sim! Mas eu nunca esperaria nada mais delas. Elas nunca me decepcionaram. Já você... – Lágrimas se formaram no canto de seus olhos. – Você me fez esperar mais das pessoas. Você me fez acreditar que a confiança existia. Você mentiu, Jéssica Gillmansen! Você mentiu sobre tudo.

Amy já não forçava seu corpo contra o meu. Em vez disso, ela ficou parada, uma muralha para me proteger do demônio disfarçado com cara de anjo.

Lágrimas arruinaram o rímel de Sarah.

– Droga! – Sarah deu meia-volta e se abaixou para pegar os objetos que tinham caído de sua bolsa. Jenny observava, divertindo-se. Macie lançou mais um olhar de súplica para mim.

Vacilei, querendo ir até Sarah para ajudá-la. Mas Amy mudou de posição novamente. Ela me segurou com braços retos como barras, sacudindo a cabeça como forma de me dar um aviso silencioso.

Um instante depois, Sarah já estava de pé novamente, forçando o livro para dentro da bolsa.

Derek surgiu atrás dela, observando a cena com olhos tão sombrios que a escuridão ameaçava esconder o azul que costumava brilhar como safira. Marvin estava ao lado de Derek. Ao meu lado, Pietr arrepiava. O ar entre nós vibrava, e eu pude sentir aquele rosnado brotar em Pietr. Segurei sua mão, e o ar se acalmou. A eletricidade entre nós diminuía.

– Você não é minha amiga, Jéssica Gillmansen. Acho que nunca foi – declarou Sarah, dando um soluço de dor. Ela se distanciou, indo diretamente para os braços abertos de Derek. Ele a abraçou, suspirou e acariciou as mechas loiras delicadas. Ele erguia os olhos para olhar diretamente para mim.

Minhas bochechas queimavam, mas meus olhos correram direto para a lombada do livro na bolsa de Sarah: *O príncipe*. Maquiavel.

Percebi, observando-os se distanciarem (Sarah com Derek na frente, Macie e Marvin logo atrás e Jenny perdida ali no meio), que as mesmas lutas entre alfa e beta que havia entre os lobos agora também se espalhavam pelo colégio.

Saindo da fila do almoço apenas com leite para complementar o conteúdo da minha sacola de papel, percebi que Jenny e Cat conversavam e me perguntei se Jenny também estava pedindo ajuda para deixar Sarah deprimida. Cat parecia ter o controle da situação e, portanto, corri meu olhar pelo refeitório, caminhando em direção à nossa mesa.

Max mantinha uma conversa profunda (o mais profundo que Max conseguia) com Amy em um canto distante, longe de qualquer ponto em que as pessoas pudessem escutá-los. Por mais que eu tentasse mantê-los separados, Amy adorava Max. E quem era eu para ficar entre eles? O tempo era curto, como Pietr costumava me lembrar. Talvez todos nós devêssemos viver a vida intensamente.

E amar corajosamente.

Pietr estava na fila, mas sempre olhava para o relógio. Sentindo meu cheiro, ele sorriu e avançou obedientemente na direção da fila.

Eu me sentei e tirei o conteúdo da minha sacola. Maçã. Sanduíche. Tão incrivelmente inclassificável... *Normal.* O ruído normal do refeitório mudou quando senti uma mão em meu joelho e percebi que havia alguém agachado no corredor ao meu lado.

*Derek.*

Aos fundos, tudo se calou e se entorpeceu. Derek preencheu minha visão com seu sorriso característico.

– Oi, Jéssica.

– Oi.

– Eu gostei de sair com você no dia do Halloween – murmurou.

Meu corpo aquecia sob seu toque, como quando a luz do sol se arrastava pelas sombras.

– Eu não me lembro de nada – admiti, sentindo minhas sobrancelhas se aproximarem. Em seguida, havia uma imagem em minha mente, uma memória que surgiu em algum ponto acessível do meu cérebro. O refeitório parecia embaçado.

– Você não lembra? – disse ele, calmamente. – Que triste... Você estava se divertindo tanto!

Engasguei enquanto minha visão era preenchida com as memórias de nossos beijos, enquanto eu me lembrava do gosto de sua boca, de sua língua. Meu corpo jogado na cama, ele me empurrando para baixo... Dedos correndo sobre minha barriga nua...

Quase caí para trás do banco, arrastando-me para me livrar do toque de Derek... Que vergonha.

– Eu... – Meu rosto queimava. Eu mais *sentia* do que *via* os movimentos no refeitório quando Cat correu em minha direção.

Derek agarrou meu pulso, evitando que eu caísse, e me puxou para perto dele. E então murmurou:

– Da próxima vez, não.

Outra imagem surgiu em minha cabeça: Pietr e Max diante das portas de metal no abrigo da CIA, na noite em que tentaram libertar sua mãe. Balas voando na direção deles. Fiquei boquiaberta, quase entrei em convulsão enquanto cada impacto fazia seus corpos sacudirem.

De repente, diante de mim, com suas formas que cintilavam como uma miragem em minha visão instável, Cat colocou sua mão sobre a mão de Derek, exatamente onde ele segurava meu braço. Os olhos de Cat piscaram, e ela se sacudiu tão rapidamente que quase caiu.

Derek sorriu e se afastou, desaparecendo em meio a um grupo de alunos enquanto Cat fazia uma busca pelo refeitório.

Eu segurava minha cabeça quando a aparição de Max me surpreendeu. E, em seguida, lá estava Pietr. Catherine disse alguma coisa para eles... Alguma coisa em russo.

Alguma coisa que não era para eu entender.

Max me segurou pelos ombros, inclinando-se para me olhar nos olhos.

– Não é culpa sua, Jessie – ele me assegurou antes de se virar novamente para Cat. – Ele é nosso coringa?

– Ele viu você naquela noite... Provavelmente nos viu planejando as coisas antecipadamente – Cat sacudiu a cabeça.

– O aparelho de escuta não foi nada – Murmurou Pietr enquanto se sentava pesadamente ao meu lado e me abraçava, acariciando, com seus dedos hesitantes, minha mão. – Pode ser que também tenha havido uma armadilha.

– Ele está usando Jessie como espiã... – Murmurou Cat, horrorizada. – Demos trela demais para ele.

– Shhh – advertiu Pietr, colocando a mão sobre meu ouvido.

– O quê? – olhei horrorizada para eles. – O que vocês estão querendo dizer?

– Shhh – insistiu Pietr.

Eu me soltei do abraço e olhei para ele.

– Não me mande ficar quieta, Pietr Rusakova. Já chega de esconder as coisas de mim – bravejei. – Você está me dizendo que Derek... Usou... Usou... Me usou para espiar vocês?

Pietr desviou o olhar e fez uma careta.

– Você não é a única que não tem acesso a todas as informações – ele sussurrou, olhando para Cat e para Max.

– Como não percebemos isso antes? – Perguntou Max, alerta, mantendo o olhar na direção das portas. E com as mãos na cintura.

– Nós estávamos pensando nos problemas em que eles queriam que nós pensássemos. E ele está plantado bem aqui... No meio de todos esses alunos normais.

– "Normal" é um conceito que se torna cada vez mais raro por aqui – murmurou Max. – Devíamos ter nos livrado dessa ameaça antes, meu irmão – disse, olhando para Pietr.

Pietr respondeu suavemente:

– Talvez se você tivesse definido a ameaça melhor... – Ele sacudiu a cabeça, me abraçando mais apertado. – O que você queria que eu fizesse? Matasse ele? – Perguntou, cuspindo as últimas palavras.

– É por culpa dele que falhamos. Por causa dele, quase morremos naquela noite. Precisamos eliminar essa ameaça.

– Então diga como, meu irmão – Pietr o desafiou.

Amy e Sophia estavam um pouco para trás, conversando no corredor, esperando a explosão terminar. E provavelmente ouvindo um pouco demais. Eu as observei cuidadosamente. Soph e Amy eram minhas melhores amigas há anos. Eu confiava nelas. Até que ponto elas precisavam ter acesso a mais informações? Até que ponto dar a elas informações demais para que se sentissem bem seria necessário para mantê-las protegidas? Se Derek era uma ameaça para os Rusakova, para os *lobisomens*, e uma ameaça para mim, ele não seria também uma ameaça para elas?

– Cat – chamei-a com um tom de ordem. – Quero respostas. Agora.

# Capítulo 37

Cat entrou na minha frente no banheiro feminino. Sophia segurava a porta, autorizada a participar, já que eu havia informado Cat de forma bastante clara que Soph estava tão ferrada quanto nós. Cat acreditava em mim e sabia que eu não diria para Soph qual tipo de problemas os Rusakova estavam enfrentando, embora ela provavelmente acreditasse ser algo relacionado com diferenças culturais.

Amy deixou claro que não estava pronta para saber nada estranho a respeito dos Rusakova ou sobre minha nova vida nada normal. Ela tinha entendido que as feridas de balas eram fruto de uma briga por alguma garota. E estava muito mais disposta a aceitar a existência de uma gangue na pequena Junction do que a questionar em busca da verdade. Talvez a doutora Jones estivesse certa: a mente cria todo tipo de invenção louca para se proteger de aspectos estranhos da realidade. Por isso, eu permitiria que Amy se apegasse à sua feliz ignorância por mais algum tempo, se isso fosse possível.

Mas Sophia? Ela e eu tínhamos algo a descobrir.

– Derek é uma mistura de coisas estranhas, Jessie. É por isso que nós não suspeitamos. – Os sapatos de Cat estalavam contra o chão enquanto ela caminhava. Ela estava lutando, como eu frequentemente fazia, para encontrar as palavras. – Um observador remoto. Ele consegue ver as coisas a distância, ler arquivos, identificar rostos em encontros secretos. Mas o trabalho dele se torna mais fácil quando ele tem uma ligação com uma testemunha direta.

– Como eu.

– *Da.* – Ela sacudiu os ombros. – Ele também é um manipulador social, capaz de encorajar certos comportamentos e atitudes nas pessoas simplesmente tocando nelas e implantando suas visões. Esse é um traço mais comumente encontrado em políticos de sucesso. Um motivo pelo qual fazer comícios e dar a mão para as pessoas são coisas tão populares. Mas existem códigos morais...

– Políticos têm códigos morais? – Perguntei.

Cat lançou um olhar para mim.

– Vocês têm outras perguntas?

Sophia levantou a mão.

– Você vai contar todo o resto? Ou está esperando por um dia de chuva para fazer isso?

– O resto? – Perguntou Cat.

– Ele é capaz de transferir energia, de puxar energia de um lugar e deslocar para o outro. Ele consome energia. – Acrescentou. – E dá choques... Fortes.

– Era disso que Harnek estava falando quando disse que Derek tinha feito uma façanha no Homecoming, quando ele deixou a multidão nervosa e pensando que ele tinha se ferido... – Comentei.

– A conselheira Harnek? – Murmurou Cat.

– Espere aí... Derek fingiu aquilo? – Gritou Sophia. – Idiota. Perdemos o jogo porque ele estava ficando alterado.

– Ele é como um vampiro... Mas não um vampiro que chupa sangue – concluí.

Cat olhava para uma de nós e depois para a outra.

– Como você... Como vocês sabem disso? – ela perguntou.

– Derek e eu saímos uma vez – disse Sophia, voluntariando-se relutantemente. – Ele tentou fazer coisas, por assim dizer, comigo. Ele sugou tanto de minha energia que precisou devolver uma parte. Foi um horror... Talvez aquela fosse a primeira tentativa dele? Acho que foi por isso... Acho que é por isso que eu sou como sou... Ele deve ter ligado um interruptor ou algo assim.

– Isso é muita... – Sussurrei. – Muita informação para absorver.

– E é precisamente por isso que evitamos contar para você – disse apressadamente Cat. – Você já está enfrentando tanta coisa, Jessie, e o mundo é tão grande. Há tantas coisas que você não conhece. Tanta coisa realmente assustadora quando você é... – Cat pensou por um momento – apenas humano. Algumas pessoas não lidam muito bem quando descobrem como seus mundos são realmente grandes e profundos.

– Você também estava me protegendo. Ao manter segredos. Por que todo mundo está tentando me proteger? Se todos vocês me dissessem toda a porcaria que eu devo esperar, talvez eu conseguisse enfrentar as coisas. – Mordendo meu lábio inferior, fiquei em silêncio, especulando.

Cat sacudiu a mão na frente do meu rosto, trazendo-me de volta à realidade.

– *Da.* Você está lidando bem com as coisas – afirmou.

– Então exponha a lista, Cat – insisti. – O que há por aí? Eu preciso saber.

Cat ficou parada, olhando para Sophia.

– Soph, tem algum problema se ultrapassarmos as fronteiras dessa cidade louca? Se ultrapassarmos muito? – Perguntei. – Quer dizer, você achou que era a guia turística. E eu dirijo o ônibus. Mas talvez Cat seja a prefeita.

Sophia deu de ombros.

– Vá em frente.

Cat respirou profundamente.

– Observadores remotos, projetores telecinéticos, manipuladores sociais, bruxas, lobisomens, vampiros... – ela fez sinal de aspas no ar – zumbis...

– Dragões? – Perguntei.

– *Nyet*, apesar de existirem algumas pessoas que deviam hidratar a pele com mais frequência para não serem confundidas com dragões.

– Unicórnios?

– *Nyet*.

– Sereias, duendes, dríades? – Lembrei-me de uma pesquisa que fiz, ainda criança, sobre mitos e lendas.

– Acho que tudo é possível – admitiu Cat.

– Neste contexto, sua resposta não é *nada* reconfortante.

– Fantasmas? – Acrescentou Sophia.

Cat olhou para ela.

– Deixe os fantasmas de lado – insistiu, olhos arregalados.

– Fantasmas existem – afirmei.

Cat piscou.

– *Pravda*?

– Sim. Você não sabia da existência deles? – perguntei.

Cat fez uma careta.

– Fantasmas são... horripilantes. Eles podem estar em qualquer lugar. Como as aranhas.

– Nem me diga... – Suspirei, lembrando que o fantasma de minha mãe podia estar a qualquer momento me observando. – É melhor vocês voltarem para a aula – comentei enquanto me levantava lentamente. – Preciso de um minuto.

– Vou ficar aqui – afirmou Cat.

Olhei-me no espelho. "Normal" era algo que simplesmente não existia. Olhei para Cat. Ter um lobisomem como babá só me ajudava a reforçar essa ideia.

– Um minuto sozinha – especifiquei.

– Vou deixar minhas coisas na sala de aula e sair para ter certeza de que você está onde deve estar – afirmou Cat.

Um momento depois, elas me deixaram em paz.

Só precisei de alguns minutos ali, apoiada na pia e focada em minha respiração, para me ajustar ao meu novo-novo-novo (quantos *novos* eram agora?) normal. Aparições ocasionais do fantasma da minha mãe, um namorado lobisomem, um ex-namorado atleta vampiro de energia, ex-melhor amiga louca e um mundo que incluía zumbis (eeeca!), mas nada de unicórnios. As coisas começavam a se tornar realmente uma droga.

Mal retornei ao corredor e já o vi correndo em minha direção.

– É sua culpa! – Gritou Marvin, empurrando-me para trás. Minha cabeça ricocheteou na parede por conta do impacto.

– De que... – Esbravejei, esfregando a parte de trás da minha cabeça. – De que diabos você está falando?

*Ai!*

– Minha namorada e aquele... Aquele... Aquele Rusakova – disse Marvin, irritado. – Ela na casa dele... Provavelmente na cama dele.

– Minha nossa! – Espantei-me, batendo as mãos no ar para tentar acalmá-lo enquanto ele se enervava diante de mim, dando passos pesados e gritando insultos no corredor que, fora isso, estava quieto. Minha visão flutuou. – Você está exagerando! – Olhei para o corredor em busca de algum funcionário perdido ou professor substituto desocupado.

Por que eu tinha de estar no corredor mais distante de todos os seis escritórios de Junction quando Marvin decidiu tornar-se agressivo?

– Não diga que estou exagerando – esbravejou. – Ela é minha namorada. Meu amor... Meu *tudo*... – A boca de Marvin se moveu, mas nenhuma outra palavra saiu. Ele somente apertou os dentes, roendo o ar em meio a uma raiva que beirava a psicose.

E eu estava encontrando razões demais para usar essa palavra.

Ele me empurrou outra vez.

*Ai!*

Está bem, talvez ele tivesse acabado de cruzar a fronteira da psicose. Droga! Eu tinha enfrentado agentes da CIA tentando me impedir de salvar lobisomens, membros da Máfia Russa tentando me matar para levarem os lobisomens e agora eu estava diante do ex-namorado perturbado de Amy.

Um cara que não via problema algum em violentar alguém que ele amava. O que esse cara faria, então, com alguém que ele detestava?

Minha cabeça estava latejando. Toquei-a novamente e percebi que meus dedos ficaram ensanguentados. Não era um bom sinal. Onde estava Cat? Ela não voltaria logo para fazer algo como uma patrulha?

– Pense nisso – murmurou Marvin. – Também por culpa sua, Sarah não está com o namorado dela. E Jenny e Derek se separaram. E a plástica no nariz de Jenny foi arruinada, e...

– Que saco, Marvin! – Disse eu, violentamente. – Por que não me culpar também pela situação econômica do país? – Cambaleei, e ele encostou seu nariz contra o meu, rosnando como um demônio furioso.

– Você é realmente idiota, Jéssica. Me provocando? Onde está o seu protetorzinho agora, hein? Provavelmente por aí, como seu amiguinho Max, se esfregando na namorada de algum outro cara – ele esbravejou.

Senti minha cabeça balançar. Em minha bochecha, o ardor de uma pancada recente.

Por um segundo, consegui me focar em Marvin. Levantei meu braço, fechei os dedos, formando um punho... E o vi desaparecer.

– Ãhn?!

– Jess – disse alguém. Suspirei, sentindo uma mão aquecida e suave em meu braço. Mas a voz... – Jess – ele murmurou. A voz não combinava com a forma como ele me chamava...

O rosto de Derek balançava diante de mim.

– Jéssica – corrigi.

– Enfim... – Disse ele. – Você está ferida. Deixe que eu ajudo você...

Atravessei o corredor. Sorrindo, Derek entrelaçou seus dedos aos meus cabelos. Sua outra mão acariciava minha bochecha. Ele brilhou diante de meus olhos, como a primeira estrela da manhã. Derek estendeu a mão, e meus olhos a seguiram. Vi Marvin deitado no chão, ferido.

– Você acabou com ele?

– Sim, querida...

– Não sou querida de ning...

Com uma de suas mãos, Derek segurou o punho de Marvin e eu pude sentir sua outra mão escorregar atrás de minha cabeça, na região onde meu cabelo estava quente e molhado. Marvin entrou em choque.

Minha visão se limpou.

– Diga para mim o que você é – murmurei. Senti minhas pálpebras se despregarem em meio ao medo. Um lobisomem... Eu poderia lidar com um lobisomem. Já com isso...

Os lábios de Derek se apertaram contra os meus, e eu senti o medo abandonar meu corpo, entrando no corpo daquele garoto como se fosse veneno.

Ele riu.

– Não como veneno... – Insistiu, inclinando-se para me dar outro beijo. E, em seguida, também desaparecendo. Sumindo.

O urro que ouvi deixou a imitação de raiva de Marvin no chinelo. *Pietr*.

– Ei, cara – Derek riu. – Ela nem estava resistindo...

Foquei meu olhar novamente. Derek estava com as mãos para cima. Os punhos de Pietr se fecharam, ligados àqueles músculos de aço que eram seus braços.

– Ela não sabia o que você é – disse Pietr, afastando os lábios de modo que seus dentes ficassem expostos.

– Caramba! – Derek ria. – Você *nunca* contou para ela?

Um sinal de perigo brilhou nos olhos de Pietr. Algo cintilante e vermelho. Sedento de sangue.

– Você me deixa colocar minhas mãos nela... Quero dizer, em *todo o corpo* dela... – Derek olhou torto. – Você não pode protegê-la o tempo todo. E você sequer diz isso para ela. Sua própria namorada – Ele sacudiu a cabeça. – Idiota. Você acha que os segredos servem para quê? Para proteger as pessoas?

Pietr rosnou. E as pessoas saíram de suas salas em direção ao corredor.

– Aaah. Testemunhas – sorriu maliciosamente Derek.

Pietr vacilou. Suas opções haviam se tornado bastante limitadas.

– Sempre preferi mostrar a contar – provocou Derek, estreitando os olhos, cabelos brilhando como uma auréola sob a luz fraca do corredor. – Vamos ver o que a Senhorita Repórter Investigativa pensa depois do show, que tal? – Ele virou-se para a multidão – Porrada! Porrada! Porrada! Porrada! – gritando, enquanto levantava o braço e dava socos no teto, pontuando suas palavras.

Os alunos o imitaram, um grupo selvagem esperando por diversão em um dia asqueroso de outono. Eles gritavam com urgência, aumentando o volume em proporções ensurdecedoras. Os professores tentaram tudo o que podiam para fazê-los voltar para as salas, para conseguirem passar pela multidão e desfazê-la. Mas parecia que tudo o que Junction High queria ver era a estrela do futebol e o novo aluno se enfrentarem.

Eu sabia de que Pietr era capaz. Derek iria sofrer facilmente uma humilhação. Porém, quando Derek virou-se de volta para Pietr e deixou de prestar atenção à multidão que gritava, eu duvidei que meu namorado lobisomem poderia vencê-lo. Havia algo diferente em Derek. Algo obscuro e mais poderoso. Era como se ele tivesse crescido. Mais alto. Mais largo. Mais violento.

Eles estavam equilibrados.

Senti meu estômago se afundar quando Derek voou na direção de Pietr, batendo contra ele como um defensor de um time de futebol americano, e não como o recebedor que era.

O ar que saía de Pietr por conta do impacto formava ondas, e eu pude ver a surpresa em seus olhos enquanto seus pés saíam do chão e ele voava para trás.

A multidão urrava.

Com o estalar de ossos, ele caíram no chão. Sob as costas de Pietr, o piso estalava como se não passasse de uma fina placa de gelo. A multidão se aproximou gritando "Vai!" enquanto eu gritava o oposto.

Pietr puxou as pernas para debaixo do corpo enquanto Derek começava a desferir socos selvagens. Ouvi um estalo quando ele acertou o rosto de Pietr.

Inspirei forçosamente, enjoada com aquele barulho.

Os olhos de Pietr queimavam com a dor, brilhando com uma luz violentamente vermelha. Em meio a rosnados, ele reprimiu a transformação, forçou o lobo a recuar e afogou a verdade de sua existência enquanto Derek gritava sobre ele. E então Pietr jogou seu peso (de forma tão sutil que eu quase nem percebi) contra Derek, que voou, arremessado pelas pernas musculosas de Pietr.

Ouvi um estalo quando Derek bateu contra a parede e deslizou na direção do chão, deixando sua cabeça suspensa. O público gritava.

*Chega.*

Todos nós teríamos dores de cabeça insuportáveis no dia seguinte... Isto é, se sobrevivêssemos até lá.

Corri na direção de Pietr, ainda deitado no chão frio, com olhos que se esforçavam para se desfazer daquele vermelho, com dedos tremendo enquanto cobria o rosto com um braço e lutava para manter o controle.

Montei sobre seu peito e afastei suas mãos. Tirei os cabelos da frente de seus olhos e lancei um olhar selvagem.

– Por quê?

– Eu não posso brigar, posso? – Ele murmurou, desviando o olhar de mim. – Se eu fizesse...

Acariciei sua testa e sussurrei algumas palavras para que ele relaxasse.

Max e Cat correram para lá, forçando a multidão a voltar para suas salas. Os professores hesitaram por um momento e ouvi um grito vindo de trás deles.

*Perlson, o vice-diretor.*

– Todos de volta para suas salas! Eu vou dar um jeito nisso. – Os professores se distanciaram, e pude ouvir o rádio de Perlson entrar em ação.

– Sim, médicos.

Uma resposta contaminada por chiados.

– Não. Não é nada disso – respondeu Perlson. – Uma briga feia.

Eu estava desesperada tentando tirar a cabeça de Pietr das coisas... Como do fato de que ele era um lobisomem violento que não se atreveria a brigar publicamente em sua forma mais forte.

Eu poderia pedir para ele recitar a tabela periódica ou a classificação taxonômica das espécies, ou pedir que ele me ajudasse a resolver um jogo de palavras que incluísse pratos de trigo para tigres tristes. Mas era mais fácil e muito mais gratificante beijá-lo até que suas preocupações desparecessem. Fixei meus lábios nos dele, lutando para acalmá-lo com mais do que simples palavras. Minha língua deslizou, e eu senti seus dentes pontiagudos apertá-la. Recuei, o sabor de sangue infestava minha boca enquanto eu observava o rosto de Pietr.

Seus olhos estavam apertados em meio à concentração. Eles relaxaram, abrindo-se e me vendo.

– Jess, não... – Ele implorou, seus olhos brilhando, vermelhos. Uma forma de aviso. – Você vai quebrar o meu controle – gemeu.

– Caramba, Pietr.

Chorei. As lágrimas rolavam por meu rosto para se desmancharem no rosto dele. Inclinei meu corpo e, enquanto ele estendia o braço para me empurrar para o lado, segurei suas mãos, entrelacei meus dedos com os dele e empurrei suas mãos atrás de sua cabeça.

E o beijei.

– Ééé... – Max me puxou para longe de Pietr como se eu não fosse nada. – Por mais que ele esteja gostando disso, o fato de ele estar prestes a se transformar não vai ajudar muito – disse para mim em segredo.

Pietr ficou ali, deitado, por mais alguns instantes. Suas narinas dilatavam-se. Ele ofegava suavemente enquanto tentava evitar a transformação. As pontas de seus dedos se contorciam como se nossas mãos ainda estivessem entrelaçadas.

– Problemas – disse Max, colocando-me de pé no chão. – Vocês dois têm problemas.

Perlson agarrou Pietr pelo braço, forçando-o a se levantar.

– Veja bem, meu filho – acreditei tê-lo ouvido dizer. – Vejo que ainda temos problemas enormes, mas estamos ficando mais espertos. Talvez ainda haja uma utilidade para você.

A enfermeira apareceu com os paramédicos, dividindo as atenções entre Marvin e Derek.

– Vocês – murmurou Perlson para Cat, Max e eu. – Sigam-me.

Cat passou um braço sobre meus ombros, virando-me. Mas eu parei para observar os olhos de Derek se abrirem por um momento. Ele caiu para o lado, estendendo um de seus braços. Eu duvidava que alguém mais tivesse percebido que seus dedos tocaram no tornozelo de Marvin.

Marvin estremeceu. E Derek *se alimentou.*

*Vampiro.*

Fiquei congelada no corredor por um momento, deixando as palavras darem voltas em minha cabeça. Eu tinha lido todos os livros que estavam no mercado. Tinha sonhado com vampiros. E escrito contos envolvendo-os.

E agora, agora eu me dava conta. Eu não gostava nem um pouco da realidade.

– Vamos – apressou Cat. – O escritório do vice-diretor deve ser mais seguro do que aqui.

– Onde você estava, Cat? – Perguntei.

Ela ficou cabisbaixa.

– De castigo. Eu discuti com Belden porque precisava sair da sala. Para ir atrás de você.

– Você ainda é minha heroína.

Cat riu.

– Ser uma heroína e estar no colegial não é tão fácil quanto pode parecer.

– Ah, meu Deus! Que diabos aconteceu aqui? – Amy chegou e me deu um abraço forte.

– Briga de garotas – disse Max, lentamente. – Jessie e seu ex.

– Merda!

– Olha a boca! – Lembrou Cat.

– Derek e Pietr também não quiseram ficar fora da ação – acrescentou Max.

– Que mer... Que inferno que eu perdi essa mer... – Amy olhou para Cat – Essa coisa.

– Parece que você é a única que tem frequentado as aulas por aqui – comentei, mantendo meu olhar em Pietr e Perlson, logo à frente.

Ela me abraçou outra vez.

– Você pode pegar meu caderno emprestado.

– Senhorita Karlsen – Perlson chamou a atenção de Amy. – A senhorita não terá anotações decentes para passar para sua amiga se não voltar para a aula. Agora.

– Sim, senhor – resmungou Amy, distanciando-se.

# Capítulo 38

Max insistiu em me levar para casa com Amy, Cat e Pietr também no carro. Enquanto ele criava desculpas para Amy, a fim de poder verificar rapidamente os arredores, Pietr e Cat ficaram próximos de mim, observados por Annabelle Lee.

– Ouvi falar da briga – comentou Annabelle Lee enquanto seus olhos analisavam o rosto ferido, mas já se curando, de Pietr. – "Pietr Rusakova leva suspensão por brigar": a notícia já se espalhou por toda a cidade. Você atacou Derek?

– A história toda não foi bem assim – ele murmurou.

– Os rumores nunca incluem a história toda – concordou Annabelle Lee. – E Jessie – ela parou e cochichou. – Sua aparência está péssima, só para constar.

– Obrigada.

– Jessie foi a vítima?

Todos balançaram a cabeça, concordando.

– Eu sequer tive a chance de dar um soco – eu disse.

– Mas pelo menos *você* não foi suspensa – murmurou Annabelle Lee. – E aí todo mundo está se perguntando por que o... – Ela sacudiu os dedos no ar. – Por que *o bonitão russo* estava brigando com o... – ela mexeu os dedos novamente – *astro do futebol*. Por causa da minha irmã? Uma garota *rural*?

– E o que você respondeu para todo mundo? – Cat pensou alto.

– Eu disse que eles fizeram isso porque minha irmã é linda.

Olhei para ela.

– Nossa! Que legal! – Respondi.

– Ei, onde estão Hunter e Maggie?

– Wanda passou aqui e levou os cachorros ao *pet shop*.

– *Pet shop*? Wanda? – perguntei. Olhei em volta. Alguma coisa parecia estranha.

– Eu vou ficar – Pietr se voluntariou.

Annabelle Lee sacudiu a cabeça.

– Meu pai não vai deixar depois que essa briga chegar aos ouvidos dele. Amy e Max poderiam ficar. Talvez até Cat possa ficar. Mas você... – Ela franziu a testa para Pietr. – Nós vamos arranjar um problema enorme se nosso pai encontrar você aqui.

Ele estendeu a mão e acariciou a cabeça de Annabelle Lee.

– Talvez você possa dizer algo a meu favor.

Ela inclinou a cabeça.

– Talvez. Se você estiver fazendo o que é certo pela minha irmã.

*Mais uma pessoa para me proteger.*

– Ele está – assegurei. – Cuidar de mim não é uma tarefa fácil.

– Amém! – Disseram Pietr e Annabelle Lee em uníssono.

– Infelizmente, se eu tiver de ir, todos teremos de ir. Max é quem dirige – apontou Pietr, dando de ombros. Mas seus olhos continuavam expressando preocupação.

Max veio correndo pelo canto da casa, parando quando viu a expressão de Amy.

– Eu tive de...

Ela franziu a testa.

– Jessie mente. Você vai começar também? Se quisesse sair para correr, eu teria ido – acrescentou, observando a camiseta e os cabelos sujos de Max.

– Talvez um dia desses – ele concordou.

– Lancei um olhar de aviso para Max, mas eu já tinha falado demais sobre deixar Amy em paz. A forma como ela olhava para ele... Eu não tinha o direito de dizer para Max ficar longe. Ele faria o seu melhor para ser bom para Amy. Boas intenções. Talvez fosse o caminho certo.

– Então, vocês vão?

Max concordou com a cabeça. Aparentemente, não havia perigo.

Pietr me agarrou para um rápido beijo.

– Estou a apenas um telefonema de distância – ele me confortou.

– Eu sei.

Enquanto o carro se distanciava, eu disse a Annabelle Lee:

– Vou cuidar dos cavalos.

Ela assentiu.

– Vai ler um livro? – Perguntei.

– Sim – respondeu ela, encolhendo os ombros. – Estava pensando em pegar um dos seus livros de monstro emprestado.

– Vá em frente – ofereci. – Eu já estou bem cheia deles por conta desses filmes hollywoodianos de lobisomens.

Atravessei todo o vasto campo que separa a casa dos celeiros, sentindo falta da ansiedade e das farejadas de Hunter e Maggie.

Quando as mãos dele me agarraram, não tive tempo de reagir. Imagens bateram tão fortemente contra mim que minha cabeça girou e meu estômago virou. Cada uma... Derek, sempre Derek... Sua respiração doce e quente contra meu rosto; seus dedos enterravam-se brutalmente em meus braços.

– Mais uma chance, Jéssica – ele murmurou. – Vamos acertar as coisas dessa vez. Vamos mostrar as coisas para aquele seu namoradinho. Podemos pegar Rio e dar uma volta perto das janelas; assim, Annabelle Lee vai telefonar para ele.

Senti seus dedos alcançarem minha mente, cutucando-a e fazendo o que eu tinha visto e feito passar como areia por aqueles dedos. Meus joelhos estremeceram, e eu choraminguei. Meus olhos coçavam e estavam embaçados.

– Tudo bem, tudo bem – ele sussurrou. – Um pouco *demais*... – Derek ajustou a forma como sondava minha mente, agora mais suave, de modo que eu quase caí. – Sim. Ele afirmou que estava a apenas um telefonema de distância. Vamos ver se isso é verdade.

Ouvi Rio bufar, um som distante, e me senti sendo completamente levantada e colocada sobre a sela.

– Harnek acha que eu decepcionei a empresa, sabia? No meu entender, se eu controlar você... eu controlo a cura. E se eu controlo a cura... Bem, eu não falhei, não é mesmo? Então, talvez eu ainda possa semear a discórdia entre vocês dois. Quer dizer... Amor e paixão, essas coisas não duram. Um coração pode ser estilhaçado se a pancada for forte o suficiente.

Derek se posicionou atrás de mim, apoiando-me em seu corpo e tomando as rédeas.

– E eu tenho um pouco de experiência com esse tipo de coisa.

As rédeas estalaram, as pernas de Derek se flexionaram e eu sabia, pelo movimento em meu quadril, que Rio estava em movimento.

– Excelente – disse ele. As palavras explodiram em meu ouvido de modo a se alastrarem por meu cérebro. – Ela nos viu. Sim. Telefone na mão... Agora, temos o quê? Dez minutos? Muito bom. – O bambear de Rio parou. – Huuum, talvez eu devesse repensar isso – ele murmurou, olhando para meu crânio. – O celeiro de fato tem algumas coisas úteis... Vamos voltar. Que cavalo bom – murmurou Derek. – Que pena.

Paramos, e ele me tirou da sela. Minhas pernas só se sustentaram por alguns instantes antes de eu cair como uma boneca de pano sobre a palha. Ele estava prendendo as rédeas de Rio em um pilar quando minha visão começou a limpar e meu cérebro começou a se solidificar novamente. Meu corpo não cooperava. Eu tentava me libertar dele.

– Nã-não. Ainda não – murmurou Derek, segurando meu braço e me puxando para que eu ficasse em pé. Ele me abraçou tão apertado que eu tinha dificuldade até para respirar.

Eu me debati por um momento, minhas mãos empurraram o peito dele.

– Jess – murmurou Derek.

– Não me chame assim. – As palavras saíam de forma ininteligível. – Só duas pessoas em toda a minha vida... *Em toda a minha vida* – Eu lutava, piscava os olhos. Meu cérebro gaguejava para encontrar as palavras. – me chamaram assim.

– Sim – ele concordou. – Sua mãe. E Pietr. – Derek passou a mão por minha bochecha e minha visão embaçou. – As duas pessoas em quem você mais confia. – Agora ele passava a mão por meu maxilar, descendo para o pescoço e finalmente brincando com o colarinho da minha blusa. – Você pode confiar em mim também, Jess – sussurrou com um ar de urgência, com uma veemência que chegava a me cegar. Alguma coisa aconteceu em minha cabeça e, por um momento, cheguei a acreditar nele.

Mas isso já não importava. Seus lábios estavam sobre os meus.

No fundo da minha mente, uma voz suave murmurava. Dizendo que estava tudo bem, que eu sempre quis Derek, que agora tinha chegado minha chance de tê-lo. Que ele não trazia perigos... Que ele era seguro. Estável. Que eu jamais teria de retirar balas da carne *dele* depois de uma noite horrível...

A cena daquela noite horrível invadia minha cabeça enquanto nossos beijos se aprofundavam e minhas mãos empurravam a jaqueta de Derek para fora de seus ombros e encontravam os botões de sua blusa. Meus dedos corriam por seu peito e por sua barriga... Exatamente como eu queria fazer com Pietr... E eu estava segura, insistia a voz, nada de olhos de lobo cheios de raiva, nada de dentes, nada de garras... Nenhum perigo... Apenas beijos... Beijos inebriantes... Eu gemia, afundava meu corpo contra o de Derek quando ele saiu de meus braços.

– O que...? – Meus olhos voltaram ao foco novamente e, então, caí de joelhos, perdendo o ar, cabeça pulsando como se eu tivesse sido cozida pelo sol do meio-dia. A menos de um metro de mim, Derek e Pietr brigavam.

– Nunca mais... – Rosnou Pietr, segurando Derek pela blusa e levantando-o do chão.

– Ela não quer você, Pietr! – Derek ria enquanto empurrava as palavras para fora da boca. E era enforcado por Pietr. – Ela quer segurança. Normalidade.

Pietr o jogou contra o chão. Palha e lascas de madeira voaram por consequência do impacto.

Derek riu para Pietr enquanto arrumava os cabelos com uma mão firme.

– Eu sei que ela disse isso... Ela sonha com isso, com uma vida *normal*. Está no sangue de Jéssica, assim como a fazenda e os cavalos. Como o fedor do esterco em um dia de verão. Uma vida normal, *absolutamente comum*. E você não pode dar isso a ela, pode, *cachorrinho*?

Pietr rosnou. Seu corpo tremia enquanto ele tentava conter a transformação.

– Pietr – sussurrei.

Ele virou o rosto para mim, um rosto vermelho. Os pelos de sua nuca estavam enriçados... Tanta raiva borbulhando, aparecendo... Minha cabeça ainda confusa por conta do toque e do gosto de Derek. Eu me encolhi.

– Vá em frente, Pietr – provocou Derek. – Lembre-a do monstro que você realmente é.

Pietr correu suas mãos pelo ar. Um suspiro atormentou seu corpo.

– Jess – murmurou Pietr, aflito.

Eu queria vomitar, ainda sentindo a língua de Derek em minha boca. Agarrei-me a um fardo de feno que havia por ali, arrastando-me para tentar ficar de pé.

– Você sabe – incriminei Derek. Meu olhar correu para Pietr, implorando para que ele confiasse em mim. Para que ele soubesse que eu confiava nele, independentemente das definições de homem e de monstro. Independentemente dos julgamentos de quão longe ele estava disposto a ir para me salvar, para salvar sua mãe ou a si mesmo.

– O quê? – Gritou Derek.

– Você sabe o que Pietr é.

– Sei desde a primeira vez em que o vi – ele confirmou. – Perto da casa de férias de meus pais em Farthington. Uma casa colonial azul.

Pietr pulou, empurrando os lábios para trás e mostrando seus dentes pontiagudos.

– Não pude visitá-los com frequência – disse Derek quase se desculpando. – Meus pais gostavam de me manter em Hill, com os empregados cuidando de mim, enquanto trabalhavam. De qualquer forma, descobri muita coisa em uma visita. Sobre o que separa as pessoas e o que as mantém juntas.

Pietr rosnou e eu estendi a mão para ele.

– Sim – continuou Derek, gabando-se. – Meu velho e sua velha – ele abriu um sorriso cheio de malícia. – Quem diria? Ah, sim... *eu.* Eu dei a dica a meu paizão.

Com as mãos em uma pá de ferro apoiada no muro, Derek olhou para Pietr.

Minha mão deslizou pelo muro e silenciosamente peguei um conjunto de rédeas que estava solto por ali, segurando-o discretamente em minha mão.

– E então, o que vocês acham? – Gargalhou Derek. – Eles fizeram na posição de... *papai e mamãe*?

Chicoteei com as rédeas e pude ver o couro bater contra o rosto de Derek e cortar sua bochecha. Então, Pietr se lançou contra ele, urrando, empurrando a pá para fora de suas mãos. Derek tentou usá-la para atingir Pietr.

– Foi por culpa sua que falhamos naquela noite – rosnou Pietr. – Por culpa da sua visão. Eu vou arrancar os seus olhos...

Meu coração acelerou, e eu puxei as rédeas de volta para minha mão. Arregalei os olhos ao ver Derek limpar o sangue em seu rosto com as costas da mão.

– Sim. Eu sou o responsável por você ter levado um tiro – assumiu Derek, sorrindo. – Você não vai chegar perto da sua mãe enquanto eu estiver trabalhando para a empresa. Você precisa deixar de ser rebelde, garoto. Cooperar. Obedecer. Sujeitar-se.

– Nossas opções não acabaram – garantiu Pietr. – Vamos libertar nossa mãe. Talvez Max esteja certo – disse ele, com olhos frios. – Talvez nós devêssemos mesmo eliminar você...

Derek demonstrou medo.

Meus olhos se arregalaram.

– Onde está o seu público agora? – Pietr o desafiou, andando lentamente em círculo. – Cadê o seu poder?

– Pietr – chamei sua atenção. *Eliminar* Derek?

Com movimentos intensos, Derek inclinou o corpo e apontou para mim, espirrando o sangue que havia na ponta de seus dedos.

– Jéssica é a energia de que eu preciso, seu vira-lata. As emoções dela são *intensas*. E ela é fácil... Ela já contou para você como foi fácil levá-la para o meu quarto? Para a minha *cama*? – Derek riu alto ao perceber a expressão atordoada de Pietr.

– Pietr – murmurei. – Pietr, foco. Nada aconteceu entre ele e eu.

– Meu Deus, como ela *mente*! – Rugiu Derek. – E como ela *se deita*...

Lutei para encontrar palavras.

– Nada, Pietr. Ele está tentando fazer que você cometa um erro. Foco, Pietr – implorei.

– Eu me pergunto se as coisas aconteceram da mesma forma entre seus pais na última noite deles juntos – provocou Derek, observando o rosto de Pietr se virar dele para mim e de volta para ele. – Ela implorou por perdão? Ela ficou tão louca que tiveram de acabar com ele? O que os separou? Eu me pergunto se foi algo que meu pai disse. O que *eu* poderia dizer...?

As palavras saltavam da boca de Derek quando Pietr voou em sua direção. Seus corpos rolavam pela terra até o lado de fora da porta aberta do celeiro.

Nenhum duelo de titãs, apenas dois adolescentes agredindo-se mutuamente como dois homens bravos dando socos e chutes.

Até Rio bater seus cascos, bufando, percebendo muito bem a insanidade. E Derek gritou, arremessando Pietr de volta ao celeiro.

Fardos de feno caíram quando Pietr bateu contra eles.

Derek estava se tornando mais forte. Tentei bloquear minhas emoções, tentei fazer com que ele não conseguisse absorver a energia do meu estresse e do meu medo.

Pietr levantou-se, coberto de feno, olhos queimando. Ele se sacudiu como um lobo saindo da chuva, tirou a camisa e desabotoou a calça, sem nunca desviar os olhos de Derek... Olhos que fumegavam com desejo de vingança. Ele mal havia aberto o zíper quando o lobo surgiu.

Derek se levantou em meio ao caos das folhas do outono, mantendo uma distância calculada enquanto observava o lobo.

– Essa espécie é perigosa, Jess. Eles precisam ser controlados. Domados e treinados.

– E quanto à sua espécie, Derek? – Sussurrei, lutando para me manter calma.

– Minha espécie é que os controla. Você acha que um lobo pode ter autoridade? Eles não podem sequer mostrar suas caras verdadeiras em público. Minha espécie foi construída para controlar a coleira deles. Para ensiná-los a rolar no chão e a *implorar*.

Dentro do celeiro, ele estendeu o braço para pegar um rastelo.

Dessa vez, eu ataquei, puxando o rastelo violentamente para longe dele com toda a força que meu corpo tinha. A arma voou da minha mão, caindo contra um fardo de feno, vibrando. Derek segurou meus ombros, sacudindo-me. Dei um golpe em seu joelho, fazendo-o cair agachado e soltando-me de suas mãos. Minha visão se tornou clara pouco depois de começar a embaçar novamente.

Eu precisava me manter fora do alcance dele.

Os olhos ferozes e vermelhos de Pietr desviaram de Derek para mim. Pietr saltou, batendo contra as costas de Derek, seus corpos bateram contra a porta do estábulo de um dos meus cavalos castrados.

Derek parecia estar um pouco maior. E ele jogou Pietr para o outro lado com tanta violência que o lobo uivou ao bater contra a parede.

– Acho que vou precisar de um pouco mais de combustível – murmurou Derek, esfregando as mãos e cambaleando na direção dos montes de feno para pegar o rastelo. Ele sorriu para mim enquanto pegava e arremessava o objeto.

Contra a parede bem ao lado do pescoço de Rio.

– Droga – disse ele. – Errei o alvo.

Rio pulou, assustada, arrebentando as rédeas e batendo os cascos enquanto gritava de medo. Pietr me empurrou para fora do caminho. Ao cair no chão, ouvi Rio gritar enquanto fugia do celeiro.

Derek ria alto.

– Isso sim é uma corrida – disse ele. Sua voz se tornava profunda; seus olhos escureciam com o poder sugado do medo de Rio e da minha preocupação.

O lobo caiu sobre mim, montou em mim. A fúria que tomava conta de seu corpo podia ser percebida por meio de seu rosnado.

Os cavalos estavam furiosos, em pânico pela fuga amedrontada de Rio e pela fúria de Pietr.

– Esse é o problema da sua raça, Rusakova... Quando o lobo assume o controle, você reage rápido, mas demora para aprender.

Em seus estábulos, os cavalos relinchavam, debatiam-se e bufavam. Eles viraram os olhos quando Pietr sacudiu seus pelos negros, retumbante como um trovão. Totalmente escuro, ele cheirava à tundra selvagem e indomável. Um cheiro que só faria os cavalos quererem fugir. Pietr caminhou na direção de Derek. Para longe de mim.

Cascos batiam contra as paredes. Eu me levantei, com meus joelhos fracos, para tentar acalmar os cavalos. Passei pela fila de cabeças, acariciando faces ansiosas, assoprando (tão comum) suas narinas flamejantes. Enchendo seus narizes com meu cheiro, seus olhos com meu rosto.

– Você sabia que... – Disse Derek, correndo as mãos pela parede do celeiro, buscando uma nova arma. – Quando seu criador percebeu que vocês realmente existiam, ele ficou horrorizado com o que tinha criado? Ele sabia que tinha falhado. Havia tantas... abominações... Tantos demônios... Tantos *monstros*. Ele procurou e extirpou todos aqueles que encontrou... Matou-os como cachorros – zombou. – Alguns dos seus parentes, provavelmente. Vocês todos nasceram do plano de um governo, em uma única vila, sabia?

O lobo bufou.

– Aaah, você também não sabia disso, sabia? Que droga! Todo mundo está mantendo segredos por aqui... Todo mundo está mentindo – Derek olhou para mim e riu. O barulho de sua risada fez um arrepio correr por toda a minha espinha. – Vá em frente, Bolkgorod... Pesquise sobre Bolkgorod. E ignorem tudo o que encontrarem dizendo que o lugar foi destruído por uma avalanche. Isso aconteceu depois que eles tiveram os filhos que precisavam e os corpos dos pais corriam risco de serem encontrados. Ingenuidade russa – ele gargalhava. – Ei, você fica sempre de olho na hora, não é, vira-lata? – provocou Derek.

O lobo piscou, seus músculos pareciam preparar-se para saltar.

– O tempo está quase acabando! – Gritou Derek, correndo em minha direção. Seus pés voaram, gerando um estalo ao baterem contra meu joelho. Eu caí, contorcendo-me desajeitadamente, gritando. Meus olhos lacrimejavam. Meu joelho queimava como se alguém encostasse uma tocha sobre ele. Derek correu na direção da porta dos fundos do celeiro. E desapareceu.

Pietr, ainda lobo, lançou-se atrás dele, mas logo parou. O feno voava pelo ar enquanto ele se virou novamente para mim.

Eu arfava, lutando para conseguir respirar. Agarrei meu joelho enquanto o lobo lambia minhas lágrimas e passava o focinho em meu pescoço.

– Merda! Merda! Merda! – Gritei.

E então o lobo se transformou em Pietr, com o nariz no meu cabelo, chamando minha atenção com uma voz suave.

– Boca suja!

Ele desceu até meu joelho ferido, seus olhos preocupados observavam a porta.

Com dedos cuidadosos, Pietr analisou a articulação, examinando hesitantemente minha perna.

– Um mau jeito e tanto.

Rangi os dentes. Muito nervosa. Eu tinha evitado que ele mantivesse Derek sob controle. Talvez se eles pudessem pegá-lo... Sem mortes, por favor... Chega de mortes... Se eles pegassem Derek e se mantivessem longe daquelas mãos...

– Droga! Precisamos encontrar Rio.

Pietr se inclinou e me beijou, passando um braço sob minhas costas para me levantar em sua direção. Eu choramingava enquanto meu joelho estendia. Ele reajustou nossa posição, colocando sua boca ao lado dos meus lábios.

– Sssh. Deixe Rio se acalmar. Nós a encontraremos em um instante.

Abri minha boca para ele... Para meu herói, querendo sentir seu gosto, seu cheiro, e me livrar do veneno que Derek tinha deixado em minha boca e em minha mente.

– Sua calça – murmurei com meus lábios encostados aos dele. Pietr assentiu com a cabeça, ajeitando meu corpo no fardo de feno.

Em um piscar de olhos, ele retornou. Os eventos do dia passaram por minha cabeça, e eu chorei, trêmula. Pietr colocou seus braços em volta de mim, apoiando-me em seu colo e me balançando muito suavemente. Sua boca, encostada ao meu ouvido, emitia alguns ruídos que me acalmavam.

– Você está segura agora – ele garantiu. – Vou pedir para Max e Alexi tomarem conta de Derek. Não vou sair do seu lado. Seu pai vai ter de aprender a lidar com isso... Ou então terei de contar a verdade para ele – Pietr suspirou. – Minha nossa! Isso não é fácil!

– Verbalizar o óbvio – comentei, beijando-o em silêncio. Eu não queria ouvir nada, pensar em nada... Nada além das batidas do coração de Pietr, do ofegar suave de sua respiração... Só mais um ou dois minutos de paz em seus braços e então procuraríamos Rio. E, depois, enfrentaríamos meu pai. Juntos.

Poderíamos agir de acordo com o nosso "normal".

Ouvimos o carro estacionar. As portas se abrirem, os pés baterem nas pedras e na terra do chão.

– Isso é horrível – murmurou Wanda. – Olhe para ela, Leon – disse a meu pai. – Que diabos ela fez consigo mesma dessa vez?

– Fiz comigo mesma? – Perguntei, entorpecida, distanciando meu corpo do peito feroz de Pietr e vendo meu pai, Wanda e a doutora Jones nos observando. – Eu nunca fiz *nada* comigo mesma.

– A arma sob o travesseiro. O corte em seu braço. O número de vezes que você chegou atrasada ou desgrenhada à terapia... Ferida e sem uma boa explicação – disse a médica, listando minhas injúrias. Ela passou uma prancheta para meu pai. – E aqui está você, com um garoto...

– Que acabou de ser suspenso por se meter em uma briga – murmurou meu pai.

– Ele estava *me protegendo*.

A doutora Jones logo afirmou:

– É como discutimos. Precisamos tomar medidas mais drásticas...

– Mais drásticas...?

– Precisamos proteger Jessie – disse impulsivamente Wanda.

Senti meu estômago queimar quando meu pai segurou a caneta e escreveu alguma coisa no papel que estava na prancheta.

– Me proteger... Do que você está falando? – Até agora, ninguém tinha tentado me ajudar de nenhuma forma que realmente tivesse ajudado. – Pai, Rio fugiu. Precisamos encontrá-la.

Meu pai lançou um olhar furioso para Pietr.

A doutora Jones veio até mim, e Pietr me abraçou ainda mais apertado, mantendo seu queixo em meu ombro enquanto me puxava para perto de si.

– Chegamos à conclusão de que você não está alcançando os progressos esperados com as sessões semanais. Decidimos que você precisa de um ambiente mais exclusivo para se curar.

– Um ambiente... mais exclusivo?

– Conseguimos um lugar no Pecan Place para você nos próximos tempos – disse a doutora Jones, sorrindo.

– Pecan Place?... *O lugar onde os loucos se reúnem*? – Murmurei, lembrando-me do que as crianças diziam durante a minha infância. – O hospital psiquiátrico? Não! – Insisti, levantando a voz. – Não, não, *não*!

Pietr me puxou para ainda mais perto dele.

– Eu não vou deixar que eles levem você, Jessie. Eu juro.

Agarrei o braço de Pietr e enterrei minha cabeça em seu peito.

– Por favor – murmurei. *Puhzhalsta...*

Um rosnado começava a brotar suavemente em seu estômago, correndo na direção do peito.

– Não toquem nela – avisou Pietr.

A doutora Jones olhou para meu pai.

– Então, Jessie. Isso é o melhor que podemos fazer por você. Sua médica me convenceu. Você precisa de mais tempo e de outros tratamentos. Você sabe que ela está tentando fazer o que acha que é o melhor para você – disse meu pai, esfregando a mão na testa. – Quero que você coopere. Pietr, solte Jéssica.

– *Nyet* – ele respondeu, praticamente empurrando a palavra pelos dentes. – Não vou deixar ninguém levar Jessie. Ela não quer ir.

– Agora, filho... – Disse meu pai, lentamente.

– Solte-a.

– *Nyet*, Wanda – ele gritou. Sua respiração era como fogo batendo em meu ombro.

A doutora Jones fazia barulhos tentando nos silenciar.

– Está tudo bem – ela consolava. – Isso acontece de vez em quando. É por isso que sempre trazemos ajuda extra.

Ouvi as portas do carro se abrirem e duas pessoas caminharem em nossa direção.

– Solte-a – sugeriu a médica. *Tão* docemente.

Levantei o olhar e vi um homem que parecia uma montanha caminhando em nossa direção. Seriam necessários três Pietrs para equivaler a um homem daqueles.

Enorme, musculoso e com bigode. Era como se Deus tivesse se esquecido de dar um pescoço para aquela criatura... Sua cabeça estava sobre uma coluna larga e curta que era o estreitamento de seus ombros. Ele mexeu os braços, e pude vislumbrar uma tatuagem do lado de seu pulso que, por sinal, era largo como um tronco. Máfia russa? Mas eu nunca tinha visto aquela tatuagem antes... Ela parecia ser apenas uma letra.

– Solte, Pietr – encorajou Wanda.

O acompanhante daquela montanha, ainda maior do que ele, resmungou algo sobre nós.

Pietr olhou para cima. E mais para cima. Sua cabeça finalmente parou quando conseguiu olhar diretamente nos olhos de um dos homens.

– *Nyet* – respondeu Pietr.

Os gigantes olharam um para o outro e, então, avançaram. O maior deles caiu como uma casa de alvenaria sobre Pietr, prendendo-o contra o chão enquanto, em meio a meus gritos, o menor me tirava dos braços de meu namorado.

Pietr e eu nos esticamos para tentar ficar juntos. Por um momento, nossos dedos se encontraram. Avisei que havia testemunhas por ali, para evitar que ele se transformasse. A expressão de Pietr era um eco obscuro de meu rosto. Choque. Sofrimento.

Dez minutos antes, estávamos nos preparando para expor a verdade para meu pai. *Juntos*. E agora?

Pietr se tornou feroz, contorcendo-se sob o homem enorme. Então ele parou. Repentinamente calmo e paralisado, aparentemente sem ar, Pietr nunca deixou de me olhar nos olhos. E seus olhos brilhavam como se o fogo do inferno queimasse em seu interior.

– Não – solucei, batendo meus punhos contra o corpo do gigante. O homem mais forte soltou Pietr, levantou-se e se distanciou. Pietr correu em nossa direção e quase me soltou. Meus braços e punhos se debatiam até aquele gigante derrubar Pietr novamente, jogando-o com o cotovelo contra o chão, contra a terra.

– Agora... – Meu pai começou a falar, contestando, mas Wanda o restringiu ao colocar a mão em seu braço.

– Já conversamos sobre isso – lembrou a doutora Jones.

Pietr lutou para olhar para mim. Seu nariz sangrava, havia grama em sua testa e aquele vermelho se derramava por seus olhos. Sua bochecha estava cortada, em carne viva.

– Pietr – arranhei seu nome em minha garganta enquanto afogava um grito. Bambeei e gritei quando a dor em meu joelho invadiu todo o meu corpo, mas os braços do homem, com aquela força imbatível, me seguraram de pé.

Pietr se levantou, cambaleando, e empurrou com força o gigante para o lado. E correu em minha direção.

– Pare de lutar, garoto! – Gritou a doutora Jones.

O homem mais forte segurou Pietr pelos ombros e o jogou contra o chão. Eu ouvi o estalar de ossos se quebrando.

Pietr segurou sua cabeça. Seu rosto se contorcia em meio à dor. Ele olhou para mim e, gemendo, tentou se levantar. Pietr estendeu a mão em minha direção. Seus braços tremiam por conta do esforço.

Preparando-se para mais um golpe, o maior daqueles gigantes gritou com Pietr. Foi então que meu pai berrou:

– Ei, vamos parar... – E então ele agarrou a prancheta e tentou pegar de volta o papel.

A doutora Jones persistia:

– Senhorita Gillmansen. Sua família está com problemas bastante severos. Se você não quiser que eu chame o serviço social e os faça repensar também as condições de seu romance...

Meu pai congelou.

– Deus! Não, Pietr! Não! – Gritei, cega pelas lágrimas quando ele foi novamente arremessado e sua cabeça estalou contra o chão de terra batida.

A senhora Jones continuou falando:

– Você vai dar sequência ao tratamento que combinamos para você, Jéssica. Sei que tudo isso parece bastante ruim agora, mas é para o seu bem.

O corpo de Pietr estremeceu, mas ele ainda tentava recuar. Por mim.

– Fique no chão, Pietr! Ah, meu Deus, Pietr... Por favor, fique no chão – eu implorava enquanto minha garganta queimava.

– Eu vou com você – murmurei para a senhora Jones, agarrando a manga da blusa dela. – Por favor, rápido. Antes que ele tente outra vez.

Eu me deixei ser colocada no carro... Me deixei ser levada de Pietr, meu herói ferido, antes que o ferissem ainda mais.

Fechei meus olhos contra a violência daquele dia em vez de manter em minha mente a memória do que tinha visto...

Eu me lembrei de como, quando nosso carro entrou na rua, meu pai e Wanda cuidadosamente ajudavam Pietr a se levantar. Em seus rostos, uma mistura de terror e medo. E eu sabia que, independentemente de onde estivessem me levando, se eles finalmente se reunissem, ainda haveria esperança para todos nós.

PARMA
Impressão e acabamento
Editora Parma LTDA
Tel.:(011) 2462-4000
Av.Antonio Bardella, nº310,Guarulhos,São Paulo-Brasil